DANIELA NAGEL

Irgendwas ist doch immer!

W0240964

Buch

Alice ist rundum zufrieden mit sich und der Welt: Sie lebt mit ihrer wunderbaren Tochter Clara und ihrem geliebten Mann Sebastian zusammen und fängt bald wieder an, richtig zu arbeiten – sie lebt also genauso cool, wie sie es in ihrem Ratgeber propagiert – den sie allerdings geschrieben hatte, bevor Clara auf die Welt kam. Bevor die Realität sie einholen kann, setzt sie alles daran, dass die Welt so bleibt, wie sie ihr gefällt.

Eve dagegen bräuchte dringend eine Idee, wo es beruflich hingehen soll, seit ihre Kinder in der Schule sind. Von allen Seiten glaubt Eve nun zu hören, dass sie langweilig und übervernünftig ist. Pragmatisch wie immer geht die Drillingsmutter das Problem an, indem sie per Internetrecherche nach ungewöhnlichen Ideen sucht. Was sie findet, macht ihr indes schnell klar, dass ihr Mann Martin und sie auf dem besten Wege sind, zu Dienstleistern im eigenen Familienunternehmen zu erstarren. Doch als sie das endlich ändern will, passieren ein paar unvorhergesehene Dinge, die die Liebe zu ihrem Mann ganz schön ins Wanken bringen.

Autorin

Daniela Nagel, geboren 1977 in Köln, hat Neuere Deutsche Literatur und Philosophie studiert. Als Drehbuchautorin schrieb sie unter anderem mehrere Folgen für die ZDF-Serie *Streit um drei.* Zurzeit verfasst sie Werbetexte für das Magazin *Kino & Co.* Daniela Nagel lebt mit Mann und fünf Kindern in Köln.

Von Daniela Nagel ebenfalls bei Blanvalet erschienen:

Das Leben ist kein Kindergeburtstag (38089)

DANIELA NAGEL

Irgendwas ist doch immer!

ROMAN

blanvalet

Für meine Schwestern.

MIX
Papier aus verantwortungsvollen Quellen
FSC® C014496

Verlagsgruppe Random House FSC® N001967
Das FSC®-zertifizierte Papier *Holmen Book Cream*
für dieses Buch liefert Holmen Paper, Hallstavik, Schweden.

1. Auflage
Originalausgabe Februar 2015
bei Blanvalet Verlag, einem Unternehmen der
Verlagsgruppe Random House GmbH, München
Copyright © 2015 by Verlagsgruppe Random House GmbH, München
Dieses Buch wurde vermittelt von der Literaturagentur
erzähl: perspektive, München (www.erzaehlperspektive.de)
Umschlaggestaltung und -motiv: © www.buerosued.de
LH · Herstellung: sam
Satz: DTP Service Apel, Hannover
Druck und Bindung: GGP Media GmbH, Pößneck
Printed in Germany
ISBN: 978-3-442-38368-9

www.blanvalet.de

Eine Stunde länger im Café sitzen? Kein Problem, zu Hause wartet ja niemand. Mal eben übers Wochenende wegfahren? Wieso nicht? Sätze, die ich nicht mehr benutzt habe, seit Clara vor knapp zwei Jahren geboren wurde. Umso mehr genieße ich es jetzt, neben meiner ältesten Freundin Isabel auf einer Liege in einem der ersten neuzeitlichen Bäder Kölns zu liegen.

»Ach, Alice, es ist schön, wieder hier zu sein!«

Isabel war bis vor kurzem für ein Jahr in Mailand, weil sie ein Stipendium bei einem großen Designer ergattert hatte. Sosehr ich mich damals für sie gefreut habe, sie hat mir gefehlt. Vor allem wenn ich Clara stundenlang im Kinderwagen den Rhein entlanggeschoben habe, während alle anderen arbeiten mussten – allen voran der Kindsvater. Wenn ich Eve nicht gehabt hätte, dann hätte ich sicher das Kaspar-Hauser-Syndrom entwickelt. Dennoch hatte ich heute ein schlechtes Gewissen, Sebastian und Clara den ganzen Tag allein zu lassen. Dabei sollte ich mich lieber für Sebastian freuen, dass er auch mal die Gelegenheit bekommt, Zeit mit seiner Tochter zu verbringen. Sobald ich dabei bin, hat Papa keine Chance. Kein Wunder, wenn er hundertmal häufiger das OP-Besteck als die Bauklötze und Bilderbücher in die Hand nimmt.

Draußen scheint die Sonne, was Isabel und mir den Luxus einer fast leeren Saunalandschaft beschert. Nachdem uns schon die Kerzensauna den letzten Kaffee aus den Poren getrieben hat, buhlen nun die finnische Sauna, die Lichtsauna und die Kräutersauna um unsere Gunst. Aber solange noch irgendjemand in der Sauna sitzt, der betont stumm auf das »Bitte Ruhe«-Schild zeigt, wenn er uns sieht, können wir nicht unserer Lieblingsbeschäftigung nachgehen: dem gemeinsamen Quatschen. Also bleiben wir noch ein paar Minuten liegen. Unsere Anti-Stress-Gesichtsmasken müssen eh noch ihre volle Wirkung entfalten.

»Es ist echt schön mit dir, Isabel. Als wärst du nie weg gewesen.«

Sie dreht ihr Pandabären-Masken-Gesicht zu mir. »Abgesehen davon, dass du auf einmal ein Kind hast, das schon laufen und ein paar Wörter sprechen kann. Als hättest du es adoptiert!«

»In dem Alter tut sich eben noch mehr als bei uns.«

Da weder Facebook noch Skypen für mich den realen Kontakt auch nur ansatzweise ersetzen, haben wir uns ein Jahr lang nur einmal wöchentlich gemailt. Hin und wieder gab es ein Foto zum Text: Isabel schickte Bilder aus Mailand und aus dem Modeatelier, ich schickte ein Bild von Clara. Zu mehr Austausch wäre ich mit Baby und Job sowieso nicht gekommen, auch wenn ich meine beste und älteste Freundin schmerzlich vermisst habe. Aber wir haben einfach dort weitergemacht, wo wir aufgehört haben – na gut, wir treffen uns nicht mehr ganz so oft wie früher, aber selbst unseren Pilates-Kurs wollen wir nächste Woche wieder starten.

Und jetzt liegen wir hier mit eingespachtelter Haut und Sprudelflaschen, die wir unter dem Wasserhahn in der Toilette aufgefüllt haben, auf Bastliegen, als uns ein Gong zusammenzucken lässt.

»Soll der nicht zur meditativen Entspannung beitragen?«

»Wer, der Typ mit dem Schlägel in der Hand oder der Gong?«

Isabel kichert wie in der achten Klasse, als wir den Jungs in der Oberstufe Noten gegeben haben.

»Der wäre früher genau unser Typ gewesen«, seufzt Isabel.
»Stimmt!«
Wir fanden oft die gleichen Jungs gut. Ein Glück, dass sie durch uns beide hindurchgesehen haben. Sonst hätten wir noch Streit wegen eines Kerls bekommen. Wenn ich an all die Jungs denke, in die ich mit fünfzehn verliebt war, bin ich froh, dass Isabel und nicht irgend so ein Stefan aus dieser Zeit mir treu geblieben ist.
»Du hast es so gut!«
Ich? Natürlich habe ich es ganz gut, aber doch nicht so gut, dass Isabel, die gerade ein Jahr Traumjob in einer Traumstadt hinter sich hat, mir so einen Aschenputtelblick zuwerfen müsste.
»Wieso?«
»Na ja, du glaubst noch an die große Liebe. Und hast sie gefunden.«
Es ist ja nicht so, dass ich keine Optimierungsmöglichkeiten in unserer Beziehung sehen würde, aber ich glaube, ich habe mit Sebastian tatsächlich den Mann fürs Leben gefunden.
»Und das, obwohl du auch schon auf die dreißig zugehst!«
Durch Isabels Grinsen entstehen Risse in der eingetrockneten Masse. Wahrscheinlich sehe ich genauso aus. Ob wir mit fünfzig Jahren auch noch hier liegen werden? Aber dann mit echten Falten?
»Ach, Isabel, so ein Mann fürs Leben ist ganz praktisch. Da ist das Thema durch, und man hat Zeit für wichtigere Dinge, als den eigenen Beziehungsstatus auf Facebook zu definieren. Wie sieht es denn mit Jan aus?«
»Es ist kompliziert.«
Auch nicht komplizierter als sonst, denke ich mir, als ich mir Isabels Vortrag über Jan anhöre, der süß und nett, aber etwas anstrengend ist. Ich bin froh, dass wir uns heute in der Sauna und nicht bei mir zu Hause getroffen haben.

1. Kein Mann und kein Kind quatschen dazwischen.
2. Auch wenn es schwerfällt, ich kann nicht dauernd auf mein Handy gucken, wie ich das immer mache, wenn wir uns im Café treffen. Jetzt trägt Sebastian eben die Verantwortung, und ich versuche, mit dem Schweiß auch die Sorgen loszulassen.
3. Isabel kann nicht sehen, in welchem Zustand sich ihre Pflanze im selbst gestrickten Topfgewand befindet. Sie hat sie mir vor Mailand mit den Worten überreicht, dass selbst ich sie nicht kaputt kriegen würde. Muss man nur einmal im Monat gießen. Ich habe sie sogar einmal die Woche gegossen, und trotzdem sind zwei der fünf Triebe eingegangen. Aber ich habe schon nach Aufpäppeln von Sukkulenten gegoogelt und mir fest vorgenommen, bald einen Spezialdünger zu kaufen.

Gong!!!

»Wie oft wird der Gong eigentlich geschlagen? Alle fünf Minuten?«

Ein paar weiße Krümel fallen von Isabels Gesicht auf ihr Dekolleté, als sie den Kopf hebt. »Der Uhrzeit nach zu urteilen jede Stunde.«

»Was? Wir haben es schon vier Uhr? Wir liegen hier seit zwei Stunden und quatschen, obwohl uns vier Stunden fünfundzwanzig Euro kosten? Da hätten wir auch Kaffee trinken gehen können!«

Für uns beide ist so ein Edelsaunabesuch wirklich ein Luxus, den wir uns nicht jeden Tag leisten können. Aber ganz ehrlich, mich mal mit Isabel in Ruhe zu unterhalten kann einfach keine Verschwendung sein, selbst wenn es fünfzig Euro die Stunde kosten würde – vor allem wenn uns zwei Stunden dabei vorkommen wie fünf Minuten.

Am Ende hat die Zeit zwar nicht mehr fürs Föhnen gereicht, aber bei dem schönen Wetter stören nasse Haare ohnehin nicht. Wir stehen an der Haltestelle Körnerstraße vor der Rolltreppe.

»Und du hast nicht noch Lust auf einen Kaffee?« Isabel wuchtet die Saunatasche auf ihr Fahrrad.

»Lust hätte ich, aber wenn wir uns jetzt einmal hinsetzen, dann wird es spät. Und ich habe Sebastian die ganze Woche über kaum gesehen.« Außerdem fällt es mir immer noch schwer, länger als einen halben Tag von meinem Kind getrennt zu sein.

»Schade, aber lass uns wenigstens nicht wieder so lange warten, bis wir uns treffen! Sonst erzählst du mir das nächste Mal von Claras Einschulung.«

»Das wird auf keinen Fall passieren.«

Wir umarmen uns, und jede geht ihres Weges. Meiner führt die Rolltreppe hinunter zur U-Bahn. Nicht nur mein Körper ist durchwärmt, auch mein Herz. Und wären die Sitze in der U-Bahn nicht aus Hartplastik, würde ich mich in den Sitz kuscheln, mit einem netten Buch für die bevorstehende Bahnfahrt – und in freudiger Erwartung eines restlichen freien Sonntags mit meiner Familie.

Normalerweise höre ich Clara schon im Hausflur. Und nicht nur Clara. Unter uns wohnt Eve mit ihren Drillingen, die man oft schon vor der Haustür hört. Altbau eben.

Ich schließe die Tür zu unserer Wohnung auf. Vielleicht halten Sebastian und Clara ein Schläfchen? Ich schleiche in die Wohnung und schaue in jedes Zimmer. Mein Zimmer ist leer. Sebastians auch. Der Küchentisch sieht nach übereiltem Aufbruch aus. Hätte Sebastian ein umgekipptes Glas nicht aufgehoben? Vor allem wenn es in mehrere Teile zerbrochen ist? Und hätte er die Milch nicht sofort weggewischt? Außer in einem Notfall? Ich untersuche die Milch nach roten Spuren. Obwohl ich kein Blut entdecken kann, wähle ich Sebastians Nummer auf meinem Handy und hechte gleichzeitig die Treppe wieder hinunter. Was ist, wenn Clara eine Scherbe verschluckt hat?

Der Kinderwagen ist weg. Das ist ein gutes Zeichen. Ein Notarztwagen würde niemals den Kinderwagen mitnehmen. Von oben höre ich die Tür zuschlagen. Und ein Handy klingeln. Sebastians Handy. Also wieder nach oben.

Mist. Auch auf mein Rütteln hin gibt die Tür nicht nach. Ich kann weder in unsere Wohnung noch Sebastian erreichen. Warum vergisst er auch dauernd sein Handy?

Die Rettung könnte eine Etage höher liegen, denn Eve und ich haben unsere Wohnungsschlüssel ausgetauscht – für Fälle wie diesen. Falls sie da ist, was bei der Ruhe hinter ihrer Tür eher unwahrscheinlich ist.

Die Tür öffnet sich auf mein Klingeln.

»Alice, alles in Ordnung? Wie siehst du denn aus?«

Anscheinend sehe ich nicht mehr aus wie eine Frau, die sich gerade bei einem Wellnesstrip den Strahleakku wieder aufgeladen hat. Dass meine Haare nass und zerzaust sind, weiß ich, dass ich gucke wie Bambis Mutter auf der Suche nach ihrem Baby, entnehme ich ihrem Blick.

»Ich hab mich ausgesperrt! Und ich habe keine Ahnung, wo Sebastian und Clara sind!«

»Keine Panik … Die sind auf dem Spielplatz. Mit Martin und den Kindern.«

Auch wenn meine Frisur sich nicht schlagartig bessert, meine Gesichtszüge müssten jetzt eindeutig entspannter sein. »Gott sei Dank!«

»Alice, jetzt übertreib mal nicht. Dein Mann muss sich doch nicht abmelden, wenn er mit Clara die Wohnung verlässt, oder? Was machst du denn, wenn sie in vierzehn Jahren mal allein auf eine Party gehen will?«

»Einen Chip einpflanzen lassen?«, murmle ich, natürlich

ohne es ernst zu meinen. Obwohl – wenn man so einen Chip wirklich nur im Notfall anpeilt?

Ausgerechnet Eve muss so gelassen tun. Sie macht sich doch selbst dauernd Sorgen um ihre Kinder! Trotzdem freue ich mich, sie zu sehen, und begrüße sie erst mal richtig. Nachdem wir uns umarmt haben, tritt sie einen Schritt zurück. »Kaffee oder Schlüssel?«

»Unter den gegebenen Umständen wäre ein Kaffee auch ganz nett.«

Ich setze mich in die Küche, während Eve einen Kaffee aufsetzt. Vor mir liegen ein Stapel Elternbriefe, Arbeitsblätter, Stifte, Radiergummis. Der bürokratische Aufwand eines Schülerlebens scheint gewachsen zu sein.

»Wenn ich das gewusst hätte, dann wäre ich doch noch mit Isabel was trinken gegangen. Da lässt man die beste Freundin sitzen, um pünktlich bei Mann und Kind zu sein, und da sind die noch nicht mal zu Hause!«

Ich registriere, wie Eve die Milch etwas härter auf den Tisch knallen lässt, als das mit Tetrapacks normalerweise möglich ist. Dabei ist es bei Freundinnen nicht wie bei Ehemännern. Eve hat doch auch alle drei Kinder gleich lieb. Aber mir ist »beste« Freundin rausgerutscht. Näher ist mir im Moment Eve, aber Isabel und mich verbindet eben eine gemeinsame Geschichte, seit wir zehn sind. Ich seufze.

»Ach, weißt du …« Ich überlege, wie ich zwischen den Zeilen deutlich machen kann, dass »beste« eigentlich keine Wertung ist. Warum habe ich auch so eine Teenagerdefinition benutzt? »Eve, seit Isabel und ich in die fünfte Klasse gingen, haben wir uns, abgesehen von ihrer Zeit in Mailand, mindestens zweimal die Woche gesehen. Und seit sie wieder da ist, schaffen wir es kaum, uns überhaupt zu treffen. Ich will einfach nicht, dass sie denkt, nur weil ich jetzt ein Kind habe, bedeutet sie mir weniger.«

Eve schiebt mir die Tasse zu und setzt sich ebenfalls. Ich fürchte, ich habe eher noch Öl ins Feuer gegossen.

»Ganz ehrlich, Alice, außer dir sehe ich keine meiner Freundinnen öfter als einmal im Monat.«

Was definitiv nicht meine Schuld ist, aber das behalte ich für mich. Ich möchte ja nur, dass sie versteht, warum ich das Gefühl habe, nicht mehr eine ganz so gute Freundin für Isabel zu sein wie früher.

»Trotzdem habe ich das Gefühl, ich vernachlässige sie. Ich merke schon, dass ich nicht mehr alles von ihrem Leben mitbekomme.«

»Das hält eine gute Freundschaft aus.«

»Meinst du?«

»Ja, natürlich. Ich meine, du bist Mutter geworden, hast noch deinen Job, das würde die meisten Frauen schon überfordern.«

»Die paar Stunden in der Woche, die ich arbeite, sind doch eher eine Abwechslung. Und ohne dich würde das gar nicht gehen.«

Ein Lächeln huscht über Eves Gesicht. »Danke. Ich meine nur, eine gute Freundin sollte Verständnis haben, wenn sich die Umstände verändern.«

»Isabel hat sich ja nicht beschwert, nur den Wunsch geäußert, dass wir uns wieder öfter sehen. Vielleicht mache ich mir auch einfach zu viele Gedanken. Charlotte werde ich wahrscheinlich auch erst zu Weihnachten wiedersehen, und keine von uns macht der anderen deshalb Vorwürfe.« Wahrscheinlich auch deshalb, weil Charlotte mit zwei kleinen Kindern noch eingespannter ist als ich. Außerdem ist Berlin nicht gerade um die Ecke.

In diesem Moment ertönt vom Flur her Lärm, Roller poltern, Kinder quatschen durcheinander, und ich meine, Claras Stimme erkannt zu haben. Eve und ich schauen uns an und bedauern wohl beide, dass unser Gespräch vorbei ist, bevor es richtig angefangen hat.

»So viel zu den Umständen«, grinst sie mich an, bevor sich der Schlüssel im Schloss dreht, ein Kind Sturm klingelt und zwei an die Tür klopfen.

»Soll ich nach Hause gehen?«

»Ach was, frag Sebastian doch, ob er auch reinkommen möchte. Irgendein Abendessen werden wir für alle schon zusammengebastelt kriegen.«

Durch Eve ist meine Wohnung für mich erst zur Heimat geworden.

Könnte es sein, dass Ihr Sohn sich zu sehr mit der dunklen Seite der Macht identifiziert?«

Sprachlos sitze ich Frau Hoffmann, der Lehrerin meines Sohnes, gegenüber und fühle mich – genau wie früher in der Schule – um die richtige Antwort verlegen. Sie schaut mich abwartend an, die Beine artig übereinandergeschlagen und die Finger um einen Stift geklammert, der jede falsche Antwort erbarmungslos protokollieren wird.

Simon wurde übrigens nicht in letzter Minute davon abgehalten, die Schule in die Luft zu sprengen. Er ist nur ein Junge aus der ersten Klasse, der sich endlich mal gegen einen blöden Mitschüler gewehrt hat. Und der außerdem ein wahnsinniges zeichnerisches Talent hat. Ich würde sagen: Tim Burton auf dem Papier. Komik und Horror aus der Feder eines Sechsjährigen. Leider sieht Frau Hoffmann nur den Horror auf dem Bild, das sie mir nun als Beweismaterial zuschiebt. Zugegeben, als Lehrerin würden mich Pferde- und Blümchenbilder auch weniger irritieren als ein Darth Vader, der einen kleinen Jungen gnadenlos in Stücke reißt. Aber diese Strichführung! Und diese Dynamik! Der Kopf fliegt wirklich in einem höchst eleganten Bogen, und das Blut spritzt nahezu realistisch. Könnte Frau Hoffmann nicht wenigstens diese Begabung honorieren?

»Frau Keller, haben Sie den Medienkonsum Ihres Sohnes unter Kontrolle?«

Ich denke an unsere allabendlichen Diskussionen und bekomme tiefrote Ohren. Jetzt nur keine Schwäche zeigen.

»Ich versichere Ihnen, dass weder Simon noch seine Geschwister je einen Film gesehen haben, der nicht für ihr Alter freigegeben war. Alles, was er malt, entspringt seiner Fantasie. Und Sie wissen ja, wie kreativ er ist.«

»Soso. Der Fantasie also.«

Ich fürchte, das war nicht die richtige Antwort. Kann diese Frau sich nicht einfach darauf beschränken, den Kindern lesen und schreiben beizubringen? Oder mal für Disziplin zu sorgen?

»Timmy war wirklich zutiefst verstört, als er dieses Bild auf seinem Platz gefunden hat.«

Timmy? Meint die etwa den Unschuldsknaben, der später mal auf allen Fahndungslisten der Interpol stehen wird, wenn er so weitermacht? Ich vergehe fast vor Mitleid.

»Liebe Frau Hoffmann, Simon war auch verstört, nachdem Timmy ihn jeden Morgen am Schultor beschimpft hat; nicht alleine, sondern mit einem Pulk an Mitläufern hinter sich, die vor diesem sogenannten Alphamännchen selbst Angst haben. Jetzt zeigt er ihm endlich seine Grenzen, und ich soll mir Sorgen machen?«

»Es ist nicht nur das Bild. Er hat ihm auch noch sein Mäppchen auf den Kopf gehauen. Ihr Sohn muss seine Aggressionen in den Griff bekommen.«

Die Mutter ihre langsam auch. Aber wenn ich jetzt erzähle, was für ein lieber, aber eben verletzlicher Junge Simon ist, würde sie mir eh nicht glauben. Ich bin schließlich die Mutter. Manchmal ist der Weg des geringsten Widerstandes wohl das Beste. Und für das Mittagessen einkaufen muss ich auch noch.

»Und was würden Sie mir raten?«

»Wir beobachten die Situation und sprechen in ein paar Wochen noch mal darüber.«

Der Schulgong ertönt, und eine Traube an Schülern stürmt in die Klasse, als hätten sie das Ende der Pause herbeigesehnt.

»Falls nötig, bin ich sofort da, ich bin ja meistens zu Hause.«

Ich hatte gehofft, sie habe meine Botschaft verstanden: Ich bin da, kümmere mich um meine Kinder und habe nicht nur deren Medienkonsum unter Kontrolle! Stattdessen lese ich nun Mitleid in ihrem Blick.

»Wissen Sie, Frau Keller, in meinem Alltag als Pädagogin habe ich oft beobachtet, dass Kinder genau das ausleben, was ihre Eltern sich nicht trauen. Und wenn es nur auf dem Papier ist.«

Bevor ich ihr versichern kann, dass ich mich eine ganze Menge traue, jedenfalls mehr, als ihr lieb wäre, zwinkert sie mir vertraulich zu.

»Vielleicht sollten *Sie* einfach mal Ihre dunkle Seite ausleben.«

Inzwischen sind nicht nur die beiden kleinen Jungs verstört, auch ich bin es. Und bei dieser Lehrerin sind alle meine drei Kinder in der Klasse? Muss ich mir das nächste Mal anhören, Anna fliehe vor menschlichem Kontakt, weil sie nur Tiere in Menschenkleidung malt? Und zeugt Florians Weigerung, in Sachkunde Obst zu schnippeln, von heimischem Chauvinismus? Nein, der jüngste meiner Drillinge hasst alle Obstsorten, es sei denn, es handelt sich um Äpfel, oder sie sind zu Saft oder Eis verarbeitet.

Ich bedanke mich für das Gespräch, und während Frau Hoffmann in aller Seelenruhe ihren Schreibtisch aufräumt, flüchte ich durch die lärmende Menge.

»Vielleicht steht sie auf Eltern-Ärgern.«

»Martin, kannst du das Problem nicht mal ernst nehmen?«

»Welches Problem? Das mit Simon oder das mit Frau Hoffmann?«, fragt mich mein begriffsstutziger Mann.

»Im Idealfall beide!« Ich reiße so fest an den Schnürsenkeln meiner Laufschuhe, dass ich sie versehentlich wieder öffne, statt eine Schleife zu produzieren. »Scheißtag!«, murmle ich und schlucke mindestens drei Tränen runter, während ich mir meine Pulsuhr umbinde.

»Ach, komm mal runter, meine Süße. Du machst das alles wirklich gut. Jungs sind nun mal so, und Lehrerinnen manchmal auch. Falls es dich beruhigt: Wenn du gleich weg bist und die Kinder artig schlafen, werde ich mir *Alien III* anschauen. Bin ich deswegen ein gestörter Gewalttäter?«

»Gib mir lieber die Flasche und den Schlüssel, Alice wartet bestimmt schon.«

Er reicht mir beides, damit ich mit den dreckigen Schuhen nicht noch mal in die Küche muss. Meine pragmatische Seite lebe ich jedenfalls aus.

»Was hältst du davon, wenn wir nachher mal wieder zu zweit unsere dunklen Seiten ausleben?«

Na ja, auch ein Lösungsansatz. Ich muss grinsen. »Falls du meinst, was ich vermute, was du meinst – das gehört eindeutig zu meinen hellen Seiten!«

Ich verabschiede mich mit einem Kuss, der ihn später vielleicht dazu veranlassen wird, *Alien III* etwas früher auszuschalten. Er hat den Film immerhin schon hundertmal gesehen. Mich allerdings auch.

Als ich bei Alice klingle, steht Sebastian mit Clara auf dem Arm in der Tür. Sie hebt ihr Speckärmchen, das wie der Rest ihres Körpers schon im Schlafanzug steckt, und winkt uns hinterher. Alice kann sich nur schwer lösen und gibt ihrer Tochter noch einen zärtlichen Abschiedskuss.

»Ihr seht euch doch gleich wieder«, versuche ich ihren Trennungsschmerz zu lindern. Ich bin ja selbst eine Glucke, aber bei anderen nervt mich das manchmal. Vor allem, weil ich es kaum erwarten kann, nach diesem Stress einfach nur joggen zu gehen. Und Alice dabei mein Herz auszuschütten. Dass ausgerechnet wir einmal Freundinnen werden würden, war für mich bis vor zwei Jahren noch unwahrscheinlicher, als dass ich mal einen internationalen Konzern leiten würde. Hatte ich auch beides nicht vor. Bis dahin war Alice für mich nur die ahnungslose Tussi, die unter mir wohnt. Als sie dann auch noch diesen peinlichen Ratgeber für coole Mütter schreiben wollte, dachte ich endgültig, die hat sie nicht mehr alle. Da wusste ich noch nicht, dass sie ungeplant von dem jungen Arzt schwanger war, der ihr erst ein paar Monate zuvor den gebrochenen Daumen kuriert hatte. Statt zu verzweifeln, stürzte sie sich kopfüber in ihr Projekt.

Vielleicht liegt das Pippi-Langstrumpf-Gemüt auch an ihrer Haarfarbe – irgendwas macht Alice jedenfalls richtig, und die Welt macht prompt, was ihr gefällt. Oder zumindest arbeitet sie daran, dass ihr ihre Welt wieder gefällt. Dass sie eindeutig an ihrer Kondition arbeiten müsste, fällt ihr dagegen nicht auf. Wie sollte es auch, wenn ich mich ihrem Lauftempo immer anpasse? Ich meine, wir sind gerade erst quasi aus der Tür auf unsere Laufstrecke gefallen, da bekommt sie schon rote Flecken auf den Wangen. Hoffentlich kippt sie nicht um, wenn ich sie jetzt von der Seite anquatsche.

»Alice, findest du eigentlich, dass ich wie jemand wirke, der seine Gefühle unterdrückt?«

»Welche Art von Gefühlen?«

Alice hat Psychologie studiert, sie hakt nach.

»Na ja, schlechte.«

»Die du für schlecht hältst oder die andere für schlecht halten?«

»Keine Ahnung, wahrscheinlich beides.«

Ehrlich gesagt kriechen gerade zwiespältige Gefühle gegenüber Alice in mir hoch. Sie soll mich nicht auseinandernehmen, sondern mir einfach nur bestätigen, dass ich eine gute

Mutter bin und keine kleinen Amokläufer heranzüchte. Ich erzähle ihr von meinem Gespräch mit Simons Lehrerin.

»Du Arme! Ich halte Simons Strategie für sehr vernünftig. Wenn jeder sich die Wut von der Seele malen oder schreiben würde, statt sie durch Gewalt zu äußern, sähe es auf der Welt viel besser aus.«

»Du findest also auch, dass sich Frau Hoffmann mir gegenüber ziemlich übergriffig verhalten hat?«

Dadurch, dass wir uns beim Joggen immer unterhalten, laufen wir automatisch im richtigen Tempo. Die optimale Plauderatmung macht die Pulsuhr fast überflüssig.

»Auf jeden Fall. Simon ist außerdem wirklich ein begabter Zeichner. Dass sie ihm in Kunst nur eine Zwei gegeben hat, spricht doch Bände. Lass sie einfach reden.«

Alice glaubt wohl, ich würde es gar nicht registrieren, dass sie gerade zum dritten Mal einen Blick auf ihr Handy wirft. Hätte ja sein können, dass sie bei dem Schiffslärm und den ganzen Spaziergängern am Rhein einen Anruf von zu Hause verpasst hat. Anfängermutter halt. Egal. Ich mag sie trotzdem.

»Andererseits würde ich so eine Kritik schon zum Anlass nehmen, um mal zu überdenken, was dran sein könnte.«

Aha.

»Eve, wieso piepst denn deine Uhr? Wir laufen doch völlig entspannt?«

Sie vielleicht. Aber ich frage mich heute schon zum fünften Mal, welche meiner unzähligen unterdrückten Gefühle und Neigungen bei meinen unglücklichen Kindern als Neurosen zutage treten.

Mit Clara auf dem Arm betrete ich unsere Wohnung. Richtig angenehm, wie kühl es hier ist. Ich ziehe meiner Tochter die Schuhe und die Sonnenmütze aus und wasche uns beiden die Hände.

»Mama auch Sssuhe aus.«

»Natürlich, mein Schatz.«

Der Sand zwischen den Zehen nervt mich sowieso. Ich werfe meine Sandalen in die Ecke und höre unseren Anrufbeantworter ab.

»Hallo, Alice, hier ist Mama. Ich wollte dich, ich meine euch, zum Kaffee in meine neue Wohnung einladen. Also bis dann, ich muss jetzt wieder arbeiten.«

Arbeiten, das heißt für meine Mutter Unfallopfer zusammenflicken. Sie ist da knallhart. Für Gedanken und Gefühle sind »Psychofuzzis« wie ich zuständig – die sie nebenbei bemerkt völlig überbewertet findet.

»Morgen, Alice, hier spricht Isabel. Du wolltest mich doch spätestens gestern angerufen haben, ob du am Samstag mitkommst. Und vergiss nicht, heute Abend ist Pilates. Ich freu mich.«

Mist, habe ich beides glatt vergessen, ich rufe sie nachher an, wenn Clara schläft. Sie reibt sich eh schon die Augen. Wunderbar, das wird eine herrlich lange Mittagspause. Endlich Zeit, den Stapel Exposés durchzuarbeiten, um zu sehen, ob sich in dem Berg von Altpapier doch mal wieder eine Perle versteckt. Ich freue mich jetzt schon auf den Milchkaffee, den ich dabei trinken werde.

»Sie. Haben. Keine. Weiteren. Nachrichten.«

Auch gut.

Clara sieht aus wie ein Engel, als sie endlich eingeschlafen ist. Von meinem Schreibtisch aus habe ich ihr Bettchen im Blick. Ein Kinderzimmer hat sie noch nicht. Wozu auch? Wir haben sowieso nur zwei Zimmer, eins für mich und eins für Sebastian. Absolut genial. Wie in einer WG, nur dass wir jede Nacht gemeinsam in einem Bett schlafen, mal bei mir, mal bei ihm. Und Claras Spielzeug steht in der Küche. Ehrlich gesagt finde ich die Entscheidung für ein gemeinsames Schlafzimmer bedrohlicher als die Entscheidung für ein Kind. Angeblich sollen die Kinder schuld sein, wenn Frauen ihre eigene Persönlichkeit verlieren, aber ich glaube, Doppelbetten und Sofas mit Blick auf den Fernseher tragen viel mehr dazu bei.

Das Manuskript, das ich gerade vor mir habe, klingt vielversprechend. Morgen bin ich wie jeden Mittwoch im Verlag, während Eve Clara nimmt. Die Redaktionssitzung kann ich schließlich nicht von zu Hause aus erledigen. Die Arbeit am Schreibtisch schon. Clara schläft zwar nachts wenig, aber ihr Mittagsschlaf dauert geschlagene vier Stunden. Vier Stunden! Ich meine, jeder kennt den Bestseller *Die Vier-Stunden-Woche*. Da dürfte es ja wohl ein Leichtes sein, mit einem Vier-Stunden-Tag Karriere zu machen. Und wenn Clara zwei wird, kommt sie endlich in den Kindergarten, dann habe ich sogar einen Sechs-Stunden-Tag. Da könnte ich mich sogar an mein zweites Buch setzen. Vielleicht kurbelt das die Verkaufszahlen des ersten an. Es ist zwar toll, das eigene Buch bei Amazon zu finden und hin und wieder eine gute Kritik zu lesen, aber die Miete davon bestreiten kann ich noch lange nicht. Und der U3-Kita-Platz frisst demnächst auch noch die Hälfte meines Teilzeitgehaltes vom Verlag auf.

Nach dem dritten Kaffee habe ich immerhin schon die Hälfte des Stapels durchgearbeitet. Ein Gutes haben die schlechten Manuskripte: Die Entscheidung fällt schnell. Herr Gutmann etwa beruft sich auf seine eigenen Erfahrungen in dem Buchprojekt *Doppelt hält besser: Warum Ehefrauen den Geliebten dankbar sein sollten.* Ist ja auch eine echte Entlastung, wenn sich der arme Herr bei der Geliebten abreagiert und daheim vor lauter schlechtem Gewissen öfter mal den Müll runterbringt. Im Falle einer Veröffentlichung würde er allerdings ein Pseudonym bevorzugen, weil sein Modell nur mit Diskretion funktioniere, informiert er mich im Anschreiben. Hört, hört! Unser Verlag arbeitet im Bereich unterhaltsam formulierte Lebenshilfe, kurz: Infotainment. Läuft ganz gut, denn gegen irgendetwas muss der *innere Schweinehund*, der aber leider von der Konkurrenz kam, ja angetrieben werden. Apropos, mein Bauch und mein Beckenboden sind auch noch nicht wieder auf dem vorschwangerschaftlichen Stand, also sollte ich Pilates heute Abend auf keinen Fall verpassen. Ich mache einen Test. Wie viele Seiten schaffe ich mit angespanntem Beckenboden zu lesen? Obwohl ich eine Schnellleserin bin, lasse ich besagte Muskeln nach einer Seite los. Mit einem zweiten Kind sollte ich wirklich noch warten. Allerdings ist der ausgeleierte Beckenboden nicht der einzige Grund für mein Zögern. Dieses Mal werde ich die Sache etwas durchdachter angehen. Keine große Herausforderung, wo ich beim ersten Mal doch überhaupt nicht nachgedacht habe. Ich war fünfundzwanzig, mit Sebastian gerade erst zusammengekommen, seit einem Jahr im Job und offen für alles. Selbst für diesen neuen kleinen Erdenbürger. Tatsächlich ist es mit Clara noch viel schöner, als ich je gedacht hätte, aber leider auch viel anstrengender. Zumal ich diejenige bin, die sich am meisten um sie kümmert. Mein erklärtes Ziel ist es deshalb, meine Karriere erst mal auf Vordermann zu bringen, sodass ich Sebastian überhaupt vorschlagen kann, dass wir uns Geldverdienen und Kindergroßziehen teilen können.

Ich sehe unser Bild in der *Gala*: Sebastian und ich inmitten einer kleinen Kinderschar. Darunter steht: *Der attraktive Unfallchirurg klebt die nächsten drei Jahre lieber Pflaster auf die Knie seiner eigenen Kinder. Seine Frau, die erfolgreiche Schriftstellerin Alice Goldmann, ist ihm unendlich dankbar dafür, dass sie dank ihm den Traum von Karriere und Kindern verwirklichen kann.*

Das Klingeln meines Handys holt mich in die Realität zurück.

»Sebastian!«

Wir telefonieren tagsüber, sooft wir können.

»Hallo, Alice, was macht Clara denn gerade?«

»Schläft wie ein Engel. Und du?«

»Habe Pause. Du, wegen heute Abend, ich werde später nach Hause kommen, weil ich noch eine Besprechung mit meinem Chef habe.«

»Na, das wäre doch *die* Gelegenheit, mal wegen Teilzeit nachzufragen. Ich meine, rein theoretisch, falls wir das zweite Baby bekommen.«

Ich hoffe, meine Stimme klingt so einladend, dass er das Projekt am liebsten gleich in Angriff nehmen würde. Rein theoretisch.

»Ach, Alice, das würde ich lieber erst ins Spiel bringen, wenn es wirklich so weit ist. Ich habe gerade noch nicht mal einen unbefristeten Vertrag. Also, vor neun werde ich wohl nicht da sein, dafür habe ich dieses Wochenende keinen Dienst.«

Heute Abend nicht vor neun Uhr? Na klasse!

»Ich bin mit Isabel zum Pilates verabredet«, seufze ich.

»Sie wird bestimmt Verständnis haben. Lad sie doch einfach zu uns ein.«

So wie letztes Mal, denke ich. Es war gar nicht so leicht, ins Gespräch zu kommen, weil Clara so unruhig schlief und Sebastian nicht da war, um sie zu beruhigen. Trotzdem schreibe ich Isabel eine SMS: *Tut mir leid, muss Pilates ausfallen las-*

sen, Sebastian muss arbeiten. Komm doch danach noch auf einen Wein vorbei. LG, Alice

So, der Schweinehund kann sich schon mal entspannen. Willkommen im real existierenden Feminismus! Als ich vorsorglich den Weißwein kaltstellen will, piepst mein Handy: *Nein danke, muss früh ins Bett, weil ich morgen arbeiten muss. LG, Isabel*

Bevor ich darüber nachgrübeln kann, ob Isabel etwa sauer ist, wacht Clara auf. Mit einem Lächeln auf den Lippen fordert sie ihr Recht ein.

»Mama, Pipa gehen!«

Mir bleibt gar nichts anderes übrig: Kurzentschlossen packe ich die Spielplatztasche mit Ball und Sandförmchen ein. Den Rest der Arbeit werde ich auf heute Abend verschieben.

Der Weg zum nächsten Spielplatz ist zum Glück kurz. In dieser Ecke der Stadt gibt es eben nicht nur jede Menge Cafés und Läden, sondern auch alle drei Meter einen Spielplatz. Als ich eine der Mütterciquen am Sandkasten sehe, bereue ich bereits, dass ich nicht auch etwas mehr Verpflegung als ein Weckchen vom Bäcker auf dem Weg mitgenommen habe. Sollte sich Clara bei den Dinkelstangen, Rohkosthäppchen und Vollkornmuffins bedienen, die hier demonstrativ für jeden bereitliegen, kann ich im Gegenzug nur ein angelutschtes Weißmehlprodukt anbieten.

»Mama, will Maffins essen!«, ruft Clara und schmeißt ihr Brötchen in den Sand. Ich hebe es auf und schüttle es, aber der Sand bleibt kleben.

»Das würde ich nicht mehr essen, hier pinkeln immer die Katzen hin«, warnt mich eine gut informierte Mutter und reicht Clara einen Muffin. »Möchtest du einen Kaffee? Ich habe sicherheitshalber immer einen zweiten Becher dabei. Ich bin übrigens Martina. Wir haben uns jetzt schon oft gesehen, und ich weiß gar nicht, wie du heißt.«

Das Gute existiert. Dankbar setze ich mich und lausche einfach der Plauderei der drei Mütter und dem Spielen der Kinder. Seit der Spielplatzbesuch bei uns zum täglichen Ritual gehört, kenne ich die meisten Mütter und die paar Väter, die hier regelmäßig aufschlagen, zumindest so gut, dass wir mal ein paar Minuten plaudern. Clara kuschelt sich in meinen Schoß und versucht, den ganzen Muffin auf einmal in den Mund zu schieben. Ich lasse sie machen, und tatsächlich nimmt sie ihn irgendwann von selbst wieder raus und bricht sich ein Stück ab. Manche Dinge muss man bloß abwarten können.

Nachdem unsere Kinder alle in etwa gleich alt sind, treibt uns derzeit eine gemeinsame Sorge um: »Habt ihr denn schon einen Bescheid von der Kita? Mein Chef hat mich heute schon wieder gefragt. Er gibt mir erst einen Vertrag, wenn das mit der Kinderbetreuung sicher ist.«

»Nein, ich habe auch noch nichts gehört, Anke. Die Warteliste ist aber entsetzlich lang, und der Ausbau der neuen Gruppe zieht sich wohl hin«, bemerkt Martina.

Achtung, jetzt heißt es Kopf einziehen, denn eine ziemlich selbstbewusste Vollzeitmama meldet sich furchtlos zu Wort: »Mädels, wozu habt ihr überhaupt Kinder gekriegt? Es reicht doch völlig, wenn sie mit drei in den Kindergarten kommen.«

Es fehlt nicht viel, und Anke, die unbedingt einen Platz braucht, haut Conny, der Vollzeitmama, eins mit dem Schäufelchen über. Stattdessen rammt sie die Schaufel wütend in den Sand und übergeht die Bemerkung so gut wie eben möglich.

Ich versuche, die Stimmung zu heben. »Es gibt ab jetzt doch einen Rechtsanspruch auf U3-Betreuung. Wer einen Platz braucht, wird also auch einen bekommen. Oder zumindest eine Alternative.«

Okay, netter Versuch! Anscheinend sind sie sich wieder einig. Alle drei starren mich, nun ja, etwas mitleidig an, und es fehlt nicht viel, und eine von ihnen streichelt mir bedauernd über den Kopf und sagt »Dummerchen!«.

»Ach, Alice, im Grundgesetz steht auch, dass die Würde des Menschen unantastbar ist«, sagt Anke.

»Ja, aber das ist sie doch auch«, entgegne ich tapfer.

»Und trotzdem vergeht keine Sekunde, in der nicht einer was auf den Deckel kriegt.« Hochzufrieden mit ihrer brillanten Argumentation genehmigt sich die unerschrockene Verteidigerin der Menschenwürde einen Vollkornmuffin mit Schokoglasur.

Aber so schnell gebe ich mich nicht geschlagen. Nein, meinen Glauben an das Gute in der Welt lasse *ich* mir nicht nehmen, zumindest nicht von diesen Bilderbuchmamis; die Kitaleiterin hätte mich schon vorgewarnt, wenn es so schwierig werden würde.

»In Köln-Sülz schreiben die Eltern sogar schon Bewerbungen. Du hättest die Mappe meiner Freundin sehen sollen! Zuckersüße Fotos von ihrer Tochter Sophie. Wächst zweisprachig auf. Nicht türkisch-deutsch oder so, nein, mandarin-französisch. Ihr Deutsch soll sie dann im Kindergarten perfektionieren. Dabei kann sie mit knapp zwei schon besser Deutsch sprechen als die meisten Kinder in ihrem Alter. Die Eltern haben sich sogar angeboten, einmal im Monat den Kitagarten auf Vordermann zu bringen und für das neue Klettergerüst zu spenden. Und wer hat den Platz bekommen? Der Sohn eines Berufszauberers sowie der Inhaberin einer Cateringfirma – ab jetzt ist jedes Kindergartenfest geritzt.«

»Köln-Deutz ist ja nicht Köln-Sülz, also warten wir doch einfach ab«, beschwichtige ich. Auf dem Spielplatz wird anscheinend genauso übertrieben wie überall.

»So habe ich vor einem Jahr auch gedacht. Ich wollte nach Lucas erstem Geburtstag wieder zurück in den Job, aber mittlerweile traue ich dem Weihnachtsmann mehr zu als dem staatlichen Betreuungssystem. Unserer Familienministerin sei Dank.«

»Na ja, sie selbst bekommt das doch wunderbar hin mit Kind und Job«, wende ich ein.

Wie gut, dass man mit Sand nicht steinigen kann! Die beiden Mitbewerberinnen um die nächstgelegene Kindertagesstätte schauen mich an, als hätte ich sie nicht mehr alle.

»Wenn sie kein Brot haben, sollen sie doch Kuchen essen!«, erwidert die eine streng. Über diesen Vergleich muss ich irgendwann mal in Ruhe nachdenken.

Mein Time-out nutzt Conny, um ihr Totschlagargument ein zweites Mal anzubringen: »Ich frage mich sowieso, wozu Politikerinnen ein Kind haben, wenn sie den ganzen Tag arbeiten.«

Ja, wozu werden wir überhaupt geboren, wenn wir eines Tages sowieso wieder sterben müssen? Ich kann diese Katastrophenmamis nicht länger ernst nehmen. Dennoch will ich morgen einmal in der Kita anrufen. Rein vorsichtshalber. Nicht dass mein wohldurchdachter Plan doch noch zum Einsturz kommt.

Jeden Monat trifft sich der Elternstammtisch unserer Schule im »Brauhaus ohne Namen«. Bei dem schönen Wetter sitzen wir bestimmt im Innenhof, also sollte ich mir eine Jacke mitnehmen. Hübsch machen? Ich schaue auf die Uhr. Wenn ich mich jetzt noch aufbrezle, komme ich zu spät. Das würde bedeuten, dass ich mir nicht aussuchen kann, neben wem ich sitze. Ich entscheide mich für einen Kompromiss. Fünf Minuten zu spät, dafür immerhin mit einem Hauch Make-up und einem netten Oberteil. Mann und Kinder kriegen noch einen dicken Kuss, und schon laufe ich los. Zu spät kommen ist für mich ein Zeichen von Respektlosigkeit. Mist, ich habe mein Handy vergessen. Ohne Handy halte ich den Abend nicht aus. Man weiß ja nie, was passiert. Also noch mal nach Hause und an den erstaunten Gesichtern unserer Drillinge Anna, Florian und Simon vorbei, die allein vor der Glotze sitzen. Meckern wäre jetzt kontraproduktiv.

»Wo ist denn der Papa?«

»Der muss noch was im Internet gucken.«

»Aha.« Mein umsichtiger Mann passt also auf die Kinder auf und merkt dabei noch nicht mal, dass jemand die Wohnung betritt? Und lässt die lieben Kleinen fernsehen, obwohl sie bei mir heute schon *Tim und Struppi* gucken durften? Andererseits haben Einbrecher normalerweise auch keinen Schlüssel. Und über den Medienkonsum rede ich morgen mal mit Martin. Ich schnappe mir mein Handy vom Flurtisch und laufe wieder los.

Außer Atem schiebe ich die schwere Kneipentür auf. Dank

des Nichtrauchergesetzes ist hier drinnen inzwischen die Luft wieder in Ordnung. Exraucherinnen wie ich hassen den Geruch bekanntlich am meisten. Für mich war damals sofort klar, dass ich aufhören würde, sobald wir uns für Kinder entscheiden.

Ich flitze am Tresen vorbei Richtung Biergarten. Und was sehe ich dort? Einen fast leeren Tisch. Nur ein Elternpärchen und drei Mütter. Ich habe also noch die freie Auswahl und setze mich neben Doris, deren Sohn Leo mit meinen Jungs zum Fußballtraining geht. Sie und ihr Mann Andreas fielen mir beim letzten Spiel positiv auf, weil sie zu den wenigen gehörten, die ihren Sohn nicht anbrüllten, als müssten sie demnächst allesamt von seinem Spielergehalt leben. Als ich Andreas an den Tisch kommen sehe, stehe ich wieder auf. Konnte ich ja nicht wissen, dass der Platz besetzt ist.

»Bleib ruhig sitzen.«

»Danke, aber ich wollte mich nicht zwischen euch drängen«, sage ich und setze mich wieder.

»Machst du auch nicht«, antwortet Doris, »reicht doch, wenn wir zu Hause immer nebeneinandersitzen.«

Ich werfe Andreas einen Blick zu, in dem ich mich stellvertretend für alle Frauen für unhöfliche Bemerkungen dieser Art nach dem Motto »Wir meinen es nicht so« entschuldige und lehne mich zurück.

Eine halbe Stunde später ist der Tisch vollbesetzt und der reinste Sündenpfuhl. Die Happy Hour macht die Cocktails bezahlbar, und der freie Himmel erlaubt allen Rauchern, ihrem Laster uneingeschränkt zu frönen. Ich halte mich an meiner Fassbrause fest. Herrlich erfrischend. Gerade kommt der Kellner mit lauter fettigem Zeug an: Tacos, Fritten, Schnitzel …

»Und Sie wollen wirklich nichts essen?«

Der charmante Kellner lächelt mich aufmunternd an. Offensichtlich habe ich einen Tick zu gierig auf das Tablett geschaut. Ich werfe nur so noch mal einen Blick in die Karte. Eigentlich habe ich gerade schon mit den Kindern gegessen und auch nur fünfzehn Euro dabei. Aber was soll's!

»Einen kleinen Salat, bitte, und …«

Er schaut mich erwartungsvoll an. Alle anderen leider auch.

»… eine Virgin Colada.«

Der Kerl gegenüber prustet los.

»Dann hätte ich gern den Sex on the Beach. Aber mit der Virgin Colada, bitte!« Sogar seine Frau scheint schon angesäuselt genug, um über diesen niveaulosen Witz zu lachen. Sie ist nicht die Einzige. Ich habe Erbarmen. Das ist doch Caro, die Mutter von Steven. Kein Wunder, dass ihr Sohn Wörter benutzt, die mich schon in Gedanken rot werden lassen. Und sein Vater? Der lacht immer noch über seinen schlechten Witz. In dem Zustand würde er eine schlagfertige Antwort meinerseits sicher nicht verstehen. Ehrlich gesagt fällt mir gerade aber auch keine ein. Stattdessen bestelle ich beim Kellner, der immer noch hinter dem Witzbold steht, ein Glas Rotwein und storniere den alkoholfreien Cocktail. Ohne Drogen schaffe ich das hier heute nicht. Im schlimmsten Fall muss ich eben mit Karte bezahlen. Der Kellner notiert sich die Bestellung, zwinkert mir zu, wirft einen verächtlichen Seitenblick zu Mr. Sexbomb und tippt sich an die Stirn. Und ich? Ich werde knallrot. Es handelt sich bei dem Kellner nämlich zufällig um einen sehr hübschen jungen Mann. Glücklicherweise greift Doris wieder den Faden auf, und wir unterhalten uns über die bevorstehende Projektwoche. Zugegeben, das Wetter ist schön, der Haushalt und das Kindergeschrei sind weit weg, und der Wein ist wunderbar, aber so viel Spaß wie die anderen habe ich trotzdem nicht. Ist das hier nun eine Schulveranstaltung oder ein Freizeitvergnügen? Oder habe ich die ewig gleichen

Gespräche über anstrengende Lehrerinnen, überambitionierte oder vernachlässigende Eltern, die Sanierung des Spielplatzes und den Umbau der eigenen Wohnung einfach schon zu oft geführt? Frau Hoffmanns Satz hallt in meinem Kopf nach. Bin ich wirklich das Pulverfass unterdrückter Gefühle, das in den Kindern zum Überkochen kommt? Meine Begegnung mit Frau Hoffmann der Runde zur Diskussion zu stellen wäre sicherlich keine gute Idee. Aber Doris erzähle ich davon.

»Das wundert mich. Ich habe Frau Hoffmann eigentlich immer als sehr vernünftig erlebt. Was sie sagte, hatte bisher immer Hand und Fuß.«

Vielen Dank auch, das war genau die Antwort, die ich nicht hören wollte. Also wechsle ich das Thema. Tatsächlich unterhalten wir uns dann noch so nett, dass mich der Blick auf die Uhr ehrlich schockiert. Elf Uhr abends! Dabei müssen wir morgen alle früh raus.

Martin ist noch wach, als ich die Tür aufschließe. Er legt sein Buch beiseite und macht mir Platz auf dem Sofa.

»Und, wie war dein Abend, Eve?«

»Ganz nett«, antworte ich und ziehe Jacke und Schuhe aus. Statt direkt in die Küche zu gehen, frage ich Martin, ob er die Spülmaschine angestellt hat.

»Ach, lass doch die Spülmaschine! Komm lieber zu mir, wir hatten die letzten Tage kaum einen Moment für uns.«

Das ist auch wieder wahr. Als ich mich zu meinem Mann auf das Sofa setze, dauert es keine fünf Minuten, und wir küssen uns. Weitere fünf Minuten später ist die magische Grenze erreicht, an der sich entscheidet, ob wir miteinander schlafen werden oder der Kuss hier endet. Eine Minute länger, und wir werden miteinander schlafen. Aber will ich das heute? Mein Körper sagt ja. Aber mein Verstand? Der sagt, dass es schon ganz schön spät ist und wir morgen zwar nicht in Teufels Küche kommen, aber zumindest mit beiden Beinen im Chaos stehen werden, wenn wir nicht ausgeschlafen sind. Außerdem weist er mich höflich darauf hin, dass Martin nicht gesagt hat, dass er die Spülmaschine noch eingeräumt und angestellt hat, sondern nur, dass ich sie vergessen soll. Wie könnte ich das, wenn es bedeutet, dass wir morgen früh kein Geschirr zum Frühstück haben? Wenn ich ihn das allerdings frage, während ich die Knöpfe seines Hemdes öffne, kann ich diese auch genauso gut zulassen. Also, scheiß auf die Spülmaschine!

»Verdammt, warum hat denn keiner mehr die Spülmaschine angestellt?«, motze ich und gehe davon aus, dass der Betreffende schon weiß, wer wohl gemeint sein könnte.

»Weil ich gestern auch irgendwann müde war! Außerdem habe ich immerhin die Teller rübergestellt.«

»Davon werden sie aber auch nicht sauber.«

»Dann nehmen wir halt große Teller, ist doch egal!«, meckert Martin zurück.

Wer behauptet eigentlich, dass Sex die Laune hebt? Ausgeschlafen wären wir beide mit Sicherheit besser gelaunt.

»Mama, wo sind meine Turnsachen?«

»Im Flurschrank.«

Hastig verteile ich ein paar zusammengewürfelte Teller, die für eine Scheibe Brot viel zu groß sind.

»Da habe ich schon nachgeschaut.«

Seufzend laufe ich los, um selbst zu gucken. Im Flur sehe ich das Ergebnis der Suchaktion. Alles, was im Schrank war, liegt jetzt davor. Die Turnsachen allerdings nicht. Sie hängen fein säuberlich am Haken an der Wand.

»Könnt ihr nicht einmal besser auf eure Sachen aufpassen?«

»Ich schwöre bei meinem Leben, dass ich sie in den Schrank getan habe!«

Ich muss aufpassen, dass ich nicht grinse. Simon hat es anscheinend nicht nur mit der dunklen Seite der Macht, er hat auch einen ordentlichen Hang zur Dramatik.

»Ich bin dann mal weg«, wirft mein Mann lapidar in die Runde, bevor er gefrühstückt hat. »Teambesprechung um acht. Da gibt es sowieso immer Kaffee. Und Brötchen.«

Ja, ja, und er muss sie nicht einmal selbst schmieren. Bevor Martin die Tür hinter sich zuzieht, wirft er mir trotz des Chaos noch einen verschmitzten Blick zu. »War übrigens nett gestern.«

Ich versuche zurückzulächeln, aber so ganz authentisch kommt es wohl nicht rüber. Es war nett, ja, aber wäre ich so vernünftig gewesen, früher nach Hause zu kommen und alles für den nächsten Tag vorzubereiten, würde es mir jetzt deutlich besser gehen.

Eine halbe Stunde später ist das Wunder vollbracht: Meine drei angezogenen, satten Kinder befinden sich auf dem Schulweg. Ich winke ihnen hinterher, obwohl sie sich sowieso nicht mehr umdrehen. Hinter den riesigen Vierecken von Schulranzen schauen nur der Kopf und die kurzen Beine hervor. Was sie nicht wissen, ist, dass ich sie heimlich verfolge. Jeden Morgen schaue ich nach, ob sie auch wirklich in der Schule ankommen. Sonst könnte ich den Vormittag überhaupt nicht in Ruhe verbringen. Und ehrlich gesagt gibt es auf dem Weg ja auch immer etwas zu erledigen – und wenn es der tausendste Gang in den Supermarkt ist. Manchmal zerreißt es mir das Herz vor Sorge, wenn ich meine Kinder allein losziehen lassen muss. Manchmal wünsche ich mir dagegen nichts sehnlicher, als einmal drei Stunden Ruhe vor ihnen zu haben. Klingt ein wenig schizophren, ich weiß. Ein Wunder, dass nicht längst alle Mütter für verrückt erklärt worden sind.

Heute ist Mittwoch, und ich werde den Tag mit Clara verbringen. Mittwochs hat Alice ihren Tag im Büro, da springe ich immer für sie ein. Dafür ermöglicht sie Martin und mir einmal pro Woche einen freien Abend. So süß die Kleine auch ist, bin ich doch jedes Mal froh, dass meine schon sechs sind und damit quasi aus dem Gröbsten raus. Keiner muss mehr gewickelt oder gefüttert werden, Trotzanfälle sind selten geworden und die Nächte deutlich ruhiger. Meistens wache ich nicht mal mehr auf, wenn die Drillinge sich im Laufe der Nacht kreuz und quer in unserem Bett verteilen. Claras Geschrei von unten dagegen hat mich erst heute Morgen wieder aus dem sowieso knappen Schlaf gerissen.

Auch wenn ich Clara bei Eve bestens aufgehoben weiß, schweifen meine Gedanken immer wieder zu ihr. Hoffentlich denkt Eve daran, ihr bei dem Wetter eine Sonnenmütze aufzusetzen. Hoffentlich rennt Clara auf dem Weg zum Spielplatz nicht auf die Straße. Hoffentlich schubst kein anderes Kind sie vom Kletterturm hinunter …

Die Sorgen sind echt das Stressigste am Muttersein. Dabei ist mir klar, dass neunzig Prozent davon völlig unbegründet sind, aber ich habe nun mal eine blühende Fantasie.

»Alice, sind Sie sicher, dass Sie das mit der Kinderbetreuung ab Oktober geregelt bekommen?«

»Ja, natürlich. Ich freue mich schon, wieder voll einzusteigen.«

Sehe ich da etwa eine gewisse Panik in den Augen meines Chefs? Was hat denn der Blick zu bedeuten, den er mit meiner Kollegin Tanja wechselt?

»Wir hatten uns vorerst doch auf eine Dreiviertelstelle geeinigt?«, fragt mein Chef eher rhetorisch nach.

»Aber ja, natürlich. Ich meine ›voll‹ im geistigen Sinne.«

»Heißt das, du bist im Moment nicht richtig da?«

Sieg nach Punkten. Tanja hat die Lacher auf ihrer Seite. Nur ich werfe ihr einen strengen Blick zu. Tanja und ich haben uns früher das Büro geteilt. Jetzt sitzt Tom an meinem alten Schreibtisch. Der süße Praktikant von damals ist zum Redakteur aufgestiegen. Tanja ist eigentlich eine nette Kollegin, besitzt aber leider nicht meinen Sinn für die unbegrenzten Möglichkeiten dieser Welt. Wenn sie sich mit den Manuskripten beschäftigt, hält sie sich immer an Formulierungen auf, statt mal einen Blick auf das Ganze zu werfen. Dafür besitzt sie einen Doktortitel. Für Geisteswissenschaftler ist das aber auch nicht unbedingt ein Karrierebeschleuniger.

Neben Tom fühle ich mich immer steinalt, obwohl er gerade mal zwei Jahre jünger ist als ich. Während ich mich nach getaner Arbeit frage, wie es meinem Mann und meinem Kind wohl gerade geht, fragt er sich, wohin er heute Abend ausgehen soll. Manchmal nimmt er mich sogar mit. Er war früher verknallt in mich, und ich habe es noch nicht mal gemerkt. Obwohl ich Toms Verliebtheit nicht erwidert habe, hat er mich völlig selbstlos getröstet, als ich mit Sebastian meine erste und bisher einzige große Krise hatte. Okay, er hat nicht vergessen, mich darauf hinzuweisen, dass er zur Verfügung stünde, falls es mit Sebastian schiefgehen würde, aber ich glaube, er hat sich selbst bald anderweitig trösten lassen. Und jetzt ist er mein wichtigster Verbündeter im Verlag, der mir bestätigt, dass ich meistens nicht allzu viel verpasse, wenn ich zu Hause sitze statt hier am Schreibtisch. Da lasse ich mich wenigstens nicht vom Büroklatsch ablenken. Als wenn ich mich am Bürostuhl festnageln lassen müsste, um eine selbstbestimmte Frau zu sein! Meine Mutter hat sich immer über die drei berühmten Ks aufgeregt, die angeblich alle Frauen, ausgenommen sie selbst, knechten würden. Aber macht es die Sache wirklich besser, wenn man Kinder, Küche, Kirche durch Kerle, Konsum und Karriere ersetzt? Ich möchte Karriere machen, keine Frage, aber nach meinen Regeln. Und die lassen noch genug Raum für das ganze restliche Alphabet. Warum kapieren das viele nicht? Meine Mutter zum Beispiel betrachtet mich als Heimchen am Herd und meine Karriere als reine Spielerei. Wenn ich sie bisweilen auf mein eigenes Buch hinweise, mahnt sie, lieber erst einmal die Verkaufszahlen abzuwarten. Emanzipation entscheidet sich auf dem Bankkonto – das ist ihr Motto. In den Augen meiner Schwiegermutter dagegen bin ich die völlig unnötige Karrierebremse ihres hochbegabten Sohnes und eine potenzielle Gefahr für ihr Enkelchen. Sie hat sich sowieso gefragt, ob ich als Einzelkind einer alleinerziehenden Mutter überhaupt be- und erziehungsfähig sei. Dabei sollte sie mir lieber dankbar sein, dass Sebastian gerade nicht aus Wohltätigkeit irgendwo in Venezuela hockt, sondern mindestens einmal im Monat von Köln ins Münsterland fährt, um seine Eltern zu besuchen. Ein winziges bisschen klopft gerade mein schlechtes Gewissen an. Hat Sebastian wirklich aus freien Stücken auf den Auslandsjob verzichtet? Ich nehme mir fest vor, ihn dabei zu unterstützen, diese Sache irgendwann nachzuholen.

»Alice, hörst du überhaupt zu?«

»Ja«, beteuere ich knapp und greife instinktiv zu meinem Kuli und dem Block vor mir.

»Und was sagst du dazu?«

Mist. Wozu? Sind wir immer noch bei meiner geistigen Anwesenheit? Da habe ich jetzt wohl ein Eigentor geschossen. Bevor ich meiner Kündigung oder Vollzeitbetreuung eines liebeskranken Autors zustimme, frage ich lieber nach.

»Könnten Sie den Gedanken noch einmal zusammenfassen?«

»Würden Sie sich zutrauen, in einer Talkshow mitzumachen?«

»Zu welchem Thema?«

Oh Gott, ich hasse es, in der Öffentlichkeit zu sprechen. Tanja hat überhaupt keinen Grund, mich so neidisch anzugucken.

»Zu Ihrem Buch natürlich«, antwortet mein Chef genervt.

Zu meinem Buch? Na ja, wird wohl irgendein Nachtprogramm sein, das sowieso niemand schaut. Trotzdem würde ich am liebsten ablehnen. Die Vorstellung, vor einer Fernsehkamera frei reden zu müssen, gruselt mich. Doch der Gedanke an meinen Karriereplan lässt mich das alles noch einmal neu bewerten.

»Oh ja, grundsätzlich schon.«

»Gut, dann melde ich Sie jetzt für Ina Hills Sendung in zwei Monaten an. Die Familienministerin und Sabine Eulenbusch sind ebenfalls angefragt worden – mein Schwager sucht die Gäste aus. So eine Gelegenheit zur Werbung bietet sich selten. Wird ja Zeit, dass die Verkaufszahlen Ihres Buchs mal angekurbelt werden.«

Ina Hill? Deutschlands beliebteste Talkshow? Na großartig! Ich ärgere mich grün über mich selbst und fürchte die schlimmste Blamage meines Lebens.

Andererseits ist es natürlich *die* Gelegenheit, mal etwas zu bewegen. Aber habe ich denn der Damenwelt überhaupt etwas Revolutionäres zu bieten? Ist es nicht so, dass ich meine Situation mit Kind und Job einfach nur auf hohem Niveau beschönige? Ach, was soll's?! Sebastian wird sein Vortrag vor dem Ärztekongress auch nicht unbedingt Spaß gemacht haben. Und wenn ich schon emanzipiert sein will, darf ich diese Chance nicht aus Befindlichkeiten heraus ausschlagen.

»Sehr gern! Melden Sie mich an«, sage ich tapfer und hoffe, dass mein Lächeln auf der Fernsehcoach authentischer wirken wird.

Wenn das meine Mutter erfährt! Ich sitze mit Clara in der Bahn, und je weiter sich die Linie 1 von Deutz entfernt, desto schicker werden die Häuser. Kurz nach dem Melatenfriedhof steige ich aus und schiebe den Buggy die schicke Einkaufsstraße entlang. Ich biege in eine Seitenstraße und denke bewundernd: Hier will ich auch mal wohnen, wenn ich groß bin.

»Selba laufen!«, quietscht Clara vergnügt, und ich nehme sie aus dem Buggy. Der Bürgersteig ist so breit, dass ich mir keine Sorgen machen muss. Es fährt eh kaum ein Auto, und das mitten in der Stadt.

»Dann lauf ruhig, meine Claramaus. Gleich sind wir bei Oma.«

Oma. Meine Mutter sieht gar nicht aus wie eine Oma, aber die Omas von heute entsprechen eben auch nicht mehr den Klischees. Vor dem sanierten Jugendstilhaus bleibe ich stehen. Hier muss es sein. Meine Mutter hat sich nämlich eine Wohnung gekauft. Mit Gartenzugang. Das hat mich am meisten gewundert, da sie noch nicht mal eine Tulpe von einer Narzisse unterscheiden kann. Sie entgegnete, dass sie dann wenigstens einen Sandkasten für Clara aufstellen könne. Tja, die Zeiten ändern sich.

Nachdem ich ihr den Knopf gezeigt habe, klingelt Clara Sturm, und meine Mutter öffnet uns so strahlend wie selten.

»Kommt rein, meine Lieben.«

Drei Generationen Frauen unserer Familie stehen hier zusammen auf der alten Steintreppe. Ich fühle mich ein bisschen stolz, auch wenn diese beiden meine einzigen mir bekannten Blutsverwandten sind, wenn man von meinen Halbgeschwistern absieht.

Meine Mutter führt uns herum. Stuck an den Decken, hohe Wände, Parkett, riesige Fenster und ein traumhafter Blick in einen verwucherten Garten. Einen Moment lang wundere ich mich über das Arsenal an Gartengeräten vor der Terrassentür, aber warum sollte sich nicht auch meine Mutter mal ein Hobby zulegen?

In jedem Raum stehen noch Umzugskartons, die Regale sind leer. Es riecht frisch gestrichen.

»Was möchtet ihr trinken?«

»Für Clara habe ich was dabei, aber mir würdest du mit einem Kaffee eine große Freude machen. War ein stressiger Tag heute. Übrigens hast du nicht zu viel versprochen. Eine absolute Traumwohnung.«

Meine Mutter setzt einen Kaffee auf und zwinkert mir zu. »Irgendwann ist man eben zu alt für Kompromisse.«

Mit meiner Mutter landet man immer schnell beim Thema Prinzipien. Ich setze mich auf den freien Küchenstuhl und bewundere die Fliesen an der Wand. So gut können die nach hundert Jahren doch gar nicht erhalten sein. Wahrscheinlich eine teure Nachbildung.

»Wo ist denn Sebastian?«

»Musste leider doch noch arbeiten«, murmle ich und nehme dankbar den Kaffee entgegen.

»Tja, das müssen die Männer anscheinend immer.«

»Du weißt doch selbst, wie es im Krankenhaus läuft. Ich habe dich als Kind auch selten zu Gesicht bekommen.«

»Das stimmt, aber ich war auch allein dafür verantwortlich, dich und deine Oma durchzufüttern.«

»Bereust du das?«

»Nein, abgesehen davon hatte ich keine Wahl.«

»Man hat immer eine Wahl! Mit diesem Satz bin ich groß geworden.«

Sie lacht mit mir.

»Gönn mir doch die Weisheit des Alters.«

»Du bist gerade mal fünfzig! In unserer Kindergruppe gibt es Mütter, die sind nur fünf Jahre jünger als du! Und die Väter erst. Clara sagt zu jedem ›Opa‹!«

Clara liebt ihren Opa, aber leider sieht sie Sebastians Vater auch nicht allzu oft.

»Opa, Opa!«, ruft Clara freudig und schaut zum Garten hinaus.

»Den Opa besuchen wir nächste Woche, mein Schatz.«

»Da Opa!«

Da steht tatsächlich ein Mann, der wie ein Opa aussieht:

graue, aber volle Haare, eine grüne Arbeitshose und freundliche Augen. Er klopft an die Terrassentür. Meine Mutter winkt ihn heran.

»Wünschen Sie sich für die Wand lieber Kletterrosen oder Clematis? Ich habe sicherheitshalber beides im Wagen.«

Ich sehe meiner Mutter an, dass sie keine Ahnung hat, was eine Clematis ist, das aber niemals zugeben würde.

»Ach so, ja, also dann die Kletterrosen.«

»Schade, die Clematis würden sich an der Wand wunderbar machen.«

Meine Mutter wird rot. Dieser Gärtner ist der erste Mann, der sie in Verlegenheit bringt, seit ich mich erinnern kann. Den muss ich mir mal genauer anschauen. Vielleicht könnte er mir auch einen Tipp für die Pflege von Sukkulenten geben?

»Kommen Sie doch einfach mal mit und schauen sich beide Pflanzen kurz an. Die Rose blüht gerade wunderschön«, schwärmt er. Er reicht mir die Hand und nickt auch Clara zu.

»Ich bin übrigens Herr Buchenhain. Der Gärtner, wie man vielleicht nicht nur am Namen erkennt.«

Was ich außerdem sofort erkenne, ist die starke Anziehung zwischen ihm und seiner Auftraggeberin. So hat meine Mutter in ihrem ganzen Leben noch keinen Mann angeschaut.

Zweimal im Jahr ärgere ich mich darüber, dass wir mit Blick auf das Rheinufer wohnen. Zweimal im Jahr wird nämlich vor den Augen unserer süßen, unschuldigen Kinder die Kirmes aufgebaut, und so grausam bin selbst ich nicht, ihnen dieses grell blinkende und alles andere als billige Vergnügen nicht wenigstens einen Nachmittag lang zu gönnen. Satt sind wir dank Zuckerwatte und Liebesäpfeln alle vier, zufrieden aber noch lange nicht. Zumindest drei von uns nicht. Schließlich lauert kurz vor dem Ausgang noch die *Wilde Maus*, eine Art Achterbahn ohne Looping, die vor ein paar Jahren einem Kirmesmitarbeiter sogar das Leben gekostet hat. Mit jedem Schritt, den wir uns dem Höllenteil nähern, mache ich mich etwas mehr auf Diskussionen gefasst. »Bitte, Mama! Nur eine Runde!«

»Nein, drei Fahrten habe ich euch versprochen. Die haben wir hinter uns und gehen jetzt nach Hause.«

Ich laufe unbeirrt Richtung Ausgang, in der Hoffnung, dass sie mir folgen.

»Bitte!«, rufen sie im Chor und bleiben direkt vor dem Kassenhäuschen stehen. Wenn mir dieses Gefährt nicht selbst so unheimlich wäre, würde ich es vielleicht sogar erlauben.

»Nein! Wir gehen jetzt nach Hause. Da dürft ihr noch ein bisschen Fernsehen gucken, ja?« Bestechung hat schon immer funktioniert.

»Langweilig!«, protestiert Florian und verschränkt die Arme vor dem kleinen Körper.

»Ja, genau, Mama, du bist so was von langweilig«, pflichtet Anna ihm bei.

»Nichts traust du dich!«, ergänzt Simon, schiebt die Unterlippe vor und zieht die Augenbrauen zusammen.

»Papa würde es erlauben.«

Florian wirft mir einen Blick zu, der bewirkt, dass ich mich noch schlechter fühle.

»Und Alice würde es sogar Clara erlauben. Die ist nämlich nicht so eine Angsthasenmama wie du«, schießt Anna den nächsten Pfeil ab.

»Alle Kinder aus unserer Klasse durften schon mit der *Wilden Maus* fahren. Nur wir nicht!«

Simons Argument stimmt mich wieder etwas gnädiger. Alle anderen Kinder dürfen doch eh immer alles.

»Gut, dann schlage ich euch vor, dass ihr morgen mal den Papa fragt, ob er mit euch mit der *Wilden Maus* fährt. Ich gehe jetzt jedenfalls nach Hause.«

Als hätte ich soeben angekündigt, dass es dieses Jahr weder Geburtstags- noch Weihnachtsgeschenke gibt, folgen sie mir je nach Temperament mit Schmollgesicht, Zorn in den Augen oder dem Ausdruck abgrundtiefer Enttäuschung. Egal, was man macht, es ist nie genug. Immerhin erinnern sie sich an mein Versprechen und setzen sich – einig wie selten – alle drei sofort vor den Fernseher. Ich schalte ihn an, ziehe mich ins Schlafzimmer zurück und werfe mich aufs Bett.

Langweilige Angsthasenmutter! Na super. Ich bin doch nur verantwortungsbewusst und manchmal ein wenig vorsichtiger als andere. »Vielleicht sollten Sie einfach mal Ihre dunkle Seite ausleben.« Zugegeben: Das Verruchteste, was mir gerade einfällt, ist, das Abendessen ausfallen zu lassen und eine Pizza zu bestellen. Oder die Kinder eine Stunde länger vor dem Fernseher sitzen zu lassen, um noch ein wenig meine Ruhe zu haben.

Vielleicht haben sie ja alle recht. Ich bin langweilig. Ich bin feige. Mein ganzes Leben ist langweilig. Und zwar dermaßen, dass selbst meine Fantasie langweilig ist. Meine Hobbys? Laufen: pragmatisch, gesund, weit verbreitet. Mein täglicher Radius? Ein Kilometer im Umkreis der Wohnung, also Schule, Supermarkt, Spielplatz. Wenn ich mal so richtig die Sau rauslassen will, fahre ich in die Innenstadt. Zum Shoppen zu H&M. Oder C&A. Und dann meistens nur Kinderklamotten. Männer? Seit zwanzig Jahren derselbe. Frisur? Seit dreißig Jahren dieselbe. Halblang, offen oder als Pferdeschwanz. Aber mir einen »frechen« Kurzhaarschnitt verpassen lassen, nur damit mal was passiert? Nee, echt nicht! Beruf? Magister in Soziologie, aber immer noch keine Ahnung, was ich damit jemals anfangen soll. Dabei war ich so stolz, als ich vor zwei Jahren endlich meinen Abschluss nachgeholt habe. Wäre ich jetzt die Heldin eines unterhaltsamen Frauenromans, würde ich für eine Woche nach Berlin fahren, Gesangsunterricht nehmen und mich von einem fünfundzwanzigjährigen durchgeknallten Künstler schwängern lassen. Wie sich das für mich anhört? Einfach nur anstrengend. Und leider auch … langweilig.

Trotzdem fasse ich einen Entschluss: Ich werde unvernünftig sein! Ich werde meine dunkle Seite ausleben! Die werden sich alle noch wundern! Frau Hoffmann, Martin und auch meine Kinder. Die langweilige Angsthasenmutter ist nämlich in Wirklichkeit Catwoman persönlich!

»Mal was Verr…«, weiter muss ich meine Suche bei *Google* gar nicht spezifizieren. Ungefähr 930 000 Suchergebnisse erscheinen unter »Mal was Verrücktes tun«. Ich bin offensichtlich so mittelmäßig, dass ich selbst diesen Wunsch mit Millionen anderen Menschen teile. Wirklich spannende Menschen haben den Kopf sicher immer voller Pläne und finden das auch noch ganz normal. Trotzdem bin ich neugierig, ob bei den Suchergebnissen etwas für mich dabei ist.

Nachts nackt zu einem fremden Haus rennen, einen Stein ans

Fenster werfen und rufen, dass der Bewohner rauskommen und eine Menge Spaß mit einem haben soll.

Das würde mein Leben mit Sicherheit nicht bereichern.

Nach Siegburg ins Sea Life fahren, die Krake Paule klauen und zu Hause grillen.

Hey, ist Paule nicht sowieso schon längst tot?

An anderer Stelle finde ich eine Liste mit neunundneunzig Dingen, die man im Leben unbedingt getan haben sollte. Zum Ausdrucken und Abhaken. Als ich beim Lesen der Liste merke, dass selbst ich schon die Hälfte dieser Sachen erledigt habe, komme ich mir schon besser vor. Einen Rotwein in der Badewanne trinken, einem Fremden ein Lächeln schenken oder etwas kaufen, das man definitiv nicht braucht, macht das nicht jeder mal? Auf einer Kirmes alle Heißluftballons kaufen oder eine Woche lang nur Rotes essen erfordert da schon etwas mehr Aufwand. Aber werde ich mich befreiter fühlen, wenn ich eine Vollkaskoversicherung abschließe und dann blind einparke? Zumindest weiß ich langsam, was ich nicht will.

»Mama, dürfen wir auch noch *Wissen macht Ah!* gucken?«

Die Realität in Form von äußerst freundlichen Kinderstimmen holt mich in mein langweiliges Leben zurück.

»Ja, aber nach *Logo* ausmachen.«

Damit hatten sie jetzt nicht gerechnet! Alle drei schauen mich kurz mit offenem Mund an, machen dann auf dem Absatz kehrt und hängen sich wieder vor die Glotze. Ha, das war heute mein Beitrag zum Thema Medienkonsum.

Das Leben gehört uns. Warum muss ich in diesem wunderschönen Moment an eine so traurige Geschichte denken? Eigentlich denke ich auch nur an das Plakat und die Beschreibung, die mich davon abhalten, diesen Film zu gucken. Wir fahren nicht Achterbahn wie Roméo und Juliette in Paris, sondern Riesenrad in Köln-Deutz. Unser Leben ist bisher auch von keinem Schicksalsschlag heimgesucht worden. Aber wir sind gerade genau so eine glückliche Familie wie die in dem Film, und Glück ist in allen Geschichten immer etwas, das in Unglück umschlägt oder zumindest erst am Ende gewährt wird.

»Sebastian, ich bin so froh, dass wir hier sind. Dass das alles Wirklichkeit geworden ist, wovon wir vor ein paar Jahren noch nicht einmal zu träumen gewagt haben.«

»Ich schon.«

»Ach, wirklich?«

»Ja, wirklich. Von dem Moment an, als ich dich auf der Liege im Krankenhaus sitzen sah.«

Offen gestanden war es auch für mich Liebe auf den ersten Blick. Und jetzt ist aus dem unbekannten Mr. Bernsteinauge, wie ich ihn damals nannte, mein Mann und der Vater meiner Tochter geworden. Hier oben auf dem Riesenrad der Deutzer Kirmes hat Sebastian mir vor zwei Jahren einen Heiratsantrag gemacht, als wir beide noch völlig überrumpelt waren von diesem wunderbaren Gefühl, plötzlich Eltern zu werden. Und heute lieben wir das Leben mit Clara über alles. Die seltenen Momente zu zweit genießen wir jedoch ganz besonders, da wir einiges nachzuholen haben. Sebastian hat mich mit diesem freien Abend überrascht und Eve gebeten, in unserer Wohnung auf Clara aufzupassen, bis wir wiederkommen.

Obwohl das die Gondel aus dem Gleichgewicht bringt, sitzen wir nebeneinander. Sebastians Rucksack steht uns gegenüber und sorgt für ein wenig Ausgleich. Hat er Wackersteine dabei? Ich spüre Sebastians Wärme und lehne mich an ihn. Es ist schön, nicht zu reden, nichts zu tun. Sich blind zu verstehen. Nach den anfänglichen Turbulenzen kommen wir allmählich etwas zur Ruhe und wachsen als Paar und Familie zusammen. Wir drei kommen mir manchmal vor wie zarte Pflänzchen, die erst einmal gehegt und gepflegt werden müssen, um dann den nächsten Sturm unbeschadet zu überstehen.

Wir verlassen Hand in Hand das Riesenrad und laufen auf das Rheinufer zu.

»Du bist heute so ruhig, Alice.«

»Weil ich glücklich mit dir bin. Es gibt gerade einfach nichts zu sagen.«

Und an alles andere, mit dem ich nicht so glücklich bin, will ich in diesem Moment nicht denken.

Ich löse meine Hand aus seiner, um sie gleich um seine Taille zu legen. Eng umschlungen, erreichen wir die Poller Wiesen. Der Rhein fließt neben uns her, als wollte er uns überholen. Dabei haben wir es gar nicht eilig. Wir setzen uns in das feuchte Gras und genießen die Touristenaussicht inklusive Blick auf den Dom. Millionen Menschen aus aller Welt fahren oder fliegen in unsere Heimatstadt, um einen Blick auf dieses Weltkulturerbe zu werfen. Und wir? Wir brauchen nur fünf Minuten zu laufen, um es zu sehen. Ich beobachte, wie Sebastian etwas aus seinem Rucksack holt. Er holt eine Flasche Sekt, zwei Gläser, Cracker und ein paar Plastikschachteln hervor. Beim Anblick dieser Köstlichkeiten, die bestimmt vom Griechen um die Ecke stammen, läuft mir das Wasser im Mund zusammen.

Oliven, zwei Dips und Antipasti. Kein Wunder, dass der Rucksack im Riesenrad gut gegenhalten konnte.

»Es gibt was zu feiern«, bemerkt er betont gelassen, obwohl ich spüre, dass er aufgeregt ist.

»Und zwar?«

Er öffnet den Sekt und füllt unsere Gläser.

»Ich habe die unbefristete Stelle bekommen. Und eine Gehaltserhöhung.«

Er reicht mir mein Glas und stößt mit mir an.

»Ich habe noch nicht unterschrieben, weil ich es erst mal mit dir besprechen wollte. Es könnte ja sein, dass du die nächsten Jahre zufällig auf einen anderen Kontinent möchtest! Nach Venezuela zum Beispiel?«

Gut zu wissen, dass auch Sebastian ein kleines bisschen gemein sein kann.

»Eigentlich nein, ich möchte einfach nur hierbleiben! Mit dir!«

»Na, dann: Herzlichen Glückwunsch! Du bist deinem Ziel gerade einen bedeutenden Schritt näher gekommen.«

Ich küsse ihn und spüre seine Erleichterung. Und auch ich bin erleichtert. Ein fester Vertrag bedeutet ja wohl auch, dass Sebastian problemlos Elternzeit nehmen könnte. Falls wir noch ein zweites Kind bekommen. Ohne mir Gedanken darüber zu machen, ob meine Hose Flecken oder ich eine Blasenentzündung bekommen könnte, lasse ich mich neben meinem Mann ins Gras sinken. Hinter uns werden nach und nach die Lichter der Kirmes gelöscht. Die Sterne über uns dagegen funkeln die ganze Nacht hindurch. Ein beruhigender Gedanke. Egal, welcher Sturm hier auf der Erde tobt, der Himmel über uns ist immer derselbe. Er allein ist Zeuge unseres Glücks, denke ich und streichle versonnen Sebastians Bauch.

»Wir könnten ein zweites Kind bekommen«, scheint er meine zwiespältigen geheimen Wünsche zu erahnen.

»Alice, was hältst du davon? Lass uns nicht zu lange damit warten, ja?«

»Nein, zu lange möchte ich auch nicht warten«, antworte ich vage. Vom Herzen her nicht mal eine Sekunde, aber diesmal möchte ich die ganze Sache auch mit Verstand angehen.

»Alice, außerdem gibt es da noch etwas, das ich gerne mit dir tun würde.«

Ich schaue ihn ehrlich gespannt an. Was kann das nur sein? Es fällt ihm offensichtlich schwer, seine geheime Fantasie mit mir zu teilen.

»Ein Haus bauen.«

»Ein Haus bauen?«

»Ja, ein Haus.«

Es ist, als ob jemand den Stecker gezogen hätte. Der Romantikmodus ist schlagartig abgeschaltet. Nicht einmal die Sterne funkeln noch so verheißungsvoll wie gerade eben. Dieses Vorhaben würde mich im wahrsten Sinne des Wortes ans Haus fesseln. Alle Eigenheime, die wir uns irgendwie leisten könnten, stünden am Ende der Welt. In irgendwelchen Vororten, womöglich nicht mal mehr mit Kölner Vorwahl. Es würde bedeuten, dass Sebastian mehr arbeiten muss. In Kombination mit einem zweiten Kind würde das für mich heißen, dass ich meine eigenen beruflichen Ziele immer mehr vernachlässigen müsste.

»Wozu brauchen wir denn ein Haus?«, ächze ich.

»Mehrere Kinderzimmer, ein Garten … Wir könnten leben wie eine richtige Familie«, erwidert mein Mann strahlend.

»Aber wir sind eine richtige Familie!«, protestiere ich empört.

»Aber wir leben gerade so provisorisch.«

»Wir haben den Himmel auf Erden.«

»Jetzt noch. Lange wird Clara sich nicht mehr mit der Spielecke in der Küche zufriedengeben. Und für zwei Kinder ist unsere Wohnung wirklich zu klein. Ach, Alice, ich dachte, du freust dich.«

»Sebastian, wir könnten doch einfach eine größere Wohnung suchen«, versuche ich dem Gespräch eine neue Wendung zu geben.

»Aber für drei Jahre irgendwas teuer zu mieten und dann doch irgendwann zu kaufen ist doch auch Blödsinn.«

»Irgendeinen Kompromiss einzugehen erst recht.«

»Das werden wir nicht. Wir suchen etwas, das uns beiden richtig gut gefällt.«

Ich verziehe das Gesicht. »Gut, Sebastian, dann setzen wir morgen eine Suchanzeige in *Immonet*: ›Suchen Drei- bis Vier-Zimmer-Wohnung in der Stadt, Altbau, Gartennutzung, familienfreundlich, bevorzugte Viertel: Deutz, Lindenthal, Belgisches Viertel, Sülz. Max. 200.000 Euro.‹ Also völlig unrealistisch, etwas zu finden, was uns beiden gefällt.«

»Und du behauptest, mit unserer Wohnung glücklich zu sein?«

»Ja, das bin ich – jedenfalls im Großen und Ganzen.«

Da Essen mich beruhigt, bestreiche ich mir einen Cracker mit Dip und lege noch eine Olive obendrauf. Ich weiß, dass Sebastian es gut meint, und er hatte schon Grund genug, sich auch von mir überrumpelt zu fühlen. Aber wenn ich die Gespräche der anderen Mütter über das Hausbauen so höre, wird mir angst und bang. Statt all der Lichter schwirren nur noch die Gesprächsfetzen der anderen Mamis in meinem Kopf: »Bei dem Grundstückspreis kann man natürlich nicht erwarten, dass es an der Bahnlinie liegt, dafür ist aber die Autobahn um die Ecke.«

»Wenn ich nicht arbeite, brauchen wir auch kein zweites Auto. Bei den Benzinpreisen würde das halbe Gehalt für das Benzin draufgehen. Und der Rest für die Tagesmutter.«

»Jeden Monat treffen sich die Hausbesitzer in unserer Neubausiedlung. Wir haben letztes Mal drei Stunden darüber diskutiert, ob die Vorgartenbepflanzung aufeinander abgestimmt werden sollte.«

Mist, wo ist denn eigentlich meine natürliche Gabe geblieben, die Dinge von beiden Seiten, insbesondere der besseren, zu betrachten?

»Lass uns einfach nichts überstürzen. Wir können ja mal anfangen, ganz in Ruhe nach Anzeigen zu schauen«, lenke ich ein.

»Ich fürchte, da war ich schneller. Ich habe für das nächste Wochenende schon einen Besichtigungstermin vereinbart«, gesteht Sebastian nun etwas zerknirscht.

Ich weiß nicht so recht, was ich auf so viel Spontaneität noch sagen soll.

»Den werden wir auch überleben. Und wenn es nur eine Sozialstudie wird. Komm, lassen wir uns davon nicht den Appetit verderben.«

Ich proste ihm zu, und er prostet zurück. Allerdings weitaus verhaltener als ich. Ich gucke mir gerne ein paar Häuser an. Leere Wohnräume regen meine Fantasie an. Aber ich gehe auch lieber in den Zoo, als mit einem Löwen mein Mittagessen zu teilen. Obwohl der mir als Vegetarierin sicher nichts wegfressen würde.

»Und? Wo liegt es denn?«

»So gut wie in Köln.«

Ich hatte also recht mit meinen dunklen Ahnungen. Trotzdem bemühe ich mich um Gelassenheit.

»Und wo genau?«

»In Frechen.«

Hab ich's doch geahnt: das Vorstadtgrauen.

»Wir schauen uns einfach alles an, bis wir das Richtige gefunden haben«, antworte ich mit aller gebotenen Diplomatie, die mir noch zur Verfügung steht.

Sebastian sieht aus, als hätte ich ihm gerade gesagt, dass er noch nie mein Typ war. Woher kommt nur diese männliche Fixierung aufs Eigentum? Gehören würde einem so ein Haus doch auch nur in der Theorie. In Wirklichkeit hätte die Bank ihre Finger drauf, und spätestens wenn deren Chefs die nächste Weltkrise auslösen, könnte es Zeiten geben, in denen die Karten ganz neu gemischt werden. Aber das behalte ich für mich und nehme stattdessen versöhnlich seine Hand.

»Sebastian, ich würde dich in der kleinsten Hütte lieben.«

»Aber nicht, wenn sie am Stadtrand steht.«

»Wenn du mich da reinzwingst, natürlich nicht.«

»Ach, lassen wir das Thema für heute einfach, ja?«

Seine Hand zieht er zwar nicht weg, erwidert allerdings auch nicht meinen Druck.

»Komm, lass uns nach Hause gehen. Eve wartet bestimmt schon.«

Das Schweigen auf dem Rückweg ist weniger angenehm als das zuvor in der Gondel. Lektion für heute: Liebe ist … gemeinsame Lebenskonzepte zu entwickeln.

Ich habe mich gerade erst mit dem Laptop an den Küchentisch gesetzt und meine Recherche wiederaufgenommen, als sich der Schlüssel in der Wohnungstür dreht. Huch, so schnell sind die beiden zurück? Haben sie sich jetzt schon nichts mehr zu sagen, oder leiden sie unter dem Gluckensyndrom, das die meisten Jungeltern nach einer Stunde Zweisamkeit überkommt?

Eilig klappe ich den Laptop zu, weil mir die Seite www.laufelieberleidenschaftlich.de nicht nur vor Martin verdammt unangenehm wäre. Nach reiflicher Überlegung bin ich nämlich zu dem Schluss gekommen, dass ich in Sachen Selbstverwirklichung erst mal bei meinen Hobbys anfangen sollte. Leider laufe ich in diesem Forum aber eher unter Spaziergängerin, weil ich mich nicht für vierzig Kilometer durch heißen Wüstensand oder vierundachtzig Kilometer Ultramarathon begeistern kann. Der New-York-Marathon wäre da schon eher was für mich.

Oh, oh! Gibt es Ärger im Paradies? Alice und Sebastian sehen angespannt aus, als sie zu mir in die Küche schleichen, um Clara nicht zu wecken.

»Und, alles gutgegangen?«, fragt Alice gepresst.

»Nicht einmal aufgewacht! Wahrscheinlich hatte ich hier mehr Ruhe als Martin bei uns zu Hause.«

Sebastian öffnet seinen Rucksack und holt zwei Gläser und angebrochene Snacks raus. Außerdem eine halbleere Sektflasche, die er wortlos in den Kühlschrank stellt. Ein Sinnbild absoluter Tristesse. Wenn man sie schon nicht austrinkt, sollte man sie lieber gleich wegschütten und sich nicht der Illusion hingeben, das Zeug würde auch beim zweiten Mal noch prickeln.

»Danke, Eve, ich zieh mich dann mal zurück. Falls ich hier noch einen Platz für mich finde.«

Sebastian verschwindet, und Alice steht etwas verloren neben mir.

»Donnerwetter, was ist denn mit euch los?«, frage ich bass erstaunt.

»Ach, nichts! Sebastian hat nur gerade die bekloppte Idee, ein Haus zu kaufen!«

»Gibt Schlimmeres, findest du nicht?«, sage ich und unterdrücke meine eigenen Gefühle. Die Vorstellung, Alice könnte eines Tages wegziehen, reißt mir zwar fast den Boden unter den Füßen weg, früher oder später würde sie es aber eh tun müssen. Ihre Wohnung ist für einen Single vielleicht Luxus, und für ein Paar geht sie gerade so. Aber für eine kleine Familie?

»Nein, eigentlich nicht.«

In einem sarkastischen Vortrag klärt sie mich darüber auf, dass ein Haus so etwas wie eine Küchenschürze aus Stein für jede emanzipierte Frau sei, ergo: der Untergang. Dass man sich deshalb mit Händen und Füßen gegen so etwas wehren müsse und ein Einwilligen in das Schicksal das ultimative Aus für eine gleichberechtigte Beziehung bedeuten würde. Und dann fängt meine sonst immer so coole Freundin glatt das Heulen an. Ich glaube, ich komme nicht so recht mit.

»Kennst du den *Hammermörder*?«, fragt sie mich schluchzend.

Klar, Bernd Schadewalds Drama wurde schließlich oft genug im öffentlich-rechtlichen Fernsehen wiederholt: Ein verschuldeter Polizist wird zum Mörder und Bankräuber, um seiner Familie das Eigenheim zu finanzieren. Allerdings hatte ich nach dem Film mehr Angst, mir am Bankschalter Geld auszahlen zu lassen und dabei überfallen zu werden, als einen Kredit aufzunehmen. Ein Wunder, dass sämtliche Bausparanbieter damals nicht Sturm gelaufen sind.

»Alice, jetzt bleib aber mal auf dem Teppich! Ihr würdet euch doch nichts kaufen, was ihr nicht bezahlen könnt.«

»Genau da liegt der Hase im Pfeffer! Wir können nichts bezahlen, es sei denn, das Grundstück liegt komplett am Arsch der Welt.«

»Ihr habt aber noch nichts unterschrieben, oder?«

»Nein, aber Sebastian hat hinter meinem Rücken bereits einen Besichtigungstermin ausgemacht. Für ein Rei-hen-häuschen! Neubau! IN FRECHEN!«

»Dann guckt euch dieses Wüstenrotidyll doch erst mal an. Ihr werdet nicht die Einzigen sein, und absagen kann man es ja immer noch. Im Gegensatz zu manch anderen Dingen.«

Meine Güte, Alice sollte echt mal erwachsen werden. Sie selbst hat schließlich auch nicht alles vorher mit Sebastian ausdiskutiert. Anscheinend versteht sie meinen Hinweis und guckt etwas versöhnlicher. Etwas.

»Du hast ja recht, aber ich habe einfach Angst, in ein Leben zu schlittern, das ich überhaupt nicht will.«

»Aber, Alice, das hast du doch zum Großteil selbst in der Hand.«

»Und just der andere Teil macht mir umso mehr Angst.«

»Wem sagst du das«, seufze ich. Wir leben in einem der sichersten und durchgeplantesten Länder der Welt. Vielleicht haben wir so viel Angst, weil wir es einfach nicht gewohnt sind, wirklich zu kämpfen. Fast immer tut sich die Möglichkeit auf, den Weg des geringsten Widerstands zu gehen – ganz ohne zu verhungern.

Aber haben nicht gerade die Dinge, vor denen wir Angst hatten, unser Leben immer bereichert? Und sei es um das Wissen, was wir zu verlieren haben? »Alles wird gut«, sage ich deshalb zu Alice – und zu mir selbst.

»Tut mir leid, Alice, ich wollte dich nicht überrumpeln. Es war einfach so, dass mein Kollege so von dem Neubaugebiet geschwärmt hat, in das er gezogen ist. Er malte sich aus, wie unsere Kinder auf ihren Bobbycars die Spielstraße vor dem Haus entlangrattern. Und wir im Sommer auf der Terrasse zusammen grillen, während die Kinder im Sandkasten spielen. Als er mich fragte, ob ich mir das Haus nicht mal anschauen wolle, habe ich halt spontan zugesagt.«

Wir liegen in meinem Bett und unterhalten uns nur im Flüsterton, damit Clara in ihrem Bettchen nicht aufwacht. Deshalb blieb uns nach unserem misslungenen Picknick auch nur die Möglichkeit, dem anderen die kalte Schulter zu zeigen. Normalerweise schlafen wir immer in einem Bett, aber heute hat sich jeder in sein Zimmer zurückgezogen. Wegen Clara konnte auch keiner von uns die Tür zuknallen. Irgendwann klopfte Sebastian an die Tür, und wir mussten beide über uns selbst lachen. Ich rückte grummelnd ein Stück zur Seite, und er legte sich zu mir. Und jetzt liegen wir immer noch hier. Das Licht der Straßenlaterne, das ins Zimmer scheint, ist gerade so hell, dass wir uns noch sehen können. Wie habe ich mich damals in diesen wunderschönen Mann verliebt! Und ich bin es immer noch. Zugleich ist mir in den letzten beiden Jahren aufgegangen, was das Wort »Beziehungsarbeit« bedeutet. Ich verstehe überhaupt nicht, wie Leute Beziehungsdramen ausfechten, wenn ihre einzige Beziehungsarbeit darin besteht, sich zweimal die Woche zu einem Rendezvous zu verabreden. Ich meine, wenn es keinen Spaß macht, trennt man sich eben.

Und wenn es Spaß macht, muss man nicht gleich ausflippen, wenn der andere mal zehn Minuten zu spät kommt oder mit der Exfreundin einen Kaffee trinkt. Also bin ich stolz auf uns, dass wir schon ein paar wirkliche Dramen wie Schwangerschaft, Geburt, Hochzeit, Zusammenziehen und das erste Jahr als Familie gemeinsam durchgestanden haben, ohne an unserer Liebe zu zweifeln. Na gut, es gab schon ein paar Momente, in denen ich Sebastian gerne auf den Mond geschossen hätte. Aber nur, um ihm die Sterne mal von der anderen Seite zu zeigen. Damit er meine Sicht der Dinge versteht. Wobei ich ihm zugutehalten muss, dass er meine Sicht immer akzeptiert, auch wenn er sie nicht versteht. Was natürlich nicht bedeutet, dass ich ihm nicht jedes Mal die Chance geben würde, mich von seiner Meinung zu überzeugen. Aber beim Thema Haus wird er bei mir auf Beton stoßen.

Ein wohliges Schlafseufzen unserer Tochter lässt uns beide selig lächeln.

»Wovon sie wohl träumt?«, fragt mich Sebastian.

Wenn sie nach mir kommt, jedenfalls nicht von einem Bobbycarrennen im Neubaugebiet. Aber das behalte ich jetzt besser für mich.

Ich knalle die Spülmaschine zu. Eine Tür wäre effektiver, aber ich möchte die Kinder nicht wecken.

»Geht das nicht ein bisschen leiser? Es läuft gerade eine spannende Reportage über Alaska. Setz dich doch zu mir!«

Sehr witzig! Die Kinder haben morgen um acht Uhr Schule. Ich müsste mich noch auf die Suche nach drei gleichen Sockenpaaren machen. Was die Socken angeht, bin ich für maximalen Minimalismus, nur die Größe dürfte variieren: Kein Streit mehr darum, wer Spiderman tragen darf oder wer sich mit Bob dem Baumeister begnügen muss, kein Suchen mehr. Das Praktische an Drillingen ist ja auch, dass sie alle dieselbe Größe haben. Trotzdem beharrt jeder der drei auf seinen eigenen Klamotten. Bei Anna kann ich das ja verstehen, aber bei den Jungs?

»Was ist, Eve, wo bleibst du?«

»Soll ich vielleicht noch ein Bier mitbringen?«

»Wenn du Lust hast – gerne.«

Mein Mann kann also immer noch nicht zwischen den Zeilen lesen. Ich lasse mich neben ihm aufs Sofa fallen. Ohne Bier.

»Was habe ich denn jetzt wieder falsch gemacht?«

Vielleicht kann er es ja doch.

»Ich will nicht schon wieder die Spaßbremse sein, aber mich nervt es, wenn ich ausnahmsweise abends weg bin und mich dann der Haushalt erwartet.«

Martin nimmt die Fernbedienung und schaltet den Fernseher aus. »Du hättest das doch auch morgen machen können.«

»Erinnerst du dich an letztes Mal?«

»Und ob!« Er grinst mich liebevoll an. Ach, Mist, wie ich solche Situationen hasse! Liebe in Zeiten der traditionellen Arbeitsteilung ist – irgendwie kontraproduktiv.

»Ich meine nicht *den* Teil, sondern den stressigen Morgen danach.«

Er rückt ein Stück von mir ab. »Eve, ich habe die Kinder ins Bett gebracht, vorher mit ihnen das Zimmer aufgeräumt, und kurz vor dem Schlafen fiel Simon ein, dass er die Mathehausaufgaben nicht gemacht hat. Während ich erst mal kapieren musste, welchen Sinn diese Zahlenpyramiden haben, hat Simon geheult, dass er die Schule hasst und nie wieder dorthin will.«

»Das wusste ich nicht.« Ich hatte mich auch einfach darauf verlassen, dass alle drei mit den Hausaufgaben fertig sind. Immerhin haben sie das behauptet, als ein Freund zum Spielen an der Tür klingelte.

»Ist ja auch egal, vielleicht war es ganz gut so, normalerweise bekomme ich ja kaum was mit von den Kindern.«

»Leider.«

»Wenn du auch Geld verdienen würdest, könnte ich noch mehr Stunden reduzieren. Dieser eine Nachmittag ist ja wirklich nur ein Tropfen auf dem heißen Stein.«

Dieses Thema lässt meine Laune weiter sinken. Nachdem ich mich nach dem nachgeholten Abschluss erst mal dazu entschieden hatte, eine Weile Vollzeitmama mit Magisterabschluss zu sein, nagen nun so langsam Zweifel an mir. Es ist nicht so, dass ich keine Arbeit hätte. Drei Kinder und der Haushalt sind ein Vollzeitjob. Dafür habe ich endlich wieder mehr Zeit für mich, wenn die Kinder in der Schule sind. Aber würde die Zeit auch für einen Job reichen? Und wenn ja, für welchen? Als würde die Arbeitswelt auf eine Frau warten, die seit sechs Jahren zu Hause ist. Und vorher kaum Berufserfahrung gesammelt hat.

»Ach, Martin, das sagst du so leicht. Selbst jetzt, wo ich zu Hause bin, werden wir nie fertig. Und ich mache ja schon kaum was anderes, als zwischen Küche, Kinderzimmer, Schule und Supermarkt hin und her zu rennen.«

Martin steht auf und holt eine Flasche Radler aus dem Kühlschrank und verteilt sie auf zwei Gläser. Eins reicht er mir.

»Eve, du hast so viel Potential. Ich kenne niemanden, der am Ende immer die Ruhe bewahrt und für alles doch noch eine pragmatische Lösung findet. Eigentlich wärst du die bessere Unternehmensberaterin von uns beiden.«

»Aber ich hasse Zahlen.«

»Du würdest sie trotzdem in den Griff kriegen.«

»Martin, dein Kompliment freut mich, aber du bist mein Mann! Unter allen potentiellen Bewerbern komme ich garantiert als Letzte dazu, überhaupt zu zeigen, was ich kann. Und meinst du allen Ernstes, irgendein Chef wäre davon beeindruckt, dass ich es schaffe, drei quengelnde Kinder durch den Supermarkt zu manövrieren?«

Wir stoßen trotzdem an.

»Wenn du es nicht probierst, wirst du es nie herausfinden. Schau doch mal Alice an, die schafft es sogar mit Kleinkind noch weiter an ihrer Karriere zu basteln.«

Am liebsten würde ich jetzt von Alice' und Sebastians Anblick vorhin erzählen, der so gar nicht nach Dreamteam aussah. Aber da Alice meine Freundin ist, hole ich sie jetzt lieber nicht vom Sockel. Irgendjemand muss mir schließlich auch noch als leuchtendes Beispiel dienen, wenn ich das Thema Beruf tatsächlich angehen will.

Clara und ich sitzen in der Küche und frühstücken. Schaue ich aus dem Balkonfenster, das den Blick auf den Rhein und, wenn man draußen steht, sogar auf den Dom gewährt, zerreißt mir der Gedanke, hier auszuziehen, das Herz. Am liebsten würde ich einfach die Wand zur Wohnung nebenan durchbrechen. So wie bei Eve. Die mussten selbst mit drei Kindern nicht das Haus verlassen.

Ach, was soll's! Heute oder morgen werden wir keine Umzugskisten packen. Und ganz ehrlich, gerade genieße ich es einfach, im Schlafanzug hier zu sitzen, meinen Milchkaffee zu schlürfen und mir mit meiner Tochter einen Teller klein geschnittener Nutellabrote zu teilen. Ein Glück, dass sie wie ich eher von der gemütlichen Sorte ist. Konstantin, der Sohn von Sebastians Schwester, isst grundsätzlich nur im Laufschritt. Zumindest, wenn seine Mutter ihn lassen würde, die ist nämlich ziemlich streng.

»Ach, Claralein, weißt du, wie schön es mit dir ist? Ich bin ja so froh, dass ich mir heute weder Tanjas bissige Bemerkungen noch das pseudoverständnisvolle Geschwätz meines Chefs anhören muss!«

Sie strahlt mich an, als würde sie jedes Wort verstehen. Ich konnte noch nie nachvollziehen, warum Eltern mit ihren Kindern reden, als wären sie schwer von Begriff. Duzi, duzi, Nutella bah, bah … nein, Clara soll von Anfang an vernünftig kommunizieren.

Ich reiche ihr eine Serviette. »Clara, machst du dir mal eben die Hände sauber?«

Clara wischt sich die Hände an ihrem Schlafpulli ab und strahlt nun über das ganze Gesicht. »Jez is sauba!«

Zum Beweis streckt sie mir ihre Ärmchen entgegen, und ich kann nicht anders, als sie in die Arme zu nehmen und durch die Luft zu wirbeln.

»Du bist das süßeste, hübscheste und schlauste Baby auf der ganzen, ganzen großen Welt!«

Sie schlingt ihre Ärmchen fest um mich. »Mama lieb.«

Ich drücke sie fest an mich und muss fast heulen über die erste Liebeserklärung meiner Tochter. In diesem Moment spüre ich wieder, dass ich sie immer lieben werde, egal, was kommt. Selbst wenn ich in zwölf Jahren die uncoolste Mutter der Welt für sie sein sollte und sie es tunlichst vermeidet, mit mir in dieselbe U-Bahn zu steigen.

Mutprobe Nummer eins: mich beim Arbeitsamt vorstellen, bevor mich der Gerichtsvollzieher vor der Tür dazu zwingt (und da erst Martin seinen Job verlieren und wir uns zusätzlich verschulden müssten, damit das passiert, muss ich wohl auf intrinsische Motivation zurückgreifen).

Mit Buch und Automatenkaffee sitze ich auf dem Flur des Arbeitsamtes und erwarte, aufgerufen zu werden. Wenn ich mich so umschaue, schäme ich mich fast dafür, so herumzujammern. Der Mann neben mir wirkt auf den ersten Blick sehr gepflegt. Als ich mich gerade gebückt habe, um mein Buch aufzuheben, blieb mein Blick an seinen Schuhen hängen. Sie waren sicher mal sehr teuer und erinnern im abgelaufenen Zustand umso mehr daran, dass die goldenen Zeiten schon länger zurückliegen. Genau wie die Aktentasche, an der er sich festklammert. Als ich den Ehering an seiner rechten Hand sehe, hoffe ich inständig, dass er mit seiner Frau glücklich ist.

Nummer 354 leuchtet im Display der Anzeige auf. Ich vergewissere mich, ob das wirklich die Nummer ist, die ich vorhin gezogen habe, und gehe mit klopfendem Herzen zu der Tür, hinter denen die Arbeitssuchenden H–K betreut werden.

Nachdem ich auf dem grauen Plastikstuhl Platz genommen habe, schaue ich zu, wie Frau Scharf sich ein Glas Wasser eingießt. Mich fragt sie nicht, ob ich etwas trinken möchte. Verständlich, immerhin wird der Steuerzahler den Wasserkasten zahlen, der unter ihrem Schreibtisch steht. Und als Arbeitssuchende zahle ich schließlich keine Steuern. Ich möchte auch keinen Sprudel, sondern einen Job.

»Dann erzählen Sie mir doch mal etwas über sich, Frau Keller.«

Sie schaut mich an, als erwarte sie jetzt einen längeren Vortrag, dabei hat sie meine Unterlagen vor sich liegen. Ich konzentriere mich darauf, so aufzutreten, wie ich es in den Bewerbungsbüchern gelesen habe. Warum bin ich überhaupt so aufgeregt? Wir sind doch nicht in der Schule! Mit weniger als keinem Job werde ich hier nicht entlassen.

»Vielen Dank, dass sie sich Zeit dafür nehmen, den passenden Job für mich zu finden. Nach meiner Elternzeit möchte ich gerne wieder in Teilzeit arbeiten. Ich habe einen Magisterabschluss in Soziologie und Germanistik, kann gut mit Word und Excel umgehen, bin durch meine Drillinge äußerst stresserprobt und stehe bereit für neue Herausforderungen.«

Na ja, klingt wie auswendig gelernt. Ist es ja auch. Egal. Sie wird schon Unprofessionelleres gehört haben.

»Berufserfahrung?«

Soll ich jetzt sagen, dass ich während meines Studiums im Buchladen gejobbt habe? Eher nicht.

»Ehrlich gesagt habe ich den Abschluss erst vor zwei Jahren gemacht. Während meiner Elternzeit. Es war eine der letzten Magisterarbeiten, die überhaupt zugelassen wurden, bevor es nur noch den Bachelor und Master gab«, ergänze ich stolz. Das scheint Frau Scharf nicht zu beeindrucken.

»Mit Mitte dreißig. Und ohne nennenswerte Berufserfahrung.«

»Dafür kann jeder Arbeitgeber froh sein, dass meine Familienplanung abgeschlossen ist. Ich bin flexibel und bereit, mich langfristig an eine Firma zu binden.«

Ich versuche, das Ganze als Übung für das erste Bewerbungsgespräch zu sehen. Wahrscheinlich muss Frau Scharf so sein, um zu testen, ob ich nicht einen Heulkrampf bekomme, wenn mich ein Personalchef streng anguckt.

»Flexibel. Wenn Sie das sagen. Andererseits zeigt die Erfahrung, dass Mütter von Grundschülern oft noch häufiger ausfallen als die von Kindergartenkindern.«

Sie nimmt einen kräftigen Schluck Wasser. Ich hoffe, sie muss gleich nicht laut aufstoßen.

»Arbeitslosengeld haben Sie ja kaum welches eingezahlt. Bleibt noch die Möglichkeit, Hartz IV zu beantragen. Möchten Sie das?«

»Nein, da ich zusammen mit meinem Mann veranschlagt werde, würde ich sowieso nichts bekommen.«

»Sie leben also in einer Versorgerehe. Warum wollen Sie dann überhaupt einen Job? Realistisch gesehen fressen die Kosten für die Kinderbetreuung, die Fahrtkosten und die angemessene Kleidung, die Sie in einem Job bräuchten, bei einem Teilzeitjob ohnehin das halbe Gehalt auf. Ganz abgesehen davon, dass Ihnen mit Steuerklasse V eh nicht viel bleibt. Vor allem, wenn Sie sich auch noch selbst krankenversichern müssen.«

Vielleicht sollte ich in Zukunft aus Prinzip schwarzarbeiten, um meine Steuern nicht für so eine Beratung zu verschwenden. Dann denke ich an den Mann mit der Aktentasche vor der Tür und beschließe, keine Randale anzuzetteln.

»Liebe Frau Scharf, ich wäre Ihnen sehr dankbar, wenn Sie mir einfach ein paar passende Angebote unterbreiten würden.«

»Sie meinen, für Ihre Qualifikation?«

Ich nicke. Für was denn sonst?

»Ich bin vor unserem Gespräch die Angebote einmal durchgegangen.«

Immerhin.

»Und?«

»Vergessen Sie es. Die Arbeitswelt ist voller junger Geisteswissenschaftler, die gerade ihren Abschluss gemacht haben. Allerdings haben die meisten von ihnen einen imposanten Lebenslauf – inklusive Auslandspraktika und Ehrenamt. Und wissen Sie was? Viele von denen finden trotzdem keinen Job!«

»Und wie kann ich meine Chancen verbessern?«

»Ich setze Sie auf die Warteliste für Fortbildungen, wenn Sie möchten.« Sie schaut auf ihre Uhr. »Frau Keller, machen Sie sich nichts vor. Wenn Sie unbedingt ein paar Euro dazuverdienen wollen, dann empfehle ich Ihnen einen 400-Euro-Job in irgendeinem Laden.« Sie klappt meine Unterlagen zu und schiebt mir einen Zettel herüber. »Hier können Sie sich online die neuesten Angebote anschauen. Sich zu bewerben kostet ja nicht viel. Und sollten Sie noch Fragen haben, können Sie mich selbstverständlich kontaktieren.«

Statt mit einem Job verlasse ich Frau Scharfs Büro mit Ernüchterung. Auf dem Flur kommt mir der Mann mit der Aktentasche entgegen, und ich sehe in seinem Blick schon die übernächste Stufe: Desillusionierung. Ich schwöre mir, den Kampf aufzunehmen. Ich lächle den Mann mit meinem charmantesten Blick an und zwinkere ihm verschwörerisch zu.

»Das ist in Wirklichkeit die böse Hexe, die vergeblich auf Hänsel und Gretel wartet«, sage ich.

Erst schaut er mich etwas erschreckt an, doch dann lächelt er tatsächlich.

»Danke«, murmelt er, bevor er ins Hexenhäuschen verschwindet.

Ich fühle mich trotz des Gesprächs mit Frau Scharf mutiger. Immerhin habe ich gerade einen wildfremden Menschen angesprochen, um ihn aufzumuntern. Das ist sonst auch nicht meine Art.

Clara liebt Eves Drillinge. Und die Drillinge lieben sie. Anna und Florian halten sie an der Hand, während Simon ihre Tüte mit Sandförmchen über den Spielplatz schleift. Bei dem strahlenden Wetter ist das halbe Viertel dort.

Wir setzen uns auf die letzte freie Bank, während Eves Kinder meiner Tochter zeigen, wie man eine Sandburg baut.

»Kennst du irgendjemanden, der über das Jobcenter einen Job bekommen hat?«, fragt Eve mich rhetorisch.

»Nee, da fällt mir niemand ein.«

»Mir wollte die Sachbearbeiterin die Arbeitssuche sogar noch ausreden. Man sollte diese Jobcenter ganz streichen und die Steuergelder lieber in vernünftige Schulen stecken.«

Sie schenkt sich einen Kaffee aus der Thermoskanne ein und fragt mich noch nicht einmal, ob ich auch einen möchte. Sie muss wirklich aufgebracht sein.

»Warum kann die Arbeitsamttussi nicht so sein wie du? Du hast mich damals motiviert und begleitet, sonst hätte ich nie meinen Abschluss gemacht. Dabei hast du noch nicht mal Geld dafür bekommen.«

»Ach, ich wollte dich damals einfach vor dem Untergang retten. Vor dem Untergang in das finstere Hausfrauenreich, in dem du nur noch Aschenputtel spielen darfst.«

Auf einmal bekommen ihre Augen einen Glanz. »Ach, Alice, es ist so toll, dass wir Freundinnen geworden sind.«

Oh nein, noch eine Liebesbekundung am heutigen Tag halte ich nicht aus. Trotzdem erwidere ich ihre spontane Umarmung gerne.

»Na, gibt's was zu feiern?«

Martina, die Muffin-Mutter vom letzten Mal, lässt sich neben uns auf die Bank fallen.

Eve und ich schauen uns an und müssen lachen. Irgendwie erscheinen mir diese ganzen Arbeitsweltsorgen gerade total absurd. Es ist ja nicht so, dass ich meine Arbeit nicht liebe. Aber dieses lächerliche Getue drum herum geht mir fürchterlich auf die Nerven.

Wie die Hühner sitzen wir jetzt zu dritt auf der Bank und schlürfen Kaffee. Küken Clara kommt auf mich zugerannt. Ihre Augen strahlen. Mein Herz macht einen Sprung. Ich stelle meinen Becher auf den Boden und breite meine Arme aus. Clara ignoriert mich und bleibt vor der Muffin-Mama stehen.

»Kann ich Maffin?«

Martina schaut etwas irritiert. »Nein, meine Süße, heute habe ich nichts dabei, tut mir leid.«

»Okeee ...« Ohne mich eines Blickes zu würdigen, wackelt Clara mit ihren kurzen Beinen wieder zum Sandkasten.

»Wie alt ist deine Tochter?«

»Bald zwei«, antworte ich großzügig. Erst in vier Monaten feiert sie Geburtstag. Aber da mir schon öfter aufgefallen ist, dass andere Mütter sich fragen, ob mit der Sprachentwicklung ihrer Kinder alles in Ordnung ist, nachdem sie Clara gehört haben, versuche ich, nicht noch Salz in die Wunden zu streuen. Clara hat auch nie in der dritten Person von sich gesprochen. Beim Essen habe ich irgendwann mal gefragt, wer noch ein paar Nudeln möchte. »Ich«, rief Clara. Nachdem sie das später noch öfter gesagt hat, war mir klar, dass sie tatsächlich weiß, wer sie ist. Ein schlaues Mädchen. Ganz die Mama, denke ich stolz.

»Sie spricht aber extrem gut.«

»Ja, ja, dafür hängt sie motorisch hinterher.« Muss ich mich etwa dafür rechtfertigen? Egal.

Wir schauen für eine Weile wieder zu unseren friedlich spielenden Kindern hinüber. Eigentlich würde ich mich jetzt gerne weiter mit Eve unterhalten, aber das wäre unhöflich Martina gegenüber. Also lasse ich stattdessen mein Gesicht von der Sonne wärmen, genieße einen Schluck Kaffee und denke daran, wie die anderen im Büro sitzen. Sitzen müssen. In zwei Stunden ist es in unserem Verlag erst erlaubt, die Tür hinter sich zu schließen, ohne als Halbzeitkraft oder Drückeberger verabschiedet zu werden.

»Na, machen wir jetzt Teilzeit?«, hat mein Chef Tanja letztens zugeraunt, als sie ausnahmsweise um fünf das Büro verließ. Sie hatte noch einen Arzttermin. Als ob Teilzeit was Anrüchiges wäre. Ob er über mich auch so denkt und es nur nicht sagt, weil er mich ja auch nur als Teilzeitkraft bezahlen muss?

Und – kann ich jetzt bei meinem Chef schon einen Teilzeitjob beantragen?«

Martin und ich räumen die Spülmaschine ein, während unsere Kinder mitsamt Piratenschiff und Schaumberg in der Badewanne sitzen.

»Ich fürchte, das dauert noch ein wenig. Na ja, der Besuch beim Jobcenter war eher … desillusionierend.«

Er scheint nicht überrascht. »Da kommt schon noch was! Wart nur ab.«

»Ich habe aber keine Lust mehr zu warten.«

»Vielleicht können wir die Wartezeit ja ein wenig überbrücken, damit es dir nicht so lang vorkommt.«

Er küsst mich andeutungsweise auf den Hals, was mir einen Schauer über den Körper jagt. Mein Kopf protestiert: Der Mann mag süß sein, aber er nimmt dein Problem nicht besonders ernst! Und wenn du dich jetzt zu irgendwas hinreißen lässt, dann sorge dafür, dass dieses Mal wenigstens die Spülmaschine bis dahin läuft! Mein Körper entgegnet, dass ich es heute verdient hätte, mal den Kopf auszuschalten. Andererseits müssen wir sowieso erst die Piratenschlacht im Badezimmer beenden. Ich überlasse Martin den Rest der Küche mit dem Versprechen, dafür zu sorgen, dass die Kinder bald im Bett sind.

Leider befindet sich nicht nur *in* der Badewanne Wasser. Na gut, bei drei Kindern schwappt nun mal schnell was über. Ich meckere also nicht, sondern schnappe mir ein Handtuch aus dem Wäschekorb, um den Boden zu trocknen.

»So, ihr Lieben, jetzt geht's ins Bett. Wenn ihr euch beeilt, lesen wir heute zwei Kapitel aus *Pünktchen und Anton.*«

Da wir gerade an einer besonders spannenden Stelle sind, springen sie alle gleichzeitig auf. Die nächste Welle schwappt über.

»Aber bitte vorher das Playmobil an den Rand stellen.«

Ich helfe den Kindern, nach dem Kleinzeug zu fischen, das sich unter dem Schaum befindet. Als sich alle Plastikpiraten an Bord befinden, um sich auf ihrem Schiff von der Heizungsluft trocknen zu lassen, ziehe ich den Stöpsel. Einer nach dem anderen klettert aus der Badewanne und lässt sich von einem warmen Bademantel in Empfang nehmen. Plötzlich schnappt sich Florian die kleine Schatztruhe. Der Deckel ist offen. Entsetzt schaut er in die leere Kiste.

»Da waren hundert Goldmünzen drin!«

Ich taste durch den Schaum nach dem Abfluss und halte ihn zu. Dann suche ich unter dem Schaum nach Playmobilmünzen. Ich finde zwei. Zwar bezweifle ich, dass wirklich hundert davon drin waren, aber ich weiß, dass es hier gleich ein Riesentheater geben wird. Zu allem Überfluss hat sich der Schaum so weit aufgelöst, dass klar ist, dass die angeblich weiteren achtundneunzig Münzen jetzt auf dem Weg in die Kläranlage sind.

»Geht doch schon mal ins Kinderzimmer. Ich komme gleich nach.«

Simon geht auffällig schnell, wahrscheinlich hat er den Deckel geöffnet.

»Aber erst brauche ich meine Münzen wieder!«

»Florian, es könnte sein, dass nicht mehr alle da sind. Aber zwei habe ich schon mal«, ich kann ihm gar nicht in die Augen sehen, während ich ihm die Münzen in die Hand drücke.

»Ich brauche aber alle! Ohne die Münzen gehe ich nicht ins Bett!«

Wie wäre es mit einem Strategiewechsel?

»Also, Florian, weißt du, was ich glaube?«

»Was?« Das Wort Skepsis steht ihm auf der gerunzelten Stirn geschrieben.

»Das war ein Oktopus.«

Er schaut mich fragend an. Anna grinst schon. Waren schließlich nicht ihre Münzen.

»Oktopus. Du weißt schon, dieses Viech mit den langen Armen, das nicht nur Goldmünzen, sondern schon tausende Piraten verschlungen hat.« Zur Demonstration wedle ich mit den Armen.

»Verarschen kannst du dich selber, Mama!«

»Wir sind schließlich schon Schulkinder!«, unterstützt ihn seine Schwester.

»Das ist ganz allein deine Schuld, Mama, ganz allein deine!«

Klar, wie immer. Ich muss tief durchatmen, um ihn nicht anzuschreien.

»Ihr müsst einfach besser auf eure Sachen aufpassen! Das nächste Mal gibt es kein Playmobil mehr in der Badewanne.«

»Gemeine Mama!« Florian schafft es gerade noch bis zu seinem Bett, bevor er losheult.

Was soll ich tun? Ihm klarmachen, dass es nicht meine Schuld war? Ihm versprechen, neue zu kaufen? Ihn einfach nur trösten? Auf solche Momente bereitet einen auch kein Elternratgeber vor. Vor allem nicht auf den Ärger, den ich gerade verspüre. Von Herzen käme es nicht, wenn ich jetzt tröstend den Arm um ihn legen würde. Daher setze ich mich zwischen die Kinderbetten und lese ihnen vor. Ziemlich lustlos kommt mir Erich Kästners Geschichte über die Lippen. Nach einem Kapitel schlage ich das Buch zu und sage jedem noch, dass ich ihn lieb habe. Wie jeden Abend.

»Ich dich nicht«, antwortet mir Florian.

»Ich dich trotzdem«, antworte ich und verlasse das Zimmer. Nicht ohne die Tür auf- und das Flur im Licht anzulassen. So wie immer.

Ich gebe so viel, und trotzdem ist es fast immer zu wenig.

Martin versteht nicht, warum ich mir von dem Goldmünzenvorfall den Abend verderben lasse. »Der Junge muss wirklich mal lernen, auf seinen Kram aufzupassen. Du bist doch hier nicht für alles verantwortlich!«

Genau so fühle ich mich aber.

Zum Glück ist die Konkurrenz groß. Das Angebot allerdings auch. Immerhin stehen hier noch fünf von zehn Reihenhäuschen frei. Clara ist während der Bahnfahrt mit anschließendem Fußweg von einer Viertelstunde eingeschlafen. Wenn wir hier ein Haus kaufen sollten, bräuchten wir vielleicht noch ein zweites Auto, während Sebastians Opel schon Luxus ist. Der Verlag, das Krankenhaus, der Spielplatz, der Supermarkt – alles war bislang quasi um die Ecke. Ich muss ein Grinsen unterdrücken, als Sebastian mit dem Buggy im Schlamm stecken bleibt. Die Straße wird erst asphaltiert, wenn das Neubaugebiet komplett bebaut ist. Sebastian wiederum versucht sofort, seine gerunzelte Stirn zu glätten. Als er einen Mann mit zwei Kindern auf Bobbycars auf uns zukommen sieht, fällt ihm das Strahlen nicht mehr schwer.

»Hey, Peter!«

Die beiden Männer scheinen sich nicht sicher zu sein, ob sie sich umarmen sollen, und belassen es bei einem herzlichen Handschlag.

»Hallo, Sebastian, hallo, Alice, schön, dich auch mal persönlich zu sehen!«

Als sein Blick auf die schlafende Clara fällt, wird seine Stimme leiser. Er stellt uns seine beiden Jungs Piet und Ben vor, und gemeinsam tuckern wir zu ihrem Haus.

Peters Frau Karin hat einen Kaffee gekocht. Auf der Terrasse steht ein schicker Teakholztisch, sehr geschmackvoll gedeckt. Auch die Kekse sehen lecker aus. Das kleine Rasenstück hinter dem Haus sieht so giftgrün aus, als wäre das Gras gerade erst ausgerollt worden. Hier und da stehen schon ein paar Sträucher, die sich wohl erst an ihren Umzug gewöhnen müssen. Clara blinzelt und streckt die Ärmchen in die Höhe. Bevor sie anfangen kann zu schreien, nehme ich sie auf den Arm. Sie macht allerdings nicht die geringsten Anstalten zu schreien, sondern hat sofort das Baumhaus mit Rutsche und Sandkasten entdeckt. Da es quasi neben dem Kaffeetisch steht, hat sie noch nicht einmal Angst davor, mit Piet und Ben dorthin zu laufen. Ich behalte sie im Blick, weil der Garten nahtlos in den Nachbargarten übergeht. Das ist wohl der, den wir uns anschauen werden, sobald der Bauunternehmer kommt.

»Für Kinder ist es hier echt toll«, unterstreicht Karin die Szene, während sie uns Kaffee einschenkt. »Früher musste ich extra zum Spielplatz, damit die beiden an die frische Luft kamen. Jetzt brauche ich nur noch die Tür aufzumachen.«

Sebastian und Peter unterhalten sich so angeregt über die Arbeit, dass ich mir schon vorstellen kann, warum Sebastian hier gerne wohnen würde. Er scheint Peter sehr zu mögen. Das Paar macht wirklich einen netten Eindruck, allerdings kommt mir Karin ein wenig gekünstelt vor. Sie sieht perfekt, aber irgendwie nicht ganz echt aus. Sind wir in Pleasantville gelandet?

»Aber es gibt hier doch einen Spielplatz, oder?«

»Ja, klar, aber da geht eigentlich keiner hin. Es hat doch jeder seinen Garten – ohne Hundekot oder rauchende Teenager. Aber es gibt halt so Vorschriften in Neubaugebieten, und dazu gehört nun mal ein Spielplatz.«

Das heißt also, man muss in irgendeiner Clique sein, um nicht allein am Sandkasten zu sitzen. Nichts mit spontanen Mal-schauen-wer-es-heute-zum-Spielplatz-schafft-und-Muffins-dabei-hat-Ausflügen. Und so, wie es im Erdgeschoss aussah, wird hier ständig geputzt, dekoriert und aufgeräumt, bevor die Nachbarmutti zu Besuch kommt. Da könnten und wollen wir gar nicht mithalten. Oder will Sebastian das etwa?

Es gibt mir fast einen Stich ins Herz, als ich beobachte, wie Peters Jungs Clara einen Sandkuchen nach dem anderen bauen und mein Mann sich so gut mit seinem Kollegen unterhält. Fast wie Eve und ich. Okay, ich werde versuchen, neutral, möglichst neutral an die Sache heranzugehen.

Karin und ich schauen uns verlegen an. Sie findet mich anscheinend auch seltsam. Ich nehme meine Hände aus ihrem Blickfeld, weil mir meine völlig unmanikürten Fingernägel angesichts ihres perfekt aufgetragenen roten Lacks unangenehm sind. Kommt sie gerade von der Maniküre? Also, wenn ich mir mal die Nägel anmale, ist die Hälfte drei Stunden später abgesplittert. Mein Lieblingsshirt erscheint mir neben ihrer Kaschmir-Kombi ebenfalls schäbig. Ich glaube, sie würde das Jugendamt anrufen, sollte sie uns einmal zu Hause besuchen. Ich wette, in den Kinderzimmern passen die Wandfarbe zum Wäschekorb und die Tapete zu den Markenklamotten der Jungs. Sie sehen allerliebst aus in ihren Polohemdchen – keine Frage. Oder ist das einfach der Job einer *richtigen* Vollzeitarztgattin?

»Und was machst du so?«, frage ich möglichst unverfänglich.

»Drei halbe Tage arbeite ich bei der Bank. Die Jungs sind ja schon im Kindergarten.«

Ich weiß nicht, was sie aus meinem Blick gelesen hat, auf jeden Fall antwortet sie mürrisch: »Aber hier ist ja auch noch jede Menge zu tun. Und unsere Putzfrau kommt nur zweimal die Woche.«

Na, wenigstens ist sie nicht alleine für den Glanz in der Bude verantwortlich. So wie ich Peter einschätze, übernimmt er nicht allzu viele der häuslichen Pflichten, sondern bezahlt sie lieber.

»Und du?«

»Ich arbeite als Lektorin.«

»Ach so, was Kreatives.«

»Sie hat sogar schon ihr eigenes Buch veröffentlicht!«, ergänzt mein Mann stolz und legt mir den Arm um die Schultern.

»Echt, wie heißt es denn?«

»*Wie Kinderhaben Spaß macht.*«

»Nie gehört!«

»Was, dass Kinderhaben Spaß macht?«

Immerhin lacht Sebastian über meinen Witz. Peter wechselt einen Blick mit seiner Frau, der sie wohl dazu animieren soll, ein bisschen mehr Werbung für die tolle Nachbarschaft in unserem potenziellen Haus zu machen.

»Ist ja interessant, vielleicht kannst du mir das Buch ja mal mitbringen.«

Das werde ich ganz bestimmt nicht. Soll sie es doch kaufen. Das müsste ich selbst nämlich auch, nachdem ich meine Belegexemplare schon lange verschenkt habe.

Der Himmel hat ein Einsehen und erspart mir die Antwort. Das Reifenquietschen auf der Spielstraße ist bis zu unserem Sitzplatz zu hören.

»Das muss Herr Friedrich sein!«

Tatsächlich, als wir durch das Haus zurück zum Vorgarten laufen, steigt ein großer Mann aus seinem Porsche aus. Er drückt unsere Hände mit einer Kraft, die vermuten lässt, dass er das ganze Baugebiet persönlich hochgezogen hat. »Familie Goldmann! Schön, Sie zu sehen! Dann wollen wir mal.«

Glücklicherweise sind wir nicht die Einzigen, die dann mal wollen. Vor dem Nachbarhaus, das kurz vor der Fertigstellung steht, warten noch ein paar andere Paare. Eins mit Kind, eine Frau schwanger, ein Pärchen anscheinend so verliebt, dass sie in so einem Haus wohl auch nicht lange alleine bleiben würden. Sebastian hat Clara auf dem Arm, als wir es uns alle gemeinsam anschauen. Großzügig gebaut, teure Fliesen, moderne Heizung … aber der Funke springt bei mir nicht über. Oder habe ich nur zu viel Angst vor Veränderung?

Flexibel, bereit, mehr zu leisten als der Durchschnitt, jemand, der über den Tellerrand blickt, etwa durch Auslandserfahrung … Über dem Tellerrand entdecke ich bei uns nur einen vollgekleckerten Tisch, und flexibel bin ich erst recht nicht.

Seit zwei Stunden surfe ich nach Jobangeboten. Xing offeriert mir ständig Praktikumsplätze. Die Jobcenterseite tut erst gar nicht so, als hätte sie was für mich. Dabei suche ich doch nur einen Halbtagsjob in meiner Nähe. Am liebsten irgendwas im Bereich Erwachsenenbildung. Eine Coachingagentur sucht eine Assistentin, allerdings für Fortbildungen abends und am Wochenende. Dann wäre Martin zwar da, aber wir würden uns nur noch die Klinke in die Hand geben. Ach, was soll's! Da ich meinen Traumjob heute sicher nicht mehr finden werde, schaue ich lieber, was im Laufchat so geschrieben wird. Ich brauche auch mal wieder positives Feedback.

Auf www.laufelieberleidenschaftlich.de logge ich mich als »Paradiesvogel« ein. Passt doch zu Eve. Fünfzig weitere Personen sind online. Surfen die alle auf Betriebskosten, oder haben die auch keinen Job? Da mich hier niemand persönlich kennt, wage ich mal die Frage:

Betr.: Kein Betreff
Hallo ihr Läufer,
warum rennt ihr gerade nicht durch den Wald oder sitzt am Schreibtisch? Frage mich das nur, weil ich vor lauter Jobsuche überhaupt keine Zeit habe zu laufen.
Grüße, Paradiesvogel

Re: Betr.: Kein Betreff
Hallo Schlaumeier Paradiesvogel,
bin Krankenschwester und arbeite nachts. Wollte nur kurz meine Mails checken vor dem Schlafen … damit ich heute Nachmittag fit zum Joggen bin.
Liebe Grüße, mausi77

Eigentlich müsste ich langsam mal einkaufen und anfangen, das Mittagessen vorzubereiten. Wenn die Drillinge Hunger haben – und das haben sie nach der Schule immer –, haben sie SOFORT Hunger. Anscheinend gibt es noch mehr Leute, die sich in Laufforen aufhalten, statt selbst die Füße zu bewegen. Es kommen noch ein paar Antworten.

Meine Heimatstadt im Absender bewegt mich dazu, schnell noch eine Antwort zu lesen, bevor ich mich an die Nahrungsbeschaffung mache:

Re: Betr.: Kein Betreff
Hallo Paradiesvogel,
ich würde jetzt auch lieber laufen als arbeiten, aber zum Glück habe ich ja noch mein Smartphone, das mir einen Blick in die weite Welt gönnt, während ich hier eingesperrt bin.
Viele Grüße, Runnerboycologne

Ich kann nicht anders, als zu antworten:

Re: Betr.: Kein Betreff
Hallo Runnerboy,
ich darf zwar gleich hier raus, allerdings nur zum Einkaufen ☺. Kommst du wirklich aus Köln?
LG PV

Re: Betr.: Kein Betreff
Hallo PV,
ja, ich wohne hier auf der Schäl Sick mit Rheinblick. Super zum Laufen, das Rheinufer, falls es dich also mal nach Köln verschlägt … Warum fragst du?
LG RBC

Nee, nee, so leicht bin ich nicht zu haben … Man weiß ja nie, ob man nicht gerade mit einem Perversen chattet.

Re: Betr.: Kein Betreff
Hallo RBC,
ich frage nur, weil ich meinen Mann in Köln kennengelernt habe! Dann noch einen schönen Tag, ich muss los.
LG PV

Komisch, im echten Leben bin ich nicht so offen. Wahrscheinlich geht das vielen so, egal ob in Mütterforen oder auf Hobbyseiten, man kommt schnell ins Gespräch. Wie haben wir früher nur ohne Internet irgendetwas gefunden, geschweige denn einen Partner? Mir kommt da gerade so eine Idee, aber bevor ich mir Notizen machen kann, muss ich jetzt wirklich einkaufen gehen. Schließlich muss ich den Kindern etwas Gesundes anbieten – die drei verschrumpelten Möhren im Gemüsefach werden kaum reichen, die Pommes und Fischstäbchen heute Mittag aufzuwerten. Ein Gurkensalat mit frischen Kräutern könnte dazu passen. Mittlerweile lasse ich mir den Großeinkauf einmal die Woche bringen, allerdings reicht das für Obst und Gemüse oft nicht aus. Aber dafür habe ich ja auch den netten Griechen um die Ecke.

Neben meinem Geld, der Jacke und einem Jutebeutel gehört ein Hauch Wimperntusche zu meiner Ausrüstung. Wenn schon Vollzeitmama, dann bitte angemessen. Oh, Mann, der

Name Paradiesvogel ist so peinlich, dass ich ihn nicht mal Martin erzählen würde. Da er sich für solche Details aber nicht interessiert, käme er gar nicht auf den Gedanken, mich nach meinen Erfahrungen im Laufchat zu fragen. Solange mich das Laufen fit und glücklich macht, freut er sich.

Als ich die Tür zum Gemüseladen aufmache, muss ich immer noch über meine zweite Identität grinsen. Der Verkäufer hinter der Theke scheint das auf sich zu beziehen und strahlt mich freundlich an. Anders als bei Aldi wird man hier persönlich bedient, die Mitarbeiter knallen nicht mal eben eine Palette eingeschweißter Äpfel ins Regal. Gerade räumt das ältere Ehepaar, dem der Laden gehört, frische Petersilie und Minze ein.

»Da nehme ich gerne direkt zwei Sträußchen«, sage ich und lege zusätzlich Gurken, Zitronen, Tomaten, Bohnen, Äpfel und Champignons in meinem Korb. An der Theke kann ich nicht widerstehen, noch ein paar Oliven, Schafskäse und Peperoni mitzunehmen. Auch eine Flasche Wein lege ich dazu. Lange werden wir abends nicht mehr auf dem Balkon sitzen können. Und Essen inklusive eines guten Tropfens gehört im Gegensatz zum Laufen durchaus zu Martins und meinen gemeinsamen Leidenschaften.

»Gibt es was zu feiern?«

Der junge Mann hinter der Kasse könnte vom Alter her der Sohn der Ladenbesitzer sein.

»Eigentlich ist das Leben an sich doch schon ein Grund zu feiern, oder?«

Habe ich das gerade wirklich gesagt? Habe ich irgendeinen merkwürdigen Hormonschub? Ist bald Vollmond? Oder was verursacht so eine gute Laune bei mir? Müssten meine Mundwinkel angesichts meiner Stellung auf dem Arbeitsmarkt nicht tiefer hängen als mein drillingsschwangerschaftsgebeutelter Bauch? Egal, ich genieße die gute Laune, bevor sie vorbei ist, und schicke noch ein Lächeln hinterher.

»Von Ihnen kann man wohl so einiges lernen«, antwortet der junge Mann, als er mir das Wechselgeld und einen Flyer in die Hand drückt. Mit einem Lächeln, das mir seit Jahren kein Mann mehr geschenkt hat. Jedenfalls keiner, der nicht sowieso Bett und Tisch mit mir teilt.

Beim Anblick seiner Eltern, wenn sie es denn sind, wird mir klar, dass er die Gemüsetheke wohl kaum zur Flirtbasis umfunktionieren möchte. Wie auch immer. Ich beschließe, sein hinreißendes Lächeln als Flirtversuch zu interpretieren, während ich noch besser gelaunt den Laden verlasse. Als ich an einer Mülltonne vorbeikomme, überlege ich, ob ich den Flyer direkt reinwerfen soll. »*Intercostas* – Service für Ihre Webseite. Schnell und günstig.« Fehlt nur noch der Hinweis »aus heimischer Region«. Ich stecke den Zettel trotzdem ein.

Wie ich Leute mit eigenem Garten gerade beneide!« Martina hat Eve und mich zu einem Picknick in den Volksgarten eingeladen.

»Du meinst, mit einem Garten, der der Bank gehört? In den du dich sowieso nur nach Sonnenuntergang setzen kannst, weil du achtzig Stunden die Woche für den Kredit schuften musst? Also mir reichen die Steuern, die ich für die öffentlichen Parks bezahle. Da haben immerhin alle etwas von.«

»Alice, ich würde mich freuen rauszuziehen! Anscheinend sitzen nämlich wirklich alle in den Parks, sodass keiner mehr was davon hat!«

»Also mich stört das nicht.«

Wir sitzen mit angewinkelten Beinen auf unserer Decke, während unsere Kinder sich unter strahlend blauem Himmel das Mittagessen schmecken lassen. Wir können uns nicht nur deshalb nicht ausstrecken, weil wir aufpassen müssen, dass unsere Kinder nicht gekidnappt werden oder im Teich ertrinken, wir hätten schlicht und einfach nicht den Platz dazu. Wir sitzen hier wie Touristen an der Adria, es fehlt nur der Blick aufs Meer. Aber wie gesagt, mich stört das ganz und gar nicht.

»Man braucht keinen eigenen Garten, um mal in Ruhe draußen zu sein. In Deutz ist der Park selbst bei dreißig Grad nicht so voll.«

Eve wirft mir einen belustigten Blick zu. »Aber in Deutz gibt es auch keine mondäne Großstadtatmosphäre.«

Wie um Eves Argument zu bekräftigen, trommelt eine Gruppe junger Männer im Schneidersitz rhythmisch vor sich hin.

»Doch wehe, einer muss gleich Pipi«, bemerkt Eve mit Blick auf die Schlange vor den Toilettenhäuschen.

»In dem Punkt haben unsere Kinder klare Pampersvorteile«, grinst Martina mich an.

»Wie war eigentlich die Hausbesichtigung? Meinst du, die haben noch ein Häuschen frei? Mir reicht die Stadt langsam wirklich!«, kommt Martina auf die Stadtflucht zurück.

»Ehrlich gesagt habe ich mich dort gefühlt wie in der Wisteria Lane. Obwohl ich nur eine ›verzweifelte Hausfrau‹ persönlich kennengelernt habe. Sollte bei Sebastian der Funke übergesprungen sein, so hat das Gespräch bei der Bank ihn jedenfalls im Keim erstickt. Wir haben uns mal ausrechnen lassen, wie hoch die monatliche Belastung wäre. Die Fahrtkosten kämen noch oben drauf.«

Ich war ganz froh, dass meine subjektive Ablehnung nicht der einzige Grund war, dass wir Herrn Friedrich abgesagt haben.

»Alice, ich verstehe das nicht. Dein Mann ist doch Arzt, und du verdienst auch Geld.«

»Junge Assistenzärzte verdienen heutzutage auch nicht mehr viel, und …«

Bevor ich zu den tieferen Beweggründen komme, unterbricht Eve uns.

»Ich muss mal Pipi! Simon, Anna, Florian, ihr kommt sicherheitshalber mit, damit wir uns gleich nicht noch mal anstellen müssen.«

Eve! Ich habe ihrem Gesicht angesehen, dass sie keine Lust hat, sich meinen Vortrag von der Küchenschürze aus Beton erneut anzuhören. Ich schaue ihr kurz hinterher, wie sie sich durch Picknickdecken, Bugaboo-Kinderwagen und tausende Mütter durchschlängelt, bevor ich Martina darüber aufkläre, warum ein Umzug in die Vorstadt das Letzte ist, was ich momentan möchte. Clara zerkrümelt derweil den Tomaten-Parmesan-Muffin, den ich als Hommage an Martina gebacken habe. Während ich über Kreditgeber als Verbündete des Patriarchats spreche, bleibt mein Blick an den Papiertüten einer Dönerbude hängen, die trotzdem nie verhindern, dass Sesamsoße oder Salatschnipsel am Pulli hängen bleiben. Weil ich sehen möchte, zu wem der bekleckerte Anzug gehört, hebe ich meinen Blick.

»Isabel!«

Das ist doch tatsächlich meine Freundin Isabel, die da neben dem jungen Mann im Anzug herläuft. Und klar, jetzt erkenne ich auch Jan wieder, der nicht ganz so anstrengend aussieht, wie unser Gespräch in der Sauna vermuten ließ.

Mist, und es ist wieder fast eine Woche vergangen, ohne dass ich mich wegen meiner Absage noch mal bei ihr gemeldet hätte! Dabei hatten wir uns doch fest vorgenommen, unsere Freundschaft nicht wieder zu vernachlässigen. Ich signalisiere Martina, dass sie einen Moment auf Clara aufpassen soll, und laufe zu Isabel, die mich umarmt, als leide sie seit der letzten Pilates-Stunde, die sie ohne mich verbracht hat, an einem steifen Rücken.

»Hallo, Isabel, ich wollte mich schon die ganze Woche bei dir melden.«

»Ja, warum machst du das dann nicht?«

»Es tut mir leid, im Moment vergeht die Zeit wie im Flug. Ich komme zu nichts mehr. Wirklich.«

Isabels Blick wandert zu Clara, die sich gerade über Martinas Grimassen kaputtlacht. Sie sagt zwar nichts, aber ich sehe ihr an, dass ihre Definition von »zu nichts kommen« anders aussieht.

»Isabel, ich würde dich echt gerne mal wieder treffen.«

»Wir sehen uns morgen doch wieder beim Pilates, oder?«

»Ich meine, richtig treffen. Wir könnten nach dem Sport noch etwas trinken gehen.«

Jan nimmt ihre Hand, als wollte er sie weiterziehen. Isabel guckt unschlüssig, und ich weiß nicht, ob wegen Jan oder meinetwegen.

»Ich weiß es noch nicht. Am Donnerstag kommt eine Frau zur Anprobe ihres Hochzeitskleids. Und das muss am Wochenende fertig sein. Wenn ich so spät ins Bett gehe, schaffe ich es niemals, morgens um neun im Atelier zu sein.«

Ich verkneife mir den Hinweis, dass meine Tochter mich jeden Morgen um sieben weckt. Auch wenn ich bis um drei Uhr nachts Party mache. Was ich schon lange nicht mehr getan habe.

»Vielleicht reicht es ja für einen kurzen Tee nach dem Pilates, aber jetzt müssen wir uns beeilen, Alice.«

»Genau, meine Mittagspause ist nämlich gleich vorbei. Ich habe es leider nicht so gut wie die ganzen Kreativen. Oder die Mütter«, ergänzt Jan und meint es wahrscheinlich nicht so dämlich, wie es klingt.

Ich fürchte, auch Isabel denkt, ich müsste in ihrem Universum der Mensch mit der meisten Freizeit sein, aber wenn Clara wach ist, komme ich oft nicht mal dazu, einen Kaffee auszutrinken, bevor er kalt wird. Das kann man natürlich schlecht kommunizieren, während man ein fröhliches Mütterpicknick veranstaltet. Auch wenn es doof klingt, ich habe wirklich jeden Tag daran gedacht, Isabel anzurufen, aber immer kam irgendwas dazwischen. Eine treulose Freundin bin ich jedenfalls nicht. Jetzt kommt auch noch Eve wieder und bleibt bei uns stehen.

»Ach, hallo, du bist doch Isabel, Alices' Freundin!«, begrüßt sie Isabel überschwänglich.

»Ja, ja, das bin ich. Ich lasse euch jetzt mal weiter in eurem Mamiversum Kaffee schlürfen und mach mich wieder auf den Weg zur Arbeit. Meine Güte, wenn man sich hier so umschaut, hat man nicht das Gefühl, die Geburtenraten würden sinken …« Sie schenkt mir einen tiefen Blick. »… aber pass auf, dass du in dieser Mütterwelt nicht ganz untergehst.«

Hand in Hand marschieren die beiden weiter. Und ich weiß jetzt, wie sich ein begossener Pudel fühlt.

»Mann, was ist das denn für eine Zicke!«, prustet Martina los.

»Isabel ist keine Zicke!« Mehr kann ich für meine Freundin in diesem Moment nicht tun. Dabei frage ich mich, ob sie das überhaupt verdient hat.

»Hier, schlürf noch einen Kaffee im Mamiversum, und guck nicht so, als würdest du gleich anfangen zu heulen.«

»Ich hab mich wirklich nicht bei ihr gemeldet.«

Eve legt einen Arm um mich. »Wenn es ihr so wichtig wäre, hätte sie sich auch melden können.«

»Eben«, ergänzt Martina, »wir Mütter sind nicht an allem schuld!«

Genau in diesem Moment habe ich gar keine Lust, eine von diesen Müttern zu sein – wenn ich dafür nicht Clara hergeben müsste, würde ich das Mamiversum sofort verlassen.

Die meisten Leute ohne Kinder wissen einfach nicht, wie das ist. Man findet im Alltag wirklich kaum eine Minute, um in Ruhe zu reden. Und ganz ehrlich, oft ist es besser, sich selten zu treffen, aber dann wenigstens mal drei Sätze am Stück zu quatschen«, quatscht Alice jetzt trotz Kind drei Sätze am Stück auf mich ein. Sie ist aber auch empfindlich heute. Meine Güte, wenn Isabel so wenig Verständnis hat, könnten die zwei ihr schlechtes Gewissen wenigstens gerecht unter sich aufteilen. Außerdem würde ich Alice viel lieber von meiner Geschäftsidee erzählen, aber ich fürchte, dazu kommt es heute nicht mehr.

Nachdem Martina sich verabschiedet hat, haben wir uns dazu entschlossen, vom Heumarkt aus zu Fuß nach Hause zu gehen. Bevor wir die Deutzer Brücke überqueren, haben wir uns in die Schlange vor dem Eiscafé am Altermarkt gestellt. Ich bin froh, als wir endlich dran sind.

Simon, Anna und Florian drücken sich fast die Nasen an der Scheibe platt, hinter der sich eine Riesenauswahl quietschbunter Eissorten befindet.

»Was darf's denn sein?«, fragt der Italiener hinter der Theke.

»Banille«, rufen Anna und Simon gleichzeitig. Sagen eigentlich alle Kinder unter zwölf Banille statt Vanille?

»Auch Banille!«, ruft Clara von Alice' Arm aus.

Anscheinend ja. Der Mann füllt drei Hörnchen mit Vanilleeis. Wenn alles so einfach wäre.

»Für dich auch?«, fragt er Florian.

Der schüttelt den Kopf. »Ich überlege noch.«

Angesichts der Leute hinter uns hoffe ich, dass er nicht zu lange überlegt.

»Was ist das für eine Sorte?« Er zeigt auf eine grüne Masse.

»Pistazie mit Schokosplittern.«

»Und das?«

»Raffaelo mit Rum.«

»Hm, das ist doch Alkohol, ich glaube, das darf ich nicht …« Versonnen steckt Florian seinen Finger in den Mund, als klebte schon Eis dran. Wenn das so weitergeht, wird das noch dauern.

»Du magst doch so gerne Schokolade. Einfach Schokoeis?«

»Jetzt machen Sie es den Leuten hier doch nicht so schwer! Entscheiden *Sie* das doch einfach! Sie sind schließlich die Mutter, verdammt noch mal.«

Ich drehe mich extra nicht um. Alice auch nicht, sie schaut immer noch bedröppelt durch die Gegend. Ich beuge mich zu Florian und flüstere: »Also Schoko oder nicht? Sonst nimm einfach irgendwas, aber bitte schnell!«

»Wann kann ich endlich mein Eis haben?«, fragt Anna mit Blick auf den Plexiglaseishörnchenständer.

»Ja, das frage ich mich auch«, kommt es wieder von hinten.

»Schokolade war letztes Mal voll eklig!«

»Wenn's dir nicht schmeckt, esse ich es, ja?«, vermittelt Simon.

»Dann nehme ich lieber auch Banille!«

Erleichtert lege ich vier Euro auf den Tresen und nehme das Eis für die Kinder entgegen.

»Na endlich!«, ertönt es neben uns. »Verwöhnte Gören …«

Ich ignoriere die Worte. Denn hätte ich eine Entscheidung erzwungen, so hätte die Frau hinter dem Nörgler mich vielleicht darauf hingewiesen, dass man Kinder nicht unter Druck setzen darf.

»Wenn ich Isabel morgen wieder absage, glaubt sie nicht mehr an mich.«

Zu sechst marschieren wir über die Brücke, aber außer mir scheint keiner den gigantischen Domblick zu genießen.

»Warum solltest du ihr morgen absagen?«

»Weil Sebastian mittwochs jetzt schon dreimal später von der Arbeit gekommen ist.«

Die alte Alice hätte die Unabkömmlichkeit des Mannes am Arbeitsplatz nicht einfach als Naturgesetz hingenommen. Das behalte ich jetzt aber lieber für mich, um meine Freundin nicht noch weiter an den Lebenskrisenabgrund zu schubsen.

»Weißt du was? Wenn Sebastian tatsächlich später kommt, passe ich auf Clara auf.«

»Das würdest du wirklich tun?«

Sie schaut mich an, als hätte ich angeboten, ihr eine Niere zu spenden.

»Danke, Eve. Du weißt gar nicht, was mir das bedeutet.«

Bevor es rührselig wird, muss ich die Kinder davor bewahren, in den Rhein zu stürzen. Sie haben sich auf die untere Querstrebe des Geländers gestellt, sodass sie mit den Schultern über die Absperrung reichen. Ich bezweifle zwar, dass das reicht, um kopfüber hinunterzustürzen, aber ein Risiko möchte ich nicht eingehen.

»Kommt sofort da runter!«

»Wir winken doch nur den Schiffen!«

Ja, und zwar mit einem Eis in der Hand. Simon hält zwei Sekunden später nur noch das Hörnchen fest. Die Fische werden sich freuen. Im Gegensatz zu Simon.

»Mama, mein Eis ist weg!«

»Ich kann's nicht zurückholen.«

»Aber ein neues kaufen!«

Trotz Geschrei bestehe ich darauf, nach Hause zu gehen. Es wird ohnehin noch lange genug dauern, bis wir mit dem

Abendprogramm fertig werden. Clara ist im Buggy eingeschlafen, der Mund mit Eiscreme verschmiert, das Hörnchen liegt auf ihrem Schoß. Halbvoll, aber auch halb geschmolzen.

»Darf ich das?«, fragt Simon.

Wenn alle Probleme so einfach zu lösen wären. Alice nimmt vorsichtig das Eis weg, um Clara nicht zu wecken.

»Hoffentlich schläft sie noch eine Weile. Ich muss bis morgen noch fünfzig Seiten lektorieren, und wer weiß, wann Sebastian heute nach Hause kommt.«

Ich kann mir kaum vorstellen, dass die Frauen in den Fünfzigern sich mehr aufgerieben haben.

Dank Eve liege ich jetzt tatsächlich neben Isabel auf einer Matte. Wir schließen unsere imaginären Reißverschlüsse und aktivieren unsere Untergrundmuskeln. Das tut richtig gut. So gut, dass ich mich gar nicht frage, ob Sebastian Eve auch nicht zu spät ablöst. Immerhin habe ich mir vorgenommen, gleich mit Isabel noch etwas trinken zu gehen. Ehrlich gesagt habe ich auch Hunger.

»Darf ich dich zum Thailänder einladen?«, frage ich Isabel, als wir uns nach der Stunde wieder die Schuhe anziehen.

»Schlechtes Gewissen?«

»Vielleicht. Aber nicht nur deswegen. Ich würde gerne wieder stärker an die alten Zeiten anknüpfen. Früher haben wir uns mindestens einmal in der Woche getroffen.«

»Ja, das stimmt.«

Bei Isabel sehen selbst die Sportklamotten stylish aus. Kein Wunder, sie näht die tollsten Stücke für ihren Laden. Dabei bleibt bislang leider noch so wenig Geld hängen, dass sie auch nur H&M tragen könnte, wenn sie sich die Sachen nicht selbst nähen würde.

»Vielleicht nächste Woche.«

»Schade, ich habe Sebastian extra zum Babysitten eingespannt. Er wollte Eve ablösen und hat gesagt, dass ich so lange wegbleiben kann, wie ich will.«

»Mann, Alice! Kriegt er dafür etwa noch Geld von dir? Er ist schließlich der Vater!«

Du kannst das von außen betrachtet doch gar nicht beurteilen, möchte ich gerade sagen, bremse mich aber.

»Hast du schon was anderes vor?«

»Ja, zu Hause warten zwar nicht Mann und Kind, aber mein Freund erwartet mich. Und da wir in letzter Zeit ziemlich viel Stress hatten, besteht heute dringender Redebedarf.«

»Schlimm?«

Wir schlendern zur Bahnhaltestelle.

»Weiß ich noch nicht. Was hältst du davon, wenn wir uns am Freitag treffen? Ansonsten wird es wohl erst in zwei Wochen wieder was.«

»Okay, Freitagabend.«

Meine Bahn fährt gerade ein, leider müssen wir in entgegengesetzte Richtungen.

»Schön, bis dann!«

Isabel winkt mir nach, und ich freue mich darauf, übermorgen einen entspannten Abend mit ihr zu verbringen.

Falls die Studienstiftung mich zum Bewerbungsgespräch einlädt, werden sie mich nicht wiedererkennen. Obwohl ich für die Sachbearbeiterstelle in Teilzeit überqualifiziert bin, komme ich mir vor wie eine Hochstaplerin.

»Ich mache Ihnen ein dezentes Tages-Make-up«, hatte mir die hauseigene Visagistin des Fotostudios am Neumarkt erklärt, als sie zu Pinsel und Puderdose griff. Und außerdem noch zu Concealer, Make-up, Rouge, Lidschatten, Eyeliner, Lippenstift, Wimpernzange, Wimperntusche – von allem nahm sie reichlich. Ich hätte zu gerne gewusst, wie ich in der Abendvariante ausgesehen hätte.

Das ohnehin grandiose Ergebnis bekam dank Photoshop noch einen Feinschliff, sodass ich jetzt stolze Besitzerin einer Roten-Teppich-Version meiner selbst bin. Leider nur in Form eines Passbildes. Für alle weiteren Schritte muss ich persönlich zur Verfügung stehen, sobald ich die Bewerbung durch den Schlitz in den Briefkasten geschoben habe. Falls überhaupt weitere Schritte folgen. Immerhin hat Frau Scharf mir tatsächlich eine Stellenanzeige weitergeleitet: Eine Studienstiftung sucht eine Teilzeitkraft, die Briefe tippt, Anrufe entgegennimmt sowie Treffen und Bewerbungsgespräche organisiert. Es handelt sich zwar nicht um meinen Traumjob, aber die angemessene Bezahlung, die Arbeitszeiten und die Tatsache, dass ich meinen täglichen Radius um keine zehn Kilometer erweitern muss, würden das schon wettmachen.

Ich möchte Martin an meiner Aufregung teilhaben lassen und schicke ihm eine SMS: *Habe gerade meine erste Bewerbung seit gefühlten zwanzig Jahren losgeschickt. Drück mir die Daumen!*

Sollte ich den Job bekommen, müsste Alice mittwochs jemand anderen für Clara finden. Aber Clara kommt ja sowieso bald in die Kita. Hoffentlich bleibt mir noch genug Zeit, um meine eigene Geschäftsidee weiterzuentwickeln.

Mein Handy piepst. Eine Antwort von Martin. *Du schaffst das schon! Muss gleich ins Meeting, rufe dich später mal in Ruhe an. Bin stolz auf dich. Sollen wir heute Abend drauf anstoßen?*

Ja, gerne, tippe ich zurück.

Damit mein Mann wirklich stolz auf mich sein kann, werde ich jetzt an Plan B weiterschrauben. Zu Recherchezwecken öffne ich den Laufchat. Schließlich muss ich wissen, wie die anderen Läufer so ticken, wenn ich sie zusammenbringen möchte. Frei nach dem Motto »Paarlauf statt Parship«. Mittlerweile habe ich schon fünfzig Lauffreunde, aber noch kein Profilbild. Moment mal! Sollte dieses wunderschöne Bild, für das ich immerhin mindestens fünf potenzielle Stundenlöhne hingelegt habe, nur für meine Schublade und den Papiermüll der Personalleiter bestimmt sein? Natürlich nicht!

Fünf Minuten später ist der neutrale Umriss durch mein Bild ersetzt. Weitere fünf Minuten später blinkt eine neue Nachricht auf.

Von: Runnerboycologne

Ich klicke auf »Öffnen«.

Hallo Paradiesvogel,
nettes Profilbild.
Grüße, rbc

Na ja, ein wortgewandter Charmeur ist der Mann anscheinend nicht. Von was war nett noch mal die kleine Schwester?

Von: Paradiesvogel
Hallo Runnerboy,
finde ich auch, nur zum Bewerben zu schade, und ein anderes aktuelles Bild ohne einen Haufen Kinder im Hintergrund besitze ich nicht.
HG PV

Von: Runnerboycologne
Hey super! Ich wünsch dir ganz viel Glück! Was ist es denn für ein Job?

Von: Paradiesvogel
Noch nicht der Traumjob, aber ich fang ja beim Laufen auch nicht gleich mit einem Marathon an.

Von: Runnerboycologne
Schade eigentlich, warum traust du dir nicht mehr zu?

Von: Paradiesvogel
Vielleicht weil ich kein Mann bin? Und damit nicht zur Selbstüberschätzung neige?

Von: Runnerboycologne
Muss ich das persönlich nehmen?

Von: Paradiesvogel
Ja, mit allen anderen deiner Geschlechtsgenossen.

Von: Runnerboycologne
Hey, dein Humor gefällt mir!

Ich muss grinsen. Allerdings fällt mir darauf keine passende Antwort ein. Also erst mal einen Kaffee machen und vielleicht mal ein Worddokument öffnen, um mit der Erstellung eines Businessplans zu beginnen.

Als ich wieder vor dem PC sitze, blinkt das Nachrichtenzeichen auf. Noch einmal nachschauen, und dann arbeite ich. Wirklich!

Von: Runnerboycologne
Irgendwie kommt mir dein Bild bekannt vor.

Mist, Mist, Mist! Andererseits sehe ich auf dem Foto fast Cate Blanchett ähnlich. Was hat Runnerboy eigentlich für ein Profilbild? Habe ich bisher gar nicht drauf geachtet.

Ich glaub's nicht! Seine Laufschuhe! Mit Marathonchip dran. Bekannte Marke in markanter Farbe.

Von: Paradiesvogel
Und ich hab dich sofort an deinen Socken wiedererkannt. Schicke Farbe übrigens.

Angriff ist die beste Verteidigung. Aber wieso überhaupt Verteidigung? Er hat mir doch gar nichts getan.

Weil Clara seit sechs Uhr wach ist, haben wir mit Sebastian gefrühstückt und ihn danach zusammen zum Krankenhaus gebracht. Wie immer bleibe ich mindestens zehn Meter vor dem Eingang stehen. Auch wenn ich dort Sebastian kennengelernt habe, die negativen Erinnerungen aus den Behandlungsräumen überwiegen.

»Und was habt ihr heute vor?« Sebastian gibt Clara und mir einen Abschiedskuss.

»Erst mal einkaufen für heute Abend.«

Leider kann ich mich doch nicht auswärts mit Isabel treffen, weil Sebastian noch Teamsitzung hat. Ich hatte Angst, sie könnte enttäuscht sein, aber die Aussicht auf ein selbst gekochtes Menü meinerseits fand sie sehr verlockend.

»Danach eine Runde auf den Spielplatz, Mittagessen, und dann macht Clara hoffentlich einen langen Mittagsschlaf, weil ich noch arbeiten muss.«

»Ich wäre lieber bei euch. Dann würde ich dir jede halbe Stunde einen Milchkaffee an den Schreibtisch bringen.«

»Ich arbeite dran, dass das wahr wird!«

Fragt sich nur, wie? Mit meinem Teilzeitgehalt als Lektorin könnte ich meinen Mann noch nicht mal einen Tag in der Woche freikaufen. Die Autorenhonorare für mein eigenes Buch sind ein nettes Taschengeld – doch um davon leben zu können, müsste ich schon einen Bestseller schreiben. Warum eigentlich nicht?

Sebastian verschwindet hinter der Glastür, und ich mache mich mit Clara auf den Weg zum Wochenmarkt. Isabel wird von meiner Auberginenlasagne und den gefüllten Pilzen begeistert sein. Einen guten Rotwein dazu und eine Mousse au Chocolat zum Nachtisch, danach noch einen Espresso …

Ich habe lange überlegt, ob ich ihr sagen soll, wie sehr mich ihr Spruch, ich drohe im Mamiversum zu versinken, getroffen hat, und mich am Ende dagegen entschieden. Erstens, weil sie normalerweise nie so verletzend ist. Vielleicht hatte sie einfach einen schlechten Tag. Und zweitens, weil ich weiß, dass sie gar nicht so unrecht hatte. Wie haben wir uns früher immer über die Frauen aufgeregt, die mit Baby für den Rest der Welt auf einmal unbrauchbar wurden. Als gute Freundin muss sie mich ja davor warnen, auch wenn sie nächstes Mal ruhig diplomatischer sein könnte.

Als ich eine Stunde später mit zwei Tüten am Buggy vor unserer Haustür stehe, kommt mir der Postbote mit dem Fahrrad entgegen.

»Hallo, Frau Goldmann! Gut, dass ich Sie noch sehe!« Er drückt mir einen großen Briefumschlag in die Hand und hält mir dann das Lesegerät entgegen.

»Bitte einmal unterschreiben, ist ein Einschreiben.«

Also etwas Wichtiges. Ich schaue mir den Absender an. Helga, die Ex meines Vaters – aber ich glaube, die korrekte Bezeichnung wäre Witwe.

Ich bedanke mich, stelle den Buggy im Flur ab, setze mir Clara auf die Hüfte, hänge die Tüten über den Arm, klemme mir den Briefumschlag irgendwo dazwischen und erklimme die Stufen zu unserer Wohnung.

Wenn du entscheiden müsstest, wer von uns stirbt, wen würdest du aussuchen?«, fragt mich Florian, als ich ihn zudecke.

Ich setze mich neben ihn und streichle seine Stirn.

»Keinen, ich würde mich selbst opfern.«

»Und wenn das nicht ginge?«

»Dann würde ich das trotzdem tun!«

»Das sagen alle Mütter!«, kommt es von oben.

Simon schläft im oberen Teil des Hochbetts. Anna hat ihr eigenes Bett daneben – obwohl wir dank der Zusammenlegung zweier Wohnungen genug Platz haben, möchte sie noch bei ihren Brüdern schlafen. Da sie von unseren Drillingen eindeutig die Entspannteste ist, höre ich von ihr nur leise Schnarchgeräusche zum Thema. Sie hat es als einziges Mädchen eben einfacher – der »unique selling point« wurde ihr quasi genetisch mitgeliefert, während die Jungs sich anstrengen müssen, um aufzufallen.

»Und alle Mütter würden das auch *tun*«, entgegne ich.

»Das stimmt nicht«, kommt es wieder von oben. »In der Zeitung stand letztens, dass eine Mutter ihr Kind sogar umgebracht hat.«

Warum sorgt spätestens der *Express*-Kasten auf dem Schulweg dafür, dass selbst Kindern die Illusionen geraubt werden?

»Das kommt vielleicht vor, ist aber die absolute Ausnahme. Und ich würde so was nie, nie tun, ich hab euch doch so, so, soooo lieb.«

Trotz des brisanten Themas versuche ich jetzt zum Ende

des Schlafprogramms zu kommen, weil Martin nebenan mit Wein, Kerzen und Knabberzeug auf mich wartet.

Als ich das Zimmer verlassen will, ruft Florian mir hinterher: »Mama, und was wäre, wenn du dich entscheiden müsstest: entweder ich sterbe oder alle anderen, die du lieb hast?«

Kindliche Fangfragen! Soll ich mich jetzt für den Utilitarismus entscheiden? Gerechtfertigt ist, was die meisten glücklich macht, auch wenn ein paar andere auf der Strecke bleiben? Aber ohne Florian könnte ich doch auch nicht glücklich sein! Und er braucht die Bestätigung, dass ich ihn mehr liebe als alles andere auf der Welt. Genau wie seine Geschwister.

»Mama«, kommt es wieder von oben, »was würdest du machen, wenn du einen Bruder hättest, dem ganz egal ist, wenn du tot wärst?«

»Ich habe aber keinen Bruder! Und ich habe euch alle gleich lieb und möchte, dass ihr jetzt schlaft, verflixt noch mal!«

»Das klingt aber nicht so, als wenn du uns so lieb hättest.« Florian richtet sich auf.

»Eve? Alles klar? Wann kommst du denn endlich?«, höre ich von nebenan.

»Sofort!«

»Zum Papa gehst du immer sofort!«

Ich seufze, sage ein letztes Mal gute Nacht und verlasse jetzt wirklich das Zimmer. Martin hat es sich auf dem Sofa bequem gemacht und unser Wein-und-Knabberzeug-bei-Kerzenlicht nett arrangiert.

»Na endlich, ich warte hier schon seit Stunden!«

Ich seufze heute zum hoffentlich letzten Mal und nehme das Weinglas entgegen. In Anbetracht der Tatsache, dass ich seit Jahren keine Bewerbung mehr abgeschickt habe, ist es ein Grund zu feiern, dass ich mich überwunden habe, meinen Lebenslauf zu tippen, ein Anschreiben und Foto mit in den Umschlag gelegt und das Ding sogar abgeschickt habe.

»Ich glaube fest an dich, Eve, die melden sich bestimmt!«

»Ich weiß ehrlich gesagt gar nicht, ob ich darüber so glücklich wäre.«

Martin schaut mich fragend an.

»Na ja, ich weiß gar nicht, ob ich das noch kann, so in der echten Welt. Und dann in einer Institution, die Stipendien für Studenten vergibt. Also alles nur junge Leute um mich herum.«

»Das, was du hier geschafft hast, ist doch noch echter! Da wird ein Bürojob die reinste Entspannung. Hätte ich früher auch nicht gedacht, aber nachdem du letztens weg warst …«

Ich muss grinsen. Die Woche Urlaub ohne Familie war eins der besten Dinge, die ich in den letzten Jahren gemacht habe. Und dabei hatte ich nicht einmal ein schlechtes Gewissen. Das hatte ich nämlich schon vorher abgelegt. Reicht ja auch, wenn ich mich viel zu oft noch wie eine langweilige Angsthasenmutter fühle.

»Außerdem, Martin, wie soll ich es sagen …«

»Mmhh?«

Ich lehne mich gegen meinen Mann und genieße die behagliche Wärme seiner Brust.

»Also, ich habe da so eine Idee … also eine Geschäftsidee … die klingt vielleicht erst mal verrückt, verrückt, genau, aber das wollte ich ja sowieso mal sein …«

Mir fallen jetzt schon zehn Leute ein, die mich für verrückt erklären, wenn ich mich angesichts meiner familiären Situation und der aktuellen Wirtschaftslage selbstständig machen würde. Dabei brauche ich mich weder finanziell noch zeitlich verausgaben, um meine Idee umzusetzen.

»Also, du kennst doch ›Elitepartner‹ und so, Martin, oder?«

Ich drehe mich zu ihm um. Und blicke in ein unschuldig schlafendes Gesicht.

»Martin! Du bist eingeschlafen!«

»Hmmmhh … was?«

Warum bekomme ich meinen Mann schneller zum Schlafen als meine Kinder? Was mache ich jetzt? Einfach auch einschlafen? Auf dem Sofa? Mit Rückenschmerzgarantie? Um einundzwanzig Uhr? Nachdem mein wohlverdienter Feierabend begonnen hat, den ich eigentlich mit meinem Mann verbringen wollte? Erfahrungsgemäß bekomme ich ihn auch nicht mehr geweckt. Dabei hätte ich meine Idee gerne mit ihm besprochen. Oder mit Alice, aber die trifft sich gerade mit Isabel.

Wieder muss ich seufzen, diesmal theatralisch, weil eine letzte Hoffnung mitschwingt, Martin könnte dadurch wach werden. Tut er aber nicht. Also schnappe ich mir die halbvolle Weinflasche, mein Glas und das Knabberzeug und ziehe ins Schlafzimmer um. Ich setze mich aufs Bett und klappe den Laptop auf. Schließlich hat meine Geschäftsidee mit dem Laufen zu tun, wo wäre ich jetzt also besser aufgehoben als bei www.laufelieberleidenschaftlich.de? Und wie es aussieht, sind hier noch nicht alle eingeschlafen. Ein Blick auf die anderen Läufer zeigt mir, dass die Hälfte online ist. Auch Runnerboy. Und ich habe eine neue Nachricht erhalten.

Hallo Paradiesvogel,
ich kenne solche Phasen der Neuorientierung total gut. Nicht immer einfach. Deshalb wollte ich dir einfach nur sagen, wenn du jemanden zum Reden (oder besser Chatten) brauchst, ich bin für dich da!
Liebe Grüße, Runnerboycologne

Dieses unwiderstehliche Angebot kann ich nicht ablehnen. Vielleicht wacht Martin ja auf, wenn ich nur laut genug tippe.

»Ganz köstlich, die Lasagne!« Isabel nimmt sich eine zweite Portion. Kein Wunder, dass wir fast am Verhungern sind, immerhin hat es lange gedauert, bis Clara eingeschlafen ist. Isabel hat sich geduldig fünf Kinderbücher, zehn Schlaflieder und dreimal »Müde bin ich, geh zur Ruh« angehört, bis Clara mir endlich erlaubt hat, das Zimmer zu verlassen. Klar kenne ich die Theorie, dass man Kinder auch mal schreien lassen soll, aber damit würde ich nicht nur mein Kind, sondern auch mich quälen. Zumal ich selbst im Grundschulalter jede Nacht zu meiner Mutter ins Bett geschlüpft bin – immerhin habe ich sie tagsüber kaum gesehen.

»Wenn Clara in die Kita geht, können wir uns auch mal wieder zum Frühstück treffen. Dann muss ich nicht mehr jede freie Minute zum Arbeiten nutzen.«

Heute musste ich nicht nur fünfzig Seiten Manuskript durcharbeiten, sondern auch das Essen vorbereiten – und das dreckige Geschirr von zwei Tagen spülen. Ich bin nicht mal dazu bekommen, den Brief von Helga zu öffnen. Gut, ein bisschen habe ich mich auch davor gedrückt, jetzt werde ich damit warten müssen, bis Isabel weg ist.

»Läuft doch ganz gut bei dir. Ich meine, wenn man sich so umhört, schaffen es die wenigsten Mütter, überhaupt in ihrem Job zu bleiben.«

Isabel spießt ein paar Pilze auf.

»Eigentlich ist ja auch alles toll. Mit Clara läuft es super, und selbst wenn Herr Meyer mal meckert: Ich habe bisher noch keinen Abgabetermin verpasst. Ganz davon abgesehen meckert er mit jedem Kollegen mal.« Ich schenke uns Wein nach. »Und ich glaube, er baut schon auf mich, sonst hätte er mich nicht bei Ina Hill angemeldet.«

»Ina Hill? Die Talkshow?«

Genau die. Ich werde jetzt schon rot, wenn ich daran denke. Wie soll ich die Talkrunde bloß überleben?

»Mama, kann nich ssslafen«, erklingt es aus dem Türrahmen. Wenn ich mich jetzt neben Clara lege, bis sie wieder eingeschlafen ist, sitzt Isabel womöglich eine halbe Stunde allein in der Küche.

»Dann komm zu mir.« Ich strecke meine Arme aus, und Clara läuft hinein. Auf meinem Schoß kuschelt sie sich an mich. Soll sie halt hier schlafen.

»Mama, wer das?«

»Das ist meine Freundin Isabel.«

Meine Freundin Isabel findet die Szene vielleicht nicht ganz so süß wie ich. Aber sie beschwert sich auch nicht.

»Also, was ist mit Ina Hill?«

»Ich werde dort unter anderem mit Sabine Eulenbusch sitzen und versuchen, den Zuschauern klarzumachen, dass man auch als Mutter am Leben teilhaben kann. Ist schließlich die These meines Buches.«

»Das ist ja krass!«

Krass gut oder krass daneben? Eigentlich egal, weil es mich gerade viel mehr interessiert, wie es Isabel geht.

»Aber genug von mir. Wie läuft es eigentlich mit Jan?«

»Er hat mich gefragt, ob wir zusammenziehen sollen.«

»Das hört sich an, als meint er es ernst.«

Isabel schenkt sich Rotwein nach.

»Für mich hört sich das an, als will er klammern. Als Nächstes macht er mir vielleicht noch einen Heiratsantrag.«

»Warum auch nicht, ihr habt immerhin schon deinen Mailand-Aufenthalt überstanden.«

Ich versuche, gerade zu sitzen, obwohl Clara sich dauernd bewegt.

»Schulde ich ihm jetzt was dafür, dass ich meine Pläne in die Tat umgesetzt habe?«

»Nein, natürlich nicht. Aber es ist doch schön, wenn ihr einen Schritt weiter geht. Ich meine, irgendwann kommt jede Beziehung an den Punkt, an dem man sich entscheiden muss.«

»Und Verantwortung übernehmen muss?«

Isabel sollte wirklich nicht so viel Wein trinken, das scheint ihr auf die Stimmung zu schlagen.

»Genau!«

»Also, ich glaube, manchmal übernimmt man auch Verantwortung, wenn man sich nicht entscheidet. Ich weiß einfach nicht, ob ich mich wirklich an ihn binden möchte.«

»Und warum seid ihr dann zusammen?«

»Alice, so einfach ist das nicht. Es gibt mehr als Schwarz und Weiß. Ich liebe ihn, glaube ich, schon irgendwie.«

Ehrlich gesagt habe ich Jan und Isabel viel zu selten zusammen erlebt, um eine Prognose für ihre Beziehung stellen zu können. Aber große Gefühle sehen für mich anders aus. Doch soll ich ihr das sagen? Besser nicht. Ich beschließe, unser Gespräch wieder in harmonische Bahnen zu lenken.

»Isabel, es tut mir leid, manchmal denke ich …« Bevor ich weiterreden kann, hält Clara mir den Mund zu.

»Solls nich reden, Mama!«

Ich schiebe ihre Hand sanft beiseite. Jedoch unsanft genug, um das langstielige Weinglas zu erwischen. Die rote Flüssigkeit ergießt sich glücklicherweise nur über meinen Schoß. Clara fängt an zu heulen, als ich sie auf den Boden setzen will, also lasse ich sie auf meinem Arm, während ich mit der freien Hand nach einem Lappen greife und das Gröbste wegwische.

»Entschuldigung. Ist mit Kindern manchmal so. Wegen Jan:

Ich sollte mir kein Urteil anmaßen. Aber was lässt dich denn so unsicher sein?«

»Einiges. Am meisten beunruhigt mich das Gefühl, dass er noch viel zu oft an seine Ex denkt. Die übrigens gerade ihren neuen Freund geheiratet hat. Und schwanger ist. Wenn das kein Zufall ist. Ich fürchte, wenn sie Jan nicht in die Wüste geschickt hätte, dann hätte ich bei ihm überhaupt keine Chance gehabt.«

»Na ja, vielleicht hatte sie auch gute Gründe, sich von ihm zu trennen.«

»Mama, bin müde.«

»Dann schlaf einfach auf meinem Arm.«

Ich streichle Clara über die Haare, und tatsächlich ist sie jetzt ruhig. So ruhig, dass ich mir anhören kann, warum Isabel so unsicher mit Jan ist. Ich hoffe, Isabel nimmt mein Gähnen nicht persönlich, aber ich bin mittlerweile selbst todmüde. Und bequem ist meine Haltung mit Kind auf dem Schoß auch nicht.

»Alice, hörst du mir überhaupt zu?«

»Ja, natürlich. Du hast also Angst, dass er nur mit dir zusammenziehen will, um seiner Ex zu beweisen, dass er sie vergessen hat.«

»Ja, verflixt noch mal!«

Habe ich irgendwas verpasst?

»Aber, Isabel, mal ganz ehrlich, wenn du wirklich glaubst, dass er so denkt, dann müsstest du sofort Schluss machen!«

Wenn ich ein Mann wäre, könnte ich mir keine bessere Freundin als meine fantasievolle, wunderschöne Freundin Isabel vorstellen. Jan müsste ein Idiot sein, wenn er auch nur einen Funken Sehnsucht an seine Ex verschwendet!

»Das sagst du so einfach, Alice.«

»Besser keinen Mann als den falschen! Das hast du doch gar nicht nötig!«

»Es kann ja nicht jeder sofort Mr. Right treffen.«

»Wenn du merkst, dass er nicht Mr. Right ist, dann wäre es wohl besser, einen Schlussstrich zu ziehen!«

»Aber ich möchte doch nicht sofort alles wegwerfen, nur weil ich mal zweifle!«

»Was hält dich denn? Ich meine, du bist doch frei! Kein Kind, ihr seid nicht verheiratet ...«

»Du meinst also, nur mit Familie lohnt es sich, für eine Beziehung zu kämpfen?«

Mist! In was habe ich mich da reingeritten? Ich meinte doch nur, dass man keine Kompromisse eingehen muss. Vor allem, wenn man keine gemeinsame Verantwortung trägt.

»Isabel, so habe ich das nicht gemeint.«

Als sie aufsteht, stehe ich auch auf. Clara fängt wieder an zu heulen. Ich würde am liebsten einstimmen.

»Weißt du was, Alice, ich kann dieses Gerede nicht mehr hören von den Müttern, die alles hinbekommen! Gut, vielleicht schafft ihr es, noch zu arbeiten. Ja, du schaffst es sogar, wieder auszusehen wie vor der Schwangerschaft, obwohl du dauernd Pilates ausfallen lässt! Aber wer von euch kümmert sich noch um Dinge, die nichts mit der eigenen heilen Familie, der Karriere oder euren vernachlässigten Muskeln zu tun hat? In euren Augen sind die Sorgen anderer Leute doch Kinderkram! Und dauernd erwartet ihr Verständnis! Weißt du, wie ich es finde, dass ich mit meiner besten Freundin kein Gespräch mehr führen kann, ohne dass einer quengelt? Wenn ich dir wirklich so wichtig wäre, dann würdest du dir die Zeit schon freischaufeln! Klappt bei der Arbeit schließlich auch!«

Freundin und Tochter schreien quasi gegeneinander an.

»Isabel, du bedeutest mir wirklich viel! Es ist aber gerade alles nicht so einfach!«

»Dann tu doch, verdammt noch mal, nicht immer so, als würdest du alles schaffen!«

Ich halte sie nicht davon ab, sich ihre Jacke anzuziehen.

Als Isabel die Wohnungstür hinter sich zuknallt, hört Clara auf zu schreien.

»Frau is weg!«

»Ja, leider.«

»Darf's noch etwas sein?«, fragt mich der ältere Herr in aller Ruhe, obwohl der Laden wie jeden Samstagvormittag so voll ist wie die Obstkisten vor der Tür.

»Nein danke!« Ich nehme die Tüte mit Äpfeln, Kiwis und Ananas entgegen. Immerhin muss ich die Kinder für den kommende Winter wappnen. Wenn ich tatsächlich einen Job finde, möchte ich nicht alle drei Tage wegen irgendeines Virus absagen. Schließlich besitzen meine Drillinge das Talent, immer schön versetzt krank zu werden und mich am Ende dann auch noch anzustecken.

Als ich den Laden verlasse, kommt mir ein verschwitzter Jogger entgegen. Er lächelt mich freundlich an. Das ist doch der Sohn der Ladenbesitzer! Wenn ich es nicht besser wüsste, würde ich unsere Begegnung letztens eindeutig als Flirt einordnen. Ich muss grinsen. Am liebsten würde ich ihm eine Vitamin-C-Bombe aus der Tüte anbieten, da er bei mir eher mütterliche Gefühle hervorruft. Ich meine, der sieht aus wie fünfundzwanzig. Höchstens.

Und dann sehe ich die Schuhe. *Die* Schuhe. Es sind Runnerboys Schuhe! So schnell ich kann, haste ich nach Hause.

Kein Wunder, dass ich ihm bekannt vorkam. Andererseits gehören die Joggingschuhe zu den beliebtesten Modellen der Saison. Es gab Zeiten, da hatten neunzig Prozent der Männer dieselbe Jeans am Hintern, also wird es wohl noch mehr Männer geben, die diese Schuhe besitzen. Ich glaube, ab jetzt kaufe ich mein Gemüse dennoch lieber bei Aldi. Auch wenn ich ihm nun wirklich nichts Intimes geschrieben habe. Nicht mal vor Martin habe ich was zu verbergen. Erzählt habe ich ihm trotzdem nichts davon; damit würde ich eine Sache aufbauschen, die überhaupt nichts zu bedeuten hat. Ganz davon abgesehen würde es Martin nicht interessieren. Als er gestern vom Sofa aufgestanden und an mir vorbei ins Bett gegangen ist, hat er mich nur gefragt, ob es mich stören würde, mit dem Laptop in ein anderes Zimmer zu wechseln, weil das Licht so grell sei. Hat er nicht schon hundertmal aus *Schlafes Bruder* zitiert – »Wer schläft, liebt nicht«? Na gut, für solch verquere Vorstellungen von Liebe sind wir wohl einfach schon zu alt. Und die Tatsache, dass ich mich zu Hause gleich an den gedeckten Tisch setzen darf, ist auch schon fast ein Liebesbeweis. Hoffentlich ist Martin mit dem Kochen schon fertig, damit wir noch pünktlich in die Stadt kommen. Sonst werden wir in keinem Laden mehr passende Schuhe für alle drei Kinder finden.

Und wo ist dein Phantommann?«

»Der passt gerade auf meine Tochter auf, damit ich mal in Ruhe mit meiner Mutter reden kann!«

Meine Mutter befindet sich seit Jahrzehnten im Krieg, besser gesagt in der Verteidigung. Auch wenn sie den wenigsten Männern einen bösen Willen unterstellt, glaubt sie, Männer seien Parasiten, die die Frauen nach und nach zu ihrem Wirt machen. Dass der Kampf längst vorbei ist und die meisten Männer einfach gute Freunde sein können, hat sie schlicht und einfach nicht mitbekommen.

»Das ist ja wohl auch das Mindeste, wenn er schon die ganze Woche über weg ist.«

Meine Mutter würde mich nie im Leben zu einem selbst gekochten Essen einladen. Nicht nur, weil sie genug Geld hat, die zwei Pizzen, die uns der Kellner gerade bringt, zu bezahlen. Sie hat auch gar keine Lust auf hauswirtschaftliche Tätigkeiten. Ich koche sogar für mich allein gerne.

»Können wir das Thema mal lassen? Ich wollte etwas ganz anderes mit dir besprechen.«

»Gut, dann sag es.«

»Also, Helga, die Frau von Claus, ich meine, meinem Vater …«

»Ja, ja, ich weiß, wer Helga ist!«, unterbricht Mama mich und sägt die Pizza durch, als läge ihr Ex darauf.

»Also, die Helga hat in Claus' Unterlagen einen Brief an mich gefunden.«

Ich glaube, meine Mutter wäre lieber bei dem anderen Thema geblieben. Gegen meinen Vater ist Sebastian nämlich ein Musterbild an Fürsorge. Meine Mutter hat nach meiner Zeugung allerdings auf jeglichen Beistand seinerseits verzichtet. Auch auf Unterhalt. Als sie entdeckte, dass sie schwanger war, hatte er längst seine wirkliche große Liebe gefunden. Meine Mutter hatte stets betont, dass das mit ihnen nicht Ernstes sei. Sonst hätte er auch kein Auslandssemester gemacht. Dabei war das die beste Entscheidung seines Lebens, da er dort Helga kennenlernte, mit der er sich Hals über Kopf ins Familienglück stürzte. Eine perfekte Welt, bis er zehn Jahre später zufällig mitbekam, dass er noch eine Tochter hat – mich.

»Und was schreibt er?«

»Soll ich dir den Brief vorlesen?«

Ich fische in meiner Hose nach dem zusammengefalteten Papier.

»Lass mal. Kurzfassung reicht. Sonst wird die Pizza kalt.«

»Dann essen wir eben erst die Pizza.«

Ich greife ebenfalls zum Besteck und schiebe mir ein Stück Spinat-Gorgonzola-Pizza in den Mund. Für meine Mutter ist es Folter, dass ich sie warten lasse. Ich weiß nicht, welche Hiobsbotschaft sie befürchtet. Oder hat sie ein schlechtes Gewissen?

Die Tüten über den Arm gehängt und die Gedanken an die potentiellen Runnerboy-Schuhe schon fast aus dem Kopf verbannt, schließe ich die Tür auf und freue mich auf das Mittagessen. Drei Kinder in Schlafanzügen stürmen auf mich zu. Vielleicht ist es tatsächlich besser, wenn sie sich erst nach dem Essen umziehen. Vor allem wenn wir aus dem Haus gehen wollen, bekleckert sich mindestens ein Kind vorher.

»Kinder, Eve, essen kommen!«, ruft Martin aus der Küche. Simon, Anna und Florian stürmen an mir vorbei und setzen sich sofort auf ihre Plätze.

»Nee, nee, nee, erst wird der Tisch gedeckt. Oder wollt ihr die Würstchen direkt aus der Pfanne essen?«

Martin stellt die Pfanne mit in Öl schwimmenden Bratwürstchen auf den Tisch. Die Dinger gleichen den fehlenden Fettgehalt der Backofen-Pommes aus. Die einzige Gemüsebeilage befindet sich in der Ketchupflasche.

»Naaaa gut!«

»Aber ich mach die Teller!«

»Nein, ich!«

»Nein, ich, das blöde Besteck ist viel schwerer!«

»Simon, du Teller, Anna, du Gabeln, Florian, du Messer«, verteilt Martin die Aufgaben, denen die Kinder maulend nachkommen. Damit es wenigstens irgendetwas Gesundes gibt, spüle ich schnell ein paar Cocktailtomaten ab und stelle sie mit zu den Cholesterinbomben auf den Tisch.

»Der Papa kocht viel besser als du!« Florian tunkt ein Stück Bratwurst in den Ketchup.

Zum Glück habe ich gerade eine Tomate im Mund, sodass ich nicht sofort antworten kann. Ich sollte immerhin froh sein, dass Martin gekocht hat. Wenn ich jetzt meckere, dann kümmert er sich vielleicht noch seltener um das Essen.

»Stimmt, bei dir gibt es immer so einen Ökoscheiß!«

»Simon, Scheiß sagt man nicht!«, tadelt Martin, der sich aber sichtlich über das Kompliment freut. Mann, dabei ist Tüten aufreißen doch wie Malen nach Zahlen!

»Aber die Kochkünste der Mutter beleidigen ist kein Problem?«

Martin tätschelt meine Hand, die ich jedoch wegziehe, um eins der Würstchen aus dem Ölteich zu fischen. Eklig, aber doch irgendwie ganz lecker.

»Ihr solltet eurer Mutter dankbar sein, dass sie jeden Tag für euch kocht! Andere Kinder haben gar nichts zu essen!«

»Trotzdem finden wir es besser, wenn du kochst!«

»Genau! Du kannst das einfach besser!«

»Und warum ist Mama immer hier und nicht du?«

»Na ja, Mama hat ja gerade keinen Job …«

Diesmal hindert mich die Pommes im Mund am Sprechen, aber ich werfe Martin einen bitterbösen Blick zu.

»Mama hat sich halt den besten Job der Welt ausgesucht, nämlich sich um euch zu kümmern!«

»Aber wenn wir in der Schule sind, muss sie sich um gar nichts kümmern …«, fällt Florian mir in den Rücken.

»Außerdem bekommt man dafür kein Geld. Also ist das auch kein Job«, ergänzt Simon mit oberschlauem Blick.

»Und die Mutter von Chiara arbeitet jeden Tag und kocht trotzdem mittags immer«, treibt Anna es auf die Spitze.

»Also, wenn Mama einen Job hat, dann koche ich euch gerne dreimal die Woche Würstchen mit Pommes!«, spielt Martin den Superpapa.

»Ja! Und Pizza!«

»Und Hamburger!«

»Und McDonalds!«

Das war der Tropfen zu viel. Ich platze. »Esst euren dämlichen Fertigfraß doch alleine auf!«

Immerhin sind nun alle stumm. Das und die Tatsache, nichts im Mund zu haben, nutze ich für die nächste Botschaft.

»Und das Einkaufen bekommt ihr sicher auch ohne mich hin. Statt mit euch darüber zu diskutieren, warum ich mehr für Ökolatschen als für blinkende Spiderman-Schuhe übrighabe, gehe ich jetzt lieber eine Runde joggen! Das musste ich nämlich die ganze Woche ausfallen lassen, weil jede Menge Extraaufgaben in meinem Job anstanden: einkaufen, die Vorsorge beim Kinderarzt, der Ausflug in der Schule! Und das Geschenk für *deine* Schwester habe ich auch besorgt, Martin! Ich mache das alles gerne, aber noch lieber würde ich es machen, wenn ihr es auch zu schätzen wüsstet!«

»Eve, jetzt nimm das doch nicht so ernst!«

Martin versucht mich aufzuhalten.

»Einer muss es schließlich tun, oder?«

Bevor einer widersprechen kann, fliehe ich aus der Küche, die riecht wie eine billige Imbissbude.

Ich vermute, meine Mutter hat tatsächlich ein schlechtes Gewissen, weil sie ahnt, worum es in dem Brief gehen könnte. Immerhin hätte unser Leben mit dem Geld von meinem Vater einfacher verlaufen können. Statt sich zwischen Krankenhaus und Kind aufzureiben, hätte sie mehr Zeit mit mir verbringen können.

»Helga hat ihn übrigens nicht gelesen«, ich schneide mir noch ein Stück Pizza ab, »behauptet sie jedenfalls.«

»Und wenn. Die haben ihr halbes Familienleben auf einer Lüge aufgebaut, da käme es darauf auch nicht mehr an.« Meine Mutter fischt schon nervös in ihrer Handtasche nach Zigaretten.

»Andererseits – wenn sie ihn gelesen hätte, dann hätte sie ihn vielleicht lieber in den Kamin geworfen.«

»Wenn du jetzt nicht sofort sagst, worum es geht, enterbe ich dich!«

»Hmm, angesichts deiner Superwohnung vielleicht ein Argument!«

Immerhin lacht sie, auch wenn sie ihr Besteck schon auf den Teller legt.

»Darf ich dein letztes Stück Pizza essen?«

»Wenn du mir gesagt hast, was los ist!«

»Bis dahin wird die Pizza kalt.«

Ehrlich gesagt macht es mir auch ein wenig Spaß, meine Mutter hinzuhalten. Sie hat immerhin fünfzehn Jahre gebraucht, um mir zu gestehen, wer mein Vater ist. Ich habe auch Angst, dass sie seinen Brief entzaubern könnte – immerhin ist er der Beweis, dass ich ihm nicht ganz egal war. Deshalb werde ich seine persönlichen Worte auch für mich behalten.

»Also, Claus hat ab dem Moment, in dem er erfahren hat, dass er mein Vater ist, jeden Monat einen gewissen Betrag auf ein Sparkonto überwiesen, etwa so hoch wie der Unterhalt, den er für mich hätte zahlen müssen. Ich habe es schon umgerechnet, es sind circa fünfhundert Euro im Monat.«

Wenn meine Mutter nicht offensichtlich ein schlechtes Gewissen hätte, würde sie folgendermaßen antworten: »Wie gnädig! Hätte er das Geld mal lieber direkt an uns überwiesen!«

Sie reagiert jedoch nur mit einem unsicheren Blick.

»Warum hat er uns nicht einfach Unterhalt gezahlt?«, frage ich deshalb nach.

»Weil ich das, verdammt noch mal, nicht wollte! Wenn es nach mir ginge, hätte er nie erfahren, dass er dein Vater ist.«

»Er wollte sich doch kümmern!«

»Er wollte sich freikaufen!«

»Und du wolltest ihn lieber wie einen Sklaven in seinem schlechten Gewissen lassen? Meinst du nicht, es wäre für alle einfacher gewesen, wenn ihr zu den Tatsachen gestanden hättet?«

»Wahrscheinlich, aber dafür ist es jetzt zu spät. Sag mir einfach, was los ist.«

»Also gut. Sein Plan war, mir das Geld an meinem dreißigsten Geburtstag zu übergeben. Er wollte noch die ersten zehn Jahre nachholen, in denen er nichts eingezahlt hat. Helga war Hausfrau, und mit drei Kindern konnte er auch nicht mal eben zehn Jahre versäumten Unterhalt auf ein Konto packen.«

»Hat er das irgendwo beglaubigen lassen?«

»Er hat einen separaten Brief aufgesetzt. Den habe ich schon mal in Sicherheit gebracht.«

»Und das Sparbuch?«

»Da muss ich wohl Helga fragen, ob sie weiß, wo es liegt.«

Meine Mutter zieht eine Augenbraue hoch. »Und du glaubst, dass sie das Geld rausrückt?«

»Mama, egal, was passiert ist, Helga war fair zu mir. Hätten sie sonst den Kinderanteil seines Erbes mit mir geteilt? Und das, ohne dass ich es eingefordert habe?«

Ich sehe, wie meine Mutter im Kopf rechnet.

»Wie viel hast du nach der Beerdigung bekommen?«

»So um die zwölftausend Euro. Genau wie Inga, Ole und Sven.«

Das kam mir damals vor wie ein Lottogewinn, den ich zur Hälfte in einen neuen Computer, ein Schreibcoaching und einen Kinderwagen für Clara investiert habe. Die andere Hälfte liegt glücklicherweise noch auf meinem Sparbuch. Damit könnte ich ein halbes Jahr überbrücken, sollte ich meinen Job verlieren.

»Gab es irgendeine offizielle Testamentsverlesung? Irgendwelche Dokumente?«

»Sie haben mich gefragt, ob ich damit einverstanden wäre, wenn wir sein Erspartes unter uns aufteilen. Es war sogar Helgas Vorschlag, die Hälfte stand natürlich ihr zu, der Rest seinen Kindern.«

»Wie großzügig!«

Ich würde auch keinen Helga-Fan-Club aufmachen, aber langsam bezweifle ich, dass meine Mutter die Trennung von meinem Vater so gut weggesteckt hat, wie sie immer behauptet.

»Wir haben nicht mal einen Beweis dafür, dass er mein Vater war! Sie hätten mir überhaupt nichts geben müssen. Und ich wollte erst auch gar nichts annehmen.«

Ich fürchte, wenn meine Mutter nicht gleich vor der Tür eine Raucherpause einlegen darf, wird sie explodieren. Sie fragt sich bestimmt, wie so eine realistische, emanzipierte Frau wie sie nur so ein treudoofes Naivchen großziehen konnte! Hat sie ja gar nicht. Erstens bin ich nicht naiv, sondern nur optimistisch, und zweitens war meine Oma quasi meine Mutter.

»Dein Vater – dass er es war, steht außer Frage – hat noch nicht mal den Arsch in der Hose gehabt, seinen guten Willen auch dingfest zu machen! Und meine Tochter stellt noch ihre Ansprüche in Frage! Kein Wunder, dass Männer weltweit noch immer achtzig Prozent des Vermögens besitzen, aber Frauen achtzig Prozent der Arbeit verrichten! Der Dreckarbeit insbesondere!«

Niemand schafft es wie meine Mutter, spätestens nach einer halben Stunde auf ihre feministischen Lieblingsthemen einzulenken.

»Mama, es geht hier doch um einen ganz individuellen Fall! Und ehrlich gesagt ist mir sein guter Wille fast mehr wert als das Geld.«

Aber schön wäre es schon. Das würde mir auch bei dem Thema Haus eine ganz andere Entscheidungsfreiheit geben.

»Hast du mal überschlagen, wie viel Geld du bekommen müsstest?«

»So um die hunderttausend. Ich bräuchte also keine Angst mehr zu haben, dass du mich enterbst«, zwinkere ich ihr zu. So todernst ist das Thema nun wirklich nicht.

»Ich weiß, dass Mathe nie dein Lieblingsfach war, aber mir schwant da gerade so etwas: Was ist hunderttausend durch zwei?«

»Fünfzigtausend«, antworte ich genervt.

»Richtig, das wäre der Ehefrauenanteil für Helga. Und was sind fünfzigtausend durch vier?«

»Zwölftausend.«

»Kommt dir die Zahl irgendwie bekannt vor?«

Selbst als Mathemuffel wird mir klar: Es ist äußerst unwahrscheinlich, dass Claus zwei Konten mit derselben Summe gebunkert hat.

»Vielleicht ist das Sparbuch noch gar nicht entdeckt worden?«

»Alice, entweder es hätte bei dem Brief liegen müssen oder bei den anderen Sparbüchern. Am wahrscheinlichsten aber ist, dass die neue Frau deines Vaters und deine Halbgeschwister deinen Unterhalt längst verbraten haben.«

Ich lasse die Information einen Moment sacken.

So muss es sich anfühlen, wenn man einen Lottoschein mit fünf Richtigen weggeschmissen hat. Egal, ich werde mit Helga über den Brief reden. Wenn sie eine anständige Frau ist, wird sie mir bestimmt zumindest einen Teil des Geldes geben. Diesen Plan behalte ich aber lieber für mich.

»Ich glaube, mir ist heute nicht nach Nachtisch. Hättest du was dagegen, wenn wir zahlen?«

»Kein Problem, dann kann ich auf dem Weg zur Bahn auch endlich eine rauchen.« Meine Mutter winkt den Kellner heran, um die Rechnung zu begleichen. Dass sie nicht Gift und Galle spuckt, zeigt mir, dass sie auch nicht weiß, ob sie damals alles richtig entschieden hat.

»Und, Alice, vergiss nicht, alles, was dein Vater für dich tun wollte, habe ich für dich getan.«

»Ich weiß, dass du alles für mich getan hast.«

So gut, wie sie es eben konnte.

Ich sollte viel öfter wirklich laufen gehen, anstatt im Laufchat herumzuhängen, denke ich, während ich den Rhein entlangjogge. Dabei treiben mir meine Sorgen den Puls zusätzlich in die Höhe. Zugegeben, die Kinder und mein Mann waren gerade unverschämt. Aber was, wenn sie jetzt denken, ich will sie verlassen? Wenn Martin die Kinder ins Auto packt und vor lauter Verzweiflung in den Gegenverkehr rast? Vielleicht sind sie auch schon auf dem Weg in die Stadt und kaufen wie geplant Schuhe. Ob es blöd von mir war zu glauben, sie kämen ohne mich klar? Samstags in der Stadt? Ich laufe langsamer. Und bleibe schließlich stehen. Ein schickes Läuferpärchen rennt mich fast um. Sie sind so gut gelaunt, dass sie mich nicht mal bemerken, als ich im letzten Moment zur Seite springe. Ganz Köln hat anscheinend den Freizeitmodus angestellt: Mit Hund, Kind oder Mann an der Hand wird über die Rheinpromenade geschlendert. Ich vermisse meine Familie und tippe eine SMS: *Bin nicht durchgebrannt, sondern nur joggen gegangen. Sag den Kindern, dass ich sie lieb hab (egal, was sie machen).*

Was aber nicht heißt, dass es mir egal ist, was sie machen.

Ein paar Sekunden später blinkt mein Display. *Und was ist mit mir?*

Immerhin antwortet Martin direkt. Geschieht ihm ganz recht, sich das zu fragen!

Bei dir ist es nicht egal, was du machst. Und jetzt muss ich das überschüssige Fett beim Joggen verbrennen.

Ich schalte mein Handy auf lautlos und laufe weiter. Mit jedem Schritt über den Asphalt bleibt meine schlechte Laune ein Stückchen weiter hinter mir zurück. Ich weiß gar nicht, wie ich es jahrelang ohne Laufen aushalten konnte. Als ich wieder anfing, lief auch alles andere wieder besser. Meine Unzufriedenheit war nämlich auch Unzufriedenheit über meine eigene Lahmarschigkeit. Aber wie heißt es so schön? Nach der Krise ist vor der Krise. Und die aktuelle Krise ist schließlich nur eine Job- und keine Lebenskrise. Oder?

Sebastian hat weder gesagt, dass ich Helga verklagen soll, noch, dass ich eine total bescheuerte Verwandtschaft hätte. Er hat mir einfach zugehört und mir versprochen, mein Problem erst mal für sich zu behalten. Ich möchte nicht, dass die Sache in seiner heilen Familie durchgesprochen wird. Da würde so etwas nämlich nicht passieren. Ist ja auch sehr löblich von den Goldmann-Männern, dass sie nur ein Kind zur selben Zeit zeugen (und falls doch mehr, dann mit derselben Frau) und die Verhältnisse vorab geklärt sind. Das macht es nicht zuletzt für die Kinder einfacher. Aber die Menschen verhalten sich nun mal nicht immer vernünftig. Und die eigene Familie schon gar nicht. Obwohl ich mich schwertue, Helga als meine Familie zu bezeichnen, auch wenn sie die Mutter meiner Halbgeschwister ist.

Das Gespräch mit ihr hat die Befürchtung meiner Mutter wahr werden lassen. Ich habe nicht lange drumherum geredet und ihr am Telefon einfach den Brief vorgelesen. Woraufhin sie zu heulen anfing.

»Es tut mir alles so leid … Wenn ich das gewusst hätte …«

Na ja, vermutlich hat sie so etwas geahnt und vorsorglich alles Geld ausgegeben – bevor sie die Unterlagen meines Vaters sortiert hat. Wahrscheinlich fand sie sich schon großzügig, weil sie mir von sich aus einen Teil des Ersparten vererbt hat.

»Alice, glaub mir, ich war echt perplex, als der Banker mir von dem Konto erzählt hat. Und wir konnten es damals echt gebrauchen, wo Claus doch auch als Ernährer … na, du weißt ja, wie es bei uns geregelt war.«

Von dem Geld hätte sie den letzten Kredit aufs Haus getilgt, Oles Jahr in Amerika finanziert und ein paar anstehende Renovierungsarbeiten im Haus bezahlt. Äußerst vorausschauend für eine Frau, die sich doch immer aus den Finanzen herausgehalten hat.

»Du weißt gar nicht, wie mich das alles mitnimmt.«

Nein, das weiß ich nicht. Ich würde wahrscheinlich daran zerbrechen, wenn Sebastian mir in zehn Jahren gesteht, dass Clara noch eine Schwester in ihrem Alter hätte. Die Untreue wäre das eine. Aber noch schlimmer wäre die innere Zerrissenheit, dem anderen Kind nicht von Herzen das zu wünschen, was man dem eigenen Kind wünscht: dass der Vater da ist, sich kümmert und im Idealfall die Mutter liebt. Trotzdem ist das in diesem Moment nicht mein Problem.

»Helga, ich gebe dir nicht die Schuld! Claus hätte das einfach absichern müssen.«

»Wirst du einen Anwalt einschalten?«

»Ich weiß es nicht, verflixt noch mal! Was rätst du mir denn? Einfach auf alles zu verzichten, obwohl ich auch gerade eine Familie gegründet habe? Obwohl wir beide arbeiten und trotzdem nur auf zwei Zimmern wohnen?«

Okay, das letzte Argument ist ein wenig unfair, ich will das ja so. Andererseits, wenn ich selbst genug Geld beisteuern könnte, würde ich auch über eine größere Wohnung nachdenken.

»Das wäre wohl zu viel verlangt.«

»Allerdings. Lass uns ein anderes Mal darüber reden.«

»Gut.«

»Eine Bitte hätte ich aber. Kannst du es deinen Kindern sagen?«

Meine Halbgeschwister, die ich trotz allem ins Herz geschlossen habe, kann ich niemals um das Geld bitten. Obwohl es sich eindeutig um mein Geld handelt, käme ich mir dabei vor wie eine Schmarotzerin.

Ich würde sagen, du wärst dumm, wenn du nicht zumindest versuchen würdest, das Geld zu bekommen. Sie hatten schließlich auch kein Problem damit, es auszugeben.«

Alice hat das Laufen anscheinend noch nötiger als ich. Es ist Sonntagnachmittag, und unsere Männer sind zusammen mit den Kindern auf dem Spielplatz. Mit Sicherheit sind sie heute Abend bestens gelaunt. Ich habe mich die ersten Male gewundert, warum Martin von Ausflügen mit den Kindern immer mit einem Gesicht wiederkam, als wäre er zu Mister Universum gekürt worden. Bis er mir erzählt hat, dass jede zweite Frau so getan hat, als wäre er der Traummann schlechthin, weil er ganz allein mit drei Kindern auf dem Spielplatz überlebt. Gönne ich Martin von Herzen – Hauptsache, er unternimmt was mit den Kindern.

»Ach, Eve, am liebsten würde ich sagen, sie sollen die ganze Geschichte vergessen. Immerhin habe ich ja was bekommen.«

»Ein Zehntel von dem, was dir zusteht. Und Helga hatte all die Jahre einen Mann an ihrer Seite. Und die Kinder hatten einen Vater. Es wäre also mehr als gerecht.«

»Ich weiß nicht.«

Alice war auch schon mal besser in Form. Kein Wunder, wenn sie nur noch einmal im Monat mitjoggt und jedes zweite Mal Pilates ausfallen lässt. Dabei hat sie in ihrem Mütterratgeber noch betont, wie wichtig es sei, fit zu bleiben. Wenn sie so weitermacht, wird sie noch genau wie ich früher.

»Weißt du, was andere Frauen in dieser Situation machen würden? Einen Anwalt einschalten, der dafür sorgt, dass die

Kohle reinkommt. Zumindest ein Großteil. Auch wenn Helga dafür das Haus verkaufen oder einen Kredit aufnehmen müsste.«

»Solche Frauen wären mir nicht sonderlich sympathisch.«

»Vielleicht nicht. Aber, Alice, ganz ehrlich, solch eine Großzügigkeit muss man sich leisten können. Du glaubst immer, dass du schon irgendwie versorgt wirst. Und wenn es der liebe Gott persönlich richtet. Aber entspricht das der Realität?«

Wir befinden uns gerade mitten im Königsforst, einem Wald, der direkt an die Stadt grenzt.

»Bisher schon.«

»Was ist, wenn du arbeitslos wirst? Dein Mann abhaut? Clara irgendeine Spezialbehandlung braucht?«

»Ich weiß nicht, ob es mir das Geld wert wäre, unsere geschwisterlichen Beziehungen kaputtzumachen. Ich wünschte, ich hätte diesen Brief nie gelesen. Ist ja schön, dass mein Vater mir damit irgendwas zurückgeben wollte, aber jetzt muss ich diesem Geschenk hinterherrennen. Oder ich habe das Gefühl, mir alles wegnehmen zu lassen.«

»Tja, Tochter zu sein ist auch nicht immer einfacher, als Mutter zu sein.«

»Wem sagst du das?«

Wieder ein unauffälliger Blick auf ihr Handy, den ich unkommentiert lasse. Warum wird nach der Geburt die unsichtbare Nabelschnur nicht gleich mit durchgeschnitten? Reicht doch, sich verantwortlich zu fühlen, wenn man wirklich verantwortlich ist. Leider sehe ich das aber auch nur theoretisch so.

»Eve, du wolltest mir doch noch von deiner Idee erzählen! Ich habe gar nicht mehr nachgefragt. Mein Freundinnenmodus steht gerade auf Stand-by. Isabel und ich … ach egal, erzähl mir jetzt endlich mal, womit du demnächst durchstarten willst.«

Ehrlich gesagt bin ich froh, dass ich jetzt mal Gelegenheit

bekomme, von meiner Idee zu erzählen. Bisher wurde ich immer unterbrochen. Oder lasse ich mich unterbrechen, weil ich unsicher bin?

»Also, Alice, wahrscheinlich bist du die Einzige, die mich nicht für verrückt hält.«

Meine Laufuhr piepst wie immer, wenn ich aufgeregt bin.

»Jetzt sag schon!«

»Um es kurz zu machen: Ich plane eine Laufpartnervermittlung.«

»Eine was?«

»Nach dem Prinzip von Parship oder Elitepartner führe ich Läufer zusammen. Alleine laufen ist so langweilig, also gibt es bei mir den passenden Laufpartner. Lieblingszeiten? Tempo? Gesprächsthemen? Laufziele? Asphalt oder Waldboden? Lebensziele? Eine Chance, das Laufen mit Austausch und neuen Freundschaften zu verbinden.«

Alice bleibt stehen und strahlt mich an. »Gar nicht mal so schlecht!!!«

Ich grinse zurück. »Meinst du?«

»Und ob! Bestimmt eine Menge Arbeit, und man müsste vielleicht Sponsoren suchen oder zusätzliche Angebote machen, aber das hat sicher Potential.«

»Auch in Zeiten von Facebook und Co.?«

»Wieso nicht? Vor allem Leute, die viel zu tun haben, lassen sich bestimmt gerne unterstützen. Mitfahrzentrale ist ja auch besser als Trampen.«

Über das Blitzen in ihren Augen freue ich mich fast noch mehr als darüber, dass sie meine Idee gut findet. Über die Begeisterung, aus Stroh Gold zu spinnen. In letzter Zeit mache ich mir nämlich Sorgen, dass sie von dem fiesen Müttervirus befallen sein könnte, den ich auch mal hatte. Nichts gegen das Muttersein, aber es hat eben seine Nebenwirkungen. Die stärkste war bei mir das Funktionieren-statt-leben-Syndrom.

»Weißt du, Alice, in fast allen Laufforen geht es vor allem um Leistung. Wer schafft die meisten Marathons? Ultralauf oder Wüste? Wie werde ich schneller? Welche Schuhe sind die besten? Mir ist das alles fast egal. Ich meine, wir laufen doch auch nicht um die Wette, sondern unterstützen uns beim Laufen eher kommunikativ.«

Ich stolpere über eine Wurzel, kann mich aber gerade noch fangen. Hoffentlich ist das nicht alles lächerlich, was ich erzähle.

Ein Jogger kommt uns entgegen. Und lächelt mich an, als er an uns vorbeiläuft. War das etwa …?

Ich drehe mich um, um mich zu vergewissern, und sehe, dass er sich ebenfalls nach mir umdreht. Und mir zuwinkt.

»Kennst du den?«

»Du nicht? Der arbeitet doch in dem Gemüseladen auf dem Gotenring.«

»Ist das ein Grund, rot zu werden?«

»Ist halt peinlich, so in Laufklamotten, oder nicht?«

»Hey, du willst mit deiner Laufgeschichte an die Öffentlichkeit? Da darf dir nicht alles peinlich sein!«

Ich bin froh, dass sie nicht weiter nachfragt. Gibt ja eigentlich auch gar nichts zu erzählen.

Früher hatte ich das Gefühl, alles schaffen zu können. Heute habe ich nur noch das Gefühl, fast alles schaffen zu können. Allein die Anfragen von Autoren und Agenturen zu bearbeiten, die sich in den letzten Wochen angestaut haben, bringt mich an meinem Verlagsschreibtisch heute an meine Grenzen. Dabei kann ich gut nachfühlen, wie man sich zu Hause davor fürchtet, dass die Lektorin das Manuskript mit dem eigenen Herzblutprojekt dem Praktikanten für die Altpapiertonne in die Hand drücken und eine Standardabsage eintüten wird. Oder wie man in der Fantasie den ungeliebten Job kündigt, weil man sich gerade in der Spiegelbestsellerliste entdeckt hat. Tom bringt mir netterweise einen Kaffee, obwohl sein Praktikantenstatus längst Geschichte ist.

»Vergiss nicht, gleich ist Redaktionssitzung.«

»Ja, ja, wie könnte ich das vergessen. Immer wenn ich hier bin, ist Redaktionssitzung, weil nur einmal die Woche Redaktionssitzung ist.«

»Da hast du auch wieder recht.«

Ich halte ihn davon ab, das Büro wieder zu verlassen. »Tom, verpasse ich eigentlich viel, was so nebenbei besprochen wird?«

Er setzt sich kurz auf meinen Gästestuhl. »Na ja, das meiste ist eh überflüssig.«

Ich verpasse also eine Menge. »Kannst du mir etwas raten?«

»Ganz ehrlich? Überleg dir, ob du nicht doch wieder voll einsteigen willst.«

»Warum?« Vollzeit arbeiten geht genauso wenig für mich wie Vollzeit Mutter sein.

»Ich habe das Gefühl, dass man mit Vollzeit ernster genommen wird.«

Er sagt mir nicht alles, was er weiß. Da ich ihn nicht in Loyalitätskonflikte stürzen möchte, bohre ich nicht nach.

»Dann wird es Zeit, dass mal einer was daran ändert! Wer sollte die Arbeitswelt mitgestalten, wenn nicht wir?«

»Darf ich mir darüber Gedanken machen, nachdem ich meine zwanzigste unbezahlte Überstunde abgearbeitet habe? Sonst komme ich noch zu spät zur Sitzung!«

Ich grinse und überlasse ihn seinem eigenen Schreibtisch. Während ich ein paar Zettel sortiere, ordne ich zumindest im Kopf ein wenig das Chaos. Mein Leben wäre momentan besser für eine dreistöckige Torte als für einen einfachen Kuchen geeignet, trotzdem versuche ich mich in Gedanken an einem Kuchendiagramm.

Das Arbeitsstückchen reicht mir, auch wenn es ein wenig nahrhafter sein könnte. Mein Chef wird jedoch nicht satt.

Das Mama-Kind-Stück ist perfekt. Clara und ich müssen eher aufpassen, dass wir nicht zu sehr verschmelzen. Dass wir viel Zeit miteinander verbringen, daran kann auch der Job nichts ändern. Und das Beziehungsstück? Nicht übel, aber Sebastian und ich zehren wohl vor allem von der Erinnerung an die Hochzeitstorte. Müsste mal wieder mehr Verzierung drauf – andererseits, wir wissen, was wir aneinander haben. Stichwort: Grundnahrungsmittel.

Freunde? Mit Eve mache ich viel. Dass wir im selben Haus wohnen und beide durch die Kinder einige Gemeinsamkeiten haben, macht die Sache natürlich leichter. Und Isabel? Meine eigentlich beste Freundin bekommt gerade nur die Krümel ab. Nach dem verunglückten Abend hat sie sich noch nicht gemeldet. Und ich habe immer aufgelegt, sobald ihr AB ansprang. Bevor mir das Ganze zu schwer im Magen liegt, schließe ich mich dem allgemeinen Trott in den Konferenzraum an.

Ich brauche jemanden, der mich bei der technischen Umsetzung meiner Seite unterstützt. Da es keinen Sinn hat, irgendjemanden aus den Gelben Seiten zu fischen, steuere ich mit Clara im Buggy und dem *Intercostas*-Flyer in der Hand den Gemüseladen an. Vielleicht finde ich nicht nur praktische Hilfe, sondern auch einen Hinweis auf Runnerboys wahre Identität. Ich habe sogar schon bei dem Schuhhersteller nachgefragt, wie viele Menschen mit diesem Exemplar durch die Gegend joggen. Mehr so als Scherz, aber es kam tatsächlich eine ernste Antwort. Neunzigtausend. Die Wahrscheinlichkeit, dass diese Schuhe zu Runnerboy gehören, ist also ziemlich gering. Seine freundlichen Gesprächsversuche im Chat habe ich zuletzt alle abgeblockt. Man nehme *Gut gegen Nordwind.* In der Fortsetzung verlässt Emma ihren Mann mitsamt den Kindern für ihre Internetliebe. Und die ist aus einem harmlosen Mailverkehr entstanden. Oder habe ich einfach wieder mal zu viel Angst? Simon malt jedenfalls immer noch Splatterbilder.

Wie auch immer, Mutprobe Nummer zwei steht an. Gut, dass keine Laufuhr meinen Puls dokumentiert. Ohne Gemüse in der Hand, dafür mit schlafendem Kind im Buggy, stelle ich mich an die Kasse.

»Ich hätte mal eine Frage.«

»Ah, wir haben uns doch letztens im Wald gesehen!«

Runnerboy wollte seine Identität nicht preisgeben, dieser Mann ist jedoch sehr offen.

»Ja, ja, ich gehe auch joggen.«

»Ich weiß.«

Muss er mich so anstrahlen? Das macht mich ganz nervös. Ich falte den Flyer vor seinen Augen auseinander.

»Ist das noch aktuell?«

»Ja, natürlich.« Er schaut sich zu seinen Eltern um. »Wenn das Geschäft es zulässt, nehme ich gerne Aufträge an. Um was geht es denn?«

»Um die Gestaltung einer geschäftlichen Internetseite.«

Er schaut mich neugierig an.

»Das müsste ich Ihnen mal unter vier Augen erklären. Am liebsten so schnell wie möglich.«

Einen Moment guckt er, als ob ein Treffen mit mir irgendein Risiko bergen würde. Dabei möchte ich nur nicht mit ihm über meine Idee sprechen, wenn hinter mir die halbe Nachbarschaft steht.

»Augenblick, bitte.«

Wie ein kleiner Junge schlurft er zu seinen Eltern. Wahrscheinlich um zu fragen, ob er sich mit der fremden Frau treffen darf, ohne die Familienehre zu beschmutzen. Ich verstehe zwar kein Griechisch, aber die Mimik zwischen Eltern und Kindern ist wohl über alle Grenzen hinweg auch ohne Wörterbuch zu verstehen. Die Mutter schaut erst mich und dann das schlafende Kind an und nickt. Anscheinend stelle ich keine Gefahr da. Ich nicke freundlich zurück.

»Morgen Vormittag im Café nebenan? Ich bin übrigens Costas.« Er reicht mir die Hand.

»Eve Keller. Ich freue mich auf unser Gespräch morgen.«

»Ich auch!«

Er strahlt, als hätte er einen Großauftrag an Land gezogen. Dabei ist noch nicht einmal klar, ob wir überhaupt zusammenarbeiten werden. Bin ich etwa der Grund? Handelt es sich vielleicht tatsächlich um meinen Laufchatpartner?

Wenn die Ratschläge unserer Sachbücher tatsächlich umgesetzt würden, gäbe es nur noch Menschen, die nicht nur sich selbst, sondern auch noch ihre Steuerunterlagen termingerecht finden würden. Ich selbst habe die ganzen Räum-auf-und-nicht-nur-dein-Schreibtisch-wird-frei-Bücher enthusiastisch gelesen. Doch leider fehlt die Zeit zur Umsetzung. Und da ich auch keine Zeit habe, unser neuestes Zeitmanagement-Buch zu studieren, wird das wohl auch so bleiben. Dennoch frage ich mich, ob mein Job nicht völlig sinnlos ist, wenn unsere Bücher eh nichts bewegen. Andererseits reicht manchmal ein Satz aus einem Buch, und das Leben wandelt sich.

»Frau Goldmann, bevor wir zur inhaltlichen Arbeit kommen, möchte ich erst mal die Personalfragen klären.«

Wir sitzen mit Herrn Meyer in unserem Besprechungszimmer und trinken den Kaffee und essen die Kekse, die die neue Praktikantin auf den Tisch gestellt hat. Dabei besprechen wir, welche Bücher gemacht werden und wie weit welches Projekt ist.

»Ich würde Sie gerne ab Oktober wieder voll einstellen und könnte Ihnen mit zwei Tagen Home-Office entgegenkommen.«

In seinen Augen ist das Angebot äußerst großzügig. Mir bereitet es Kopfzerbrechen. Ob ich zu Hause oder hier sitze, während Clara im Kindergarten ist, wird ihr egal sein. Aber volle Tage im Büro würden bedeuten, dass jemand anders sie von der Kita abholen müsste. Eve? Oder könnte Sebastian seinen Arbeitsplan anpassen? Wegen Toms Bemerkung bestehe ich nicht auf die Teilzeitstelle, über die wir das letzte Mal gesprochen haben.

»Wenn Sie Teilzeit arbeiten, müsste ich noch jemanden einstellen, was der Firma nicht guttun würde.«

Habe verstanden, wenn wir demnächst alle auf der Straße stehen, dann bin ich schuld.

»Das müsste gehen, Herr Meyer.«

Absagen kann ich im Zweifelsfall immer noch. Auch wenn er nicht begeistert wäre, rausschmeißen würde er mich wohl kaum, wenn ich weniger Stunden arbeite.

»Gut, dann bringen Sie mir diese Woche bitte noch den Vertrag für die Kinderbetreuung mit.«

»Ist das so üblich?«

Ich sehe, wie er ein Häkchen in seiner Liste macht, leider kann ich nicht entziffern, was da gerade als erledigt markiert wurde. Hoffentlich nicht ich.

»Ich muss mich absichern, dass Sie wirklich zur Verfügung stehen.«

Ich kann mich nicht erinnern, dass Sebastian irgendeinen Betreuungsvertrag zeigen musste.

»Wissen Sie noch, Frau Koch letztes Jahr? Sie hat uns nach der Geburt ganz schön hängen lassen. Wenn niemand ihr Projekt übernommen hätte, wäre es geplatzt.«

»Sie konnte ja nicht wissen, dass ihr Kind zu früh auf die Welt kommt«, ergreife ich Position für Frau Koch, die sich aus der Elternzeit bisher nicht gemeldet hat.

»Eben, man weiß nie, was kommt. Ich habe selbst zwei Kinder, und meiner Frau werden ständig die Pläne durchkreuzt.«

Eine Steilvorlage, um sich über die Haltung der meisten Männer zum Thema Kind und Karriere aufzuregen, aber jetzt muss ich mich um meinen Job kümmern. Und hätte er dieses Gespräch nicht unter vier Augen mit mir führen können? Tom wirft mir einen Hab-ich-dir-doch-gesagt-Blick zu, der mir rät, jetzt bloß nicht unflexibel rüberzukommen.

»Kein Problem, ich bringe die Tage den Betreuungsnachweis vorbei.«

Da ich die Leiterin meiner Wunschkita die letzten Male nicht ans Telefon bekommen habe, werde ich morgen persönlich dort vorbeischauen und mir den Schrieb direkt mitgeben lassen.

»Möchtest du nicht erst mal abwarten, wie es mit den Bewerbungen läuft?«

Martin und ich sortieren gemeinsam die Kinderklamotten, die ich aus dem Trockner geholt habe. Die Kinder spielen verdächtig ruhig in ihrem Zimmer.

»Nein, ich habe lange genug gewartet. Außerdem habe ich bisher nur eine Bewerbung abgeschickt. Das würde schon an ein Wunder grenzen, wenn ich zum Gespräch eingeladen werde.«

Ich falte ein Ringelshirt zusammen und frage mich, wie die Verkäuferinnen bei H&M die Geduld aufbringen, das hundertmal am Tag zu machen, nur weil ständig jemand die fein säuberlich gestapelten Türme auseinandergenommen hat, um zu sehen, wie die Größe ausfällt – und das Teil dann doch wieder achtlos weglegt.

Martin schiebt einen Stapel Hosen zur Seite, um Platz für die Socken zu schaffen.

»Das kann ich demnächst jeden Tag machen, falls dein Unternehmen an die Börse geht.«

»Du hältst mich also für verrückt!?«

»Ja, endlich mal wieder!!!«

Am liebsten würde ich ihn jetzt mit Socken bombardieren. Wäre aber schade um die Arbeit.

»Und ich finde dich nie so sexy wie beim Wäsche zusammenlegen!«, kontere ich. Und meine es auch so. Engagement im Haushalt ist das beste Aphrodisiadingsbums, wenn man sich einen kinderreichen Haushalt teilt.

»Was ist denn so lustig bei euch?«, fragt Simon, der plötzlich im Türrahmen aufgetaucht ist.

»Nix.«

»Keine Ahnung.«

Wir bekommen auf einmal beide einen Lachanfall, der sich noch steigert, als Simon seinen Geschwistern mitteilt, dass Mama und Papa verrückt geworden sind. Ich habe Martin gerade von meiner Idee erzählt, inklusive der Tatsache, dass ich mich morgen mit Costas wegen der Internetseite treffe. Meinen Verdacht, Costas könnte Runnerboy sein, habe ich nicht erwähnt. Dann müsste ich ihm nämlich erst erklären, warum das ungünstig wäre. Und das weiß ich erstens selbst nicht genau, zweitens möchte ich ihn nicht verunsichern. Wozu auch? Ich fühle mich ihm so nah wie lange nicht mehr. Überträgt sich mein beruflicher Enthusiasmus auf die Beziehung? Oder liegt es daran, dass ich ihm endlich überhaupt von meinen Plänen erzählt habe?

Ehrlich gesagt bin ich erleichtert über Isabels SMS: *Habe mir Sommergrippe eingefangen und kann unmöglich zum Pilates. LG*

Sebastian kommt zwar ausnahmsweise pünktlich von der Arbeit und könnte auf Clara aufpassen, aber ich werde heute ebenfalls zu Hause bleiben. Der Tag im Verlag war stressig, und wir brauchen einfach mal Zeit für uns.

Ich wünsche Isabel per SMS gute Besserung und nehme mir fest vor, mich bald persönlich bei ihr zu melden.

»Ich muss dir unbedingt noch ein Haus zeigen!«

Eins am Ende der Welt oder eins, bei dem es den Würgegriff der Bank als Einzugsgeschenk gibt?

»Muss das heute sein? Ich weiß gerade gar nicht, ob ich demnächst noch einen Job habe.«

Ratsch! Clara hat eine Seite aus einem Kochbuch herausgerissen. Da das Geräusch so lustig war, reißt sie gleich die nächste Seite raus. Ich nehme ihr das Buch weg. Sie wirft sich heulend auf den Boden. Sebastian nimmt sie hoch.

»Das kannst du mir auch unterwegs erzählen.«

»Was hast du vor?«

»Dir das Haus zeigen.«

»Na gut.«

Da wir hier drinnen ohnehin nicht in Ruhe reden können, bis Clara schläft, ist die Flucht aus der Wohnung eine gute Idee. Wo um alles in der Welt will er mir um die Uhrzeit ein Haus zeigen? Auf den Immobilienanzeigen, die in der Sparkasse aushängen?

Ich lass mich überraschen. Als wir unsere Straße entlangschlendern, gibt es mir einen Stich ins Herz. Ich will doch gar nicht weg. Als wir schließlich in die Alarichstraße abbiegen, bleibt Sebastian nach zwanzig Metern stehen.

»Schau mal.«

Ich schaue ihn fragend an. Das Haus kenne ich schon. Ein altes Haus, verwunschen, ein bisschen verfallen – und bewohnt, soweit ich weiß. Jedenfalls wurde hier letzten Winter noch Vogelfutter aufgehängt. Und ich habe gehört, dass Häuser hier in der Straße für siebenhunderttausend Euro weggegangen sind.

»Hier würde ich sofort einziehen!«, sage ich.

»Ich auch!«

»Gut, dann lass uns davon träumen. In diesem Fall halte sogar ich das für unrealistisch.«

»Vielleicht. Aber mir ist aufgefallen, dass das Namensschild weg ist. Und die Gardinen hängen auch nicht mehr.«

Tatsächlich. Auf den zweiten Blick scheint es, als stünde das Haus leer, auch wenn kein »Zu verkaufen«-Schild zu sehen ist.

»Lass es uns einfach im Auge behalten.«

Ich nicke und fühle mich zwiespältig, wenn ich an mein potentielles Erbe denke. Bisher hat sich keiner gemeldet. Clara rüttelt am Gartentor, doch wir halten sie zurück.

»Das gehört uns nicht, mein Schatz.«

»Vielleicht irgendwann mal.«

Ich schaue Sebastian an und weiß, dass auch er an das Geld denkt. Wir sagen aber beide nichts. Nur zwischen den Zeilen.

»Wer weiß, was sich in Zukunft noch ergibt«, sage ich.

»Ja, manchmal passieren ganz unvorhergesehene Dinge«, antwortet Sebastian.

Und auch wenn dieses Haus für uns unerreichbar ist, sind wir uns zu diesem Thema zumindest in diesem Moment einig. Was viel mehr wert ist, als es tatsächlich zu besitzen.

Lippenstift bedeutet für mich Business. Damit fühle ich mich nicht wie die Mutti, die mal 'ne Idee hat, sondern wie eine Geschäftsfrau mit Kindern. Hat die Jobcenter-Dame zwar nicht beeindruckt, aber Hauptsache, ich kann mich selbst überlisten.

»Sie sehen wunderbar aus!« Costas begrüßt mich direkt mit einem Kompliment. Ich möchte wirklich nur seine Dienste als Computerfachmann, nächstes Mal also lieber keinen Lippenstift?

Bevor mir eine Antwort einfällt, legt er schon nach. »Aber das tun Sie ja immer!«

Albern, aber ich fühle mich tatsächlich geschmeichelt. Das Café, in dem wir uns verabredet haben, ist eigentlich nur eine Ecke in einem Backshop. Offensichtlich ist der Besitzer hinter der Theke ein Freund von Costas. Sie wechseln ein paar Worte in ihrer Landessprache, die Costas nur mit einer kurzen Frage an mich unterbricht: »Auch einen Milchkaffee?«

Ich nicke, und zwei Minuten später bekommen wir das heiße Getränk an den Alutisch gebracht. Irgendwie beruhigt mich das Szenario. Es ist trotz der Komplimente dermaßen unromantisch, dass ich mir nicht mal Sorgen machen müsste, wenn es sich bei Costas tatsächlich um Runnerboy handeln würde.

»Costas, Sie kennen doch als Läufer bestimmt diese Laufportale? Im Internet?« Ich komme gleich zur Sache, immerhin stehen in zwei Stunden die Kinder wieder vor der Tür.

»Ja, klar!«

Schaut er mich wissend an?

»Ich weiß ja nicht, wie es Ihnen geht, Eve, aber in meinem Umfeld gibt es niemanden, der sich fürs Laufen interessiert. Ich meine, wirklich interessiert. Da ist so ein Austausch auf virtueller Ebene eine schöne Sache.«

Ich unterdrücke den Impuls, ihn zu fragen, ob er auch bei www.laufelieberleidenschaftlich.de angemeldet ist. Wenn er mich erkennt, möchte er vielleicht nicht darauf angesprochen werden. Wäre auch unprofessionell. In letzter Zeit war Runnerboy ohnehin selten online. Hat wohl kapiert, dass mir das Chatten zu viel wurde.

»Und genau diese Brücke zwischen virtuellen und realen Treffen will ich schlagen. Bei mir sollen Läufer passende Begleiter finden. Ideen habe ich genug, aber ich habe weder die Zeit noch die Erfahrung, mich alleine in die Erstellung der Webseite zu stürzen.«

Apropos Erfahrung. Gefallen mir Costas' Webseiten überhaupt? Mit einem Blick auf seine Mappe, die ungeöffnet auf dem Tisch liegt, frage ich ihn nach seinen Referenzen.

Der Mann hinter der Theke lächelt in sich hinein, während er ein Sandwich mit Käse und Salat belegt.

»Referenzen?« Er überlegt wohl gerade, welche Seite am repräsentativsten ist.

»Eve, ich möchte ganz ehrlich zu Ihnen sein: Wenn Sie mir den Auftrag geben, sind Sie meine erste Referenz.«

Oh. Sollte ich doch lieber ein paar Angebote vergleichen? Andererseits habe ich auch kaum Berufserfahrung.

»Aber eine eigene Seite haben Sie schon, oder?«

Er zückt sein Smartphone. »Ja, natürlich!«

Ein paar Klicks weiter, an denen er mich aber bewusst nicht teilhaben lässt, gibt er mir sein Handy, damit ich seine *Intercostas*-Seite bewundern kann.

Nicht gerade preisverdächtig, aber übersichtlich und klar

strukturiert. Irgendwie werde ich nicht ganz schlau aus dem Kerl.

»Was würde Ihre Hilfe kosten?«

»Wären Sie mit 250 Euro Festpreis einverstanden?«

Die Stunde? Den Arbeitstag? Dazwischen liegen die Preise laut meiner Recherche.

»Auf was bezieht sich der Festpreis?«

»Auf alles, das heißt, wenn die Seite fertig ist und Sie sie selbst aktualisieren können, würde ich mich über 250 Euro freuen.«

Der redet wie eine Frau! Wie eine Frau, die noch nicht gelernt hat, sich in der Geschäftswelt durchzusetzen.

»Costas, darf ich Sie was fragen?«

»Wir können gerne noch verhandeln …« Er schaut zu, wie der Milchschaum in seiner Tasse sich unter seinem Rühren auflöst. Er guckt, als passiere das von ganz allein, dabei bewegt er doch den Löffel.

»Wie alt sind Sie?«

»Siebenundzwanzig.«

Okay, das erklärt einiges.

»Stecken Sie noch in der Ausbildung?«

Er schüttelt den Kopf. »Ich habe eine kaufmännische Lehre gemacht.«

Vielleicht gar nicht so schlecht, da kann er mich auch in dieser Hinsicht beraten.

»Im Laden meines Onkels. Er führt einen Supermarkt.«

»Und warum dann Webdesign?«

»Ich bin gerade dabei, mich neu zu orientieren.«

Offensichtlich hat er aber keine Lust, dieses Thema zu vertiefen. Er schreibt mir seine E-Mail-Adresse auf (nicht runnerboy@google.de oder so, aber ich heiße ja auch nicht Paradiesvogel@gmx.de), holt Kleingeld aus seiner Tasche und legt es auf den Tisch.

»Ich muss wieder in den Laden. Sie können mir ja eine Mail schicken, wenn Sie sich entschieden haben.«

Für ihn sieht es wohl aus, als läge mir die Absage schon auf den Lippen. So fühlt es sich also an, wenn Leute einen Job von einem wollen. Da ich keine Sadistin bin, mache ich den Grübeleien direkt ein Ende: »Ich habe mich dafür entschieden, mit Ihnen zusammenzuarbeiten!«

Bei dem Dumpinglohn bekomme ich zwar fast ein schlechtes Gewissen, aber viel zu investieren habe ich schließlich auch nicht.

Wohin, Mama?«

»Wir gehen zum Kindergarten. Ich brauche von der Leiterin noch einen Beleg für den Platz. Damit mein Chef mir auch glaubt.«

»Lieba Pipatz gehn.«

»Zum Spielplatz gehen wir vielleicht heute Nachmittag.«

Persönlich hinzugehen ist immer besser, als anzurufen. Da es mittlerweile einen Rechtsanspruch auf einen Platz gibt, hätten sie sich schon gemeldet, wenn es nicht klappen würde. Und da alle Mütter ihr Kind bei mindestens drei Kindergärten anmelden, können diese angeblich langen Wartelisten nur Quatsch sein. Immer diese Panikmache. Wie damals bei der Schweinegrippe: Erst wird eine Pandemie prophezeit, die Pharmaindustrie durch Massen an Impfstoff angekurbelt, und dann ist doch kaum einer daran erkrankt, obwohl sich kaum jemand hat impfen lassen.

Im Garten der Kita sehen wir die Kinder in Buddelhosen und Gummistiefeln spielen. Eine Erzieherin verteilt Getränke. Clara wird neugierig. Wir sind ohne Buggy unterwegs. Das dauert zwar Stunden, weil Clara jeden Stein umdreht und es selbst in der Stadt noch genügend Käfer gibt, die beobachtet werden können, aber so ist Clara wenigstens beschäftigt.

Ich klingle, und ein Summen ertönt. Fast ehrfürchtig betreten wir den Kindergarten. Es beschleicht mich ein Gefühl von Vorfreude, vermischt mit Schmerz. Vorfreude, weil ich mich ganz ehrlich über die freie Zeit freue. Und weil ich klar erkenne, dass Clara auch andere Kinder um sich braucht. Schmerz, weil ich mich frage, ob mein armes kleines Baby in der großen weiten Welt ohne mich zurechtkommen wird.

Bevor ich weiter grübeln kann, öffnet mir Frau Brunow die Tür. Ich kenne die Leiterin, die kurz vor der Pension steht, schon aus Eves Erzählungen. Die Drillinge waren schließlich auch im besten Kindergarten von ganz Deutz.

»Kann ich Ihnen weiterhelfen?«

»Gerne! Ich bräuchte eine Bescheinigung für meinen Arbeitgeber.«

»Da reicht normalerweise unsere schriftliche Zusage.«

»Die habe ich noch nicht bekommen.«

Clara hält meine Hand und schaut sich interessiert, aber ruhig um. Als wollte sie Werbung dafür machen, dass sie absolut pflegeleicht ist.

»Wenn Sie mir Ihren Namen geben, schaue ich mal eben auf die Warteliste.«

Das Wort Warteliste dämpft meinen Optimismus. Frau Brunow zeigt auf den Besucherstuhl in ihrem Büro. Ich setze mich und setze Clara auf meinen Schoß.

»Will nich hier.«

Frau Brunow lächelt Clara an. »Keine Sorge, so schnell geht das auch nicht. Außerdem wird deine Mama so lange dabei sein, bis du alleine kommen möchtest.«

Die Frau gefällt mir. Wenn sie mit den Kleinen schon nicht in Babysprache spricht, wird sie auch mit mir Klartext reden.

»Aber so lange wird es nicht dauern, oder? Ich hatte fest mit einem Platz ab September gerechnet. Und meinem Chef schon zugesagt, wieder Vollzeit zu arbeiten.«

»Oh, oh, das war aber riskant … Clara Goldmann, sagten Sie?«

Sie geht eine Liste auf dem Bildschirm durch, was sich für mich anfühlt, als säße ich beim Arzt, der gerade die kritischen Werte vergleicht.

»Hmm.«

Clara schaut mich ungefähr so fragend an wie ich Frau Brunow. »Macht die Frau?«

»Sie schaut nach, wann du in den Kindergarten kommst.«

Warum habe ich dabei nur so ein schlechtes Gewissen, als würde ich mein Kind vor einem Waisenhaus ablegen? Dabei darf sie bald den halben Tag mit anderen Kindern spielen, in dem riesigen Garten toben, turnen, basteln … und zur Belohnung gibt's nach Kitaschluss eine entspannte Mama.

»Also, Frau Goldmann, ich kann Ihnen einen Platz anbieten, allerdings erst Mitte nächsten Jahres.«

Die Vorstellung, noch ein weiteres Dreivierteljahr um jeden Arbeitstag kämpfen zu müssen, lässt mich damit liebäugeln auszuwandern. Oder zu kündigen. Was dumm wäre.

»Warum habe ich denn keine Absage bekommen?«

»Seit die Organisation komplett über die Stadtverwaltung läuft, geht das schon mal unter. Der Rechtsanspruch auf einen U3-Platz verursacht im Amt ganz schön Chaos und führt leider dazu, dass Dreijährige abgelehnt werden, nur damit die Quote gehalten wird. Aber falls das für Sie interessant ist, die Stadt übernimmt auch einen Teil der Kosten für eine Tagesmutter. Sollte zwischenzeitlich noch ein Platz frei werden, rufe ich Sie an.«

So schnell gebe ich nicht auf. »Frau Brunow, Sie wissen doch auch, dass sich alle Eltern bei drei Kindergärten anmelden. Müssten dann nicht noch ganz viele Plätze frei werden?«

»Grundsätzlich haben Sie recht. Aber wir haben dieses Jahr zehn freie Plätze bei fünfundachtzig Anmeldungen. Fünf der Familien, denen wir einen Platz anbieten konnten, haben tatsächlich abgesagt, weil sie umgezogen sind oder eine andere Kita bevorzugt haben.« Sie sieht aus, als ob es ihr wirklich leidtut. Auch nicht einfach, ständig Leuten absagen zu müssen. »Die Warteliste ist also immer noch sehr lang.«

»Und wie läuft das mit den Wartelisten? Ich meine, hätte ich Clara noch vor der Geburt anmelden müssen?«

»Das ist rechtlich gar nicht möglich. Aber ich rate den Eltern immer, es möglichst bald zu tun. Ansonsten werden Geschwisterkinder und Härtefälle bevorzugt. Alleinerziehende zum Beispiel.«

Mist! Vielleicht hatten die Pessimistinnen vom Spielplatz doch recht.

Ich bedanke mich trotz Enttäuschung und schnappe mir Clara. Frau Brunow drückt mir mitfühlend die Hand.

»Vielleicht haben Sie bei einer der anderen Kitas Glück. Oder es springen doch noch ein paar Leute ab.«

Wenn ich nicht sofort vor die Tür gehe, muss Frau Brunow mich noch trösten. Als ich am Garten vorbei den Rückweg antrete, spielen die Kinder alle, als wäre die Kita das Paradies. Wenn jetzt ein Kind dem anderen die Schaufel auf den Kopf hauen würde, könnte ich mir wenigstens einreden, dass Clara noch viel zu jung sei für die Kita.

Was ist denn mit Alice los? Sie trägt Clara auf der Hüfte und fischt nach ihrem Wohnungsschlüssel. Dem Blick nach zu urteilen ist heute nicht gerade ihr Glückstag. Ich gehe einen Schritt schneller und hole meinen Schlüssel aus der Tasche. Sie jetzt zu fragen, ob alles klar ist, würde wohl als Unverschämtheit durchgehen.

»Lust, mit uns zu essen? Ich koche sowieso gleich.«

Sie nickt, und Clara strahlt. Im Hausflur werfe ich noch einen Blick auf den Postkasten. Ein Brief von der Studienstiftung, bei der ich mich beworben habe, guckt oben heraus. Vielleicht können wir gleich gemeinsam unsere schlechte Laune zelebrieren.

In der Küche setze ich einen Kaffee auf. »Setz dich, Alice. Ich hole nur schnell was zu spielen.«

Da ich mich gern in Ruhe mit Alice unterhalten möchte, sorge ich dafür, dass Clara sich hier wohl fühlt. Als ich neulich den Duplozoo aus dem Keller geholt habe, fingen meine drei an, damit zu spielen, als hätten sie niemals behauptet, dass man diesen Babykram endlich auf dem Flohmarkt verkaufen soll. Jetzt greift Clara sich die grüne Platte mit dem Nilpferdteich.

»Kann ich dir nicht was helfen?«

»Beim Fischstäbchenbraten? Beim Kartoffelnkochen?«

Immerhin lächelt sie.

»Nachdem meine Bande mir letztens klargemacht hat, dass meine Kochkünste Perlen vor die drei kleinen Schweinchen sind, habe ich mir geschworen, nie wieder den Fisch selbst zu panieren!«

Und dass ich keine Tiefkühlkräuter für den Quark gekauft habe, liegt nur an Costas! Ich möchte nicht nur den örtlichen Einzelhandel unterstützen, sondern auch einen Ausgleich für den Dumpinglohn schaffen, den ich ihm zahlen werde.

»Der Kindergarten hat abgesagt.«

Oh je. Das hört sich nicht gut an. Ehrlich gesagt bin ich aber auch erleichtert, dass es nichts Schlimmeres ist. Immerhin sah sie aus, als hätte Sebastian ihr gerade verkündet, dass er sie verlässt. Ich meine, ein halbes Jahr früher oder später mit dem Job anzufangen wird doch wohl nicht so viel ausmachen, oder? Soll ich ihr anbieten einzuspringen? Aber drei volle Tage? Außerdem weiß ich nicht, ob ich nicht selbst bald jeden Vormittag im Büro sitze. Um das zu erfahren, müsste ich nur den Brief öffnen.

»Wäre es denn so schlimm, erst nächstes Jahr aufzustocken? U3 ist doch eh viel teurer. Vielleicht lohnt sich das Arbeiten vorher gar nicht.«

»Mein Chef hat mir deutlich gemacht, dass er mich drei volle Tage im Verlag braucht. Sonst wird jemand anders meine Stelle bekommen und ich vielleicht nur noch ein paar freie Lektorate.«

»Trotzdem würde ich noch mal mit ihm reden. Und die anderen Kindergärten abklappern. Vielleicht sieht die Sache danach ganz anders aus.«

Sie nimmt den heißen Kaffee entgegen. Clara versucht ein Duplokrokodil auf der Platte festzudrücken, und ich nehme den Briefumschlag vom Küchentisch.

»Und falls hier nicht drinstehen sollte, dass die nur auf meine Arbeitskraft gewartet haben, kann ich dir auch helfen, die Zeit zu überbrücken. Gar nicht so unwahrscheinlich. Wer bekommt schon bei der ersten Bewerbung eine Zusage?«

»Jetzt mach doch erst mal auf!«

Was ein heißer Kaffee und ein bisschen Plaudern schon ausmachen können! Alice' Gesichtszüge haben sich eindeutig entspannt.

Mit dem Kräutermesser schlitze ich den Umschlag auf. Ich habe schließlich nicht vor, das Ding in mein Poesiealbum zu kleben.

»Und?«

Bevor ich antworte, lese ich den Brief noch einmal.

»Sie wollen mich bei einem Vorstellungsgespräch kennenlernen. Wo waren denn die ganzen anderen hochqualifizierten Bewerber, dass sie *mich* eingeladen haben?« Ich kann mir ein Grinsen trotzdem nicht verkneifen.

Alice springt auf und umarmt mich. »Wenn gleich deine erste Bewerbung Erfolg hatte, dann wird das mit dem Kindergarten auch noch klappen!«

Auch wenn mir Alice' Logik nach wie vor manchmal konfus erscheint, freut sie sich aufrichtig mit mir. Eine echte Freundin eben.

»Eve, ich finde es einfach toll, wie du an die Sachen rangehst. Ich wette, du hast bald die Wahl zwischen deiner Geschäftsgründung und der festen Stelle!«

»Ach, warte mal ab. Vielleicht ist das alles auch nur Spinnerei.«

Ich lasse die Fischstäbchen aus der Packung in das heiße Öl gleiten. Es zischt und brutzelt. Vielleicht bin ich doch nicht so ängstlich, wie ich dachte? Vielleicht bin ich nur aus der Übung, mich außerhalb meiner eigenen vier Wände und des Umfelds meiner Kinder zu bewegen?

»Ich fühle mich im Moment wie der größte Angsthase«, sagt Alice.

Clara schaut ihre Mutter einen Moment lang genauso fragend an wie ich. Solche Situationen, in denen ein friedlich spielendes Kleinkind mich reden und Kaffee trinken ließ, gab es bei mir nie. Deswegen habe ich mich meistens gar nicht erst verabredet, weil ich mich ohnehin nicht auf ein Gespräch hätte konzentrieren können.

»Du? Wie viele Frauen trauen sich denn, sich so schnell auf ein Kind einzulassen? Ungeplant? Von einem fast fremden Mann? Und dann noch das eigene Ding durchzuziehen?«

»Ich habe viel nachgedacht. Ich bin tatsächlich gut darin, mit Überraschungen umzugehen. Aber ich hasse zwischenmenschliche Konflikte. Ich habe immer noch nicht mit Isabel gesprochen. Wenn ich ihr auf den AB spreche, dann nur in der Zeit, in der sie garantiert nicht zu Hause ist. Wenn sie zurückruft, gehe ich nicht ran, weil Clara ja quengeln könnte. Ich warte lieber bis zur Absage des Kindergartens, als mit meinem Chef vorher einen Plan B auszuhandeln. Ich komme mir wie eine Erbschleicherin vor, nur weil ich Helga überhaupt von dem Brief erzählt habe. Sebastian ist dauernd weg. Und ich? Habe nichts als Verständnis für ihn. Klar sage ich, dass ich mich freuen würde, wenn er mehr zu Hause wäre. Aber ziehe ich Konsequenzen? Nein! Immer schiebe ich nur mein Mantra vor mir her: Alles wird besser, wenn ich wieder mehr arbeite. Weil ich dann mehr Geld habe. Und mit mehr Geld mehr Freiheit.«

Wortlos schenke ich Kaffee nach.

»Isabel hat recht, ich tue immer so, als hätte ich alles im Griff. Dabei hat mein Leben *mich* gerade im Griff.«

In diesem Moment klingelt es Sturm. Als wäre ich nicht nur alt, sondern auch taub.

»Wem sagst du das …« Ich gehe in den Flur, um auf den Türöffner zu drücken. Ich weiß genau, was Alice meint.

Clara hat es gerade noch geschafft, zwei Fischstäbchen und eine Kartoffel zu verdrücken, bevor ihr am Tisch die Augen zugefallen sind. Und ich habe es gerade noch geschafft, sie die Etage tiefer zu tragen und schlafend aufs Bett zu legen. Am liebsten würde ich mich dazulegen. Aber ich werde besser die Zeit nutzen, um mal an meinem eigenen neuen Buch zu arbeiten. Die Kindergärten rufe ich später an. Erstens möchte ich Clara nicht wecken, zweitens möchte ich mich nicht von weiteren Absagen demotivieren lassen.

Eigentlich würde ich viel lieber nur meine eigenen Bücher schreiben, als ständig die Schwachstellen in fremden Büchern auszubügeln. Andererseits würden mir die Kollegen, das Büro und das feste Gehalt fehlen. Von dem Honorar für das erste Buch hätte ich bisher nicht einmal die Miete bezahlen können. *Wie Kinderhaben Spaß macht* – macht es mir denn Spaß? Spaß ist der falsche Ausdruck. Meine Leichtigkeit ist mir mit Claras Geburt ein Stück weit genommen worden. Dafür empfinde ich eine nie geahnte Liebe zu ihr und eine Menge Freude. Und ich weiß, dass es falsch gewesen wäre, mit einem Kind zu warten, bis alles andere erlebt, erprobt und sichergestellt ist. Das ist es nämlich nie. Ganz falsch kann ich selbst vor Claras Geburt mit meinen Gedanken über das Muttersein nicht gelegen haben. Immerhin haben mir die meisten Rezensenten bei Deutschlands bekanntestem Onlinebuchhändler vier oder fünf von fünf Sternen gegeben. Als ob ich gerade nicht schon genug Probleme hätte, klicke ich die einzige Kritik an, die nur einen Stern bekommen hat.

Büchermaus67: Die Frau hat keine Ahnung
Eine Freundin hat mir diesen »Ratgeber« zur Geburt meines dritten Kindes geschenkt. Frau Goldmann ist vielleicht witzig, aber das Lachen wird ihr vergehen, wenn ihr eigenes Kind auf der Welt ist. Sie schreibt nur über andere Mütter. Jede von uns hat doch gedacht, dass sie es besser machen würde! Und jede scheitert an der Realität. Ein Beispiel: »Sorgen Sie dafür, dass die Hausarbeit gerecht verteilt wird, allerdings ohne die Xanthippe zu spielen. Denn mit jedem runtergeschluckten Ärger und jedem Teller, den Sie schon wieder alleine spülen, verschwindet auch die Liebe im Abfluss.« Muss ich dazu noch irgendwas sagen?

Blöde Kuh, denkt ein Teil von mir. Der andere denkt, dass ich auch fast alles im Haushalt mache, obwohl es für mich immer selbstverständlich war, die Arbeit zu teilen. So selbstverständlich, dass ich nicht einmal gedacht habe, es könnte ein Diskussionspunkt werden. Clara und ich sind eben viel allein zu Hause. Soll ich jetzt die Teller stehen lassen, bis Sebastian kommt? Solange er nicht seine Teller stehen lässt, ist doch alles im Rahmen.

Doch soll ich jetzt ein zweites Buch zur Richtigstellung schreiben? *Wie Kinderhaben wirklich ist?*

Ganz bestimmt nicht, denn auch wenn mich die sogenannte Realität gerade versucht, in die Knie zu zwingen, glaube ich immer noch an meine Thesen vom selbstbestimmten Muttersein. Wird also Zeit, dass ich mir selbst beweise, dass ich recht habe!

»Ach ja, Mütter, die nicht arbeiten, haben Zeit für so was!«, muss ich mir auf dem Sommerfest der Grundschule anhören, während ich ein Stück Kuchen auf einem Pappteller serviere.

Bevor mir eine passende Antwort einfällt, kontert Andreas, der einzige Mann hinter der Kuchentheke. »Komisch, dass die Eltern, die behaupten, keine Zeit zum Helfen zu haben, aber genug Zeit zum Kuchenessen haben.«

Die Frau reißt mir den Teller aus der Hand, wirft Andreas einen bitterbösen Blick zu und vergisst, den Bon für den Kuchen in den Topf zu werfen.

»Blöde Kuh …«, murmelt Andreas.

So nett ich es finde, dass er mich verteidigt hat, meine Solidarität mit meinen Geschlechtsgenossinnen lässt mich peinlich berührt zurück.

»Nimm es doch nicht so ernst, man muss ja nicht jede Kuchenschlacht zum Prinzipienkampf werden lassen«, raune ich ihm zu.

Mindestens hundert Kinder toben um uns herum, während ihre Eltern sich Kaffee und Kuchen schmecken lassen. Ich lasse meinen Blick immer wieder über den Schulhof schweifen, um zu sehen, was meine Drillinge treiben.

»Ich mag deinen Humor.«

»Tatsächlich? Das hat mir neulich schon mal einer gesagt.«

Über dieses Kompliment freue ich mich mehr, als wenn jemand meine … hmm … was gibt es denn zu loben … meine Beine als schön bezeichnet.

»Und wer war das?«

Ist ihm so langweilig, oder warum will er das wissen? Und was gibt es dabei zu grinsen? Ich werde ihm gerade noch von Runnerboy erzählen! Wo bleibt denn jetzt der Ansturm auf die Kuchentheke? Oh, ich sehe, wo die hungrigen Massen stehen! An der Schlange vor dem Grill, um ja eins der ersten Würstchen abzubekommen.

»Und wer war das?«, wiederholt Andreas.

Ich könnte jetzt einfach »Mein Mann« sagen, eine Antwort, die mehrere Fliegen mit einer Klappe schlagen würde. Macht Andreas immer einen auf Frauenversteher, oder hat er Hintergedanken? Meine Güte, nach zwanzig Jahren mit demselben Mann habe ich einfach keine Ahnung mehr vom freien Markt. Gibt es so was wie ein selektives Asperger-Syndrom – Frau kann bei fremden Männern nicht deuten, ob sie sie anbaggern, einstellen oder einfach nur freundlich sein wollen?

»Wie geht es Doris denn so? Warum hatte sie keine Zeit?«, stelle ich die Gegenfrage.

»Fortbildung. Sagt sie.«

»Na, dann würde ich ihr auch glauben. Ist doch schließlich deine Frau!«

»Und du glaubst, Frauen sagen ihren Männern immer die Wahrheit?«

Leute, kauft Kuchen! Ich schneide ab jetzt extragroße Stücke!

»Nein«, sage ich, »aber ich glaube, wenn es um wirklich wichtige Dinge geht, sagen die Frauen ihren Männern alles. Und wenn es zwischen den Zeilen ist.«

»Und wenn ich nicht zwischen den Zeilen lesen kann?«

»Dann frag sie, anstatt zu spekulieren.«

Andreas räumt das gebrauchte Geschirr zusammen und stapelt es in der Kiste hinter dem Kuchenstand, als wäre er es gewohnt, im Haushalt zu helfen. So schlecht kann es um seine Ehe also nicht stehen. Trotzdem ist mir die Situation unangenehm. Ich mag Doris, auch wenn ich sie nur flüchtig kenne. Ich habe wirklich keine Lust, mich in ihre Beziehungsprobleme einzumischen.

Und da naht die Rettung. »Hallo, Costas!« Ich winke Costas zu, der gerade mit zwei Kindern vorbeiläuft. »Was machen Sie denn hier?«

Er kommt auf uns zu und gibt mir die Hand. »Meine Neffen sind hier auf der Schule. Und meine Schwester muss arbeiten.«

»Im Gemüseladen?«

Er lacht. Anscheinend bin ich tatsächlich witzig.

Er fährt sich durch das dichte schwarze Haar. »Meine Familie ist groß und hat den halben Kölner Gemüsehandel im Griff. Wird Zeit, dass mal einer was anderes macht.«

»Da sind Sie auf dem besten Wege!«

»Dank Ihnen, Eve!«

»Eve, der Kaffee ist alle. Könntest du bitte neuen holen?«

Ständig ruft die Pflicht. Da Andreas dabei ist, das Tortenstück, das gerade jemand fallen gelassen hat, vom Boden aufzukratzen, kann ich ihm nicht mal Chauvinismus vorwerfen.

»Tja, Costas, wir sehen uns dann nächste Woche! Ich bin gespannt, wie die Seite aussieht.«

Beschwingt mache ich mich auf den Weg in die Küche. Ich freue mich richtig darauf zu sehen, wie Costas meine Ideen umsetzt.

Meine Schwägerin Sandra hat heute Geburtstag, also fahren wir zum Familienkaffee ins Münsterland. Sebastians Eltern haben angeboten, die ganze Familie zu bewirten, weil Sandra und Thomas mitten im Umzug stecken. Elke hat wohl gerade noch zugelassen, dass Sandras Mutter auch etwas zur Kuchenschlacht beiträgt.

Die Torten werden schmecken – keine Frage. Für den Rest bin ich weniger in Stimmung. Die Nacht war kurz und die Diskussion lang. Sebastian hat auf die Nachricht, dass auch die anderen Kindergärten keinen Platz frei haben, wenig hilfreich reagiert. Er meinte, das sei vielleicht ein Zeichen des Himmels, dass Clara für die Kita noch zu jung sei. Als ich meinte, dann könne er ja in Teilzeit arbeiten oder noch Elternzeit nehmen, fielen ihm wieder ganz bodenständige Gründe ein, warum das nicht gehe. Sein Chef sei gar nicht gut auf Teilzeit zu sprechen. Als ich entgegnete, meiner sei auf meine ganze Person nicht gut zu sprechen, schlug er mir vor zu kündigen. Ich wolle doch sowieso lieber nur Bücher schreiben. Außerdem könnten wir das mit dem Haus vergessen, wenn er die Arbeitszeit reduzieren würde. Das nur nebenbei, falls uns doch mal das ideale Heim über den Weg liefe. Oder unser Traumhaus um die Ecke unter Wert verkauft werden würde.

Jetzt sitzen wir in Sebastians Auto und tuckern über die A1. Mehr gibt der alte Opel Kadett nicht her. Nachdem sie uns die halbe Nacht mit Bespaßungswünschen wach gehalten hat, schläft Clara sich jetzt in ihrem Kindersitz aus.

Sebastian nimmt meine Hand, während er mit der anderen

lenkt. »Lass uns den ganzen Stress mal vergessen. Was hältst du davon, wenn wir uns mal einen Tag nur für uns gönnen? Vielleicht auch eine Nacht dazu?«

»Und Clara?«

»Wir könnten Eve fragen.«

»Ich weiß nicht …«

Eigentlich wäre das mal wieder fällig. Wenn wir uns unterhalten, dann über unser Kind oder darüber, wer was wann erledigt. Oder wie unsere Zukunft aussehen wird. Wie sollte es auch anders sein, wenn unser Beziehungszeitfenster nur zwischen Claras und unserem Gutenachtritual offen steht?

»Ach, komm, ich weiß gar nicht mehr, wer du bist. Alice, die Phantomfrau.«

»Genauso hat dich meine Mutter letztens genannt. Phantommann.«

»Entschuldige, ich muss halt die Familie ernähren.«

»Ernährt bekommen wir uns bei unserem jetzigen Lebensstil auch mit zwei halben Gehältern.«

»Langsam verstehe ich, warum viele Angst vor der Verantwortung haben, die ein Kind mit sich bringt.«

»Bereust du es etwa?«

Sebastian beschwert sich normalerweise selten. Was ich an ihm grundsätzlich mag, auch wenn ich manchmal befürchte, dass es Bequemlichkeit ist.

»Nein, aber es nervt mich, dauernd über Sachen wie Geld zu sprechen. Und immer alles planen zu wollen. So warst du früher überhaupt nicht.«

»Sonst säßen wir schließlich auch nicht zu dritt hier im Auto.« Er schiebt meine Haare beiseite und streichelt mir über den Nacken, was mir einen Schauer über den Körper jagt. Leider auch aus Angst, er konzentriere sich nicht genug auf das Fahren.

»Ich weiß, aber früher war ich auch nur für mich verantwortlich. Ich habe das Gefühl, dass jede Entscheidung jetzt viel schwerer wiegt.«

Auf der Rückbank hat es jemand noch schwerer. Clara fängt an zu weinen, weil sie festgeschnallt hinten im Auto sitzt. Ist auch blöd, wenn man irgendwo aufwacht und nicht weiß, was los ist. Ich drehe mich zu ihr, um wenigstens ihre Hand zu halten. Da wir uns fest vorgenommen haben, nicht vor unserem Kind zu streiten, schweigen wir.

Egal, wie voll so ein Fest ist, sobald es ans Aufräumen geht, verschwinden die meisten Eltern. Wie sollte man auch Tische und Stühle wegräumen, wenn man die Aufsichtspflicht für die eigenen Kinder hat? Mit einem Glas Cola und einer Currywurst auf dem Biertisch geht das gerade noch, aber mit drei Stühlen unterm Arm? Die müsste man ja augenblicklich fallen lassen, sobald das Kind hinfliegt! Martin war so freundlich, schon mal die Kinder und unsere Kuchenplatte mit nach Hause zu nehmen, sodass ich keine Ausrede habe.

Frau Hoffmann kommt auf uns zu. »Hallo, Frau Keller! Hallo, Herr Kopp, schön, dass Sie noch hier sind!«

Die Lehrerin reicht uns übertrieben freundlich die Hand. Ich fürchte, sie bereitet gerade einen Anschlag vor. Solange sie nicht fordert, dass Simon sein Sternchenheft bis Montag fertig ausfüllt oder dass wir nächste Woche den Klassenraum streichen, werde ich mit Sicherheit noch ein Zeitfenster für Elternengagement finden.

»Leider ist die Spülmaschine kaputt. Würde es Ihnen was ausmachen, das Geschirr zu spülen? Ich helfe Ihnen auch dabei!«

Da mich zu Hause auch nur die Küchenarbeit erwartet, die Martin vielleicht schon erledigt hat, wenn ich später komme, sage ich zu: »Wenn Sie dafür einmal die Hausaufgaben für das Wochenende ausfallen lassen, bin ich dabei!«

Sie schaut mich irritiert an, während Andreas lacht.

»Das würde ich gerne, Frau Keller, aber wenn ich freitags nichts aufgebe, weiß die Hälfte der Klasse am Montag nicht mehr, was wir in der Woche davor gemacht haben.«

Was soll ich dazu sagen? Sie nimmt meinen Vorschlag genauso wörtlich wie die Splatterbilder von Simon. Also schnappe ich mir einen Stapel Teller, packe sie in eine der Kisten und trotte hinter Frau Hoffmann und Andreas her Richtung Schulküche.

Frau Hoffmann lässt Wasser in das Spülbecken einlaufen, das so heiß ist, dass die Fenster beschlagen. Das Spülmittel, das sie großzügig eingießt, sorgt für einen Berg an Schaum.

»So, ich muss noch ein paar Dinge organisieren, dann bin ich wieder bei Ihnen. Vielen, vielen Dank.«

»Ich wette, sie kommt erst wieder, wenn die letzte Tasse gespült ist.« Andreas fängt an, die Tassen und Teller ins riesige Becken sinken zu lassen.

»Dann würde ich aber noch mal über die Hausaufgaben verhandeln.«

»Du bist immer so mutig.«

Da fällt mir vor Schreck fast der Teller herunter. Ich? Mutig? Nur weil ich einen harmlosen Spruch gebracht habe?

»Glaub mir, ich bin alles andere als mutig.«

»Du brauchst dein Licht nicht immer unter den Scheffel zu stellen.«

Ich würde mit Andreas viel lieber plaudern, wenn er nicht ständig diese unangemessene Vertraulichkeit an den Tag legen würde.

»Ich weiß ja nicht, was Doris dir über mich erzählt hat, aber ich könnte einiges mehr an Mut gebrauchen. Deine Frau ist mutig. Sie hat Simon am Schultor letztens aus der Klemme geholfen, als Timmy und seine Gang ihn im Schwitzkasten hatten.«

Doris hatte den Haudegen am Kragen gepackt und ihm irgendwas zugeflüstert. Seitdem nimmt Timmy Abstand von den kleineren Jungs. Dabei war es nicht mal ihr eigenes Kind, für das sie sich eingesetzt hat.

»Oh, das wusste ich gar nicht.«

»Ich habe es auch nur erfahren, weil Anna und Florian Simon dazu gedrängt haben, es mir zu erzählen. Wer weiß, was wir noch alles nicht mitkriegen.«

Andreas wirft mir ein Trockentuch zu und fischt ein Geschirrteil nach dem anderen aus der heißen Brühe.

»Oft merken die Menschen, die uns am nächsten stehen, am wenigsten, was uns bewegt.«

Ich denke, wie recht er hat, behalte es aber für mich, während ich die Tasse entgegennehme, um sie abzutrocknen. Es ist noch lange nicht die letzte Tasse, als Frau Hoffmann mit dem halben Lehrerkollegium den Raum betritt.

»Sie können Feierabend machen. Ich habe noch ein paar fleißige Helfer gefunden.«

Ich bin froh, wieder an der frischen Luft zu sein.

»Eve.«

Ich drehe mich um und sehe Andreas auf mich zukommen.

»Ich wollte mich nur kurz verabschieden.«

Ich habe doch gerade mein »Tschüs« in die Runde gerufen, oder?

»Es war echt schön, heute mit dir zusammenzuarbeiten.«

Was schaut er mich so rührselig an?

»Ja, doch, war nett. Grüß Doris schön von mir.«

Obwohl wir theoretisch noch gemeinsam über den Schulhof gehen könnten, beschleunige ich meine Schritte. Ich mag Andreas, aber sein Verhalten macht mich nervös. Wir sind gute Bekannte, deren Gemeinsamkeit die Kinder auf derselben Schule sind. Mehr nicht. Warum macht er mir dann so viele Komplimente? Oder bin ich völlig realitätsfern, weil ich wegen ein paar netter Worte aus einem männlichen Mund gleich auf merkwürdige Gedanken komme?

»Ich muss mich beeilen, Mann und Kinder warten!«

Von wegen mutig.

Wir haben es ohne weitere Zwischenfälle an die Kaffeetafel geschafft. Die Torten sind wie erwartet bombastisch. Das erkennt sogar Clara, die unbedingt die Kirschsahnetorte haben möchte.

»Will di da ham!«

An sich kein Problem, wenn ich nicht genau wüsste, dass Clara keine Kirschen mag. Außerdem hat sie schon einen halbes Stück Marmorkuchen und einen Muffin auf dem Teller. Von beidem hat sie nur die Deko gegessen.

»Clara, wenn du den anderen Kuchen aufgegessen hast, dann kannst du ein neues Stück probieren.«

Ich registriere, wie Sebastians Schwester mich beobachtet, während ihr Sohn Konstantin, ein halbes Jahr älter als Clara, brav seinen trockenen Kuchen verspeist. Und zwar mit der Gabel. Gekleidet mit einem Polohemd ohne Flecken.

»Will aba das da!«

Jetzt bohrt Clara ihren Finger in die Sahnetorte.

»Jetzt gib dem armen Kind doch die Torte«, versucht meine Schwiegermutter Elke die Situation zu entschärfen. Bevor ich antworten kann, bugsiert sie das angebohrte Stück mit der Kuchenschaufel auf Claras Teller. Es plumpst auf die Seite, voll auf den Marmorkuchen.

»Mami, Clara wird das sowieso nicht aufessen. Guck dir doch mal den Teller an, der ist schon voll!«, mischt sich Sebastian ein.

»Macht doch nix. Den Rest isst Alice. Die kann es gebrauchen.«

Ich nehme es als Kompliment und muss ein Kichern unterdrücken. Clara dagegen wird wütend. Statt sich über die Torte zu freuen, schleudert sie ihre Gabel quer über den Tisch. Mein Schwiegervater kann gerade noch ausweichen. Dann wirft sie sich schreiend auf den Boden. »Will kein puttes!«

»Mädchen halt. Die sind immer so zickig.«

Sandra streicht sich über den runden Babybauch, während Konstantin weiter brav seinen Kuchen isst. Und das, obwohl er sonst keine fünf Minuten still sitzt.

»Clara ist normalerweise überhaupt nicht so!«, rufe ich gegen Claras Geschrei an.

»Die gehört einfach mal ordentlich erzogen! Die Mütter von heute können sich eben nicht mehr durchsetzen!«, behauptet Sandras Mutter Annegret ungefragt.

»Sie ist normalerweise alles andere als zickig«, verteidigt Sebastian unsere Tochter.

»Ja, ja, das sagen die Eltern immer.« Mein Schwager Thomas versucht, witzig zu sein.

Elke hebt die Gabel auf und stemmt ihre Hände in die Hüften. »Ich weiß zwar nicht, was heute mit Clara los ist, aber normalerweise ist sie wirklich ein Engel. Außerdem haben Kinder halt so ihre Phasen.«

Ich lächle meine Schwiegermutter dankbar an, schnappe mir mein Kind und verlasse das Wohnzimmer. Wenn ich eins hasse, dann ist es, bei Erziehungsversuchen beobachtet zu werden. Vor allem, weil ich gerade selbst nicht weiß, was ich machen soll. So schnell ich kann, flüchte ich in den Garten, um nicht zu hören, wie sie sich das Maul über uns zerreißen. Der Himmel schickt uns eine getigerte Katze, die sich an Claras Beinen reibt. Der Kuchen ist schnell vergessen.

Sebastian setzt sich zu mir auf die Steinstufen. »Deine Familie ist nur nicht so stressig wie meine, weil ihr in der Unterzahl seid.«

»Ach, meine Mutter kann auch alleine ganz schön Terz machen.«

Sebastian nimmt mich in den Arm und küsst mich. »Ihr seid jetzt meine Familie, und du bist die beste Mutter der Welt. Ich liebe dich.«

»Danke.«

Wir schauen zu, wie Clara die Katze streichelt.

»Und warte mal ab, bis Konstantin ausflippt, das kann sich nur noch um Minuten handeln.«

Du musst es jetzt aber auch nicht übertreiben!«, sage ich und muss grinsen, als ich auf den Küchentisch schaue: Unmengen mundgerecht geschnittener Paprika, Möhren und Gurken, Quarkdip, Vollkornbrot, frisch gepresster Orangensaft.

»Und du kannst ruhig aufhören zu meckern. Du hast nicht den schlechtesten Mann erwischt.«

Martin kommt auf mich zu und gibt mir einen brüderlichen Kuss auf die Stirn.

»Stimmt.« Ich versuche meinen Kuss nicht ganz so schwesterlich werden zu lassen, aber Martin registriert das nicht, sondern brüllt an meinem Ohr vorbei Richtung Kinderzimmer: »Essen kommen!«

Die Kinder fühlen sich weniger angesprochen als ich.

»Du brauchst nicht zu denken, so ein Frauenversteher hinter der Kuchentheke wäre besser als ich!«

Aha, Konkurrenz belebt das Geschäft.

»Was meinst du denn damit?«

»Hast du nicht gemerkt, wie der Typ dich angeschmachtet hat?«

»Andreas? Das ist doch der Mann von Doris!«

»Als wenn das irgendwas zu sagen hätte!«

Die Kinder kommen angerannt und setzen sich an den Tisch. Irritiert schauen die drei auf das gesunde Buffet.

»Ich dachte, Papa hätte gekocht«, sagt Anna misstrauisch.

»Ich finde, etwas Abwechslung tut uns allen doch gut, oder?« Martin wirft mir einen verschwörerischen Blick zu. »Dafür kann Mama ja bald mal Schnitzel mit Fritten machen.«

»Habt ihr euch wieder lieb?«

Wir schauen Florian fragend an.

»Ich meine, weil der Papa jetzt Ökofraß gemacht hat.«

Wir können nur mit Mühe ein Kichern unterdrücken. Schließlich möchten wir unsere Kinder ernst nehmen.

»Wir haben uns lieb. Aber nur weil man sich lieb hat, muss man nicht alles gut finden, was der andere macht. Wichtig ist, dass man sich das nett sagt.«

»Eben.« Martin nimmt eine Gurke und dippt sie in den Quark.

»Es war falsch, dass wir Mama so blöd angemeckert haben. Wenn man etwas nicht mag, reicht es, ›Nein danke‹ zu sagen. Aber ich möchte hier nicht mehr hören, dass einer das Essen eklig findet!«

Wie könnte ich Martin gegen den Frauenversteher hinter der Kuchentheke eintauschen wollen? Zumal der überhaupt nicht mein Typ ist?

»Und ich hätte nicht einfach abhauen sollen. Das war auch nicht sehr vernünftig.«

Die Kinder sollen sehen, dass wir Fehler zugeben können. Kann ihnen im Leben schließlich auch nicht schaden. Um das Thema abzuschließen, reiche ich die Rohkostplatte herum.

»Möchte noch jemand?«

»Nein danke!«, rufen die Kinder im Chor. Und greifen dann doch zu. Ich liebe sie: witzig und lernfähig. Was Besseres hätten Martin und ich nicht zustande bringen können.

Sebastian sollte recht behalten. Keine drei Minuten später war Konstantins Geschrei bis in den Garten zu hören. Und Sebastians Bruder kommt ebenfalls nach draußen. In der einen Hand ein Schnapsglas, an der anderen den brüllenden Konstantin. »Das war wohl die Strafe für die Zickennummer«, meint er trocken. Er leert das Schnapsglas in einem Zug.

»Ich könnte glatt noch einen vertragen.«

»Hey, das sind ja ganz neue Töne von meinem perfekten Bruder.«

Zu allem Überfluss zieht Konstantin der Katze auch noch am Schwanz. Sie flitzt davon wie eine Rakete. Clara rennt hinterher.

»Das sagt der Richtige! Du bist doch Mamas Liebling. Halbgott in Weiß.«

Ich hole Clara wieder zurück, und auch die Katze erbarmt sich unser. Vielleicht wird sie so selten gestreichelt, dass sie Rabauken wie Konstantin dafür in Kauf nimmt.

Bert kommt mit einem Tablett voller Schnapsgläser raus.

»Braucht jemand was?«

»Papa, ich muss fahren!«

»Und du?«

»Kann jetzt tatsächlich einen gebrauchen«, murmle ich und trinke meinen ersten Schnaps seit fünf Jahren.

Elke gesellt sich auch noch zu uns. »Sebastian hat mir von eurem Problem mit der Betreuung erzählt. Ganz ehrlich, ich fände es sowieso zu früh, in so einer großen Gruppe, mit fremden Kindern …«

Als wäre der Nachmittag nicht schon schlimm genug gewesen!

»Liebe Elke, ich fände es auch schöner, wenn wir uns die Kinderbetreuung einfach teilen könnten, aber das geht leider nicht«, schieße ich zurück. Warum wird nur mir ein schlechtes Gewissen eingeredet? Oder bin ich die Einzige, die sich eins einreden lässt?

»Sebastian kann natürlich nicht in Teilzeit arbeiten ...«

Warum »natürlich« nicht? Ist das ein Naturgesetz? Ich möchte nicht wieder der Spielverderber sein, also sage ich gar nichts. Thomas kann sich ein Grinsen nicht verkneifen. Ist das die späte Genugtuung dafür, dass der angeblich bevorzugte Bruder auch keinen perfekten Anhang vorzuweisen hat?

»... aber ich würde euch gerne bei der Betreuung helfen. So weit ist es bis Köln ja auch nicht. Ich könnte einfach zwei bis drei Tage zu euch kommen. Und ich stelle euch gerne eine Bescheinigung für deinen Chef aus!«

Ist das die Lösung all meiner Probleme, oder fängt der Stress damit erst an? Ich weiß es noch nicht. Aber erst mal sage ich: »Danke für das Angebot, das wäre ganz toll!«

Damit könnte ich Herrn Meyer bei Laune halten, bis sich eine andere Lösung findet. Elke hat sicher keine Lust, monatelang zu pendeln.

Wo bleiben meine Kinder denn? Der Kiosk ist doch direkt um die Ecke! Sie haben darauf bestanden, ihr Taschengeld für irgendeinen Süßkram zu verschwenden, ohne dass ich hinter ihnen stehe und über Farbstoff- oder Zuckergehalt meckere. Da Clara gerade auf dem Sofa ihren Mittagsschlaf hält, passt mir das sogar ganz gut.

Als es klingelt, sprinte ich in den Hausflur.

»Guck mal, ich habe Colalutscher!«

»Und ich Esspapier.«

Geschmackloser geht's kaum. Aber gut, es ist ihr Geld.

»Mama, weißt du was? Da gibt es sogar Blusenfrauen!«

»Blusenfrauen?«

Simon schaut mich aufgekratzt an.

»Ja, mit nix an. Voll krass, oder?«

Jetzt kapiere ich: Er meint Playboy & Co.

»Also, ich finde das nicht so toll, dass im Kiosk nackte Frauen zu sehen sind.«

»Wieso? Ist doch cool«, kontert Simon.

Da ich mich bei Sprüchen wie »Appetit holen kann man sich woanders, gegessen wird zu Hause« direkt übergeben könnte, muss ich jetzt Einfluss auf die nächste Männergeneration nehmen.

»Nackt sein ist cool. Aber auch Privatsache. Ich möchte zum Beispiel, dass nur der Papa mich nackt sieht. Und ich fände es blöd, wenn der Papa sich andere nackte Frauen anguckt.«

»Wieso?«, fragt Anna jetzt arglos.

Ich wünsche ihr, auch wenn sie das schönste Mädchen der

Welt ist, dass sie nie an Männer gerät, die sie mit irgendwelchen gephotoshopten Tittenbildern vergleichen.

»Na ja, ich möchte nicht, dass er denkt, eine andere Frau wäre toller als ich.«

Florian stopft sich Esspapier in den Mund und nickt. »Bei der Blusenfrau hing die Brust nicht so runter wie bei dir.«

Die Lektion, wie man unangenehme Tatsachen höflich ausdrückt – oder für sich behält –, verschiebe ich auf ein anderes Mal.

»Aber was ist, wenn der Papa den Kopf von einer anderen Frau schöner findet als deinen? Den sieht man ja immer«, hakt Florian nach.

»Nicht bei den türkischen Frauen! Die haben einen Schleier an. Manche jedenfalls«, sagt Anna.

»Vielleicht sollten alle Frauen außer Mama einen Schleier anhaben, dann findet Papa keine besser.«

Na ja, jedes Extrem ist schlimm. Aber wie komme ich aus der Argumentation meiner Drillinge wieder in vernünftige Bahnen?

»Keine Sorge, selbst wenn der Papa eine Frau hübscher fände als mich, würde er ja nicht wegwollen. Und falls ich einen Mann ganz hübsch fände, würde ich den Papa trotzdem immer noch am meisten lieben!«

Costas zum Beispiel sieht objektiv nämlich viel besser aus als Martin, und das interessiert mich ja auch nicht. Nur weil mir rein theoretisch jedes Mal die Augen rausfallen könnten, wenn ich Gemüse kaufen gehe, heißt das noch lange nicht, dass ich was mit ihm anfangen will. Es ist sozusagen nur eine ganz objektive Feststellung, dass der Kerl verflixt gut aussieht.

»Kannst du mir den Lutscher aufmachen?«

»Natürlich.« Schließlich gibt es Wichtigeres als Männer und Frauen – ob mit oder ohne Klamotten.

Ich habe schon hundertmal gehört, dass Freundschaften unter Frauen kaputtgehen, sobald eine ein Kind bekommt. Verstehen konnte ich das nie. Was sollte sich an der Freundschaft ändern, nur weil ein Kind da ist? Jetzt weiß ich, dass ich mich geändert habe, und genau das ist es, was meine Beziehung zu Isabel belastet – und es mit Eve einfacher macht. Ich habe das Gefühl, dass ich bei Eve so sein kann, wie ich bin. Bei Isabel habe ich das Gefühl, ich müsste so sein, wie ich früher war. Vor Claras Geburt. Weil mich sonst das Muttersein in die Knie gezwungen hätte. Aber so bin ich nicht mehr. Jedenfalls nicht ganz. Ich fühle mich jetzt viel verletzlicher, ängstlicher und verantwortlicher. Ich habe das Gefühl, all meine Liebe und Kraft zu brauchen, um unsere kleine Familie und mich am Leben zu halten. Und damit meine älteste und beste Freundin nichts davon merkt, gehe ich ihr aus dem Weg. Ich rede mir ein, dass alles wieder so werden wird wie früher – sobald ich mehr Zeit habe. Dann werden wir uns dauernd treffen. Doch im Grunde genommen nützt das gar nichts, solange ich sie nicht endlich wieder an mich heranlasse. Wirklich an mich heranlasse. Die Erkenntnis ist das eine, diese in die Tat umzusetzen das andere. Die Tatsache, dass ich gerade im Büro sitze, macht es auch nicht besser. Private Gespräche am Telefon möchte ich hier nicht führen. Am besten ich besuche Isabel spontan in ihrem Atelier.

»Wir gehen gleich essen. Kommt ihr mit?«

Tom kommt herein und legt Tanja einen Stapel Blätter auf den Schreibtisch. Tanja wirft einen Blick darauf.

»Klar, gerne. Aber lass mich noch dieses Kapitel zu Ende redigieren.«

Mist, heute ist der einzige Tag der Woche, an dem ich die Gelegenheit hätte, ein bisschen internes Geplauder aus dem Verlag mitzubekommen. Aber wer weiß, wann ich wieder Zeit hätte, Isabel zu treffen? Ich muss die Geschichte endlich klären.

»Heute habe ich schon etwas anderes vor«, antworte ich und entdecke Herrn Meyer im Türrahmen.

»Sie machen sich also wieder mal rar, Frau Goldmann!«

Er legt einen weiteren Stapel auf Tanjas Schreibtisch: »Wir haben ja schon besprochen, worum es geht.«

Tanja nickt eifrig.

»Herr Meyer, ich würde Ihnen gerne gleich die Bescheinigung für die Kinderbetreuung zeigen. Hätten Sie kurz Zeit?«

»Falls es nichts weiter zu besprechen gibt, können Sie mir den Schrieb direkt zeigen. Freut mich, dass es geklappt hat.«

Er bleibt stehen, als warte er darauf, dass ich die Bescheinigung sofort zücke. Ich könnte jetzt um ein persönliches Gespräch bitten, aber ich will die Sache nicht komplizierter machen, als sie ist. Also ziehe ich den Din-A4-Umschlag aus meiner Tasche, hole den Brief von meiner Schwiegermutter heraus und reiche ihn Herrn Meyer. Die neugierigen Blicke von Tom und Tanja versuche ich zu ignorieren.

Herr Meyer fährt mit den Augen über das Blatt. »Elke Goldmann? Ist das Ihre Mutter?«

»Nein, meine Schwiegermutter«, antworte ich kleinlaut, als ich seinen amüsierten Blick registriere.

»Was ist denn mit dem Kindergarten?«

Tanja tut so, als würde sie nicht zuhören. Tom verlässt netterweise unser Büro.

»Da gibt es ein paar Monate zu überbrücken. Nur bis Anfang nächsten Jahres.« Die Mitte folgt ja auf den Anfang.

»Und Sie können sich auf Ihre Schwiegermutter hundertprozentig verlassen? Ich meine, eine Institution wie der Kindergarten bricht nicht gleich zusammen, wenn eine Erzieherin mal krank ist. Bei dem Tagesmuttermodel sieht das schon anders aus.«

Und der Verlag wird auch nicht gleich Konkurs anmelden, wenn ich mal einen Tag ausfalle, denke ich.

»Klar kann ich das. Außerdem habe ich eine Freundin, die öfter auf meine Tochter aufpasst. Heute zum Beispiel!«

»Na gut, dann wollen wir das mal so gelten lassen.«

Tanja schaut scheinbar gleichgültig auf ihre Unterlagen, als Herr Meyer mit meiner Betreuungsbescheinigung verschwindet. Sie könnte auch mal etwas Solidarisches sagen. Stattdessen haut sie noch tiefer in die Kerbe: »Du musst Herrn Meyer verstehen. Heutzutage, wo die Mütter mit ihren ganzen Sonderrechten dem Chef auf der Nase rumtanzen können, muss er sich schon absichern. Schließlich trägt er die Verantwortung für das gesamte Team.«

Anna, Simon, Florian und Clara bauen ein riesiges Duplohaus. Eine günstige Gelegenheit, um mich mit dem Laptop an den Kinderschreibtisch zu setzen. Die ersten Texte für meine Homepage sind fertig, und um den übrigen Kram soll Costas sich kümmern. Wenn es aufwendiger wird als gedacht, kann ich ihm immer noch mehr bezahlen. Vorausgesetzt, ich verdiene selbst etwas an der Sache. Allerdings bräuchte ich noch mehr Interessenten, da mir die potentiellen Laufsingles wohl kaum die Bude einrennen werden. Vielleicht starte ich einen Aufruf im Laufchat. Die ersten zwanzig Interessenten dürfen umsonst mitmachen. Wenn die Mitgliedschaft in meiner Laufpartnervermittlung fünf Euro im Monat kosten würde, bräuchte ich nur hundert Kunden, um auf ein passables Einstiegsgehalt zu kommen. Allerdings muss ich rein logistisch wohl tausende haben, damit überhaupt jeder jemanden findet.

»Mama, was machst du da?« Simon schaut hinter dem Duplogebäude hervor.

»Ich arbeite an meinem Job.«

»Wie kann man denn an der Arbeit arbeiten?«

»Ich bereite eine ganz tolle Internetseite vor.«

»Werden wir dann reich?«, möchte Florian wissen.

»Vielleicht. Aber eigentlich würde es mir reichen, wenn Papa weniger arbeitet.«

»Wenn ihr beide viel arbeitet, dann könnten wir uns endlich alles von *Lego Star Wars* kaufen! So wie der Leon!«, ruft Simon begeistert.

»Aber die Eltern von Leon sind niieeee da! Ich will nicht, dass du auch immer weg bist«, sagt Anna.

»Das sagst du nur, weil *Lego Star Wars* dir scheißegal ist!«, motzt Simon seine Schwester an.

»SSeisssgal!«, juchzt Clara.

»Simon, scheißegal ist ein hässliches Wort. Das möchte ich nicht mehr hören!«

»Du sagst das selber dauernd!«

»SSeisssgal!«

Oh, Mann, wo ist bei kleinen Kindern die Antenne eingepflanzt, die ortet, welche Wörter die Erwachsenen aufregen – zumindest wenn sie nicht aus deren Mund kommen?

»Gut, dann erinnere mich jedes Mal daran, wenn ich wieder scheißegal sage.«

»Du hast es wieder gesagt!«, jubeln alle zusammen.

»So, jetzt sage ich gar nichts mehr und konzentriere mich auf die Arbeit!«, versuche ich so streng wie möglich zu sagen.

An alle: Betr.: Laufpartnervermittlung
Wer von euch ist noch auf der Suche nach dem passenden Laufpartner? Nächsten Monat startet »Die Mitlaufzentrale« und führt Läufer mit gleichen Interessen und Laufeigenschaften zusammen. Die ersten fünfzig bekommen ein Jahr frei.
Paradiesvogel

Zum Glück habe ich daran gedacht, mir den Namen und die Idee sichern zu lassen, sodass ich jetzt schon im kleinen Kreis darüber sprechen kann. Auf einem Elternabend oder in der Verwandtschaft würde ich noch keine Details erzählen. Gibt ja immer genug Bedenkenträger, die versuchen, einem jede Idee mit heruntergezogenen Mundwinkeln auszureden. Zu denen gehörte ich schließlich selbst oft genug.

Um mich abzulenken, sortiere ich die Kinderwäsche in den Schrank. Dann mache ich mich mit Clara auf den Weg in die Küche. Wahrscheinlich würde sie ein paar Minuten ohne mich überleben, aber bei einem fremden Kind bin ich doppelt vorsichtig.

»Clara, wir machen jetzt mal einen Kakao. Und ein paar Kekse dazu.«

Meine eigenen Kinder kommen hinterhergerannt. Besser, wir setzen uns an den Tisch, als wenn verschüttete Milch auf dem Teppich sauer wird. Und dass mindestens ein Glas umkippt, ist bei vier Kindern sehr wahrscheinlich.

Am liebsten würde ich wieder auf Isabels AB sprechen, anstatt die Tür zu ihrem Atelier zu öffnen. Isabel hat mit zwei anderen Designerinnen das Erdgeschoss einer Jugendstilvilla im Belgischen Viertel angemietet. Der vordere Teil dient als Verkaufsraum für die selbst genähten Kleider. Da heimische Designer leider nicht mit in China fabrizierter Massenware mithalten können, gibt Isabel Nähkurse, um die Miete zu sichern.

Ich drücke die Klinke herunter und betrete den Raum. Isabel sitzt an der Nähmaschine. Sie lächelt, als sie mich sieht.

»Hi, Alice. Mittagspause?«

»Ja, die einzige in der Woche.«

»Dann ist es ja besonders nett, dass du vorbeischaust.«

»Finde ich auch. Wird nämlich Zeit, dass wir dieses Kleinkindgehabe hinter uns lassen. Ich hab dich vermisst!«

Isabel schaltet die Nähmaschine aus und zieht den Stoff heraus. »Ich hab mich auch gefragt, wann wir uns endlich wiedersehen.«

Ich unterdrücke den Impuls, mich zu verteidigen. Sie soll ja nicht glauben, ich sei eine von diesen Robotermüttern, die sich zwischen Wickeltisch und Supermarkt fernsteuern lassen. Bei mir kommt immerhin noch der Schreibtisch hinzu. Da der aber quasi neben dem Wickeltisch steht und das auch gar nicht Thema unserer Krise ist, lasse ich Isabel weiterreden.

»Du warst irgendwie nicht mehr meine alte Alice, aber als Freundin muss ich dich so nehmen, wie du bist. Auch wenn wir uns nur noch alle paar Wochen sehen. Und du mit dem Kopf andauernd woanders bist.«

Sie steht auf und kommt auf mich zu.

»Als Freundinnen müssen wir eben auch versuchen zu verstehen, was im Kopf der anderen abgeht«, entgegne ich.

Wir stehen voreinander, unschlüssig, ob wir uns umarmen sollen. Obwohl wir das zur Begrüßung sonst immer tun. In dem Moment kommen Isabels Kolleginnen herein.

»Hast du schon was gegessen?« Isabels Hände stecken in ihren Jeanstaschen.

Ich schüttle den Kopf.

»Mädels, wir sind dann mal weg!«, ruft sie den beiden zu und zieht mich nach draußen.

Ich weiß nicht, womit dieses Phänomen zu erklären ist, aber sobald ein weiteres Kind bei uns zu Besuch ist, streiten sich die Drillinge fast gar nicht mehr. So friedlich wie jetzt mit Clara spielen sie selten zusammen. Und ich verhalte mich dann ebenfalls viel souveräner. Vielleicht liegt es auch daran, dass man sich mit Zuschauern einfach von seiner besten Seite zeigt. Obwohl, das stimmt nicht ganz. Martins Schwester Wiebke weckt immer die Zicke in mir. Das wird ein herrliches Weihnachtsfest. Dieses Jahr feiern wir mit ihr und Martins Eltern. Hoffentlich habe ich bis dahin wenigstens auch eine berufliche Erfolgsstory vorzuweisen. Bisher hat sie bei mir mit ihren Regieassi-Geschichten jedes Mal Brechreiz verursacht. Neben ihr komme ich mir wie ein Mauerblümchen vor.

Aber es tut sich was! Die ungeöffneten Briefumschläge im Laufchat machen Hoffnung. Da haben doch tatsächlich schon fünf Leute Interesse an meiner Laufpartnervermittlung gezeigt! Klar, die wollen alle erst noch mehr Infos. Ich erkläre Runawaygirl (die müsste man fast mit Runnerboy verkuppeln), dass es natürlich möglich ist, jemanden zu suchen, der nur einmal in der Woche mit einem läuft. Und das auch, wenn man in einer Stunde nur fünf Kilometer schafft. So schnell läuft sie also nicht davon. Tja, und mein Freund Runnerboy ist auch dabei.

Betr.: Mitlaufzentrale
Hi Paradiesvogel,
das war also deine Idee! Finde ich super, ich habe immer dar-

an geglaubt, dass du deine Träume Wirklichkeit werden lässt. Ich wünschte, ich wäre ein bisschen mehr wie du.
LG Runnerboy

Wenn der mich tatsächlich kennen würde! Trotzdem hört der Angsthase in mir diese Worte gern!

Re: Betr.: Mitlaufzentrale
Hallo Runnerboy,
wenn du mich kennen würdest, dann wüsstest du, dass ich nicht so verwegen bin. Ich sehe die Sache auch als einzige Möglichkeit, einen Job zu finden, der mir Spaß macht. Aber ich danke dir sehr, dass du mir Mut gemacht hast! Weißt du, wenn ich mein Projekt nicht hätte, würde ich wahrscheinlich angesichts meiner Jobsuche in miese Laune verfallen. So kann ich wenigstens mit einem Plan B im Hinterkopf zum Vorstellungsgespräch gehen!
LG Paradiesvogel
P.S.: Möchtest du dich auch bei mir anmelden? Ich würde dir auf jeden Fall einen Platz reservieren!

Re: Betr.: Mitlaufzentrale
Hallo Paradiesvogel,
und wenn ich darauf bestehe, mit der Chefin zu laufen?

Re: Betr.: Mitlaufzentrale
Das käme auf unsere Matchingpoints an! Aber ganz ehrlich: Mein idealer Laufpartner ist weiblich, gesprächig und ohne Ehrgeiz, einen Marathon zu laufen! Und ich habe sie bereits gefunden!

Re: Betr.: Mitlaufzentrale
Über die letzten beiden Punkte ließe sich verhandeln. Oder wir laufen einfach zu dritt.

Re: Betr.: Mitlaufzentrale
Das ist nicht so mein Ding.

Außerdem werde ich gar nicht als Laufpartner zur Verfügung stehen. Das würde die Sache nur kompliziert machen. Wenn ich zwei- bis dreimal die Woche laufen gehe, allein oder mit Alice, reicht mir das völlig. Ansonsten wird die Organisation meiner Seite schon genug Zeit fressen.

Re: Betr.: Mitlaufzentrale
Eine Frau mit Prinzipien – das finde ich gut, und genau deshalb ist es besser, wenn wir uns im »echten Leben« nicht begegnen. Sonst würdest du vielleicht sofort aufhören, mir zu schreiben! War schon schwer genug, als du nur noch auf jede dritte meiner Mails reagiert hast.

»Mama, warum machst du so komische Falten am Kopf?«

»Spielt mal schön weiter, ich mache gerade was Kompliziertes.«

Ich hege überhaupt keine Absichten fremdzugehen. Nicht mal in Gedanken! Und trotzdem sehne ich mich immer nach Runnerboys Nachrichten. Weil er mir Mut macht. Mich toll findet. Und weil er mich nie fragt, wo seine Socken sind!

Ja, und es macht Spaß, ein wenig zu flirten. Im »echten Leben« bekomme ich einen roten Kopf, wenn mich ein Mann anlächelt.

Warum befürchtet er, dass ich ihm nicht mehr schreibe, wenn wir uns treffen? Sieht er aus wie Quasimodo? (Wäre nicht schlimm, da es ja ganz egal ist, wie er aussieht!) Sieht er so toll aus, dass ich Angst haben müsste, mich in ihn zu verlieben? (Wenn er das denkt, ist er ein eingebildeter Gockel!) Ist es Martin, der versucht zu testen, ob ich ihm treu bin? (Ich glaube, die Mühe würde Martin sich nicht machen. Außerdem habe ich schon mal mit Runnerboy gechattet, während Martin nebenan schlief.) Oder ist er ein mir bekannter verheirateter Familienvater, der sich in mich verknallt hat? (Dann wäre es besser, ihn endlich zu sehen, um erst gar nicht in *Gut-gegen-Nordwind*-Gewässer abzudriften.) Aber ich bin doch selbst eine verheiratete Familienmutter. (Warum gibt es dieses Wort eigentlich nicht im Sprachgebrauch?) Mache ich da ein albernes Spielchen mit, weil ich mal wild und gefährlich sein will? Und wenn es doch Costas ist? Ich muss es wissen!

Re: Betr.: Mitlaufzentrale
Ich dachte, du wärst mir im »echten Leben« schon mal begegnet?

»Ich bin so froh, dass du vorbeigekommen bist!«, sagt Isabel.

Wir sitzen auf einer Parkbank im Stadtgarten und haben gerade einen Falafelburger verspeist.

»Weißt du, Alice, ich habe dich echt vermisst. Und ich war auch ein bisschen eifersüchtig. Ich dachte, ich bedeute dir nichts mehr.«

Wie erleichtert ich bin, dass wir so offen miteinander reden können. Letztendlich viel einfacher, als voreinander davonzurennen.

»Schade, dass du immer behauptest, zwei linke Hände zu haben!«

Themawechsel. Auch gut!

»Wieso, hast du einen Job für mich?«

»Ich biete bald einen Nähkurs der Extraklasse an! Ich habe wunderbare Schnitte zusammengestellt, und am Ende hält jede Teilnehmerin zwei fertige Outfits in den Händen.«

»Und wenn die auch zwei linke Hände haben? Du hast schließlich Modedesign studiert! Wenn das so einfach wäre, würde sich jeder seine Klamotten selbst nähen.«

»Glaube ich kaum, die meisten sind einfach zu faul. Oder zu fantasielos.«

Sie schaut mich mit ihrem Profiblick an. »Dir könnte etwas Abwechslung jedenfalls nicht schaden. Hast du in deinem Ratgeber nicht vor der Irgendein-T-Shirt-zu-der-einzigen-Jeans-die-noch-über-den-Hintern-passt-Falle gewarnt?«

»Du hast meinen Ratgeber tatsächlich gelesen?«

Sie sieht mich belustigt an. »Na klar! Was denkst du denn?«

Dabei habe ich ihr extra kein Exemplar geschenkt, weil ich befürchtete, sie würde sich entweder langweilen oder unter Druck gesetzt fühlen, auch bald eine Familie zu gründen.

»Zeigst du mir die neuen Schnitte gleich mal?«

Re: Betr.: Mitlaufzentrale
Ja, ich bin dir im echten Leben schon mal begegnet. Und ich wünschte, ich hätte das nie gesagt. Dann könnten wir weiterhin unbeschwert chatten. Alles andere könnte zu Komplikationen führen.

Wer ist das???

Re: Betr.: Mitlaufzentrale:
Hör mal zu, Runnerboy: Ich hatte bisher nicht das Gefühl, dass Heimlichtuerei nötig ist. Ich hege keine Hintergedanken und du hoffentlich auch nicht. Ansonsten wäre es besser, wenn wir aufhören, uns zu schreiben.

So! Ich haue auf die Entertaste, da fliegt mir ein Duplostein an den Kopf. »Aua! Wer war das?«

Meine drei Kinder grinsen mich an und zeigen auf Clara.

Kann das sein? Die süße kleine Clara? Da es nicht mein Kind ist, werde ich mir jetzt nicht den Kopf darüber zerbrechen, ob ich Erziehungsmaßnahmen ergreifen sollte. Wütend zerpflückt Clara das Duplohaus und wirft die Steine durch die Gegend. Meine Kinder haben also die Wahrheit gesagt. Mit schlechtem Gewissen, den Babysitterjob meinen Drillingen aufgedrückt zu haben, schalte ich den Laptop aus.

»Sollen wir auf den Spielplatz gehen?« So gerne ich Clara und Alice habe, ich freue mich, wenn ich heute Abend nur noch die Verantwortung für drei Kinder trage.

Frau Goldmann, wir haben uns schon Sorgen gemacht!«

Herr Meyer steht wie zufällig im Flur, als ich den Verlag betrete. Ich wollte nur noch schnell mit Isabel ins Atelier, um ihre neuen Entwürfe anzuschauen. Sie sind so genial, dass ich eine Sekunde lang überlegt habe, ob ich nicht wirklich ihren Nähkurs besuchen sollte. Als ich das nächste Mal auf die Uhr schaute, musste ich feststellen, dass ich die Mittagspause um eine Stunde überzogen hatte.

»Es tut mir leid«, sage ich und will an meinen Schreibtisch huschen, doch Herr Meyer hält mich auf.

»Gab es Probleme zu Hause?«

Ah, da liegen die Bedenken. Er hatte nicht Angst, seine geschätzte Mitarbeiterin könnte an ihrem Mittagssnack erstickt sein. Er hat Angst, mein Kind hält mich von der Arbeit ab! Dem werde ich zeigen, dass seine Teilzeitkraft in der Mittagspause auf die besten Ideen kommt. Geistesblitze kann man theoretisch selbst am Wickeltisch haben.

»Nein, Herr Meyer, alles in Ordnung. Man könnte meine Abwesenheit als Recherche bezeichnen. In der Mittagspause habe ich mir die fantastischen Entwürfe einer jungen Designerin angeschaut. Sie möchte die Herstellung ihrer Kleidung zum Event machen. Gemeinsam mit ihren Kundinnen schneidert sie eine Kollektion nach eigenen Entwürfen. So wird Mode sinnlich erfahrbar – auch in ihrem Entstehungsprozess. Die Trägerinnen sehen am Ende nicht nur gut aus, sondern gewinnen auch an Selbstbewusstsein, indem sie selbst an der Entstehung beteiligt sind. Vielleicht können wir die Designerin für ein Buch gewinnen. Der Selfmade-Markt boomt, und ihre Kollektion ist wirklich, wirklich etwas ganz Besonderes.«

Ich bin selbst begeistert von meiner Idee. Warum bin ich nicht viel früher darauf gekommen, mit Isabel ein Projekt zu starten? Ob Herr Meyer meine Begeisterung teilt? Seinem Blick nach zu urteilen nicht. Aber wie sollte er auch, bevor er Isabels Entwürfe gesehen hat?

»Ich weiß Ihren Enthusiasmus und Ihre Offenheit sehr zu schätzen. Und ich bin froh, wieder etwas von Ihrer alten Begeisterung zu spüren. Aber Auswärtstermine müssen vorher abgesprochen werden.«

»Gut, es wird nicht wieder vorkommen.« Ich möchte mich endlich an meinen Schreibtisch verkrümeln. Immerhin muss ich noch die letzten beiden Kapitel unseres Ratgebers *»Selbst« ja – aber nicht »ständig«: die neue Unternehmergeneration* lektorieren. Ein äußerst inspirierendes Buch, das außer mir alle als Utopie abtun. Eine Utopie, die sich jedoch gut verkaufen wird. Schließlich lebt jeder Ratgeber von der Hoffnung. Meine Hoffnung für heute ist, dass ich keine Arbeit mit nach Hause nehme. Nicht nur, weil ich heute Abend Pilates habe – sondern auch, weil ich die Bedeutung des Wortes Feierabend mal wieder am eigenen Leib spüren möchte.

»Noch eins, Frau Goldmann …« Herr Meyers Blick ist gnädiger. »Wenn Sie zu Ihrer Idee ein Exposé schreiben, schaue ich mir das sehr gerne an!«

Ich wollte endlich mal nicht so langweilig sein, und jetzt komme ich mir einfach nur albern vor. Ach, Alice, ich glaube, ich bin verrückt – und zwar im negativen Sinne!«

Alice dreht nur den Kopf zu mir. Mit dem restlichen Körper joggt sie stoisch weiter geradeaus und schiebt Claras Buggy. Noch genießen wir beide den Luxus, die meisten Vormittage »frei« zu haben, so können wir – ohne auf unsere Männer angewiesen zu sein – gemeinsam joggen gehen und haben auch mal Zeit, die Bahn zum Königsforst zu nehmen und dort die frische Waldluft einzuatmen.

»Was ist passiert?«

Ich erzähle Alice von meiner Korrespondenz mit Runnerboy.

»Eve! Du hast doch gar nichts Schlimmes gemacht!«

Lacht sie mich etwa aus?

»Aber irgendwie spüre ich da einen Sog, von dem ich nicht weiß, ob er zu einer Katastrophe oder zu … ich weiß auch nicht was führt.«

»Willst du meine Meinung hören?«

»Ja, darum habe ich dir das Ganze doch erzählt!«

»Der Typ ist ein feiger Spinner, der mit dir spielt! Er weiß doch, wer du bist. Er kennt dein Foto und gibt von sich nur die Füße preis. Und das auch noch in Schuhen.«

Irgendwie habe ich das Gefühl, Runnerboy verteidigen zu müssen. Wenigstens war er für mich da, wenn sonst keiner Zeit hatte.

»Und wenn er einfach nur rücksichtsvoll ist, weil er Angst

hat, ich könnte mich in ihn verlieben? Ich meine, schließlich kennt er meine Situation.«

»Dann hätte er dir erst gar nicht weiter schreiben dürfen. Oder sich sofort outen müssen, damit du dich nicht in irgendein Fantasiegebilde verrennst.«

Ich schalte meine Laufuhr aus, weil das Piepen eindeutig nicht durch unser Tempo verursacht wird. Alice läuft sowieso ohne Uhr. Sie meint, sie würde schon spüren, wenn das Herz rast. Ich verlasse mich da lieber auf Fakten.

»Sollen wir langsamer laufen?«, fragt sie besorgt.

»Nein danke, noch langsamer geht wohl kaum.«

Na gut, ich schiebe auch keinen Kinderwagen, aber einen Marathon wird Alice so nie laufen können.

»Und wenn er sich nicht outen möchte, weil wir sonst nicht mehr zusammenarbeiten könnten?«

»Mit wie vielen Männern arbeitest du denn zusammen?«

Ihr ironischer Unterton bringt mich trotz allem zum Lachen.

»Streng genommen mit zweien: Martin, der es definitiv nicht ist, und Costas.«

Mist, ich werde rot.

»Aha, der nette Mann aus dem Gemüseladen? Der deine Internetseite gestaltet?«

»Ja, ja, obwohl der eigentlich viel zu jung ist, um bei einer reifen Frau wie mir irgendwelche Hintergedanken zu hegen.«

»Eve, muss ich mir Sorgen machen? Du bekommst doch keine Midlife-Crisis, oder? Und übrigens, wenn man den Deklarationen der Kosmetikindustrie glaubt, dann beginnt das reife Alter mit sechzig.«

»Realistisch gesehen ist das halbe Leben um, vielleicht stecke ich wirklich in der Krise. Oder kurz vor den Wechseljahren.«

Meine letzte Aussage erscheint Alice wohl so überflüssig, dass sie sie nicht kommentiert.

»Costas könnte natürlich wirklich Angst haben, dass du ihm die Zusammenarbeit kündigst, wenn du erfährst, dass er es ist.«

»Und was rätst du mir?«

»Gute Frage! Wie hat er denn darauf reagiert, als du ihm geschrieben hast, dass du keine Heimlichtuerei mehr willst?«

»Gar nicht.«

Und ehrlich gesagt vermisse ich unseren Austausch jetzt schon.

»Gut, dann akzeptiert er es wohl. Wir müssen herausfinden, ob es Costas ist, damit du wieder ruhig schlafen kannst.«

Ob mich das wirklich beruhigen würde?

»Und wenn er es nicht ist?«

»Dann werden wir dem wahren Runnerboy beim Joggen auflauern! Oder den Geheimdienst um Hilfe bitten.«

Wir joggen eine Weile schweigend nebeneinander her.

»Weißt du was, Alice? Wenn ich joggen gehe, geht es mir hinterher immer viel besser. Und wenn ich mit dir laufen gehe, fühle ich mich sogar doppelt so gut.«

Das meine ich von Herzen, auch wenn ich ohne sie definitiv schneller unterwegs bin.

»Danke, mir tut es auch sehr gut. Und egal, welches Problem wir besprechen, danach fühlt es sich kleiner an.«

»Geht mir ganz genauso.«

Wieder schweigen wir eine Weile. Bis mir ein Geistesblitz kommt.

»Das ist die Idee!!!«

Es fehlt nicht viel, und ich lege einen Freudenhüpfer ein. Da das weder meinem Alter noch meiner Mentalität entspricht, macht nur mein Herz einen kleinen Sprung.

»Weißt du jetzt, wer Runnerboy ist?«

»Nein, viel besser! Ich habe die ganze Zeit überlegt, was ich auf meiner Seite noch anbieten könnte, falls sich die Laufpartnervermittlung als Flop erweist. Ich meine, die Idee ist zwar gut, aber die Umsetzung schwierig.«

»Dann sag schon!«

»Ich biete ein Laufcoaching an!«

»Gibt es das nicht an jeder Sporthochschule?«

»So doch nicht! Denk mal an all die Frauen wie mich. Als ich das Gefühl hatte, mein ganzes Leben stecke fest, habe ich angefangen zu laufen, und ich habe dein Coaching bekommen. Beides könnte ich vereinen.«

Alice schaut mich fragend an. »Du meinst so 'ne Art laufender Psychiater?«

»Wenn du es so nennen willst.«

»Aber du bist doch keine Psychologin.«

Wer von uns beiden kommt immer mit den vernünftigen Argumenten? Das ist doch mein Part!

»Nein, aber ich habe an der Uni immerhin einige Kurse zum Thema Erwachsenenbildung belegt. Außerdem habe ich nicht vor, Traumata zu heilen, sondern will nur ein paar klemmende Schräubchen ölen. Bei den meisten reicht wahrscheinlich schon das regelmäßige Laufen, damit sich ihr Leben verbessert.«

Auch wenn ich mir als Klientel eher Frauen wie mich vorstelle, wird mir etwas mulmig, wenn ich daran denke, mit jemandem durch den Wald zu joggen, mit dem ich nicht klarkomme. Aber wozu gibt es Vorgespräche? In jedem Bereich muss man doch erst schauen, ob man zusammenpasst.

»Ich würde mich jedenfalls über ein Brainstorming zum Thema mit dir freuen.«

»Klar, Eve, ich bin dabei. Vielleicht werde ich sogar deine erste Kundin.«

»So schlimm?«

»Ja, leider. Scheinbar habe ich alles: Job, Kind, Mann und Freundinnen.«

»Aber?«

»Aber irgendwie habe ich das Gefühl, niemandem gerecht zu werden. Bei der Arbeit zum Beispiel: Meiner Meinung nach schaffe ich eine Menge, aber allein, weil ich einen Teilzeitjob habe, werde ich nicht ganz ernst genommen.«

»Möchtest du nicht erst mal abwarten, wie es wird, wenn du aufgestockt hast?«

»Erinnere mich nicht daran!«

»Ich dachte, du freust dich?«

»Geht so. Da Clara noch keinen Kitaplatz hat, wird meine Schwiegermutter fürs Erste einspringen.«

»Aber die ist doch ganz nett, oder?«

»Ja, schon, aber meinst du, ich darf morgens in den Verlag abhauen, bevor ich das Frühstücksgeschirr gespült habe?«

Über so etwas macht sich Alice Gedanken? Mir scheint, da beginnt eine geheime dunkle Macht die Hand nach ihr auszustrecken. Das schlechte Gewissen, das sich auf Dinge spezialisiert hat, für die man sich nun wirklich nicht schämen müsste. Mit diesem Monster kenne ich mich aus.

»Solange sich Frauen solche Fragen stellen, wird es mit der Gleichberechtigung nichts werden.«

Authentisch klingt ihr Lachen nicht. War aber auch nicht wirklich als Witz gemeint.

Für die meisten Städter ist der blühende Hinterhof eines Altbaus, der auch noch in einem der beliebten Viertel der Stadt steht, ein Stück vom Himmel.

»Mama, das ist der Wahnsinn!«

»Tja, und das, obwohl ich nicht mal einen grünen Daumen habe.«

Mama hat Clara und mich eingeladen, ihren Garten einzuweihen. Der Efeu ist so dezent zurückgeschnitten, dass der Garten immer noch verwunschen wirkt. Und dieser Duft nach Rosen und Lavendel wirkt besser als jede Yogaübung. Ein schmiedeeisernes Tischchen mit passenden Stühlen lädt zum Sitzen ein. Und der kleine Sandkasten wird sofort von Clara in Beschlag genommen.

»Aber du kannst es dir leisten, einen grünen Daumen zu bezahlen.«

»Ja, Herr Buchenhain hat wunderbare Arbeit geleistet.«

Ist da etwa ein Hauch Wehmut in den Augen meiner Mutter?

»Alice, manchmal frage ich mich schon, ob ich mir all den Luxus erlauben darf, während du so bescheiden lebst.«

Komische Frage. Die habe ich mir selbst nie gestellt. Zumal meine Mutter wirklich großzügig ist. Wie viele Pizzen habe ich in den letzten Jahren auf ihre Kosten verspeist!

»Mama, ich hätte ein schlechtes Gewissen, wenn du es dir nicht gutgehen lassen würdest!«

Diese Stimmung kenne ich von meiner Mutter gar nicht. Hoffentlich wird sie jetzt nicht sentimental. Da sind mir ihre knallharten Ansagen schon lieber, die bin ich wenigstens gewöhnt.

»Alice, ich habe viel über dich nachgedacht. Warum weigerst du dich so, das Geld deines Vaters einzufordern? Wenn du einfach abwartest, bekommst du keinen Cent. Und wenn du das Geld hättest, könntet ihr ein Haus kaufen, ohne dass du dich von Sebastians Gehalt abhängig machst.«

Meine Mutter öffnet eine Flasche Holunderblütensirup und gießt etwas davon in eine Karaffe mit Sprudel.

»Mama, ich kann mich nur auf das verlassen, was ich selbst verdiene.«

»Erstens ist das momentan nicht viel, zweitens verdient man manchmal auch Dinge, für die man nicht gearbeitet hat.«

Sie verteilt das Getränk auf drei Gläser.

»Das sagt die Richtige. Du hast in Vollzeit gearbeitet, nur um meinen Vater nicht um Geld bitten zu müssen.«

»Vielleicht würde ich das heute anders machen.«

Clara ist glücklicherweise damit beschäftigt, Sand und Wasser zu verrühren.

»Dann lass es mich doch auch so machen, wie ich es für richtig halte.«

»Ja, natürlich. Ich frage mich trotzdem, ob deine Weigerung, ein Haus zu kaufen – und in deinem Fall wäre es durchaus vernünftig, eins zu kaufen –, nicht ein Ausdruck von Bindungsangst ist. Vielleicht weckt die Aussicht, sich schon wieder auf etwas festlegen zu müssen, deinen Fluchtinstinkt.«

Auch wenn meine Mutter das nicht versteht, ich hatte nicht eine Sekunde das Gefühl, meine Familie sei ein Klotz am Bein. Nur der Rest der Welt ist manchmal nicht flexibel genug.

»Mama, wer von uns beiden ist denn bitte schön die Psychologin?«

Ich hasse es, wenn sie versucht, mich zu analysieren.

»Und wer hat mehr Lebenserfahrung?«

»Mama, du hast immer gesagt, lieber keinen Mann als den falschen! Und so ist es mit Häusern auch! Wenn das richtige kommt, wird es schon klappen.«

Anstatt zu antworten, seufzt sie nur, als ob sie noch etwas auf dem Herzen hätte.

»Übrigens haben wir ein Haus gesehen, in das wir uns sogar beide ein bisschen verliebt haben. Ich zeige es dir gerne mal, wenn du uns besuchst.«

»Und ich habe einen Mann getroffen, in den ich mich ein bisschen verliebt habe.«

Dass ich das noch erleben darf! Wenn meine Mutter sich verliebt hat, dann werden noch andere Wunder geschehen.

»Und????«

»Du kennst ihn.«

»Ein Kollege?«

»Ach, von diesen Arztromanvorlagen habe ich schon lange die Nase voll.«

Ich schaue mich noch einmal im Garten um. Na klar, der Gärtner! Der erste Mann, der meine Mutter in Verlegenheit gebracht hat.

»Herr Buchenhain?«

Sie nickt. Allerdings nicht freudestrahlend.

»Ja, und was ist daran so traurig?«

»Er hat mir einen Korb gegeben.«

»Erzähl!«

»Als er mit allem fertig war, hat er sich ziemlich schnell verabschiedet. Er müsse in den nächsten Garten. Sogar eine Tasse Kaffee hat er abgelehnt, weil er nicht unpünktlich sein wollte.«

»Grundsätzlich ist Pünktlichkeit doch nicht die schlechteste Eigenschaft, oder?«

»Nein, natürlich nicht.«

»Ja, und dann?«

»Dann habe ich ihn eine Woche später angerufen, um ihm zu sagen, dass die Rosen Blattläuse haben. Und dass das Gras so wuchert.«

Das Gras könnte wirklich mal gemäht werden.

»Daraufhin hat er mir den Tipp gegeben, die Rosen mit einer Prillauge zu besprühen, und mich darauf hingewiesen, dass das Gartencenter um die Ecke Rasenmäher verleiht.«

»Klingt doch vernünftig, oder?«

»Nein, wenn er interessiert gewesen wäre, dann hätte er gefragt, ob er zum Rasenmähen vorbeikommen soll. Ich hätte es ja auch bezahlt.«

Ich muss laut lachen. »Mama, in puncto Wie-schaffe-ich-es-den-Mann-zu-einem-Rendezvous-einzuladen hast du eindeutig keine Erfahrung! Ich hätte gedacht, du fragst ihn einfach, ob er mit dir einen Kaffee trinken geht.«

»Und wenn er nein sagt?«

»Kannst du dich immer noch ärgern!«

»Ehrlich gesagt wollte ich mich nie wieder über einen Mann ärgern.«

»Und jetzt erzähl du mir noch mal was von Bindungsangst!«

Sosehr ich mich freue, dass meine Mutter Gefühle für einen Mann hegt, so sehr irritiert mich ihre Verletzlichkeit. Macht Verliebtsein starke Frauen schwach? Sollte Liebe einen nicht noch stärker machen? Oder hat sie einfach Angst, abgelehnt zu werden? Ablehnen können die Leute, mit denen sie im Alltag zu tun hat, sie nämlich nicht – die liegen unter Vollnarkose auf dem OP-Tisch und müssen meine Mutter so nehmen, wie sie ist.

»Nein, ich kann jetzt kein neues Blau mehr besorgen!«

»Aber Frau Hoffmann hat gesagt, dass ich dann nicht mitmachen darf!«, heult Simon.

»Wegen einer von zwölf Farben? Misch doch einfach.«

»Blau kann man nicht mischen! Das weiß doch jedes Baby!« Er stampft mit dem Fuß auf und verschränkt die Arme.

»Simon, du musst so was früher sagen! Ich habe jetzt keine Zeit!«

Ich verstaue die Brotdosen in den Schulranzen und versuche, die Kinder Richtung Tür zu schieben.

»Anna und Florian, einer von euch teilt sein Blau mit Simon!«

Anna zeigt auf Florian: »Du!«

»Nein, du!«

»Leute, ihr kommt zu spät zur Schule!!!«

Und ich komme zu spät zum Vorstellungsgespräch, denke ich, während meine drei doch tatsächlich irgendwann das Treppenhaus hinuntersprinten. In einer Stunde muss ich los. Schnell unter die Dusche und danach in meinen einzigen Hosenanzug geschlüpft. Soll seriös und elegant wirken, aber leider fühle ich mich darin wie ein Clown, dem der Regen die Farbe ausgewaschen hat. Irgendwie lächerlich. Martin hat mir heute Morgen netterweise einen Kaffee ans Bett gebracht und mir viel Glück gewünscht. Er betont zwar immer, wie sehr er mich unterstützen will, aber zu viel Aufwand darf das anscheinend nicht bedeuten. Nach dem Kaffee musste er nämlich sofort zur Arbeit.

Oder soll ich doch lieber Jeans mit Bluse anziehen? Am liebsten würde ich gar nicht zu diesem blöden Vorstellungsgespräch gehen. Dieser gekünstelte Mist! Man muss so tun, als sei man perfekt – was man kaum über die Probezeit hinaus aufrechterhalten kann. Und so weit werde ich wohl kaum kommen. Warum gehe ich überhaupt hin?

Ich fahre meinen Laptop hoch, um noch mal auf die Seite der Stiftung zu schauen. Zur mentalen Einstimmung. Warum haben sie mich eigentlich eingeladen? Ich meine, jeder Fünfundzwanzigjährige hat mehr Berufserfahrung als ich und ist dazu noch engagiert und flexibel. Wenn ich noch mit Runnerboy kommunizieren würde, dann würde ich ihm jetzt mailen. Und mir viel Glück wünschen lassen. Fast automatisch logge ich mich in den Laufchat ein. Eine Nachricht von Runnerboy.

Betr.: Vorstellungsgespräch
Liebe Eve,

(Oh, Gott! Er kennt nicht nur mein Gesicht, sondern auch meinen Namen. Es ist also wirklich jemand aus meinem Bekanntenkreis!)

ich wünsche dir ganz viel Glück für dein Bewerbungsgespräch! Die sind doof, wenn sie eine so tolle Frau wie dich nicht nehmen. Und denk dran, mit Plan B in der Hand kannst du ganz beruhigt ins Gespräch gehen.
Runnerboy

P.S.: Ich möchte deiner Bitte, unseren Chat zu beenden, gerne nachkommen. Du hast recht, das ist besser so. Die Ausnahme war wirklich nur dazu da, dir ganz viel Glück zu wünschen. Also, viel Glück!

Als ich wie ferngesteuert »Danke« in das Antwortfeld tippe, schrecke ich zurück. Ich werde ihm nicht mehr schreiben, solange ich nicht weiß, wer er ist. Also lösche ich die Nachricht und klappe den Laptop zu. Ich habe sowieso keine Zeit mehr. Und zu spät zum Vorstellungsgespräch zu kommen ist mit Sicherheit noch schlimmer als eine Clownsverkleidung.

Ich habe Herrn Meyer zugesagt, das Lektorat für *»Selbst« – aber nicht »ständig«* bis morgen fertigzustellen. Es soll bald in den Druck gehen, und ich möchte nicht schuld sein, wenn der Erscheinungstermin sich verzögert. Aber dieser Autor schreibt stellenweise in Rätseln. Seit einer halben Stunde sitze ich an einem einzigen Satz. Nebenan beschäftigt sich Elke mit Clara. Da sie ihr Enkelkind so selten sieht, hat sie angeboten, einmal die Woche zu kommen, damit die beiden ein eingespieltes Team sind, wenn es ernst wird. An sich sehr nett von Elke, wenn ich nicht das Gefühl hätte, mich dafür rechtfertigen zu müssen, dass arbeiten bei mir aussieht wie bequem auf dem eigenen Hintern zu sitzen.

Da klopft es an meine Tür. »Ja?«

»Alice, könntest du Clara einen Moment übernehmen?«

Bevor ich antworten kann, kommt Clara auf mich zugestürmt. Bei dem komplizierten Text auf dem Bildschirm würde ich jetzt auch lieber mit meiner Tochter spielen. Aber ich muss heute fertig werden!

»Dann könnte ich eben den Stapel Hemden zu Ende bügeln. Mit Clara geht das nicht. Sie möchte dauernd auf den Arm, da komme ich zu nichts.«

Ich dachte, sie müsse aufs Klo. Oder wolle einen Kaffee aufsetzen. Dringende Angelegenheiten eben.

»Elke, das ist ja nett von dir, aber du brauchst hier wirklich nicht zu bügeln! Das macht Sebastian immer selbst!«

»Aber er hat kein einziges gebügeltes Hemd mehr im Schrank.«

Hoffentlich schaut sie nur in die Schränke ihres Sohns.

»Wirklich, Elke, sonst werde ich mit diesem Text nicht fertig. Ich muss ihn heute abschicken.«

»Dein Chef ist aber hart zu dir! Was sollen die jungen Mütter denn noch alles schaffen?«

Gut, Elke kann nichts dafür, dass die Arbeit gerade stockt. Aber wenn ich mich ein halbes Jahr lang dafür rechtfertigen muss, am Schreibtisch zu sitzen, drehe ich durch. Anscheinend ahnt sie das.

»Na ja, dann mach ich den Rest, wenn Clara Mittagsschlaf hält.«

Du musst das überhaupt nicht machen, möchte ich gerade sagen, zügle mich aber im letzten Moment.

»Danke.«

»Komm, Clara, wir gehen in die Küche und malen noch ein Bild.«

»Nein, will Mama bleiben!!!«

»Clara, bitte. Ich muss wirklich arbeiten. Wenn ich fertig bin, machen wir was Schönes, ja?«

Anscheinend nicht. Trotzdem schnappt sich Elke Clara und zieht die Tür hinter sich zu. Claras Geschrei verebbt erst nach gefühlten zehn Minuten. So habe ich mir das Working-Mum-Dasein jedenfalls nicht vorgestellt.

In Anbetracht der Tatsache, dass ich zwei potentielle Bahnen zum Verpassen eingeplant habe, klingle ich noch schnell bei Alice. Sie hat mir zwar gestern schon viel Glück gewünscht, aber ich brauche jemanden, der mir sagt, dass ich total kompetent aussehe.

Anstelle von Alice öffnet mir eine Frau um die sechzig mit äußerst akkurater Frisur. An der Hand hält sie Clara.

»Entschuldigen Sie, könnte ich Alice kurz sprechen?«

»Oh, das ist schlecht. Meine Schwiegertochter muss arbeiten.«

»Schade, dann bestellen Sie ihr einen schönen Gruß.«

Sebastians Mutter also. Auch wenn ich ein bisschen enttäuscht bin, freue ich mich, dass sie konsequent dafür sorgt, dass Alice konzentriert arbeiten kann.

In dem Moment, in dem ich mich umdrehe, kommt Alice angelaufen. »Halt, warte!«

Die Schwiegermutter zieht eine Augenbraue hoch, als sie mit Clara in der Küche verschwindet. Fast unmerklich, aber ich registriere es.

»Alles in Ordnung?«

»Ja, Alice, alles in Ordnung. Das ist mir jetzt irgendwie unangenehm. Ich wollte dich nicht stören, nur fragen …« Bin ich fünfzehn und auf dem Weg zur Disco? »Ach, egal …«

»Nein, kein Problem, du kannst immer klingeln. Sag schon, wie kann ich dir helfen?«

»Ich … Ich wollte nur wissen, ob ich nicht total daneben aussehe. Für das Vorstellungsgespräch.«

Alice schaut mich von oben bis unten an. Sie hat mich noch nie in einem Hosenanzug gesehen.

»Hmmm, du siehst gut aus. Aber anders!«

Ich sacke in mir zusammen. Das ganze Vorstellungsgespräch ist Unsinn.

»Also sehe ich nicht authentisch aus?«

»So würde ich das nicht sagen. Vielleicht siehst du einfach nur anders aus als die Alltags-Eve. Aber genau so soll es doch sein! Du siehst aus wie jemand, der Karriere macht.«

»Sehe ich im Alltag inkompetent aus?«

»Eve! Du siehst gut aus. Und du bist gut! Das ist noch viel wichtiger.«

Sie umarmt mich vorsichtig, als wolle sie meinen Auftritt nicht zerstören.

»Danke. Macht aber auch nichts, wenn es nichts wird. Ich werde nicht am Boden zerstört sein, weil ich eh nicht damit rechne, dass sie mich nehmen.«

»Vielleicht nehmen sie dich ja auch, und du willst nicht. Weil du mit deinem Coachingkonzept viel erfolgreicher und eigenständiger sein könntest.«

»Aber bei dem Job hätte ich ab Oktober ein regelmäßiges Gehalt und eine bessere Altersvorsorge. Und ich käme täglich aus dem Haus.«

Bei der Vorstellung überkommt mich doch tatsächlich etwas Vorfreude. Auch wenn das bedeutet, dass ich meine Garderobe im Falle einer Zusage aufstocken müsste. Ich habe nämlich maximal drei Outfits, in denen man mich in einem Büro nicht für die Putzfrau halten würde.

»Das ist wirklich ein Argument!« Alice seufzt fast theatralisch. »Also streng dich an! Ich denk an dich!«

»Danke.« Wir umarmen uns ein letztes Mal, während wahrscheinlich gerade die vorletzte in Frage kommende Bahn abfährt. Jetzt darf wirklich nichts mehr schiefgehen.

Vor Claras Geburt war alles einfacher. Entweder ich hatte eine klare Vorstellung davon, wie die Dinge laufen würden. Oder vollstes Vertrauen darin, dass sie so laufen würden, wie es für mich am besten ist. Nicht, dass es jetzt schlechter wäre, als ich mir das ausgemalt habe. Ganz im Gegenteil: Die Beziehung zu meinem eigenen Kind hätte ich mir nicht mal ansatzweise so schön vorstellen können.

Warum beneide ich Eve dann darum, dass ihre Kinder schon so groß sind, dass sie bei der Betreuung nicht mehr von der Familie oder den Freunden abhängig ist? Ich wünsche ihr den Erfolg im Job von Herzen, auch weil das für mich der Beweis ist, dass das Muttersein einen nicht für immer ins berufliche Aus katapultiert. Tut es bei mir ja auch nicht. Mein Chef ist mir mit der Möglichkeit, von zu Hause zu arbeiten, sehr entgegengekommen. Es ist mir klar, dass nicht jede Arbeitswelt familienfreundlicher gestaltet werden kann, aber ein wenig Spielraum müsste es doch auch im Krankenhaus geben. Vor allem in den Köpfen! Wofür ich Eve aber am allermeisten beneide, ist die Tatsache, dass sie drei Kinder auf einmal bekommen hat. Ich wünsche mir so sehr ein Geschwisterchen für Clara. Aber die Vernunft hält mich davon ab, es einfach drauf ankommen zu lassen. Ich meine, selbst jetzt schaffe ich es kaum, meine Arbeit pünktlich abzuliefern. Wenn ich weiter so langsam vorankomme, werde ich nicht mal mein Versprechen einhalten, gleich was Schönes mit Clara zu unternehmen. Wenigstens zum Rheinufer zu gehen müsste drin sein, nachdem Clara die ganze Zeit in der Wohnung gespielt hat.

Als würden mich meine Gedanken nicht schon genug ablenken, klingelt auch noch das Telefon. Ich hätte Elke sagen sollen, dass sie den Anrufbeantworter einschaltet.

Hinter mir wird die Türklinke runtergedrückt.

Elke hält das Telefon in der Hand. »Tut mir leid, aber ich muss dich noch mal stören, eine Frau …«

Clara schreit dazwischen. »Ich will Mama!!!«

»Clara, bitte, in einer Stunde machen wir zusammen eine Pause, versprochen!«

»Alice, ich möchte nicht unhöflich sein, aber da ist eine Frau für dich am Telefon.«

Sie hält mir den Hörer hin, den ich genervt entgegennehme.

»Ja, bitte?«

»Hagedorn von TV-Media. Spreche ich mit Alice Goldmann?«

»Ja.«

»Schön, dass ich Sie angetroffen habe!«

Wenn die Frau mir jetzt irgendein Abo andrehen will, drehe ich durch. Oder lege auf. »Frau Hagedorn, nur um nicht Ihre Zeit zu verschwenden. Ich möchte nichts kaufen. Noch nicht einmal was geschenkt bekommen. Das Einzige, was ich brauche, ist gerade Ruhe zum Arbeiten, verdammt noch mal!«

Der Stimme nach zu urteilen ist sie eher amüsiert als verärgert. Wahrscheinlich nimmt sie den Job im Callcenter nicht mal selbst ernst.

»Frau Goldmann, da kann ich Sie beruhigen. Ich möchte Ihnen nichts verkaufen. Ich führe die Vorgespräche für die Talkshow mit Ina Hill. Ich habe Sie hier auf meiner Liste stehen. Als Vertreterin der modernen jungen Müttergeneration, die Kind und Karriere spielend miteinander vereinbart. Stehen Sie weiterhin als Gesprächspartnerin für Frau Hill zur Verfügung?«

Ach, du Scheiße! Ich spüre, wie meine Wangen sich gerade dunkelrot färben. Es beruhigt mich noch nicht einmal, dass Frau Hagedorn mich nicht sehen kann. Dafür kann ich mir umso besser vorstellen, wie sie nachher ihren Kollegen was Witziges zu erzählen hat.

»Frau Goldmann, sind Sie noch am Telefon?«

»Ja, natürlich«, antworte ich schwach.

»Ich kann Sie also fest einplanen?«

»Ja, sicher. Und entschuldigen Sie bitte …«

Ja, was eigentlich?

»Frau Goldmann, soll ich Ihnen was verraten?«

»Ja, sicher.« Wenn ich mich bei der Talkshow ebenso eloquent verhalte, wird nie wieder einer anfragen. Vielleicht ganz gut so.

»Wir hatten letztens einen Vertreter von PETA hier. Da ging es um die junge Vegetariergeneration.«

Zu der gehöre ich auch. Allerdings bringt mich der Fleischverzicht nicht an meine Grenzen.

»Tja, ich nenne jetzt keine Namen, aber der Mann stand bei McDonalds in der Schlange vor mir und hat einen Burger bestellt. Und zwar keinen Veggieburger.«

Ihr Lachen ist ansteckend, und ich fühle mich gleich ein bisschen besser. Vielleicht ist sie aber auch nur ein Profi darin, die Leute aufzulockern.

»Sie brauchen sich also für nichts entschuldigen, Frau Goldmann. Ich habe selbst drei Kinder. Karriere ist, wenn man trotzdem sein Ding macht. So wie es für einen selbst passt und nicht so, wie es für alle anderen passend aussieht. Ich habe Ihr Buch gelesen und freue mich, Sie persönlich kennenzulernen.«

»Danke, Frau Hagedorn, vielen Dank!« Mehr bekomme ich nicht raus, da mir fast die Tränen kommen. Zum Glück verabschiedet sie sich, bevor ich sagen kann, dass ich glaube, dass sie ein guter Mensch ist.

Eigentlich sollten wir hier zu dritt sitzen, aber unser Personalleiter hat kurzfristig wegen Krankheit abgesagt.«

Frau Sommer ist schwer einzuschätzen. Ein hübsches, zartes Gesicht, in dessen Zügen sich ein Touch Härte zeigt. Vielleicht ist sie aber auch einfach erschöpft von den Vorstellungsgesprächen, die sie allein bewältigen muss.

»Frau Keller, was hat Sie denn dazu bewogen, sich bei uns zu bewerben?«

Wenn ich jetzt die wichtigsten Gründe nenne, werde ich sofort von der Liste gestrichen: Teilzeit, gut zu erreichen, akzeptabel bezahlt.

»Junge Nachwuchsakademiker zu fördern halte ich für ein sinnvolles Ziel. Vor allem die Möglichkeit, mit einem Stipendium gerade Kindern aus schwächer gestellten Familien ein Studium zu ermöglichen, finde ich gut.«

»Mit Excel und Word kennen Sie sich sehr gut aus?«

»Mit Word auf jeden Fall. Und gerne werde ich meine Excel-Kenntnisse erweitern.«

Sie schaut mich skeptisch an.

»Ich lerne wirklich schnell.«

»Das bezweifle ich nicht. Immerhin haben Sie es geschafft, ein Studium abzuschließen.«

Was soll denn dieser ironische Unterton? Laufen Vorstellungsgespräche heutzutage so ab? Ist das der raue Wind, der den Bewerbern heute um die Nase weht? Mein letztes Bewerbungsgespräch hatte ich vor der Wirtschaftskrise. Und das auch nur für einen Studentenjob.

»Ja, das habe ich. Und zwar trotz meiner drei Kinder!«

»Wieso trotz? Unser Rektor hat mit sechs Kindern habilitiert.«

»Aber er ist ja auch …«

»… ein Mann?«

Ja, genau. Ein Mann. Da wollten die Worte raus, bevor ich über ihre Wirkung nachdenken konnte. Ich überlege, was ich jetzt sagen könnte, und komme zu dem Schluss, dass ich lieber abwarte. Frau Sommer schaut mich ebenfalls abwartend an. Was ist das hier? Ein Duell? Ich habe immerhin das Gefühl, dass sich ihr offensichtlicher Groll nicht gegen mich persönlich richtet. Anstatt zu antworten, steht sie auf und signalisiert mir, ihr zu folgen. Neben dem großen Fenster in ihrem Büro steht ein Regal, das bis zur Decke reicht. Bis auf ein Brett ist alles mit Fachliteratur zugestellt.

»Sehen Sie diese zwei Stapel hier, Frau Keller?«

»Ja, die sehe ich.«

»Der eine besteht aus Bewerbungen für unser Stipendium. Das vergeben wir nur an Bewerber mit Einser-Abi und überdurchschnittlichem sozialen und gesellschaftlichen Engagement. Es reicht also nicht, der alten Nachbarin einmal die Woche den Einkauf zu bringen.«

So weit kann ich ihr folgen, auch wenn ich noch nicht weiß, worauf sie hinauswill.

»Falls Sie jetzt denken, wir bekommen nicht genug geeignete Bewerbungen, haben Sie sich getäuscht. Das sind nur die Besten aus der Flut von Bewerbern. Und wissen Sie was? Achtzig Prozent davon sind weiblich!«

Ist doch schön. Wo liegt das Problem?

»Das freut mich, Frau Sommer. Das kann ich mir als Mutter einer Tochter nur wünschen!«

Muss ich jetzt ein schlechtes Gewissen haben, weil ich meine Söhne nicht extra erwähnt habe? Frau Sommers Gesichtsausdruck nach zu urteilen habe ich jedenfalls richtig geantwortet.

»Mag sein, aber es bleibt nur zu hoffen, dass all diese talentierten Mädchen später nicht auf diesem Haufen landen!« Ihr Finger schnellt auf den anderen Stapel, der fast doppelt so hoch ist. »Das ist der Stapel, auf dem auch Ihre Bewerbung liegt.«

»Und was soll daran so verkehrt sein?«

Ein Gutes hat die Situation. Ich habe nicht mehr das Gefühl, Bewerberin spielen zu müssen. Sie ist so grotesk, dass sie in keinen Bewerbungsratgeber passt. Im Gegenteil, ich werde immer neugieriger.

»Das werde ich Ihnen jetzt sagen! Diese hundertzwanzig Bewerbungen stammen zu neunundneunzig Prozent von hochqualifizierten Frauen: mit Studienabschluss und Berufserfahrung.«

Gehöre ich jetzt zu dem einen Prozent der Unqualifizierten?

»Die Hälfte hat auch noch Auslandserfahrungen. Und wenn nur während der Schulzeit.«

Dazu zählt wohl kaum der Urlaub auf Mallorca.

»Und aus nahezu jeder Bewerbung spricht persönlicher Einsatz. Alle stehen hinter unserer Stiftung. Klar weiß ich, dass alle Bewerber so tun, als stünden sie vollkommen hinter dem Job, selbst wenn sie Panzer verkaufen sollen. Aber ich spüre, dass Sie es wirklich so meinen!«

»Eine Stiftung Ihrer Art ist nun wirklich etwas, womit man sich identifizieren kann.«

»Sehen Sie, ich spüre, dass auch Sie das ernst meinen!«

Woher hat so eine zierliche Frau nur so viel Energie, sich über so etwas aufzuregen?

»Und wissen Sie, was all diese Frauen gemeinsam haben?«

Ich schüttle den Kopf.

»Sie sind Mütter!«

Ich glaube, jetzt weiß ich, was sie meint.

»Mütter mit Master oder Magister, die sich auf eine Sekretärinnenstelle bewerben.«

Sie setzt sich wieder hin und nimmt einen großen Schluck Wasser.

»Was ist denn daran so schlimm, die Prioritäten im Leben auch mal Richtung Familie zu setzen?«

»Nichts! Wenn es nicht immer nur die Frauen tun würden! Und wenn sie nicht immer dafür bestraft werden würden!«

Natürlich könnte ich mich und damit alle anderen Mütter, die jahrelang zu Hause bleiben, jetzt verteidigen. Es gibt ja durchaus auch Zeiten und Situationen, wo das richtig ist. Aber der Stapel der runtergeschraubten Ansprüche stimmt auch mich nachdenklich.

»Und wissen Sie, Frau Keller, das sind fast alles keine Mütter von Kleinkindern mehr. Viele haben schon Teenager zu Hause. Und trotzdem bewerben sich all diese Frauen unter ihren Möglichkeiten. Im Gegensatz zu den meisten Männern. Die die vernünftige Einstellung haben, dass sie in den Job schon reinwachsen werden, wenn sie ihn erst mal bekommen haben.«

Ich muss an Alice denken. Sie hat mit mindestens genauso viel Herzblut gearbeitet wie Sebastian. Auch wenn ich es für fast übermenschlich halte, wie sie quasi nahtlos weitergearbeitet hat, richtet sie ihr ganzes Berufsleben nach Clara aus. Nicht Sebastian. Was wäre, wenn er Lektor und Autor wäre? Würde sie dann ganztags als Ärztin arbeiten? Würde sie das überhaupt wollen? Wohl kaum. Mir fällt wieder ein, warum ich überhaupt hier bin.

»Frau Sommer, weshalb haben Sie mich denn überhaupt zum Vorstellungsgespräch eingeladen?«

»Weil Sie noch zu den am wenigsten qualifizierten Bewerberinnen gehörten.«

Gut, ich wüsste immerhin, dass sie als Chefin ehrlich zu mir wäre.

»Aha.«

»Und warum haben Sie sich wirklich bei uns beworben?«

Ich schiebe mein ganzes auswendig gelerntes Geschwafel beiseite. »Weil mir eine einfache Stelle, gut zu erreichen, vernünftig bezahlt und dazu noch in einer guten Einrichtung, im Moment nicht nur völlig reichen würde, sondern auch das Einzige ist, was mit meinen Drillingen zurzeit machbar wäre.«

»Verstehe. Und was würden Sie machen, wenn Sie es sich aussuchen könnten?«

Das Einzige, was mir einfällt, ist die Wahrheit. Aus mir sprudelt meine ganze Laufcoaching- und Laufpartnervermittlungsgeschichte heraus. Wenn ich hier schon nicht mit einem Job rauskomme, kann ich wenigstens meine Idee testen. Frau Sommer hört mir aufmerksam zu.

»Frau Keller, darf ich Ihre erste Kundin sein?«

»Das heißt also, ich bekomme den Job nicht?«

Obwohl mich ihre Begeisterung für meine eigene Arbeit freut, bin ich enttäuscht.

»Dazu brauche ich ein paar Tage Bedenkzeit. Wie das so üblich ist bei Bewerbungsgesprächen.«

Ihr Händedruck zum Abschied ist verbindlich und ihr Blick so freundlich, dass ich davon ausgehe, nicht den allerschlechtesten Eindruck hinterlassen zu haben.

Irgendwie habe ich den Text dann doch zu Ende lektoriert. Allerdings habe ich das vorletzte Kapitel mit dem Kommentar »Formulieren Sie das Kapitel bitte klarer« an den Autor zurückgespielt. Ich hatte einfach keine Lust mehr, an jedem Satz drei Stunden zu feilen. Vor allem nicht, wenn ich das Bügeleisen im Hintergrund zischen und Clara quengeln höre. Elke gibt sich Mühe, sie bei Laune zu halten, aber solange sie meine Nähe spürt, möchte sie doch immer zu mir.

»Vielleicht wird es einfacher, wenn du außer Haus arbeitest.«

Ich bin erleichtert, dass Elke das ähnlich sieht. Nachdem ich alle Änderungsvorschläge eingegeben, die Datei an den Autor geschickt und damit für heute meine Pflicht getan habe, koche ich uns Damen erst mal einen Kaffee. Am liebsten würde ich mich jetzt mit einem Buch aufs Bett legen, aber ich habe Clara schließlich versprochen, dass wir etwas Schönes gemeinsam unternehmen.

»Elke, wie sieht es mit dir aus? Kommst du noch mit zum Rheinufer?«

»Sei mir nicht böse, aber nach dem Kaffee werde ich den Heimweg antreten. Ich muss immerhin noch ein Stückchen fahren, und zu Hause wartet mein Mann auf das Abendessen.«

Sie hat nicht gesagt »mit dem Abendessen«, sondern »auf das Abendessen«.

Ich schenke uns Kaffee ein und lege ein paar Kekse auf einen Teller.

»Da bin ich ja froh, dass Sebastian gerne kocht.«

»Wenn Bert den ganzen Tag gearbeitet hat, dann finde ich es selbstverständlich, dass abends ein warmes Essen auf dem Tisch steht.«

»Sebastian geht mittags immer in die Krankenhauskantine. Und zweimal täglich warm essen wäre dann sowieso zu viel.«

»Also ich gebe Bert immer Brote mit, der Betrieb hat keine Kantine, und immer in die Frittenbude zu gehen, das wäre auch zu teuer.«

»Da hast du natürlich recht.«

Und ich erst mal meine Ruhe. Den Subtext habe ich natürlich kapiert. Ich kümmere mich nicht genug um ihren Sohn. Aber welche Mutter glaubt schon, die Schwiegertochter würde ihren Sohn verwöhnen?

»Alice, du könntest es so einfach haben.«

Könnte ich das? Ich glaube, was sie unter einfach versteht, würde mir das Leben auf lange Sicht noch viel schwerer machen. Da ich aber gerade keine Lust auf eine Auseinandersetzung habe, biete ich ihr einfach noch eine Tasse Kaffee an. Ich muss mein Leben erst mal selbst sortieren, bevor ich mir Verbesserungsvorschläge von außen anhöre.

Bevor ich darüber nachgrübeln kann, ob Frau Sommer mir den Job nicht doch gibt und ob ich ihn überhaupt wirklich will, vibriert mein Handy in der Hosentasche. »Schule« erscheint auf dem Display. Das kann nichts Gutes heißen. Während ich in die Bahn einsteige, nehme ich den Anruf entgegen.

»Keller?«

»Hier spricht Frau Hoffmann. Florian geht es gar nicht gut. Sie müssen ihn abholen.«

Heißt »gar nicht gut«, Florian hat irgendeinen harmlosen Virus, oder ist er gerade vom Klettergerüst gesprungen und hat sich die Wirbelsäule gebrochen?

»Ich bin schon unterwegs. Was ist denn los?«

Auch wenn Frau Hoffmann Entwarnung gegeben hat, bin ich froh, als ich endlich die Klassentür aufreiße. Florian sitzt an einem Einzeltisch vorne. Und wenn er nicht so dunkle Haare hätte, würde sein Kopf vor der weißen Wand kaum auffallen, so blass ist er.

»Mama«, sagt er schwach.

Ich versuche die fünfundzwanzig auf mich gerichteten Augenpaare zu ignorieren und beuge mich über meinen Sohn. Seine Stirn ist warm, aber Fieber hat er glücklicherweise nicht.

»Ich bin ja da, wir gehen jetzt nach Hause.«

»Darf ich mit?«

»Ich auch?«

Simon und Anna grinsen mich von ihren kleinen Tischchen aus an.

Praktischer wäre es ja, jetzt alle drei mitzunehmen. Sie haben sowieso nur noch eine Stunde Unterricht. Ich drehe mich zu Frau Hoffmann und schaue sie fragend an. Und erwische sie dabei, wie sie mich neugierig anstarrt. Oh, klar, meine Aufmachung. Sie hat mich noch nie in einem geschäftlichen Outfit gesehen.

»Ehrlich gesagt wäre das keine gute Botschaft an die Klasse, wenn zwei gesunde Kinder Unterricht verpassen.«

»Genau, die Pflicht geht vor!« Mir fällt es schwer, ernst zu bleiben, als ich das in Richtung meiner zwei gesunden Kinder sage.

»Da haben Sie recht. Habe ich Sie von einem wichtigen Termin weggeholt?«

Ich bücke mich, um Florians Mäppchen einzupacken.

»Mama, ich …«

»Ja, mein Schatz, wir gehen sofort.«

»Das ist gemein«, kommt es wieder aus dem Klassenraum.

»Mama, ich muss …«

Und dann werde ich unter einem Schwall Kinderkotze begraben. Ich weiß jetzt schon, dass ich die Knusperflakes, die zum Frühstück auf dem Tisch standen, bestimmt nie wieder kaufen werde. Sie sehen noch genau so aus wie heute Morgen, als sie in der Milch schwammen. Sie riechen nur anders.

»Jetzt geht es mir besser!«

Das freut mich für Florian, aber hätte er nicht einfach schon vor einer halben Stunde auf die Toilette gehen können?

Frau Hoffmann reißt die Fenster auf, während die Kinder nach einer Schweigesekunde in Gekicher ausbrechen. Selbst Florians Mundwinkel verziehen sich zu einem Lächeln mit einem Anflug von Stolz. Wahrscheinlich weil er es geschafft hat, die ganze Klasse zu unterhalten.

»Hat mal einer einen Lappen? Oder Küchentücher?«

Florian zeigt auf das Waschbecken in der Ecke. Ich wasche

mir die Hände und mache mich dann mit Schwamm und Papiertüchern an den Boden.

»Wenn es Ihnen nichts ausmacht, wäre ich Ihnen dankbar, wenn Sie den Müll gleich mit rausnehmen. Die Kinder können bei dem Gestank ja nicht sitzen bleiben.« Die Lehrerin steht immer noch am offenen Fenster. »Lara-Marie, sei so lieb und gehe beim Hausmeister Sagrotan holen.«

Lara-Marie steht brav auf und verlässt den Klassenraum. Als ich den Schwamm auswringe, wendet Frau Hoffmann sich wieder an mich.

»Ach, den Schwamm nehmen Sie am besten gleich mit, der ist eigentlich nur für die Tafel gedacht.«

Ich glaube, ich entdecke gerade eine dunkle Seite in mir, von der ich noch keine Ahnung hatte. Gut, dass ich nicht mehr den ganzen Tag in einem Klassenraum eingesperrt bin. Allerdings denkt Frau Hoffmann beim Anblick einer vollgekotzten Vollzeitmama bestimmt, dass ich am ärmsten dran bin. Da nützt auch der schicke Hosenanzug nichts, den ich in die Reinigung bringen sollte, bevor die Flecken eintrocknen. Und ich denke, dass meine Kinder genug Magen-Darm-Grippen hatten, um zu wissen, dass man nicht warten muss, bis es zu spät ist, auf Toilette zu gehen.

Lara-Marie kommt mit dem rettenden Desinfektionsspray herein und reicht es Frau Hoffmann. Die zeigt entschuldigend auf mich. Ich versprühe großzügig den antiseptischen Nebel, schnappe mir Florian und seine Sachen und winke meinen anderen beiden Kindern zu. Die schauen angestrengt aufs Blatt, aber ich durchschaue ihre Schauspielkünste. Ich bin ihnen peinlich.

»Dann einen schönen Tag noch, wir gehen jetzt mal nach Hause. Unter die Dusche.«

»Danke, Ihnen auch. Und gute Besserung, Florian!«

»Danke«, antworte ich stellvertretend.

»Frau Keller?«

»Ja?«

»Schicken Sie Florian bitte erst wieder in die Schule, wenn er mindestens einen Tag symptomfrei ist.«

War mir doch klar. Ich weiß ja selbst, wie ätzend das für die anderen Familien ist, wenn lauter mit Nurofen gedopte Kinder ihre Viren ungehemmt weiter verbreiten, weil die Eltern sich nicht einen Tag zu Hause erlauben können. Oder wollen.

»Wir hatten in letzter Zeit einige kranke Kinder. Schauen Sie bei Anna und Simon bitte genau hin. Damit Sie in drei Tagen nicht wieder hier stehen.«

Na, immerhin bin ich direkt gekommen! Im Türrahmen drehe ich mich noch mal um. »Ach, Frau Hoffmann?«

»Ja?«

»Bevor Sie mich das nächste Mal aus der Vorstandssitzung klingeln, rufen Sie doch meinen Mann an. Der ist eh den ganzen Tag zu Hause und mit Gemüseschnippeln nicht ausgelastet.«

Sie schaut mich betroffen an.

Runnerboy hätte gelacht. Weil ich in seinen Augen witzig bin. Auch wenn ich mich gerade wie eine erbärmliche Lachnummer fühle. Bevor meine Kinder sich noch mehr für mich schämen, knalle ich die Tür hinter mir zu und ziehe Florian über den fröhlich gemusterten Schulflur.

Eigentlich müsste ich dankbar sein: Erstens ging es Florian erst *nach* dem Bewerbungsgespräch schlecht, zweitens war ihm *nur* schlecht. Der Tag hätte an mehreren Fronten auch in einer Katastrophe enden können.

»Was mast du?«

»Ich schreibe einen Brief.«

Clara schaut mich verwundert an, als ich Stift und Notizblock aus der Wickeltasche hole. Im Gegensatz zu Feuchttüchern vergesse ich meine Schreibutensilien nie. Schließlich kann ich mir nicht alle meine spontanen Einfälle merken.

Ausnahmsweise sind wir allein auf den Spielplatz gegangen. Eve weigert sich, heute noch einmal vor die Tür zu gehen, nachdem sie schon das Bewerbungsgespräch, einen Besuch in der Schule und den Weg zur Reinigung hinter sich hat. Kann ich verstehen – schließlich habe ich den Spaziergang zum Rhein ebenfalls zugunsten des Spielplatzes um die Ecke gestrichen. Clara hatte nichts dagegen.

Wenn alles still steht, löst ein kleiner Schubs manchmal die erstaunlichsten Kettenreaktionen aus. Und da mir dieses verwunschene Häuschen um die Ecke nicht aus dem Kopf geht, möchte ich dem Glück ein Hintertürchen offen halten.

Liebe Besitzer dieses wunderschönen Hauses,

falls Sie dieses Haus beziehen wollen oder es gerade verkauft haben, dann ignorieren Sie diesen Brief bitte. Falls Sie jedoch vorhaben, es zu verkaufen oder zu vermieten, freue ich mich, wenn Sie sich bei mir melden.

Herzliche Grüße,
Alice Goldmann

Dann schreibe ich noch meine E-Mail-Adresse und Telefonnummer drunter und falte den Zettel sorgfältig in der Mitte zusammen.

Schließlich ist es auf dem Immobilienmarkt oft wie auf dem Männermarkt. Man präsentiert sich auf Partys oder im Internet, und keiner beißt an. Und dann trifft man den Mann seiner Träume ungeschminkt beim Bäcker und fragt ihn, ob er sich das letzte Weckchen teilen möchte. Worauf er nicht nur das Weckchen, sondern gleich das ganze Leben mit einem teilt.

»Clara, wir müssen jetzt nach Hause.« Ich nehme meine Tochter auf den Arm, um mit ihr zu dem Haus zu laufen. Ich werde den Brief unter der Tür hindurchschieben und einfach schauen, was passiert. Wahrscheinlich gar nichts, aber sollte ich hier in einem halben Jahr die Abrissbirne anrollen sehen, die Platz schafft für einen feisten Gebäudekomplex, dann könnte ich mir nicht verzeihen, es nicht wenigstens versucht zu haben.

Ich habe kein gutes Gefühl, was eine mögliche Festanstellung angeht. Irgendwas hindert einen doch immer am Arbeiten. Und wenn es Anrufe aus der Schule sind. Oder will ich mir nur einreden, dass es kein Problem wäre, wenn Frau Sommer mir absagt? Weil ich trotz Überqualifikation völlig überfordert wäre?

»Erzähl schon, wie war es?«, fragt Martin.

»Ich weiß nicht …« Am liebsten würde ich mich ins Bett verkriechen und erst wieder aufstehen, wenn eine Antwort von Frau Sommer eingetroffen, Florian wieder gesund und der vollgekotzte Hosenanzug aus der Reinigung abgeholt worden ist. Das Abendessen besteht heute aus Zwieback, Fencheltee und geriebenen Äpfeln. Für uns alle. Nur Martin konnte es sich nicht nehmen lassen, sich doch ein Käse-Schinken-Sandwich zu belegen, das er jetzt mit uns auf dem Sofa verspeist. Dass keins der Kinder über die Schonkost meckert, zeigt mir, dass sie alle angeschlagen sind. Ich kann mich also auf eine Woche zu Hause einstellen.

»Glaubst du, du bekommst den Job?«

»Vielleicht. Aber ehrlich gesagt möchte ich nicht darüber nachgrübeln, sondern erst mal abwarten.«

Unsere Kinder haben sich zwischen uns eingekuschelt. Da die Inkubationszeit sowieso rum ist, besprühe ich sie auch nicht erst mit Sagrotan, bevor ich sie anfasse.

»Papa, bist du wirklich arbeitslos geworden?«

»Wie kommst du denn darauf?«

»Frau Hoffmann hat das gesagt.«

Martin streichelt Simon über den Kopf. »Wann hat sie das gesagt?«

»Nachdem Florian Mama vollgekotzt hat.«

»Florian hat was?«

»Auf Mama gekotzt. Und als Mama wieder weg war, hat Frau Hoffmann gesagt, dass das kein Grund sei, sich zu schämen, wenn der Papa keine Arbeit mehr hat.«

»Eben«, ergänzt Anna, »das geht ganz vielen heute so, zum Beispiel dem Papa von der Luisa.«

Ich schäme mich. Hätte ich gewusst, dass Frau Hoffmann mich ernst nimmt, hätte ich den Mund gehalten. Kann man nicht davon ausgehen, dass auch Grundschullehrerinnen zwischen den Zeilen lesen können?

»Ich kapiere gar nichts!«

Was meinen Mann nicht daran hindert, kräftig zuzubeißen.

»Also bist du jetzt arbeitslos oder nicht?«, will Anna wissen.

»Nein, und ich verstehe auch nicht, wie eure Lehrerin darauf kommt.«

»Ich habe nur den Vorschlag von Frau Hoffmann befolgt und in ihrer Gegenwart mal meine dunkle Seite ausgelebt.« Ich suche zwischen Kissen und Kindern nach Martins Hand. »Und dabei kam es wohl zu einem Missverständnis.«

»Das würde ich gern genauer wissen.« Er drückt meine Hand. »Ich fürchte, ich kenne die dunkle Seite der Eve Keller noch viel zu wenig.«

Soll ich Martin heute Abend, wenn alle im Bett sind, noch eine Facette offenbaren und ihm von Runnerboy erzählen? Ich finde, das sollte nicht mehr zwischen uns stehen, vor allem jetzt, wo ich so tapfer bin, alle Nachrichten von Runnerboy ungelesen zu löschen. ***Betr.: Wie war das Vorstellungsgespräch? Betr.: Ich hoffe, es war gut? Betr.: Hast du meine Nachricht überhaupt bekommen?***

Wenn er mich aus dem echten Leben kennt, wird er bestimmt beobachten, ob ich demnächst in Businessgarderobe zur Bahn laufe oder weiter meine täglichen Einkaufsrunden drehe. Bei dem Gedanken, dass ich auch nichts über Runnerboys dunkle Seiten weiß, fröstelt mich ein wenig.

»Auch einen grünen Tee?«

Sebastian steht neben dem Wasserkocher und wartet auf das Signal, um den Tee aufzubrühen.

»Gerne. Soll immerhin wach machen.«

Wir setzen uns an den Küchentisch. Irgendetwas beschäftigt Sebastian. Er benimmt sich mir gegenüber übervorsichtig. Sagt kaum ein Wort.

»Honig?«, frage ich ihn.

»Gerne.«

Während ich das Honigglas und einen Löffel hole, betrachte ich meinen Mann. Er sieht auch nicht aus, als käme er gerade aus dem Urlaub. Kein Wunder bei den ständigen Nachtschichten und Überstunden. Es ist schon Tage her, dass wir in Ruhe zusammensaßen, deshalb möchte ich auf keinen Fall schon wieder auf das Thema Arbeitsteilung zu sprechen kommen. Warum streiten sich Paare nie darum, wer mehr auf die Kinder aufpassen darf? Warum geht es immer nur darum, wer mehr arbeiten darf? Dabei will ich gar nicht viel mehr arbeiten, ich will nur, dass mein Mann weniger arbeitet. Und zu Hause mehr Verantwortung übernimmt.

»Mein Chef hat mich heute gefragt, ob ich mich nicht noch mal bei unserem Partnerkrankenhaus in Venezuela bewerben möchte.«

Ich atme erst mal tief durch. Objektiv betrachtet hat er mir bloß das Angebot seines Chefs mitgeteilt. Und der sagt viel, wenn der Tag lang ist. Zum Beispiel, dass Ärzte, die in Teilzeit arbeiten, Minderleister sind.

»Und?«, frage ich emotional so unvoreingenommen wie möglich.

»Ich habe gesagt, da möchte ich erst mit meiner Frau drüber sprechen.«

Von jemandem die Frau zu sein hört sich für mich immer noch absurd an. Aber »mein Mann« bedeutet ja auch nicht, dass ich über ihn verfügen kann wie über meinen Laptop.

»Na, dann mal los, deine Frau hört zu!«

Und zwar so lange, bis er alles Wichtige gesagt hat. Protestieren kann ich danach noch.

»Also, eins vorweg«, er greift nach meiner Hand, »eine Haushaltshilfe oder Kinderfrau gehört dort in unserer Position zum Standard, und wer das hinterfragt, gefährdet Arbeitsplätze und gilt als Snob!«

Na, immerhin grinst er mich mal wieder frech an. Auch wenn das bedeutet, dass ich dort Zeit zum Schreiben hätte, möchte ich am liebsten sofort »Nein« rufen. Obwohl … Meinem Chef zu sagen, dass ich auswandere, wäre leichter, als ihm zu gestehen, dass das mit der Kinderbetreuung doch nicht so gut klappt.

»Gar nicht so schlecht, Alice, oder?«

Ich deute ein Nicken an.

»Allerdings würdest du ohne die Unterstützung auch gar nicht zurechtkommen, weil ich auf jeden Fall viel arbeiten müsste. Wahrscheinlich noch mehr als jetzt.«

Ich säße also im goldenen Käfig fernab von Eve oder Isabel. Aber hat Sebastian seine Auslandspläne nicht schon einmal meinetwegen gestrichen?

»Und wie lange?«

»Die Stelle wäre auf ein halbes Jahr befristet. Mit der Garantie, dass ich hier weitermachen könnte.«

Ein halbes Jahr geht schnell vorbei.

»Würdest du das auch alleine machen?«

»Würdest du mich denn alleine gehen lassen?«

Zumindest denke ich darüber nach. So hätte er nicht immer das Gefühl, auf seine Pläne verzichten zu müssen, und danach könnten wir vielleicht entspannter leben. Andererseits würde er mir wahnsinnig fehlen.

»Wenn es dich glücklich macht, würde ich die Zeit ohne dich überleben.«

»Die Vorstellung, dass es dir ohne mich so leichtfallen würde, macht mich jedenfalls nicht glücklich.«

»Leichtfallen würde es mir nicht. Aber es ist schließlich dein Leben.«

Sebastian schaut mich mit dem Blick an, den ich mir immer vorstelle, wenn vom verwundeten Tier die Rede ist. Sollte er sich nicht freuen, dass ich ihn nicht einsperren will? Und ist es nicht schizophren, dass ich mich täglich darüber ärgere, dass er so wenig da ist, ich aber ein halbes Jahr ohne ihn nicht kategorisch ablehnen würde?

»Alice, es ist unser Leben. Das bedeutet doch, dass wir es gemeinsam angehen, oder?«

Ich hatte mir fest vorgenommen, kein Konfliktgespräch aufkommen zu lassen. Aber jetzt kann ich nicht mehr anders, sonst explodiere ich.

»Machen wir das denn im Moment auch? Natürlich verbringen wir hin und wieder ein paar Sternstunden zusammen, aber im Grunde genommen fühle ich mich dauernd alleingelassen. Wie viel teilen wir denn wirklich? Wie oft siehst du Clara, wenn sie wach ist? So viel schlimmer kann es gar nicht sein, wenn du ganz weg bist.«

Jetzt ist das Tier nicht mehr verwundet. Jetzt ist es erlegt. Bereue ich, was ich gesagt habe? Nein! Höchstens den Zeitpunkt. Aber jetzt ist es eh zu spät.

»Weißt du, Sebastian, ich habe das Gefühl, ständig kämpfen zu müssen, um eine gute Mutter, Partnerin und Freundin zu sein. Und dann der Job. Ich arbeite jede freie Minute, um meinen Job nicht zu verlieren und mir eine Zukunft aufzubauen, und muss mir dann noch anhören, dass ich das als Arztgattin gar nicht nötig hätte! Ich bin also selbst schuld an meinem Stress. Aber warum jammern? Ich habe doch alles! Was mir fehlt, bist du! Du fehlst mir wirklich! Ich arbeite so viel, damit du irgendwann weniger arbeiten musst. Damit wir Zeit füreinander haben! Aber langsam glaube ich, dass das sowieso eine Illusion ist. Egal, wie viel ich mache, es ist nie genug!«

Mir wird bewusst, wie lange ich mich zusammengerissen habe. Wie lange ich immer versucht habe, es allen um mich herum recht zu machen – und mir dabei noch emanzipiert vorkam.

In diesem Moment klingelt das Telefon. Keiner von uns steht auf. Der Anrufbeantworter springt an. »Hallo, hier ist der Anschluss von Alice, Clara und Sebastian Goldmann. Bitte hinterlasst uns eine Nachricht, und wir rufen zurück.«

Ich würde meiner fröhlichen Stimme am liebsten einen Zinkeimer überstülpen. Dann höre ich Eves Stimme: »Hallo, Alice, hör mal, es tut mir total leid wegen morgen, aber mir ist mittlerweile auch total schlecht. Ich hoffe, du findest noch jemanden für Clara. Oder kannst dich abmelden. Tut mir wirklich leid, aber es geht nicht.«

Bevor ich Sebastian frage, ob er morgen nicht mal zu Hause bleiben könnte, kommen mir seine möglichen Antworten in den Sinn: »Du weißt doch, dass ich das nicht einfach machen kann. Die Kollegen verlassen sich auf mich. So ein Arzt lässt sich nicht mal eben ersetzen. Dann wird mein Chef mich nie befördern …«

Meine Güte! Was macht so ein Krankenhaus eigentlich, wenn der Oberarzt mal 'ne Magen-Darm-Grippe bekommt? Die sagen ja wohl kaum, kommen Sie, aber brechen Sie dem Patienten nicht in die offene Wunde!

Vielleicht wird Sebastian auch versuchen, seine Mutter zu überreden, ihren Termin beim Orthopäden abzusagen. Das wäre nicht in Ordnung, schließlich hat sie trotz akuter Rückenschmerzen wochenlang warten müssen. Ich bin schon dermaßen sauer, obwohl Sebastian noch gar nichts gesagt hat. Oder vielleicht auch gerade deshalb. Wenn er jetzt sagt, es tue ihm leid, aber er könne daran nichts ändern, dann kaufe ich ihm das Flugticket nach Venezuela höchstpersönlich!

»Alice?«

»Ja?«

Wie kann er jetzt in Ruhe den Tee umrühren? Oder ist das eine Übersprunghandlung, weil er meinen Nervenzusammenbruch fürchtet?

»Ich werde morgen früh im Krankenhaus absagen. Da werden bestimmt jede Menge Augenbrauen hochgezogen, aber sie werden mir schon nicht gleich kündigen.«

Ich bin schockierter als über Eves Absage.

»Ist das dein Ernst?«

»Wenn ich das jetzt nicht machen würde, hieße das ja, dass ich wirklich so ein schlechter Mann und Vater bin, wie du gerade gesagt hast.«

Hey, Eve, hast du abgenommen?«

Costas sitzt schon an unserem Stammtisch bei dem Bäcker mit Cafébetrieb, vor ihm ein Tablett sowie ein paar Blätter und Stifte.

Wenn ich antworte, dass ich drei Kilo verloren habe, weil ich letzte Woche drei Tage lang über und auf der Kloschüssel hing, würde das ziemlich unsexy klingen. Vielleicht ein Grund, es auszusprechen? Damit er erst gar nicht auf dumme Gedanken kommt. Oder bin ich es, die dumme Gedanken hegt?

»Eve, das ist doch kein Grund, rot zu werden! Einer hübschen Dame darf man doch mal ein Kompliment machen, oder?«

»Ja, natürlich, danke.«

Er weiß ja nichts von meinem Restzweifel bezüglich seiner Identität.

»Cappuccino und Milchkaffee wie immer?« Der Mann hinter der Theke zwinkert uns zu.

»Gerne. Costas, in zwei Stunden muss das Essen zu Hause auf dem Tisch stehen, wir sollten uns beeilen.«

»Kein Problem.«

Er legt sein iPad vor mich hin. Mir zittern die Hände, als ich mich durch den Entwurf meiner Seite tippe. Ich würde mich sofort selbst zu meinem Laufcoaching anmelden, so einladend sieht das aus. Bei der Mitlaufzentrale hingegen kommen mir immer mehr Zweifel, ob ich den Gratismöglichkeiten wie Facebook überhaupt Konkurrenz machen könnte. Dennoch: Costas' Entwürfe sind richtig gut.

»Und – gefällt es der Chefin?« Er schaut mich erwartungsvoll an.

Der Mann mit den Kaffees räuspert sich kurz, weil er nicht weiß, wo er die Heißgetränke abstellen soll. Ich schiebe unsere Unterlagen beiseite.

»Gefällt mir wirklich gut! Lass uns auf ein gelungenes Projekt anstoßen!«

Ich nehme beide Becher in die Hand und reiche ihm den volleren.

»Mit Kaffee? Wäre Sekt nicht angemessener?«

»Bei Kamps an der Brötchentheke? Lass mich erst mal die Zahlen abwarten, bevor ich Geld für Sekt ausgebe.« Ich kann ein Kichern nicht zurückhalten, halte aber inne, als ich seinen Blick registriere. Ich lege meine Hand auf seinen Arm. »Tut mir leid. Deine Arbeit ist großartig. Vielleicht sollten wir wirklich drauf anstoßen!«

Er strahlt mich an. »Heute Abend?«

Ich schüttle den Kopf.

»Das wird nichts. Ich muss zum Elternabend. So sieht das Leben einer Mutter nun mal aus.«

Hoffentlich sieht mein Augenverdreher nicht total dämlich aus, aber irgendwie muss ich betonen, dass ich in einer anderen Welt lebe. Einer mit so vielen Verpflichtungen, dass es bei einem Glas Sekt und einem freundlichen Plausch bleiben müsste. Nur für den Fall, er käme auf die Idee, wir würden unsere erfolgreiche Zusammenarbeit mit einem Trinkgelage feiern. Aber ganz ehrlich, das Gefühl, bald starten zu können, ist fast wie betrunken sein. Jetzt könnte mich noch nicht mal eine Absage von Frau Sommer schocken!

»Eve, alles in Ordnung mit dir?«

»Ja, alles okay. Es ist nur gerade etwas viel für mich. Weißt du, das erste Mal seit über sieben Jahren habe ich das Gefühl, dass ich auch beruflich noch was auf die Beine stellen könnte.

Ich rede zwar die ganze Zeit davon, aber so richtig glauben konnte ich es bisher nicht. Aber eben beim Klicken hat es irgendwie klick gemacht. Und das habe ich auch dir zu verdanken.«

Obwohl ich normalerweise überhaupt nicht so bin, greife ich nach seiner Hand – ganz ohne Hintergedanken, aber mit jeder Menge Dankbarkeit, die durch jahrelange berufliche Abstinenz gespeist ist.

»Weißt du was? Mir hat es auch viel bedeutet. Du warst die Erste, die mir einen Auftrag gegeben hat. Meine Eltern belächeln meine Pläne jetzt nicht mehr so wie früher.«

»Das heißt, du führst den Gemüseladen nicht weiter?«

»Höchstens als Onlineshop.«

Wir lachen gemeinsam.

»Gute Idee! Was hältst du von einem Internetservice, der dir auch noch Rezepte nach deinem Geschmack und nach der Personenzahl inklusive Zutaten nach Hause bringt? Ich wäre deine erste Kundin!«

»Keine schlechte Idee.« Er nimmt seine Hand unter meiner weg, um nach der Kaffeetasse zu greifen. »Details können wir gerne beim Sekt besprechen! Die Tipps einer erfahrenen Mutter könnte ich da auf jeden Fall brauchen!«

Was auch sonst? Aber mehr will ich ja gar nicht.

In diesem Moment kommt Doris mit einer anderen Mutter aus unserer Schule herein. Sie schaut mich verwundert an. Ihre Begleitung belässt es nicht beim Anstarren.

»Eve, seit wann triffst du dich mit jungen Männern zum Kaffee? Ich sage ja immer, dass der Gotenring auch nicht viel anders ist als die Wisteria Lane. Aber verzweifelt siehst du ja nicht gerade aus!«

Wie ich diese Tratscherei hasse! Andererseits wird selbst Martin darüber lachen können, wenn er sich vorstellt, mir traut jemand was Verruchtes zu.

Costas ist zwar jung, schnallt aber, dass es nicht schaden kann, meine Ehre zu verteidigen. »Eve ist meine Chefin. Ich unterstütze sie bei ihrer hervorragenden Geschäftsidee!«

»Tatsächlich? Davon hast du noch gar nichts erzählt«, fragt Doris aufrichtig interessiert nach.

Jetzt werde ich so richtig rot. »Damit wollte ich warten, bis alles in trockenen Tüchern ist.«

Trotz seiner Unterstützung werfe ich Costas einen bösen Blick zu. Nicht, dass meine Karriere auf dem Tratschteller seziert wird, bevor sie überhaupt begonnen hat.

»Na, dann sorg dafür, dass dir die trockenen Tücher nicht vorher abfackeln. Ich hole mir jetzt jedenfalls 'ne Stange Baguette!«

Das grenzt nicht nur an eine Tautologie, sondern auch an Grenzüberschreitung. Jetzt fällt es mir auch wieder ein, das ist doch Caro, die Frau dieses Typen, der auf anzügliche Cocktailwitze steht.

»Und nicht vergessen, wir sehen uns heute auf dem Elternabend!«

»Gut, dass du mich dran erinnerst. Aber jetzt muss ich dringend nach Hause, den Kindern was zu essen kochen.«

Ich lege einen Fünf-Euro-Schein auf den Tisch und überlege einen Moment, ob ich für die Steuer nach einer Quittung fragen soll. Ich fürchte, damit würde ich mich komplett lächerlich machen. Costas schiebt mir mit den Unterlagen einen Zettel zu und schenkt mir einen verschwörerischen Blick. Ich stecke alles schnell ein, um eine weitere peinliche Szene zu vermeiden, und haste aus dem Laden, während Costas sich zu seinem Freund an die Theke begibt.

Doris und der anderen Frau winke ich nur kurz zu und freue mich insgeheim, dass ich heute zu den drei Kilo weniger mein nettestes Kleid angezogen habe. Wenn sie schon über mich tratschen, will ich dabei wenigstens gut aussehen.

Außer Sichtweite der Lästermäuler falte ich den Zettel auseinander:

Hi Eve,
ehe noch mehr Lästermäuler oder Elternabende dazwischenkommen: nächsten Mittwoch um 20.00 Uhr im Café Schmitz?
LG Costas

Für eine Autorin sieht die zu jung aus«, sage ich zu Tom, nachdem Herr Meyer mit einer uns unbekannten Frau in seinem Büro verschwunden ist.

Ich stehe mit meinem Kollegen in der Kaffeeküche und genieße das Gefühl, bei der Arbeit zu sein, ohne auf externe Hilfe bei der Betreuung von Clara angewiesen zu sein. Nachdem Sebastian letzten Mittwoch den ganzen Tag mit Clara allein war, ohne dass er auf meine Assistenz zurückgreifen konnte, hat er begriffen, was ich meine. Und die Konsequenzen gezogen, indem er für heute mit seinem Kollegen Peter den Dienst getauscht hat. Ich habe den Verdacht, dass Sebastians Entgegenkommen auch mit seinen Auslandsplänen zu tun hat.

»Mmmhhh«, antwortet Tom und holt Tassen aus dem Schrank.

»Und zu nervös. Als ginge es um mehr als nur ein paar Seiten Papier.«

»Kann schon sein.«

»Und sie ist zu gut angezogen.«

»Mir doch egal.«

»Warum so abweisend? Hast du etwa Angst, dass sie scharf auf deinen Job ist?«

»Auf meinen sicherlich nicht.« Er dreht sich zur Schublade und sucht nach einem Löffel, obwohl er überhaupt keinen Zucker in seinen Kaffee nimmt.

»Sondern?«

»Alice, bist du wirklich so schwer von Begriff?«

Jung, weiblich, flexibel … und auf der Suche nach einem

Job. Anscheinend hat auch mein Gehirn seine Reichweite eingeschränkt, denn auf den Gedanken, dass Herr Meyer eine Nachfolgerin für mich sucht, wäre ich nicht gekommen.

»Aber Herr Meyer hat nichts von Kündigung erzählt!«, empöre ich mich.

»Braucht er auch nicht. Es reicht, wenn er deine befristete Stelle einfach nicht verlängert. Oder nur unter der Bedingung, dass du mehr arbeitest.«

»Blödsinn, der Verlag läuft so gut, dass er eine zusätzliche volle Stelle beschäftigt kriegen würde. Und im Gegensatz zu mir müsste eine neue Lektorin erst mal eingearbeitet werden. So gesehen macht es überhaupt keinen Sinn, jemand Neues voll einzustellen, wenn ich für weniger Geld das Gleiche schaffe.«

Tom schaut mir immerhin wieder in die Augen. »Mag schon sein, aber es gilt nun mal das Dogma der Anwesenheit.«

Apropos Anwesenheit. Wir haben es bereits 17.30 Uhr. So lange war ich schon lange nicht mehr im Büro. Ob Clara mich vermisst? Ob die beiden ohne mich klarkommen?

»Alice, wir sind hier nicht bei Wünsch-dir-was, sondern bei So-isses-halt. Du glaubst doch nicht allen Ernstes, ein Chef jubelt, wenn andere Dinge im Leben wichtiger sind als die Arbeit?«

»Solange die Leistung stimmt? Ich würde jubeln, wenn ich die Chefin wäre!«

Ich muss gleich unbedingt mal zu Hause anrufen.

»Dann werde halt deine eigene Chefin!«

»Erst mal muss ich mein Angestelltenteilzeitdasein auf die Reihe kriegen.«

Als sich die Tür von Herrn Meyers Büro öffnet und die junge Dame nur noch halb so nervös herauskommt, wie sie hineingegangen ist, wird mir klar, dass mein Vorhaben schon eine Vollzeitbeschäftigung werden könnte.

»Sie hören von uns. Herzlichen Dank, dass Sie heute gekommen sind«, hören wir aus dem Flur vor der Kaffeeküche. Um alle Klischees zu bedienen, ist die Stimme von Mrs. Konkurrenz so leise, dass ich nicht mitkriege, was sie meinem Chef zuraunt. Dafür ist seine Stimme umso lauter, als er sich an beiden Seiten des Türrahmens festhält und in die Küche hängt. Wenn er losließe, würde er sich auf dem Linoleumboden langlegen und mit dem Kinn noch auf den Küchenschrank knallen.

»So, Leute, wer kommt später noch mit auf einen Absacker?«

Ich glaube, mich hat er erst auf den zweiten Blick erkannt.

»Äh, das heißt, wenn die familiäre Pflicht nicht ruft, Frau Goldmann.«

Ich wusste es doch. Und dazu strahlt Herr Meyer, als hätte er gerade ein Date und kein Vorstellungsgespräch gehabt.

»Die familiären Pflichten übernimmt heute mein Mann!«, antworte ich spontan und kann Sebastian auf einmal viel besser verstehen.

Schatz, es wird leider später, formuliere ich in Gedanken schon mal meine SMS und schiebe das schlechte Gewissen beiseite. Wenn ich es nicht tun würde, hätte ich ebenfalls ein schlechtes Gewissen. Und natürlich werde ich Sebastian weder mit Schatz, Liebling, Mausi, Schnuffel oder sonst einem austauschbaren Namen anschreiben.

»Na, dann …« Seinem verschämten Lächeln zufolge hat Herr Meyer selbst den Anflug eines schlechten Gewissens. Oder ärgert er sich nur, dass er mit dem Rest der Truppe seine Personalplanung nicht ungehemmt besprechen kann?

»Na, dann treffen wir uns um halb sieben im Hallmackenreuter.«

Warten zu Hause nicht auch Frau und zwei Kinder auf ihn? Als Herr Meyer die Kaffeeküche verlässt, hebt Tom den Daumen und zwinkert mir zu. Findet hier eigentlich jede Kommunikation hinter dem Rücken der Betroffenen statt?

Bei der Vorstellung, heute Abend auf den kleinen Stühlen im Klassenzimmer zu sitzen und darüber zu diskutieren, ob man es Kindern erlauben sollte, für die Hausaufgaben das iPad zu benutzen, hat Martin sich sofort angeboten, die Kinder ins Bett zu bringen, die Küche aufzuräumen und die Wäsche zusammenzulegen. So schlimm ist ein Elternabend auch wieder nicht.

Obwohl mir langsam der Hintern auf der Minisitzfläche wehtut. Und es nervt mich, dass hier jede Menge Einzelkindeltern zu zweit sitzen und ich trotz drei Kindern in einer Klasse alleine kommen musste. Auf der anderen Seite wäre ein Babysitter für so einen Abend zu schade.

»Und jetzt kommen wir zum wichtigsten Punkt: der Klassenfahrt nächstes Jahr!« Frau Hoffmann verteilt ein Infopapier mit den Eckdaten.

Klassenfahrt? Das bedeutet, dass wir ein paar Tage sturmfreie Bude haben. Herrlich!

Eine Mutter schaut entsetzt auf den Zettel.

»Also das mit dem Handyverbot halte ich für falsch. Ich möchte, dass mein Sohn sich jederzeit bei mir melden kann.«

Ich Rabenmutter denke nur an meine Freizeit und habe den Sicherheitsaspekt ganz gegen meine Gewohnheit außer Acht gelassen.

»Und sie ihn jederzeit kontrollieren«, zischt mir meine Nachbarin, Madame Baguette, zu, nachdem sie mich schon dreimal gefragt hat, was ich mit dem schnuckeligen Typen aus dem Backshop um alles in der Welt beruflich zu besprechen gehabt hätte. Erst als ich ihr zuflüsterte, dass ich sie gerne in unseren Newsletter aufnehmen würde, ließ sie mich in Ruhe.

»Liebe Eltern, Sie brauchen sich keine Sorgen machen. Die Kinder sind unter unserer Aufsicht. Wenn irgendetwas passiert, rufen wir Sie sofort an.«

Auch wenn ich den Gedanken, meine Kinder nicht erreichen zu können, unvorstellbar finde, befürworte ich das Handyverbot. Wir haben unsere Klassenfahrten und Ausflüge schließlich auch so überlebt. Außerdem haben die drei sich. Als es darum geht, welche Snacks auf der Reise erlaubt sein sollen, klinke ich mich gedanklich aus. Bis zur Klassenfahrt werde ich eh vergessen haben, ob Erdnüsse oder Coladosen verboten sind oder nicht. Viel entscheidender ist für mich die Frage, ob ich mich mit Costas privat treffen soll. Ich habe Martin ganz beiläufig von Costas' Vorschlag erzählt. Er fragte nur, warum ich so zögerlich sei, er treffe sich schließlich auch mal mit Kolleginnen in der Mittagspause. Das hat mich jedenfalls dazu veranlasst, Costas zuzusagen. Zumindest im Geiste. Ich werde noch ein paar Tage warten, bis ich ihm antworte.

»Frau Keller, könnte ich Sie auch für nächsten Mittwochabend eintragen?«

»Ja, ja, natürlich …« Die Fragen der Lehrerin sind meistens rein rhetorisch. Ob ich den Kindern zwanzig Euro für die Klassenkasse mitgebe oder zur Weihnachtsfeier Kekse mitbringe, steht ja nicht wirklich zur Debatte. Wenn ich also mit den Gedanken woanders war, ist es am klügsten, ja zu sagen. Sonst heißt es noch, kein Wunder, dass die Kinder sich nicht konzentrieren können, wenn nicht mal die Mutter zuhört.

»Schön, dann stehen aus unserer Klasse schon fünf Eltern bereit, sich am Komitee zur Schulverschönerung zu beteiligen.«

Frau Hoffmann packt ihre Sachen zusammen, während mir bewusst wird, dass ich mir gerade ein Ehrenamt zugelegt habe, zu dem ich weder Lust noch Zeit habe.

»Damit möchte ich den Abend schließen. Frau Zimmermann, vielleicht können Sie die Neuen noch kurz darüber aufklären, was auf sie zukommt.«

»Kein Problem, aber bitte draußen.«

Frau Zimmermann hat sich nämlich gerade die Kippen aus der Tasche gefischt und hält es wohl keine fünf Minuten länger im geschlossenen Raum aus.

Außer mir warten noch Tina, Madame Baguette alias Caro und Andreas auf die Erklärungen von Frau Zimmermann vom Förderverein. Mich fröstelt ein wenig, und ich fühle mich langsam schon bettschwer.

»Ich freue mich, dass du auch dabei bist«, wendet sich Andreas an mich.

»Ja, ja, was macht man nicht alles für die Schulkarriere der Kinder.«

»Hey, immer noch das hübsche Kleid von heute Morgen? Ich glaube, es ist das erste Mal, dass ich dich nicht in Jeans sehe.« Caro zieht an ihrer Zigarette und verpestet den Schulhof, als ob es ihr Spaß mache.

»Aber, Eve, es steht dir!« Andreas guckt mich ein bisschen verschwörerisch an, als wollte er mir sagen, dass ich nicht auf diese Hühner um mich herum hören soll. Aber das Oberhühnchen hat mir ein Kompliment gemacht, darauf höre ich doch gerne! Mein Problem ist eher, dass ich überhaupt nicht weiß, wie ich aus dieser Nummer wieder rauskomme. Ich streiche gerne das Klassenzimmer, aber ich habe keine Lust, drei Stunden darüber zu diskutieren, in welcher Farbe.

Frau Zimmermann wirft brav den Zigarettenstummel in den Mülleimer und krempelt die Arme hoch.

»Nächsten Mittwochabend treffen wir uns im ›Brauhaus ohne Namen‹, um das Farbkonzept für die Klassenräume zu erstellen. Vorschläge sind erwünscht.«

»Alles lindgrün!« Caro wischt mit einer ausholenden Geste

alle anderen Farben vom imaginären Tisch. »Lindgrün beruhigt und regt die Kreativität an! Das habe ich in einem Feng-Shui-Ratgeber gelesen!«

Gut, dass Martin nicht dabei ist, der würde sich jetzt wieder über Sheng-Pfui aufregen. Ich muss trotzdem grinsen, während ich die Witze meines Mannes zum hundertsten Mal höre, selbst wenn er gar nicht anwesend ist.

»Aber wäre es nicht etwas eintönig, für alle Zimmer die gleiche Farbe zu wählen?«, meldet sich Andreas zu Wort.

»Stimmt, die Zimmer Richtung Norden müssen auf jeden Fall in wärmeren Farben gestrichen werden. Rot zum Beispiel!«, wirft Frau Zimmermann ein.

»Nee, nee, nee, das weiß doch jeder, dass Rot aggressiv macht! Das ist für meinen Jungen genau das Falsche! Ich sag doch: Lindgrün!«

»Wäre Orange nicht eine Alternative?«

Wie soll das erst nächsten Mittwoch auf dem offiziellen Farbentscheidungstreffen werden? Moment mal, Mittwoch? Das ist doch der Tag, an dem Costas unsere Zusammenarbeit begießen möchte! Die Option möchte ich mir offenhalten.

»Es tut mir furchtbar leid, aber es könnte sein, dass ich nächsten Mittwoch nicht kann!«, werfe ich in die Runde. »Aber ich bin mir sicher, dass ihr auch ohne mich zu einem guten Ergebnis kommen werdet.«

»Ach komm, Eve, ist doch nicht so lustig, wenn wir nicht alle zusammen sind!«

Ich wusste gar nicht, dass dieses Treffen überhaupt Unterhaltungswert haben sollte.

»Eben, mittwochs gibt es im ›Brauhaus ohne Namen‹ alle Cocktails für die Hälfte!«, wirbt Caro noch einmal.

»Wir gehen doch nicht wegen der Cocktails hin, also können wir uns genauso gut am Donnerstag treffen«, erwidert Andreas.

»Verschieben geht nicht, die Aktion muss vor den Ferien durchgeführt werden. Also abstimmen! Wer ist für Mittwoch?«

Ich enthalte mich mit dem Argument, dass ich ihnen nicht das Cocktailschlürfen vermiesen möchte. Bis auf Andreas sind alle für Mittwoch.

»Also, Eve, wenn du Mittwoch nicht gerade Hochzeitstag hast, kannst du deinen Termin ja wohl verschieben, oder? Die Pflicht geht schließlich vor!«

»Tut mir leid, es handelt sich um einen Arbeitstermin! Ich versuche aber, ihn zu verschieben.«

Caro gackert, als hätte sie den Cocktail schon im Blut.

»Na, wenn das der gleiche Arbeitstermin wie heute Morgen ist, würde ich den auch gerne schieben!«

So, ich merke mir jetzt genau, wer mitlacht und wer wenigstens versucht, sich das Grinsen zu verkneifen.

»Caro, ich versuche, meine Jungs zu anständigen Männern zu erziehen, wozu gehört, dass sie keine Altherrenwitze reißen.« Jetzt kichert sie erst recht. »Und ich dachte, es wäre unter uns erwachsenen Frauen längst Standard, nicht so zu reden wie ein, ein … Chauvi!«

»Glaub mir, dein Mann redet genauso, wenn du nicht dabei bist!«

»Aha, meinst du?!«

Ich versuche, ein paar Pfeile aus meinen Augen abzuschießen.

»Ja, weil alle Männer so reden, wenn sie nicht von ihren Frauchen an der Leine geführt werden!«

»Nicht alle«, mischt sich Andreas ein.

Ich schenke ihm ein dankbares Lächeln, das jeder Mann verdient hat, der nicht so ist.

»Und jetzt sollten wir die Diskussion wieder sachlich führen. Wenn schon der Termin so kompliziert wird, brauchen wir den Rest gar nicht anzugehen. Nächsten Mittwoch steht, wer kann, der kann. Es kommen schließlich auch die Eltern aus den anderen Klassen, auf die wir Rücksicht nehmen müssen!«

Man merkt gleich, dass Frau Zimmermann den Förderverein leitet. Und wenn wir sie und ihre Kollegen nicht hätten, müssten unsere Kinder wohl für immer auf abblätternde Farbe starren. Die Stadt schmeißt zwar Milliarden für bombastische U-Bahn-Stationen aus dem Fenster, aber die paar Eimer Farbe für die Klassenverschönerung müssen die Eltern selbst bezahlen.

»Das sehe ich genauso! Und jetzt würde ich gerne den Heimweg antreten.«

Obwohl ich normalerweise keine Führungsposition innehabe, trotten mir alle hinterher. Vielleicht besitze ich ja doch mehr Autorität, als das Verhalten meiner Drillinge manchmal vermuten lässt?

Als mein Blick auf Andreas fällt, fallen mir seine Zweifel wegen der Fortbildung seiner Frau ein. Doris macht mir nicht den Eindruck, als würde sie eine heimliche Affäre anfangen. Oder ist Andreas schon deshalb eifersüchtig, weil seine Frau sich überhaupt mit etwas anderem beschäftigt?

»Andreas?« Die anderen sind ein Stück zurückgefallen.

»Ja?«

»Grüß Doris ganz lieb von mir. Läuft es eigentlich gut bei ihr? Jetzt, wo sie sich beruflich weiterentwickeln möchte?«

»Wie du siehst, übernehme ich seitdem einen Großteil ihrer Aufgaben. So wie heute.«

Elternabende heißen doch nicht Mütterabende, oder?

»Hey, hast du nicht gesagt, du wärst nicht wie die anderen Männer?«

»Ach, Eve, wer kann schon sagen, wie irgendjemand ist? Ich weiß es selbst nicht immer genau.«

Die anderen überholen uns, ohne uns eines Blickes zu würdigen. Oder sie haben uns in der Dämmerung schlicht übersehen. Vielleicht sollte ich mich mal mit Doris austauschen. Schließlich befinden wir uns anscheinend beide an einem beruflichen Scheideweg.

»War es etwa doch keine Fortbildung?«

Bitte zerstöre jetzt nicht mein Weltbild. Ich hasse diese abgeschmackten Beziehungstragödien.

»Doch. Aber ich glaube, eine Ehetherapie wäre auch angebracht.«

»Das tut mir leid.«

Bitte verschone mich mit Einzelheiten!

»Das kann doch noch nicht alles gewesen sein, oder? Wir merken beide, dass die Luft raus ist, aber im Gegensatz zu mir findet Doris sich einfach damit ab. So sei das halt in langen Beziehungen. Ich sehe das anders. Wenn wir nur dieses eine Leben haben, dann will ich die nächsten zwanzig Jahre doch nicht mit einer langweiligen Beziehung verschwenden.«

Bevor Andreas ins Detail gehen kann, unterbreche ich ihn: »Andreas, ganz ehrlich, ich mag deine Frau, und ich möchte da nicht hineingezogen werden.«

Ich gehe nun auch Richtung Ausgang und schaue mich um, ob dort noch andere Eltern quatschen. Ein paar Mütter tratschen außer Hörweite. Auch wenn ich Andreas für harmlos halte, beruhigt mich das.

Er hält mich fest. Nicht aggressiv, aber bestimmt.

»So einfach ist das nicht. Was ist, wenn ich dabei bin, einer großartigen Beziehung keine Chance zu geben?«

Er schaut mir in die Augen, als hätte ich irgendwas damit zu tun. Da ich das aber nicht habe, schiebe ich ihn weg, was er sofort akzeptiert. Hat der keinen besten Freund? Oder vertrauen sich Männer in solchen Momenten lieber Frauen an, weil sie von denen nicht als Weichei abgestempelt werden?

»Um eine großartige Beziehung musst du kämpfen, auch wenn die Chance noch so klein ist.«

»Das rätst du mir?«

»Ja, genau das rate ich dir! Kämpfe um die Liebe.«

»Danke, Eve!«

Meine Güte, für wen hält er mich? Domian? Ich muss lächeln. Vielleicht kommt heute nicht nur meine nie gekannte Autorität, sondern auch mein natürliches Talent zur Lebenshilfe zutage – sozusagen als Wink des Schicksals, dass ich mit meinem Coachingkonzept auf dem richtigen Weg bin. Ich höre jemandem zu, und allein meine Gegenwart hilft dieser Person, Lösungen zu erkennen. Ich fühle mich auf wunderbare Weise bestätigt und werde auf einmal milde gestimmt gegenüber allen strauchelnden Menschen, deren Sinnbild Andreas gerade ist. Ich gehe den Weg ein Stück mit euch, denke ich. Aber nur den Rhein entlang oder durch den Wald. Und nur, wenn ihr kein Fall für den Psychiater seid, denn mit dem kann und will ich nicht konkurrieren.

Versöhnlich reiche ich Andreas die Hand, als wir die Straße erreicht haben. »Danke, Andreas. Mir ist gerade auch etwas klar geworden. Aber jetzt muss ich wirklich nach Hause. Wir sehen uns vielleicht am Mittwoch.«

»Ich hoffe es.«

Erleichtert registriere ich, dass ein paar andere Eltern ebenfalls in meine Richtung abbiegen. Ich schließe mich ihnen an und verwickle sie in ein Gespräch über die Schulrenovierung, da mir trotz meiner Erkenntnis absolut nicht nach weiteren Beziehungsgesprächen mit Andreas ist.

Was wird mich zu Hause erwarten? Nach Sebastians SMS zu urteilen jedenfalls keine durch mütterliche Abwesenheit ausgelöste Katastrophe.

Lass dir Zeit, wir kommen super klar.

Hat sich mein beruflicher Mehreinsatz inklusive der Rechnung für zwei Kölsch und einen Veggieburger überhaupt gelohnt – abgesehen von der Lektion, dass einen wenige Dinge so unprofessionell aussehen lassen wie das Verspeisen eines riesigen Burgers? Und das, während die Kollegin sich erkundigt, wie weit man mit seinem Projekt sei. Ich glaube, Tanja hat mit Absicht einen Augenblick gewählt, in dem ich nicht elegant antworten konnte. So musste ich noch zwei Minuten kauen, während mich alle gebannt anstarrten. Ich habe mir nicht nehmen lassen zu sagen, dass ich da so *einige* Ideen hätte und in *alle* Richtungen denke. Dabei habe ich es sogar geschafft, Herrn Meyer in die Augen zu sehen. Was der kann, kann ich schon lange. Tanja tat mir dann noch den Gefallen, Herrn Meyer nach dem heutigen Vorstellungsgespräch zu fragen.

»Vielversprechend, sodass eine Erweiterung unseres Teams durchaus denkbar ist.«

Da ich mittlerweile geschnallt habe, dass Wörter wie »Work-Life-Balance«, »Downshifting« oder auch nur »familienfreundliche Arbeitszeit« eher die Karrierechancen als die Stundenzahl reduzieren, verkniff ich mir jeden Kommentar dazu, ob ich dann nicht doch in Teilzeit arbeiten könne. Herr Meyer setzte dem Thema sofort ein Ende, indem er sagte, er wolle nicht über ungelegte Eier sprechen, solange nicht alles in trockenen Tüchern sei. Wahnsinnstexter, der Mann – der kann überhaupt nicht auf mich verzichten!

Als ich in unserer Wohnung noch Licht brennen sehe, laufe ich einen Schritt schneller. Ich schließe die Haustür auf, gehe die Treppe hoch und klopfe ganz leise an die Tür. Obwohl ich einen Schlüssel dabei habe. Sebastian wird mich hören und mir aufmachen, als hätten wir ein Date. Ein ganz anderes Gefühl, als eine Wohnung aufzuschließen, in der der eigene Ehemann auf dem Sofa sitzt. Sich gegenseitig die Tür zu öffnen und einen Begrüßungskuss auszutauschen ist etwas, das ich vermisse, seit Sebastian bei mir eingezogen ist.

So wie mich Sebastian küsst, nachdem er die Tür geöffnet hat, scheint es ihm ähnlich zu gehen.

»Hi. Schön, dass du wieder da bist!«

»Finde ich auch!«

Wir küssen uns wieder. Ich ziehe meine Jacke und meine Schuhe aus.

»Wie sieht es denn hier aus?«

»Tja, Papa allein zu Hause! Darf ich dich durch unsere Gemächer führen?«

So aufgeräumt sieht es hier nicht einmal aus, wenn Elke sich ankündigt. Dann mache ich immer einen auf Superhausfrau – was mir ihrem Blick nach aber nur bedingt gelingt.

»Nachdem Clara und ich zwei Stunden am Rhein spazieren und einkaufen waren, hat sie erst mal in der Badewanne geplanscht. Währenddessen habe ich das Bad geputzt.«

Ehrlich gesagt nutze ich die Zeit, in der Clara mit ihren Badeentchen spielt, zum Lesen und Kaffeetrinken, während die Toilette mir als Sitzplatz dient. Nun sind alle Tuben und Tiegel auf der Ablage nach Größe sortiert.

Wir gehen in mein Zimmer, wo Clara schläft. Im Halbdunklen registriere ich erleichtert, dass mein Schreibtisch unangetastet ist. Aber der Boden sieht gesaugt aus.

»Tja, und als Clara um halb acht eingeschlafen ist, hatte ich nichts mehr zu tun und dachte mir, ich mache mal einen Großputz. In einer kleinen Wohnung geht das echt schnell.«

Er führt mir die Wohnung vor, als müsste er sie mir verkaufen.

»So schnell, dass ich dachte, ich backe dir mal eben noch ein paar Angebermuffins für den Spielplatz.«

Er öffnet die Kühlschranktür. Der Anblick treibt mir die Tränen in die Augen. Das sind keine Muffins. Das sind echte Cupcakes. Mit einem Cremehügel in Rosé, verziert mit Zuckerrosen.

»Im Supermarkt hatten sie im Tchibo-Regal ein paar Backutensilien und Deko. Ich dachte, ich übe schon mal für den Hochzeitstag meiner Eltern. Sie haben ja sonst alles.«

Und ich schaffe es manchmal kaum, Nudeln mit Tomatensoße zu kochen, wenn Clara dabei ist. Tomatensoße aus dem Glas, wohlgemerkt.

»Freust du dich denn gar nicht?«

»Doch!« Ich wische mir ein paar Tränen aus den Augenwinkeln. Nicht nur Freudentränen. Natürlich freue ich mich, dass Sebastian und Clara gut ohne mich auskommen. Aber so gut?

Warum kriegen wir eigentlich nie Post?«

»Soweit ich mich erinnern kann, habt ihr zu eurem Geburtstag alle ein dickes Paket von Oma und Opa bekommen.«

Damit die Kinder nach dem langen Schultag inklusive Hausaufgaben nicht durchdrehen, müssen sie jetzt mit raus.

»Das ist aber trotzdem ungerecht!«

»Glaubt mir, die Post hier ist völlig langweilig für euch.«

Ich nehme den Stapel aus unserem Postkasten und sortiere die Werbung fürs Altpapier aus. Der einzige Brief, der übrig bleibt, treibt meinen Puls in die Höhe.

»Mama, warum guckst du so gestresst?«

Anna registriert aber auch alles. Den Brief von der Studienstiftung werde ich erst heute Abend aufmachen, sonst versaue ich mir noch den ganzen Nachmittag. Ich stopfe den Umschlag in meine Tasche und öffne die Haustür.

»Ich bin halt gespannt, was in dem Brief steht.«

»Dann mach ihn doch auf!«

»Ach nein, lasst uns erst mal einkaufen gehen.«

»Nein, auf den Spielplatz!«

»Sofort danach, versprochen.«

Wir brauchen wirklich noch Salat und Äpfel, was den nützlichen Nebeneffekt hat, dass ich mich bei Costas noch einmal als gebundene, pflichtbewusste Ehefrau und Mutter positionieren kann. Nur für den Fall, dass er denkt, dem wäre nicht so. Oder für den Fall, dass er mich von diesem Weg abbringen will. So ganz kann ich den Gedanken, dass er Runnerboy sein könnte, nämlich nicht abstreifen.

Meine Kinder hüpfen vor und stürmen den Gemüseladen, als wir um die Ecke biegen.

»So, dann sucht euch mal eure Lieblingsäpfel aus«, sage ich im Laden, während ich den Salat inspiziere und Costas ganz beiläufig grüße.

»Mama, wir brauchen überhaupt keine Äpfel! Da liegen immer noch mindestens hundert in der Küche!«, schreit Florian durch den Laden.

»Ja, aber die sind eklig verschrumpelt«, ruft Anna.

Costas lacht, während seine Eltern genervt gucken. So nach dem Motto, die verwöhnten Blagen von heute, sollen sich mal nicht so anstellen.

»Wenn Mama sagt, dass ihr Äpfel braucht, dann braucht ihr Äpfel. Mama ist der Chef!«

Meine Drillinge schauen Costas skeptisch an.

»Mamas haben nicht immer recht«, klärt Florian ihn auf.

»Meine schon. Hallo, Eve! Die Seite schon am Start?«

»So gut wie! Ich traue mich noch nicht ganz. Nachher werde ich von einer virtuellen Menschenmenge überrollt.«

»Wenn du mit dieser Menschenmenge fertigwirst, wird das doch kein Problem sein, oder?« Er nickt in Richtung Anna, Florian und Simon.

»Da hast du auch wieder recht«, antworte ich, während ich mein Geld aus der Tasche hole.

Dabei ist die Angst, dass kein Mensch sich für mein Angebot interessieren könnte, noch größer. Simon fixiert Costas eindringlich, wodurch dieser sich aber nicht aus der Ruhe bringen lässt.

Costas reicht mir die Tüte. »Mach dir keine Sorgen, dass keiner anbeißt. Dein Konzept ist genial!«

»Danke.«

Irgendwie kann dieser Mann Gedanken lesen. Er weiß genau, welcher Satz mir gerade guttut. Er hat mich während der gesamten Zusammenarbeit so ernst genommen, dass ich selbst irgendwann kaum noch Zweifel hatte, den Weg ins Arbeitsleben zurückzufinden.

»Gehen wir jetzt endlich zum Spielplatz?«, fragt Simon.

»Ja, natürlich! Dann bis demnächst.«

»Ja, bis demnächst.«

Ich nehme meine Kinder an die Hand und marschiere Richtung Ladentür.

»Eve!?«

»Ja?«

»Es wäre schön, wenn es Mittwoch klappen würde.«

»Kann sein, dass ich zu einem Elternabend muss. Ich melde mich.«

Ich habe Lust, mich mit ihm zu treffen. Einfach mal einen Abend in die Stadt zu gehen. Ganz ohne Haushalt, ohne die ewig gleichen Müttterthemen, mal über ganz andere Dinge quatschen. Mich mal fühlen wie die Chefin, die Costas in mir sieht. Warum fühlt sich das trotzdem so merkwürdig an? Als würde ich eine Grenze überschreiten? Wenn ich wirklich wieder arbeite, kann ich auch nicht vor jedem hübschen Mann davonrennen. Es wäre schön, wenn es Mittwoch klappen würde.

Ihr lieben Cupcakes, eure Zeit naht. Sebastians Kunstwerke warten in einer Kühltasche auf ihren großen Auftritt. Vielleicht kann ich eine Sozialstudie draus machen, die mir ein paar Ideen für mein nächstes Buch liefert.

Es ist 16.00 Uhr, die Zeit, in der viele nach dem Kindergarten noch einen Umweg über den Spielplatz nehmen. Und in der sich die mütterliche Spreu vom Weizen trennt:

Typ A: Hat sich auf dem Rückweg von der Arbeit beim Bäcker noch ein Schokoweckchen und, weil's nix anderes gab, das unter einem Euro kostet, 'ne Capri-Sonne und – am allerwichtigsten – einen Latte macchiato to go XL gekauft. Schließlich hat sie großes Vertrauen in sich und in die Widerstandskräfte des Kindes, die auch durch die künstlichen Vitamine in dem Zuckerwasser nicht kaputt zu kriegen sind. Schlimmer als die missbilligenden Blicke der anderen Mütter können weder Süßstoff noch Citronensäure sein. Wohlgemerkt mit C und nicht mit Z.

Typ B: Wird wie immer vom schönen Wetter (na, na, na, kein Sunblocker bei zwanzig Grad?) und der Möglichkeit, dass kleine Kinder plötzlich Durst und Hunger bekommen können, völlig überrascht. Manchmal findet sich noch ein Müsliriegel in der Tasche. Oder das Kind hat noch ein halbes Pausenbrot in der Kindergartentasche. Oder von einer der anderen überambitionierten Mütter fallen Muffins, Apfelschorle, Möhrenschnitze und an richtig guten Tagen Kaffee ab.

Da ich selbst zu diesem Typ gehöre, muss ich zu seiner Verteidigung sagen, dass es in den meisten Fällen keine zwei Stunden später Abendessen gibt. Und dass Hunger in unseren Breitengraden durchaus eine sinnvolle Erfahrung sein kann.

Typ C: Eigentlich könnten wir doch alle wie Typ C sein: Sich zehn Minuten Zeit zu nehmen, um mal eben die übrigen selbst gebackenen Waffeln vom Sonntagskaffee einzupacken, ein paar Trauben abzuwaschen und in eine Dose zu stecken, während man dem Gluckern des frisch aufgebrühten Kaffees lauscht, ist doch kein großer Aufwand! Und wenn nicht gerade die Selbstdarstellung, sondern die Nächstenliebe Motivation dafür ist, noch ein paar Kaffeebecher mehr einzupacken, dann sollte auch ich das einfach dankbar anerkennen und mir doofe Gedanken sparen. Ist ja meistens nur Neid. Und den werde ich gleich zu spüren bekommen.

»Höha, höha!«

Meine Arme sind jetzt schon lahm. Deshalb versuche ich Clara zu erklären, wann sie beim Schaukeln die Beine hoch- und wann wieder runternehmen muss.

»So, als wenn du Luft schaufeln würdest! Komm, wir üben.«

Ich nehme Clara von der Schaukel und setze mich mit ihr auf das Brett. Dabei lege ich ihre Beine auf meine, damit wir die Bewegungen zusammen machen.

»Und hoch und runter! Und hoch und runter!«

Langsam füllt sich der Spielplatz. Eve kommt mit ihren drei Kindern und einer Tüte um die Ecke, die nur von unserem Gemüseladen stammen kann. So gesund hat die Familie Keller schon lang nicht mehr gelebt.

»Alice, schön, euch zu sehen!«

Eve bleibt neben mir stehen, während ihre Kinder sich auf die freie Schaukel stürzen. Anna ist die Erste, worauf ihre Brüder sich verbünden, um sie wieder runterzureißen.

»Leute, es gibt hier eine Riesenrutsche, einen Kletterturm und Wippen. Warum müsst ihr euch um die einzige freie Schaukel streiten?«

»Weil Konkurrenz das Geschäft belebt«, antworte ich. »Aber ich habe was Tolles fürs Picknick dabei. Ich wette, da kommen sie sofort.«

Eve grinst mich an. »Mich interessiert nur Kaffee. Gleich noch zu mir?«

»Diesmal gibt es den Kaffee hier! Und zwar von mir höchstpersönlich aufgebrüht.«

Sie folgt meinem Blick zur Bank, wo neben der Kühlbox mit den Muffins eine Thermoskanne steht.

»Projekt noch bessere Mutter?«

Was soll das denn jetzt? Eve hält mich doch nicht wirklich für eine Chaotin, oder? Selbst wenn, muss sie mir das nicht gleich auf die Nase binden. Andererseits kann ich mich auf ihre Direktheit verlassen.

Als ich auch noch eine Picknickdecke ausbreite, dauert es nicht lange, und die Kinder kommen angestürmt. Ich winke dem Trüppchen um Muffin-Mama Martina zu und hebe meine Kaffeekanne hoch. Martina zieht ebenfalls eine Thermoskanne aus ihrer Tasche. Ich strecke meinen Daumen hoch.

»Übrigens habe ich Post von der Studienstiftung bekommen«, teilt Eve mir betont gelassen mit.

»Und? Können wir drauf anstoßen?«

»Weiß ich noch nicht. Ich wollte es nur sagen, solange wir unter uns sind. Du hättest mich bestimmt gleich gefragt, ob ich schon was gehört habe. Ich werde den Brief heute Abend öffnen.«

Ich hätte sie schon nicht vor versammelter Mannschaft nach ihrer Karriere gefragt. Aber wie gesagt, auf ihre Direktheit kann ich mich verlassen.

»Egal, was drin steht, es wird einen Sinn haben, und du wirst deinen Weg machen.«

»Müsstest du mich als Lektorin für Ratgeber nicht ein bisschen differenzierter beraten?«

»Nee, am besten verkauft sich, was die Leute hören wollen.«

Wir setzen uns auf die Picknickdecke, und Martina sowie Doris und Caro, die Eve wohl aus der Schule kennt, setzen sich mit ihren Kindern dazu.

»Letztens noch die Mama vollgekotzt und heute schon auf dem Spielplatz?«, wendet sich Caro an Florian, der nur den Kopf senkt.

Eve zieht ihn an sich. »Keine Sorge, ist schon lange nicht mehr ansteckend.«

»Müssen wir so was Unappetitliches jetzt thematisieren?« Martina stellt ihre Kanne, geschnittene Äpfel und eine Packung Haferkekse hin. »Fürs Selberbacken hat es heute leider nicht gereicht.«

»Macht nichts, heute habe ich mal was Selbstgemachtes dabei.«

Die Damen schauen mich gespannt an. So außergewöhnlich ist die Vorstellung doch auch nicht, oder? Feierlich öffne ich den Deckel der Kühlbox und zaubere ein kleines Tablett mit den Cupcakes hervor.

»Hat jemand ein Messer dabei, die reichen nicht für alle.«

Caro ist mir unsympathisch.

»Äh, hast du Geburtstag? Herzlichen Glückwunsch!« Martina will mir die Hand geben. Ich schüttle den Kopf.

»Das würde ich auch gerne können«, sagt Doris ehrfürchtig.

Eve fängt an zu lachen.

»Alice! Die sind ja der Hammer! Darf ich mir die von dir zu meinem nächsten Geburtstag wünschen?«

»Das musst du schon Sebastian fragen«, antworte ich grinsend.

»Wieso, will der immer alles für sich alleine?«, fragt Caro, während sie sich frecherweise schon einen Cupcake schnappt. Dann tippt sie auf die Dekorrosen: »Die sind aber gekauft.«

»Alles andere wäre auch Wahnsinn«, verteidigt mich Eve.

»Dann greift zu«, sage ich, und zwei Sekunden später ist das Tablett leer, und entgegen Caros Rechenkünsten hat jeder einen Cupcake in der Hand.

»Mein Mann hatte gestern wohl Lust, mit Clara Backstube zu spielen. Irgendwas muss man sich ja einfallen lassen, wenn man den ganzen Tag mit dem Kind allein ist.«

Eve wechselt mit mir einen Blick, der unter die Cremeoberfläche mit dem Rosendekor zielt. Ich schicke unausgesprochen die Ansage zurück, dass wir uns später unter vier Augen unterhalten.

»Also, nee, die sind absolut geil, diese Muffins …«, beginnt Caro.

»Cupcakes«, verbessert Martina sie.

»… na dann von mir aus Muffins mit Sahne drauf. Ist doch egal, wie die Dinger heißen. Aber wenn ein Mann so was macht, dann hat er ein schlechtes Gewissen, oder er ist schwul.«

»Wenn es das erste Mal seit Monaten ist, dass er einen Tag auf sein Kind aufpasst, würde das für ein schlechtes Gewissen schon reichen«, zischt Eve in Caros Richtung und hat selbst ein schlechtes Gewissen, als ich ihr wieder einfalle. »Jedenfalls muss man nicht gleich das Schlimmste denken, die meisten Dinge sind völlig harmlos, auch wenn sie für dich nicht so aussehen! Wenn man der Frau zu Hause die gesamte Arbeit überlässt, dann sind ein paar Cupcakes keine große Sache, oder?«

Zwischen den beiden geht es wohl um mehr als nur um Backwaren. Aber es geht ja immer um mehr.

»Also, mein Mann hilft zwar auch, wo er kann, aber in der Küche hat er zwei linke Hände«, bringt sich Martina ein.

Ich schlucke ein »Wie praktisch für ihn!« herunter und verteile den Kaffee. Die Kinder lecken sich die Finger ab und stürzen sich auf die Kekse.

Doris hält eine kleine Zuckerrose in der Hand und betrachtet sie. »Ich wünschte, mein Mann würde mich so lieben, dass er so etwas für mich macht.«

Betretenes Schweigen. Vielleicht sollte ich die Cupcakes auch einfach als Liebesbeweis ansehen.

Caro macht der Rührseligkeit ein Ende. »Haste auch Milch für den Kaffee dabei?«

Ich reiche ihr die Milch, und die Plauderei schwillt wieder an. Als ich mir sicher bin, dass keine der anderen zuhört, beuge ich mich zu Eve: »Ich wusste, dass die Cupcakes polarisieren würden.«

Eve grinst mich an: »Und wie geht es dir mit ihnen?«

»Ganz ehrlich?«

Sie nickt.

»Sie haben mich beschämt. Ich fühlte mich beim Anblick dieser Kunstwerke, als hätte man meiner ganzen Jammerei über die ungerechte Arbeitsverteilung den Boden entzogen.«

Eve denkt einen Moment nach. »Lass ihn das mal zwei Wochen lang machen, dann reißt er die Fertigpackung auf. Während Clara vor der Glotze sitzt. Das jeden Tag zu machen ist viel anstrengender, als mal einen Tag den Ausnahmepapa zu spielen.«

»Du hältst mich also nicht für undankbar?«

Sie schaut mir tief in die Augen. »Ganz und gar nicht, liebe Alice, ganz und gar nicht. Trotzdem rate ich dir, dich darüber zu freuen.«

Ich habe mich immer noch nicht getraut, den Brief zu öffnen. Absage oder Zusage? Damit ich gleich nicht auch noch einen Anlauf brauche, um Martin von dem Ergebnis zu erzählen, möchte ich den Brief in seinem Beisein öffnen.

»Ich habe übrigens heute die Antwort vom Institut bekommen.«

Ich schiebe meinen halbvollen Teller zur Seite. Anspannung nimmt mir den Appetit.

»Und?«

Ich merke, dass Martin versucht, seine Euphorie zu verbergen. Und ich versuche mir immer noch einzureden, dass eine Absage mich nicht weiter berühren würde. Jeder sammelt doch Absagen.

Die Kinder sind so still, als würden sie einen spannenden Film im Fernsehen verfolgen.

»Mama, hast du den Job bekommen?«, fragt Anna.

»Müssen wir jetzt in die Ganztagsschule?«, fragt Simon.

Mit dem Arbeitsvertrag könnte ich mich tatsächlich dort bewerben, aber ob die mal eben drei Plätze frei haben, wage ich zu bezweifeln.

»Das müssen wir dann sehen.«

»Kriegen wir dann endlich die PlayStation 4?«

Martin bewahrt mich glücklicherweise vor einer Antwort. »Jetzt lasst die Mama doch erst mal ausreden!«

Anstatt zu reden, nehme ich eins der unbenutzten Messer vom Tisch und schlitze den Brief auf. Ich ziehe das graue Ökopapier heraus, falte es auseinander und lese laut vor. Dann brauche ich das Ganze wenigstens nicht mit eigenen Worten wiederholen.

Sehr geehrte Frau Keller,

vielen Dank für das interessante Bewerbungsgespräch. Nach längeren Überlegungen haben wir uns für eine Bewerberin entschieden, die dem Anforderungspotential besser entsprach. Ich hoffe auf Ihr Verständnis und wünsche Ihnen viel Erfolg für Ihren weiteren Berufsweg.

Mit freundlichen Grüßen,
S. Sommer

Ich lasse den Arm sinken und schaue in Martins enttäuschtes Gesicht.

»Ist doch nicht so schlimm. Das war mein erstes Vorstellungsgespräch. Andere müssen hundert Bewerbungen schreiben, um überhaupt einmal eingeladen zu werden.«

Dann fange ich an, den Tisch abzuräumen.

»Na ja, dann such dir halt einen anderen Job, Mama. Dürfen wir jetzt Kika gucken?«

»Von mir aus.«

»Aber, Mama, du arbeitest doch gerade immer mit dem Computer. Mach doch einfach das weiter, und nimm Geld dafür«, rät Anna mir, bevor sie mit ihren Brüdern auf das Sofa umzieht.

»Vielleicht sollte ich mich wirklich auf die Selbstständigkeit konzentrieren. Dann wäre ich auch flexibler für die Familie.«

Ein dumpfer Schmerz breitet sich in meinem Magen aus. Ich hatte das Gefühl, Frau Sommer und ich verstehen uns. Warum lehnt sie mich ab? Und dann auch noch mit einem so unpersönlichen Schreiben? Selbst wenn ich überqualifiziert sein sollte, hätte sie mir den Job geben können. Sie weiß doch, wie die Realität aussieht. Ich war froh, überhaupt eine Stelle zu finden, auf die ich mich bewerben konnte.

»Martin? Ich würde mich gerne mal mit dem Laptop zurückziehen. Vielleicht ist das der richtige Moment, die Laufseite zu starten. Kannst du den Rest übernehmen?«

»Gerne!« Er scheint erleichtert zu sein, endlich etwas zu tun zu haben. Vorher stand er unbeholfen rum, anstatt mich zu trösten. Aber wie sollte er auch, wenn ich so tue, als wäre eine Absage nicht deprimierender als ein Zettel wegen Falschparken?

»Eve?«

»Ja?«

»Ist das nicht zu unfeierlich, wenn du in dieser Stimmung die Seite startest? Wollen wir nicht darauf anstoßen?«

Ich bin gerührt. Aber nur für einen Augenblick.

»Wir hatten schon auf das Bewerbungsgespräch angestoßen. Diesmal öffne ich den Wein erst, wenn ich mindestens zehn Kunden gewonnen habe.«

»Wie du meinst.«

Martin setzt sich mit einem Buch zu den Kindern und blendet bestimmt nicht nur die Geräuschkulisse des Fernsehers, sondern auch die Probleme seiner Frau aus, während er in seinem Krimi versinkt. Eigentlich ist das ja berechtigt. Trotzdem fühle ich mich ein wenig alleingelassen, obwohl ich genau darum gebeten habe.

Ich schließe die Schlafzimmertür hinter mir und klappe den Laptop auf meinen Knien auf. Bisher habe ich nur Interessenten für die Laufpartnervermittlung auf www.laufelieberleidenschaftlich.de gesammelt. Deren Kontaktdaten zu übertragen ist jetzt genau die richtige Aufgabe für mich. Dabei muss ich mein überqualifiziertes und gleichzeitig aus der Übung gekommenes Hirn nicht zu Höchstleistungen antreiben, habe aber das Gefühl, etwas Sinnvolles zu tun.

Fast automatisch drücke ich auf Löschen, als ich Runnerboy unter den Absendern in meinem Postfach entdecke. Aber der Betreff macht mich stutzig: *Mittwochabend.* Ich habe mich wegen Mittwochabend bisher noch nicht bei Costas gemeldet. Meine Finger zittern, als ich die Nachricht anklicke. Ist Costas doch Runnerboy? Irgendwie kommt mir das komisch vor. Ich muss es wissen:

Liebe Eve,
es wäre schön, wenn es Mittwoch klappen würde.

Genau das hat Costas gesagt! Es wäre schön, wenn es Mittwoch klappen würde. Ich schaue zur Tür. Hoffentlich stürmt keiner herein, bevor ich die Mail zu Ende gelesen habe.

Ich hatte das Gefühl, dass du dir noch nicht sicher bist, ob es eine gute Idee ist, wenn wir uns sehen. Vielleicht möchtest du mich nach dieser Mail, falls du sie überhaupt liest, nie wiedersehen. Aber ich würde es mein ganzes Leben lang bereuen, wenn ich dir nicht die Wahrheit sagen würde: Ich habe mich in dich verliebt. Ich weiß, dass du verheiratet bist und Kinder hast. Aber ich habe das Gefühl, dass du auch noch nicht an deinem Ziel angelangt bist. Dass wir beide in einem Leben eingesperrt sind, in dem wir nicht alles geben können. Dass wir gemeinsam vielleicht alles schaffen könnten. Nachdem wir uns das letzte Mal gesehen haben, hatte ich das Gefühl, dass du auch etwas für mich empfindest. (Du sahst übrigens wunderschön aus in diesem Kleid, das ich noch nie an dir gesehen habe.) Und wenn du uns nur die kleinste Chance gibst, können wir einfach schauen, wohin uns unsere Gefühle leiten. Aber es liegt in deiner Hand. Wenn du am Mittwoch kommst, dann weiß ich, dass du uns eine Chance gibst. Wenn du nicht kommst, werde ich dir nie mehr schreiben. Dich nie

mehr darauf ansprechen. So tun, als wäre nie etwas gewesen. Der nächste Schritt liegt nur bei dir. Wenn du kommst, werde ich irgendwann deine Hand nehmen und mir wünschen, ich könnte sie für immer festhalten. Aber du bist die Chefin.
Dein Runnerboy

»Mama! Wo ist meine Zahnbürste?«

Die Tür wird aufgerissen. Ich klappe den Laptop zu. Costas. Er hat gesagt, ich sei die Chefin. Er hat gesagt, dass es schön wäre, wenn es Mittwoch klappen würde. Er hat mir kein Kompliment für das Kleid gemacht, aber für meine Figur.

»Florian hat mich gehauen!«

»Dann hau zurück!«, ruft Martin, während ihm in der Küche ein Teller runterfliegt. Oder eine Tasse?

»Scheiße!«, schreit Martin.

»Anna, auch wenn dein Bruder dich haut, versuche dich ohne Gewalt zu verteidigen!«

»Du blödes Arschloch!«, schreit Anna Florian an. Ich möchte gerade am liebsten auf Löschen drücken. In meinem Leben und bei dieser Mail. Stattdessen logge ich mich nur aus, um die Mail im Bedarfsfall noch einmal zu lesen. Bis ich weiß, ob ich etwa wirklich im falschen Leben eingesperrt bin oder mich ein falsches Leben mit unlauteren Mitteln locken will.

Ob es der Richtige war, weiß man erst, wenn es vorbei ist, sagt meine Mutter immer. Deshalb behandelt sie Sebastian auch immer so, als könnte doch noch ein besserer Mann kommen. Das spüre ich, egal, wie sehr sie es abstreitet. Ganz anders ist es bei Sebastians Familie. Während mich die Macken seiner Blutsverwandten durchaus nerven können, stellt seine Familie nie in Frage, dass ich jetzt unwiderruflich zu ihnen gehöre.

»Ich weiß gar nicht, warum man seinen Hochzeitstag so öffentlich feiern muss. Ich lade doch auch nicht meine ehemaligen Kollegen ein, um mit ihnen meine Beförderung zu feiern. Das ist ja fast wie öffentliches Knutschen über zwanzig.«

Immerhin besitzt meine Mutter so viel Anstand, über meine Schwiegereltern zu meckern, während Sebastian sich draußen mit Robert Buchenhain um den Grill und nebenbei um Clara kümmert.

»Und warum hast du uns zu einem Pärchenabend eingeladen? Ist ein neues Glück mit über fünfzig nicht genauso peinlich wie das jahrzehntelange Verheiratetsein öffentlich feiern?«

»Wenn du nicht meine Tochter wärst, würde ich dich sofort enterben!«

Das sagt sie dauernd, und ich nehme es ihr nicht übel. Ihre sentimentale Seite überfordert mich ohnehin, weil ich die einfach nicht gewohnt bin.

»Alice, ich habe jetzt einen Garten. Und der muss eingeweiht werden. Und da ich vor lauter Arbeit nicht dazu komme, Freundschaften zu pflegen, und meine Kollegen eben nur meine Kollegen sind, fiel mir außer meiner Tochter mit Anhang und mein Gärtner niemand ein, den ich hätte einladen können.«

»Na, dann bin ich ja beruhigt.«

Sie tut immer so emanzipiert, aber die Männer stellt sie an den Grill. Als ich sie darauf anspreche, fragt sie mich, wo denn da der Unterschied zum Herd sei. Dann schaut sie missbilligend auf meine Tofuwürste, die ich gerade aus der Plastikhülle befreie. Beim Grillen muss sich jeder Vegetarier outen, entweder als Beilagenfresser oder als Extrawurstmitbringer.

»Seid ihr jetzt zusammen oder nicht?«

»Wie definierst du denn zusammen?«

»Habt ihr euch geküsst?«

»Das ist für dich schon zusammen?«

Ich schneide Mozzarella und Tomaten in Scheiben.

»Na klar, warum sollte ich einen Mann küssen wollen, mit dem ich nicht zusammen sein will?«

»Da fallen mir schon ein paar Gründe ein.«

Wer ist hier bitte schön die Mutter?

»Also wird das was mit euch beiden oder nicht?«

»Na ja, wir haben uns schon dreimal zum Kaffee getroffen. Und jetzt hör auf zu fragen, ist ja schrecklich!«

Seufzend verteile ich Basilikumblätter auf dem Mozzarella-Tomaten-Teller.

Jede von uns hält zwei Teller mit Beilagen in der Hand, die wir draußen auf den Tisch stellen. Der beißende Geruch vom Grill zieht mir in die Nase, während ich eine zappelnde Wespe aus der Himbeerbowle fische. Meiner Meinung nach wird Grillen überbewertet.

»Essen kommen!«, ruft meine Mutter. Clara bleibt lieber im Sandkasten sitzen. Als Robert Buchenhain sich auch an den Tisch setzen will, kommt Clara angelaufen und zieht ihn mit sich.

»Opa soll spilen.«

Er freut sich sichtlich und steht brav auf.

Meine Mutter verdreht die Augen. »Clara, dein Opa mütterlicherseits ist tot«, sagt sie mehr zu uns.

»Gut, dass du die Familienverhältnisse noch mal klarstellst, Mama, ich hätte sie fast verdrängt«, sage ich schärfer, als ich es meine, und hole Clara an den Esstisch.

Sebastian legt den Arm um mich und gibt mir einen Kuss auf die Stirn. Ich schmiege mich an ihn, und Clara umarmt uns beide. Auf einmal ist mir das total unangenehm. Weil mir zum ersten Mal wirklich klar wird, dass meine Mutter das nie hatte. Mein Vater hat sich rührend um eine andere Frau gekümmert, ohne zu wissen, dass es mich überhaupt gab. Ich kannte es ja nicht anders. Aber meine Mutter muss einen Partner schmerzlich vermisst haben.

»So, Clara, du setzt dich jetzt auf deinen eigenen Stuhl, damit wir vernünftig essen können«, schiebe ich sie resolut zur Seite, um nicht noch mehr Herz-Schmerz-Szenen zu liefern.

Meine Mutter wechselt einen Blick mit ihrem Exgärtner, woraufhin er ihre Hand nimmt. Vielleicht wird er diese Lücke füllen können. Und sogar manch alte Wunde heilen. Bevor mir die Tränen kommen, steigt dunkler Rauch vom Grill auf. Wer springt auf? Ich erbarme mich, schließlich sind es meine Tofuwürstchen, die schwarz geworden sind. Egal, ich esse sie trotzdem.

»Übrigens, Susanne, Robert hat auch Lust, mit zu der Feier meiner Eltern zu kommen«, sagt Sebastian, als ginge es um den nächsten Grillabend. So unschuldig, wie er tut, ist der Mann gar nicht. Er nimmt es mit meiner Mutter auf und will zumindest unvergessen bleiben, falls er doch noch mal von der Bildfläche verschwindet.

»Du meinst, zu dieser Petersilienhochzeit?«, fragt meine Mutter.

»Rubinene Hochzeit. Fünfunddreißig Jahre nennt man rubinene Hochzeit.«

»Was für ein Stein oder Gemüse auch immer, feiert man so was nicht lieber zu zweit?«

»Im Münsterland hat es noch Tradition, solche Tage groß zu feiern«, verteidigt Sebastian seine Eltern.

»Und machen sie das wegen der Nachbarschaft oder weil sie sich immer noch heiß und innig lieben?«

»Beides«, antwortet Sebastian gelassen. Am liebsten würde ich beiden unterm Tisch vors Schienenbein treten. Stattdessen werfe ich Robert einen Blick zu, den er hoffentlich so interpretiert: Meine Familie ist nicht immer so. Wirklich!

»Also, ich würde mich jedenfalls geehrt fühlen, mitkommen zu dürfen.«

Wusste ich es doch, dass meine Mutter sich tief in ihrem Unterbewusstsein nach einem ausgleichenden Element gesehnt hat. Wehe, Robert, denke ich mir, wenn du ihr negatives Männerbild bestätigst. Dann pflanze ich einen Haufen Plastikblumen vor deiner Tür.

Alice sieht aus, als wäre sie von einem Vampir gebissen worden. Wie ausgesaugt. Unglücklich sieht sie aber nicht aus.

»Kaffee?«

»Heute mehr denn je!«

Wir sitzen in meiner Küche und nutzen den Umstand, dass Clara so gerne mit den Drillingen spielt, dass sie dabei sogar ihre Mama vergisst. Was schon eine Leistung ist bei einem Kind, das sich am liebsten auf Mamas Arm befindet. Manchmal frage ich mich, ob die Beziehung zu meinen Kindern noch enger wäre, wenn sie nicht alle gleichzeitig auf die Welt gepurzelt wären. Stundenlanges In-die-Augen-Gucken und Durch-die-Gegend-Tragen konnte ich ihnen einfach nicht bieten. Trotzdem hatte ich jahrelang das Gefühl, dass in meinem Leben für nichts anderes mehr Platz sei als für Florian, Anna und Simon.

»Und wer oder was hat dich vom Schlaf abgehalten?«

»Zwanzig Seiten, auf denen ich mir die Wut von der Seele geschrieben habe. Vielleicht beerbe ich demnächst Alice Schwarzer.«

»Aber bitte mach kein Monopol draus. Alle Frauen haben ein Recht auf ihren ganz persönlichen Feminismus.«

»Du kannst gerne mitschreiben!«

Warum eigentlich nicht? Ich muss an Frau Sommer denken. Und an den Stapel der Bewerberinnen, die ihren eigenen Selbstwert begraben. Alice hat nicht nur Ringe unter den Augen, sondern sieht auch ein bisschen verlottert aus.

»Du kannst es mir ja zu lesen geben. Ich habe schon ein

paar Jahre mehr Erfahrung auf dem Buckel, was dieses Thema angeht. Aber du hast doch nicht etwa bis zum Morgengrauen durchgetippt?«

»Nee, um ein Uhr ist Clara wach geworden. Nachdem ich sie beruhigt hatte, konnte ich selbst nicht mehr einschlafen.«

Könnte ich auch nicht, wenn ich ein neues Manifest für die Frau entwickeln würde, während mein Mann auf seinen Nachtschlaf besteht. Aber ich verkneife mir diesen Hinweis. Immerhin hat er mit seiner Cupcake-Aktion bewiesen, dass durchaus guter Wille vorhanden ist.

»Na ja, du bist jung, du steckst den Schlafmangel schon weg. Ansonsten schwöre ich auf Concealer.«

Alice klammert sich an der Kaffeetasse fest, obwohl es draußen immer noch warm ist.

»Ach, Eve, ich bin einfach so müde von allen. Der Kita-Platz, mein Erbe, die Frage nach dem zweiten Kind, die Wohnungssuche, mein Job … Ich habe das Gefühl, ich habe keine dieser Entscheidungen wirklich in der Hand.«

»Hast du mir nicht immer gesagt, die besten Dinge passieren von alleine? Das Schicksal wisse schon, was man braucht? Man müsse nur offen für alles sein?«

Sie seufzt.

»Das glaube ich ja einerseits immer noch. Und ich bin offen – nur kommt nichts. Und mal ganz davon abgesehen, so schwer kann es wohl auch nicht sein, sein Leben strategischer anzugehen.«

Ich schenke uns Kaffee nach. »Eigentlich ist es sowieso blöd, immer vernünftig zu sein.«

Alice kennt mich gut genug, um zwischen den Zeilen zu lesen. »Eve, du wirst jetzt doch nicht mit dem braungebrannten Griechen durchbrennen? In die Sonne ziehen und einmal im Monat von den Millionen, die sein Gemüseladen abwirft, nach Köln-Deutz fliegen?«

»Nein, wahrscheinlich nicht.«

»Wie, wahrscheinlich? Hört sich ja fast an, als würde eine Art Midlife-Crisis deine Hormone durcheinanderbringen? Da muss man ja nicht gleich die Beziehung in Frage stellen!«

»Jetzt werde nicht unverschämt. Ich stelle auch nicht grundsätzlich meine Beziehung in Frage. Es ist eher so, dass ich mich total lebendig fühle. Irgendeine Vorstufe vom Verknalltsein. Und mir würde es vollkommen reichen, das Gefühl zu genießen, ohne dass irgendwas passiert!«

Ich lehne mich zurück und spüre eine warme Welle durch meinen Körper gehen.

»Aber bitte nicht nach dem Motto: Appetit holen kann man sich woanders! Eve, ich mag deinen Mann. Ich mag deine Kinder, ich mag euch als Familie. Du weißt, dass solche Geschichten nie gutgehen!«

»Es gibt auch große Lieben, die scheitern. Trotz aller Eheschwüre.« Ich habe gerade Lust, ein bisschen gemein zu ihr zu sein. Mache ich ja sonst nie. Vielleicht mal ein Test in Grenzüberschreitung. Alice schaut mich an, als hätte ich ihr gestanden, dass ich in einen Swingerclub gehe. Meine Güte, nur weil ich die dreißig überschritten habe und ewig verheiratet und Mutter bin, heißt das noch lange nicht, dass es mich nicht rührt, wenn Costas in mich verliebt ist.

»Alice, jetzt guck nicht so. Es ist doch gar nichts passiert. Und es wird wahrscheinlich auch nichts passieren!«

Warum soll ich immer die Vernünftige sein? Was wäre, wenn ich mit Costas eine Affäre hätte, die sowieso wieder im Sande verliefe? Ist doch klar, dass wir kein Zukunftsmodell sind. Meinem Mann würde das wahrscheinlich nicht mal auffallen. Ich könnte mein Tagebuch auf dem Tisch liegen lassen, und er würde es nicht lesen. Nicht aus Taktgefühl, sondern weil er einfach zu bequem ist, sich mit meiner dunklen Seite auseinanderzusetzen!

»Eve, ich stelle dir mal eine Gretchenfrage: Denkst du beim Sex etwa an Costas?«

Dass die jüngere Generation immer so direkt sein muss.

»Nein!«

»Nein?«

»Nein, weil ich nämlich schon länger keinen hatte.«

Im Moment kommen wir einfach nicht dazu.

»Siehst du, es hat schon Auswirkungen auf deine Beziehung.«

»Sei du erst mal über zwanzig Jahre mit demselben Mann zusammen.«

Zugegeben, so selten wie die letzten Wochen lief schon lange nichts mehr zwischen uns. Und wenn ich an das letzte Mal denke, muss ich vor allem an die volle Spülmaschine denken.

»Eve, nimm es mir nicht übel, aber ich habe den Eindruck, dass du dich in eine klassische Übersprunghandlung reinsteigerst, um vor dem zu flüchten, was du wirklich willst: einen Job, der dir Spaß macht. Such dir die Anerkennung lieber von der richtigen Seite, und steck deine Energie in dein Laufprojekt!«

Wenn ich nicht wüsste, dass übermüdete Menschen nicht mehr diplomatisch sein können, würde ich sie jetzt rausschmeißen.

»Läuft deine Seite denn schon?«

»Ehrlich gesagt traue ich mich nicht, auf Los zu drücken. Als ich das letzte Mal wollte, hat mich Costas' Brief total aus dem Konzept gebracht.«

»Dann machen wir das jetzt zusammen. Und du wirst sehen, dann wird sich diese E-Mail-Liebesgeschichte in das auflösen, was sie ist: nichts.«

Ein paar Minuten später sitzen wir mit einem Glas Sekt mit O-Saft vor dem Laptop und laden die ganze Welt dazu ein, meine Laufseite zu bewundern.

»Was ist, wenn ich mich total lächerlich mache, weil kein Mensch mitmachen will?«

»Mensch, Eve, du stehst doch nicht auf der Bühne von ›Supertalent‹. Keiner bekommt mit, wie viele Anfragen du hast!«

Wer wohl alles hinter meinem Rücken tuschelt, dass es ohnehin albern ist, wenn sich eine Frau, die jahrelang nur Mutter und Hausfrau war, als Geschäftsfrau versucht?

»Ach, Alice, wenn das nichts wird, kann ich wieder zurück auf Los. Zu Frau Scharf ins Jobcenter. Ich habe nämlich eine Absage von der Stiftung bekommen.«

»Umso besser! Mit dem Job wärst du bestimmt nicht zu deinem Laufprojekt gekommen.«

Sie schaut mich trotzdem ein wenig mitleidig an. Die Kinder spielen immer noch verdächtig friedlich. Diesmal mit der Holzeisenbahn, die ich für Clara wieder aus dem Keller geholt habe. Wenn ich sie mit unseren Kindern zusammen beobachte, denke ich, dass sie wirklich ein Geschwisterchen vertragen könnte. Warum ist das alles so kompliziert geworden? Müsste man nicht glücklich sein mit dem, was man hat, anstatt ständig nach Optimierungsmöglichkeiten zu suchen? Gleichzeitig weiß ich, dass es manchmal wichtig ist, aus dem Glück ein noch größeres Glück zu machen.

Obwohl meine Schwiegermutter schon im Vorbereitungsstress für die Feier steckt, ist sie heute zum Aufpassen gekommen. Sie probiert mit Clara ein Bauernhofholzpuzzle aus, das sie aus Konstantins Oma-und-Opa-Spielekiste mitgebracht hat.

Mein eigenes Manuskript macht auch Fortschritte. Gerade habe ich eins der wichtigsten Kapitel geschrieben: darüber, dass viele Frauen sich selbst im Weg stehen, weil sie die Fäden komplett in der Hand behalten wollen, anstatt auch mal Verantwortung abzugeben. Und wenn die Umwelt dann noch behauptet, als Mütter sind sie an allem schuld, glauben sie das auch noch: Ist das Kind ängstlich, hat die Mutter durch frühe Fremdbetreuung sein Urvertrauen zerstört. Falls das Kind aber bis zum Alter von drei Jahren nur bei der Mutter war, kommt seine Angst daher, dass es sich nie mit anderen Menschen auseinandersetzen musste. Und die Väter? Schieben die Verantwortung auch gerne an die Mütter ab. Sebastians Cupcake-Tag hat doch bewiesen, dass auf einmal wahr werden kann, was zuvor noch vollkommen unrealistisch schien. Ist die Versorgung an dem Tag im Krankenhaus etwa zusammengebrochen? Nein! Wir Mütter müssen lernen, Verantwortung abzugeben!

Ich fahre den Computer herunter und stecke ein paar Unterlagen in meine Tasche. Ein Besuch bei Isabel steht an. Wir wollen an unserem Mode-Buch weiterarbeiten. Ich gehe in die Küche, um mich zu verabschieden. Clara schaut nur kurz von ihrem Puzzle auf und versucht dann wieder, das Schaf in das kuhförmige Loch zu pressen.

»Elke, ich bin dann in drei Stunden wieder da.« Ich deute auf einen Stapel Bücher im Regal: »Clara und ich waren gestern in der Bücherei. Ich glaube, damit bekommt ihr den Nachmittag rum. Und im Kühlschrank ist noch frisches Brot, falls ihr Hunger habt.«

Elke führt Claras Hand so, dass sie zufällig das richtige Loch erwischt. »Bei dem schönen Wetter gehen wir lieber ein Eis essen, nicht, Clara?«

Clara strahlt und nickt. Bei dem schönen Wetter gehen alle Eis essen. Wie schnell kann da ein Kind verloren gehen? Ob Elke fit genug ist, Clara im Zweifelsfall hinterherzurennen?

»Der Kiosk um die Ecke hat auch Eis, dann habt ihr es nicht so weit. Aber ein Käsebrot und ein Apfel tun es auch. Mir ist es lieber, wenn Clara nicht so viel Süßes isst.«

»Ich wollte sowieso mal eine Runde an die frische Luft. Vielleicht nehmen wir das Laufrad.«

Das wird ja immer schlimmer! Warum können die nicht einfach gefahrlos Bücher lesen? Vielleicht hätte ein eigener Garten doch Vorteile, dann hätten Schwiegermütter keine Ausrede mehr, mit ihrem Enkelkind den geschützten Rahmen zu verlassen. Wie soll ich mich auf meine Arbeit konzentrieren, wenn ich mir vorstelle, wie Clara mit Eis in der Hand und Laufrad unterm Windelpopo auf die Straße flitzt, während Elke in aller Ruhe an der Eistheke die Münzen zusammensucht?

»Alice, wenn du mich auf Clara aufpassen lässt, dann musst du mir auch zutrauen, dass ich das hinbekomme. Habe ich bei meinen Kindern schließlich auch geschafft. Du musst auch mal loslassen.«

Erwischt. Warum ist die Theorie nur so schwer in die Praxis umzusetzen? Ich seufze. »Du hast ja recht, Elke. Mach, was du willst, aber bring Clara heil nach Hause.«

»Versprochen.«

Als ich mich umdrehe, ruft sie mich noch einmal zurück.

»Bevor Sebastian nachher hier ist ... Ich habe auch noch ein Anliegen.«

Ich schaue sie fragend an.

»Also diesen Mist mit Venezuela redest du ihm doch hoffentlich aus, oder?«

»Das kann ich nicht. Wenn er es unbedingt machen möchte, soll er es machen. Er hat es meinetwegen schon einmal abgesagt.«

Elke guckt ganz schön traurig aus der Wäsche. »Was da alles passieren kann. Und erst recht mit dem Kind. Ist das nicht alles viel zu gefährlich?«

Von der Option, dass Sebastian allein fahren könnte, weiß sie also nichts.

»Falls du dir Sorgen um Clara machst: Wenn Sebastian eine Zusage bekommt, könnten Clara und ich auch hierbleiben. Ein halbes Jahr ist schnell rum.«

»Ob eure Ehe das aushalten würde?«

Das Thema möchte ich nicht vertiefen. »Elke, hast du mir nicht gerade gesagt, man muss seine Kinder loslassen?«

»Aber doch nicht bis nach Venezuela!«

Bevor wir noch weiter in die Verantwortungsproblematik eintauchen, fahre ich lieber zu Isabel ins Atelier und diskutiere mit ihr darüber, wie Frauen sich zumindest rein optisch schon mal besser fühlen. Aber ist das nicht auch immer ein Spiegel von all dem, was in uns abläuft?

»Eve, du siehst aus, als ob dich etwas bedrückt.«

Der Mann läuft also doch nicht völlig blind durch die Gegend. Martin sitzt neben mir auf dem Sofa und legt den Arm um mich. Was mir das Herz zerreißt. Nicht mal ansatzweise denke ich daran, ihn zu verlassen. Wir sind eine Familie. Aber ich merke, dass ich mir immer noch die Option offenhalte, mit Costas ein paar Endorphinräusche zu erleben. Ich will Martin nicht betrügen, nur das Gefühl genießen, begehrt zu werden. Bewundert zu werden. Ich wünschte, ich könnte mich mit Costas' Augen sehen, dann wäre das wahrscheinlich völlig unnötig.

»Eve, ist alles in Ordnung?«

»Mir geht halt so einiges durch den Kopf.«

»Dann erzähl es mir doch!«

»Ich kann es ja selbst nicht in Worte fassen.«

»Ist es wegen der Jobsuche? Eve, dein Konzept ist super! Wenn du möchtest, helfe ich dir. Ich mach die Unternehmensberatung auch ganz umsonst.«

Er lächelt mich mit einer Freundlichkeit an, die mir wehtut. Trotzdem schlucke ich gerade noch die Bemerkung herunter, dass ich hier auch alles umsonst mache.

»Das wäre nett.«

»Was wäre nett?« Florian setzt sich neben mich.

»Wenn der Papa mir bei meinem Job hilft.«

Anna kommt dazu und setzt sich neben Martin.

»Hey, warum lasst ihr mich ganz alleine?« Simon steht unschlüssig vor dem Sofa und entscheidet sich schließlich für den Platz zwischen Martin und mir. »Seid ihr eigentlich noch verliebt?«, fragt er, nachdem er uns dazu gebracht hat auseinanderzurücken.

»Ich liebe den Papa auf jeden Fall noch.«

»Das war nicht die Frage!« Martin schaut mich herausfordernd an.

»Der Unterschied ist zu kompliziert. Außerdem zählt nur die Liebe. Verliebtsein hat alleine nichts zu bedeuten.«

»Finde ich schon. Also ich bin ganz oft noch in die Mama verliebt!«

»Warum nicht immer?«

»Simon, wenn man immer verliebt wäre, dann wäre das Leben viel zu anstrengend. Verliebte können nicht klar denken«, konfrontiere ich meinen Sohn mit den Tatsachen des Lebens.

Martin zeigt mir einen Vogel. Dass er über meine Relativierung des Verliebtseins beruhigt sein müsste, kann er nicht wissen.

»Mama«, mischt sich Florian in die Diskussion ein, »wenn alle Menschen auf der Welt tot wären, außer du, Simon und ich. Welchen von uns beiden würdest du heiraten?«

»Natürlich keinen! Ihr seid meine Kinder! Und selbst wenn nicht, dann wäre ich viel zu alt für euch!«

»Aber, Mama, wenn wir nicht deine Kinder wären und wenn wir gleich alt wären und wenn sonst die ganze Menschheit aussterben würde, wen würdest du dann nehmen?«

Annas Bemerkung verschafft mir etwas Schonfrist: »Heutzutage können auch Frauen Frauen heiraten! Sie könnte also auch mich nehmen!«

»Aber keine Kinder kriegen, du Doofi!«

Hier geht es also nur um die Wen-hast-du-am-liebsten-Frage. Deshalb darf ich jetzt auch nicht antworten, dass es mir egal wäre, wenn die ganze Menschheit ausstirbt. Sonst fühlt sich keiner ausreichend geliebt.

»Erst mal ist keiner von euch ein Doofi, ihr seid alle meine heißgeliebten, schlauen und tollen Kinder! Und zweitens gibt es Dinge, da muss man sich nicht entscheiden! Ich habe euch alle gleich lieb!«

»Das sagen alle Mütter!« Florian gibt nicht auf. »Also für wen würdest du dich entscheiden?«

Notausgang, wo bist du? Martin schaut mich belustigt an.

»Also, ich würde mich für den Papa entscheiden, und zusammen passen wir dann auf euch auf!«

»Das gilt nicht. Der Papa wäre von einem Hai gefressen worden!«

Wie der Rest der Menschheit auch?

»Dann hätten wir den Papa halt aus dem Bauch des Hais wieder rausgeschnitten. So wie bei Rotkäppchen oder bei den sieben Geißlein!«

Ich weiß, dass ich auf diese Momente mit meiner Familie niemals verzichten möchte. Es wäre nicht mehr dasselbe, wenn ein anderer Mann zwischen uns stünde.

»Mama, du bist so was von unrealistisch! Du hast echt überhaupt keine Ahnung vom Leben!«

Wie sollte ich auch? Ich bin ja nur die langweilige Angsthasenmama, die endlich mal was Verrücktes tun wollte. Tja, morgen könnte ich mit einem zehn Jahre jüngeren Mann Sekt schlürfen und mir zwei Stunden anhören, wie toll ich bin, aber wäre das wirklich verrückt? Ich fürchte, das wäre eher wahnsinnig! Oder bin ich wahnsinnig, dass ich mir über so etwas überhaupt Gedanken mache? Egal. Ich habe einen Entschluss gefasst.

»Genau, Eltern haben nie Ahnung vom Leben. Ich freue mich schon darauf, wenn ihr mal Kinder habt!«

Jetzt schauen sie mich an, als wäre ich nicht ganz richtig im Kopf.

»Kommt, lasst uns wieder spielen gehen«, gibt Anna das

Kommando, und ihre Brüder folgen ihr. Mit mir ist die Welt ohnehin nicht mehr zu retten.

»Martin?«

»Ja?«

»Ich werde morgen zum Elternabend gehen. Das Treffen mit Costas sage ich ab.«

»Musst du meinetwegen nicht! Mach dir ruhig einen schönen Abend.«

»Bist du gar kein bisschen eifersüchtig?«

»Nee, wieso sollte ich? Ich habe mich letztens mit ihm darüber unterhalten, wie er noch mehr Kunden gewinnen könnte. Außer dir hat bislang niemand auf seine Werbung reagiert. Aber im Gemüseladen suche ich ja auch nicht nach einem Webdesigner. Also, wie auch immer, der Mann ist in Ordnung. Der tut dir nichts.«

Martin denkt immer, er sei der beste Menschenkenner. Aber dass Costas sich, ohne rot zu werden, von meinem Mann Tipps holen kann, irritiert mich.

»Manchmal findet man aber auch Sachen, die man gar nicht gesucht hat«, entgegne ich.

Ich lehne mich an meinen Mann, von dem ich glaube, schon jeden Zentimeter hundertmal gesehen zu haben. Was auch etwas Beruhigendes an sich hat – leider manchmal zu beruhigend.

»Trotzdem, Eve, das ist schon unprofessionell. Wenn er wirklich aus der Gemüsedynastie ausbrechen will, dann muss er auch mal vor die Ladentür gehen. Ich habe ihm jedenfalls angeboten, mit ihm einen Businessplan zu entwickeln.«

»Und wie hat er darauf reagiert?«

»Er hat sich gefreut. Er meinte, dann würde er deine Website für immer umsonst betreuen! Kein Wunder, dass der Mann geschäftlich so schlecht dasteht. Apropos, wie viele Leute haben sich bei dir denn schon gemeldet?«

»Fünf haben Interesse am Coaching. Vielleicht bleiben nach den Vorgesprächen drei übrig. Mehr würde ich rein körperlich gar nicht schaffen.«

Wie kann ich überhaupt Gefühle für einen anderen Mann haben, wenn ich mit meinem so zufrieden bin? Was will ich denn noch mehr?

»Eve, du brauchst wirklich nicht immer so vernünftig zu sein. Du hast die letzten Jahre so viel zurückgesteckt. Gönn dir doch einfach ein bisschen mehr Spaß. Wenn wir in der Firma einen tollen Geschäftsabschluss haben, gehen wir auch immer essen. Und selbst wenn Costas dich anschmachten sollte: So kasteien, dass du stattdessen auf einen Elternabend gehst, musst du dich nun wirklich nicht.«

»Ich habe es dem Schulkomitee schon versprochen. Vielleicht hole ich das Treffen mit Costas nach.«

Ich habe keine Angst vor Costas' Gefühlen. Ich habe Angst vor meinen eigenen Gefühlen.

Sebastian und ich liegen auf dem Bett in seinem Zimmer. Jeder hat sich auf einen Arm gestützt, sodass wir uns in die Augen schauen können. Da Clara nebenan schläft, müssen wir nicht flüstern.

»Wenn ich der Mann von uns beiden wäre, würde ich jetzt sofort ein Kind machen.«

»Ist das so ein großer Unterschied?«, er streichelt mir über den Bauch, »ist doch alles wieder so wie vorher, wogegen ich ein paar Kilo mehr drauf habe – obwohl ich der Mann bin.«

»Mensch, Sebastian, als wenn mich ein paar Kilo mehr oder weniger von einem zweiten Kind abhalten würden – ganz egal ob an deinem oder meinen Bauch!«

»Und wo ist das Problem?«

»Ich weiß, dass es mit jedem weiteren Kind mehr Mama und weniger Papa bei uns gäbe. Und das möchte ich nicht. Obwohl ich unbedingt ein zweites Kind will. Und zwar so schnell, dass die beiden noch was miteinander anfangen können.«

»Und wenn wir es einfach probieren?«

Ich nehme seine Hand aus meinen Haaren und schiebe sie weg.

»Ich will nicht mit dir darüber diskutieren müssen, wer wann auf die Kinder aufpasst, darum kämpfen, wann ich arbeiten darf. Ich will einen Mann, der darum kämpft, Zeit mit seinen Kindern zu verbringen. Ich glaube, das ist der Knackpunkt. Während auch Frauen, die Karriere machen, ihre Kinder an die erste Stelle setzen, reicht es den meisten Männern, wenn ihre Frauen sich für die Kinder aufopfern.«

»Du machst es dir ein bisschen einfach, oder?«

»Nein, die Männer machen es sich einfach.«

»Bin ich die Männer?«

»Na, jedenfalls bist du einer davon.«

»Warum können wir das nicht einfach nur für uns lösen? Was wäre außerdem so schlimm daran, wenn du mal ein paar Jahre kürzer trittst? Wenn du dann einen Bestseller geschrieben hast, bleibe ich gern zu Hause.«

»Siehst du, nun redest du schon wie alle Männer.«

»Und du denkst wie alle Frauen viel zu viel nach.«

Heutzutage denken aber auch viele Männer viel zu viel nach – zum Beispiel darüber, ob sie mit Mitte dreißig wirklich schon bereit sind, eine Familie zu gründen. Da Sebastian nicht zu den Zaudernden zählte, möchte ich den Mann/Frau-Keil jetzt nicht noch tiefer in die Matratze treiben. Schließlich sind wir aus ganz anderen Gründen so früh ins Bett gegangen.

»Lass uns für heute mal ganz aufhören zu denken«, sage ich und rücke näher, um ihn zu küssen.

»Ich fürchte, da muss ich mich schon sehr anstrengen, um dich vom Denken abzuhalten.«

Warum auch nicht? Schadet nicht, wenn die Männer sich mal verausgaben. Mist, schon wieder »die Männer«. Aber der Mann fängt immerhin an, mich auf andere Gedanken zu bringen. Gedanken, habe ich gerade Gedanken gedacht? Ach, egal …

Mein Mann und meine Kinder haben die Tür hinter sich zufallen lassen. Ich nutze die morgendliche heilige Ruhe, um mir endlich den Ballast von der Seele zu schreiben und einen Schlussstrich unter die Episode Runnerboy zu setzen.

Lieber Costas,
ich möchte heute ganz offen zu dir sein. Es war sehr schön, weiter mit dir zusammenzuarbeiten. Du hast mich bestätigt, mich ernst genommen, mich selbst glauben lassen, dass ich was kann. Aber du hast noch mehr Gefühle in mir geweckt. Ich wünschte, es wäre nicht so, dann könnte ich sagen, wir bleiben Freunde und Kollegen.
Auch wenn ich immer wieder gesagt habe, dass ich dir nicht mehr schreiben möchte, habe ich mich doch stets nach Nachrichten von Runnerboy gesehnt. Es hat sich angefühlt wie frisch verliebt.
Du hast mich um eine Entscheidung gebeten: Ich werde heute Abend nicht kommen. Diesen Brief schreibe ich dir, damit du weißt, dass es nicht an dir persönlich liegt. Du weißt, dass ich gebunden bin, und du weißt, was es bedeuten würde, meine Familie aufs Spiel zu setzen. Du wirst mir fehlen, aber glaub mir, es ist besser für uns alle. Ich hätte die Vorstellung nicht ertragen, dass du heute Abend im Lokal sitzt und vergeblich auf mich wartest. Ich hätte es aber auch nicht ertragen, wenn du wieder fragst, warum Paradiesvogel sich nicht mit Runnerboy treffen möchte. Wenn unsere Gefühle füreinander abgekühlt sind, vielleicht können wir dann wieder normal mitein-

ander umgehen. Aber jetzt wünsche ich dir einfach nur alles Gute.
Deine Eve

Bevor ich es mir anders überlegen kann, tüte ich den Brief ein, schreibe den Adressaten auf den Umschlag und verlasse die Wohnung. Hoffentlich steht er gerade nicht im Laden. Ich nehme drei Stufen auf einmal und verspüre einen unglaublichen Drang, diesen Brief loszuwerden. Ich will nach vorne schauen und mich keinen Spinnereien hingeben.

Obwohl der Gemüseladen voll ist, kann ich Costas nirgendwo entdecken. Ich spreche seinen Vater an, der Granatäpfel in eine Kiste sortiert. »Könnten Sie diesen Brief Ihrem Sohn geben? Es geht um unsere Zusammenarbeit.«

Er schaut mich verwundert an. »Müssen Sie etwas persönlich klären? Er kommt gegen Mittag wieder.« Er reicht mir einen Granatapfel. »Hier. Für Sie. Sie haben meinem Sohn sehr geholfen.«

Ich nehme ihn entgegen. »Danke. Ich dachte, Sie halten gar nicht so viel von …«

»… dem neumodischen Quatsch?«

Ich nicke beschämt.

»Ich wünsche mir, dass er glücklich wird. Meine Frau sieht das zwar anders, aber meinetwegen muss er nicht für immer hier arbeiten.«

Hoffentlich breche ich ihm mit dem Brief nicht das Herz.

»Ja, Ihr Sohn hat Talent. Bitte geben Sie ihm diesen Brief und bestellen einen herzlichen Gruß. Ich muss jetzt weiter. Und danke für den Granatapfel!«

Ich sprinte aus dem Laden. Erleichterung, aber auch Trauer macht sich breit. Aber es ist für alle Beteiligten besser so. Gleich auf Clara aufzupassen wird mich wieder auf den Boden der Tatsachen zurückbringen.

Wo bleibt Eve denn nur? Ich würde mich gerne noch auf die Redaktionssitzung vorbereiten. Das letzte Mal hatte ich mich zwar gut eingelesen, dafür mangelte es an der eigenen Präsentation. Ich hatte mich schon gewundert, warum mich alle so merkwürdig anstarrten, als ich den Raum betrat. Da entdeckte ich, dass quer über meine Brust dunkelrote Flecken auf lila Stoff von meiner Kompetenz ablenkten. Tomatensoße vom Vorabend. Ich bezweifle, dass es meine Reputation gestärkt hätte, wenn ich erklärt hätte, dass Clara längst schlief, als ich die aufgewärmten Reste ihres Mittagessens verputzt habe, während ich mich im Internet bei anderen Verlagen umgesehen habe. Ich schaue noch mal an mir hinunter und entdecke nichts Außergewöhnliches.

»Will mit Ief Pipatz gehn!«

»Von mir aus gerne. Aber schön bei ihr bleiben!«

Ob ich Eve mal anrufen sollte? Da höre ich Schritte und öffne die Tür. Endlich! Sie strahlt mich an, als habe sie heute schon einen Marathon bezwungen. »Ich hoffe, ich bin noch nicht zu spät, aber ich musste noch was Wichtiges erledigen!«

Ich ahne, worum es geht.

»Du gehst heute Abend also nicht aus?«

»Nur zum Elternabend.«

Ich schnappe mir meine Tasche und verlasse die Wohnung. Clara mag Eve so gern, dass sie mir gut gelaunt hinterherwinkt.

»Du musst dich doch nicht gleich bestrafen!«, rufe ich Eve zu.

»Gibt Schlimmeres, ist eigentlich 'ne nette Runde.«

»Du weißt gar nicht, wie gerne ich jetzt lieber mit dir einen Kaffee trinken und plaudern würde, aber die Arbeit ruft.«

Dann mache ich mich auf den Weg.

Wie es aussieht, wurde ich schon erwartet.

»Na endlich! Ich suche schon den ganzen Tag die Korrekturfahne von Dr. Huber!« Tanja sortiert ein paar Unterlagen.

Wir haben es Viertel vor zehn, da kann man wohl kaum von einem ganzen Tag sprechen!

»Alice, dein neues Buch steht heute auch auf der Besprechungsliste. Ich habe gestern mit Herrn Meyer darüber gesprochen.«

Ich fahre meinen PC hoch und werfe einen Blick auf meine geschäftlichen Mails. Dabei tue ich so, als wäre mein Leben kein bisschen davon abhängig, ob mein Buch verlegt wird oder nicht.

»Ja, Herr Meyer hat letztens angedeutet, dass …«

Mal schauen, ob sie etwas verrät. Tut sie nicht.

»Hey, Mädels, es geht los!«

Tom kommt wie immer gut gelaunt in unser Büro, um uns zur Redaktionssitzung abzuholen. Wenige Minuten später sitzen wir im Besprechungszimmer, trinken Kaffee und essen viel zu viele Kekse aus diesem tantenhaften Sortiment, das vor allem für einen tantenhaften Hintern sorgt. Die Runde ist überschaubar wie immer. Es wundert mich nur ein bisschen, dass Herr Meyer uns das neue junge und zugegebenermaßen hübsche Gesicht, das verschüchtert neben ihm sitzt, nicht vorstellt. Wahrscheinlich wieder eine neue Praktikantin. Aber da ich so selten im Büro bin, bekomme ich auch nicht mehr alles mit. Ich werde sie nachher ansprechen.

Ich ergattere eins von den knusprigen Butterröllchen, als es spannend wird.

»Wir haben für das nächste Frühjahrsprogramm noch fünf

Plätze frei. Und da fast alle anderen Bücher sich nur um Karriere und Wirtschaftswunder drehen …«

»Welches Wirtschaftswunder?«, fragt Tom. Er ist schließlich in einem Verlag und nicht in einer Werbeagentur gelandet.

Herr Meyer schaut uns an, als sei er der schlaueste Fuchs von allen. »Es ist alles nur eine Frage der Perspektive. Und der Deutung. Ich wollte es eigentlich ein wenig feierlicher verkünden, aber dann eben ganz profan: Mein Schwager kennt ja den Mann der Kanzlerin …«

Ach, der Schwager, der mir auch zu Ina Hill verholfen hat.

»… und nachdem ich überlegt habe, wie man das nutzen kann, ist mir eine geniale Idee gekommen: Porträts von jungen Start-ups, die es trotz aller angeblichen Krisen geschafft haben, eine tolle Geschäftsidee zum Laufen zu bringen. Und unsere Kanzlerin hat sich bereit erklärt, zu diesem Mutmachbuch ein Geleitwort zu schreiben.«

Er schaut uns erwartungsvoll an. Das mag ich an meinem Chef. Er hat Ideen, wo andere Bedenken haben.

»Mutti nimmt uns alle an die Hand! Das kann nur ein Bestseller werden!«

Tom fängt an zu klatschen, und alle stimmen mit ein.

»Aber dazu später mehr!«

Bei dem Projekt möchte ich auf jeden Fall dabei sein. Schade, dass Eve mit ihrer Idee noch nicht weit genug ist.

»Also, nachdem es im nächsten Programm um so viele wirtschaftliche und politische Themen geht, habe ich mir überlegt, dass wir gemäß unserer Tradition auch noch zwei Titel aus dem häuslichen, privaten Bereich bringen sollten.«

Wann kapiert der Mann endlich, dass alles Private auch eine politische Dimension hat?

»Hier können wir auf Frau Goldmanns Vorschläge zurückgreifen. Ein Buch über das Revival der heimischen Nähkunst kann ich mir gut vorstellen!«

Wenn ich jetzt frage, ob Karl Lagerfelds Designs auch nur das Ergebnis eines Hobbys sind, schade ich Isabels und meinem Projekt wohl eher.

»Und was Ihre Streitschrift zur tatsächlichen Lage der Emanzipation angeht: Das Thema ist nach wie vor ein Aufreger.« Jetzt zeigt Herr Meyer mir ein Haifischlächeln vom Feinsten: »Packen Sie es an!«

Haben wir heute Weihnachten, oder warum sehe ich meinen Namen auf zwei neuen Büchern stehen? Die Frage ist nur, wie ich das neben meinem Job im Verlag noch schaffen soll. Vielleicht kann die Praktikantin mich unterstützen.

»Ich denke, Frau Goldmann, Sie sind mit einem Vorschuss von je viertausend Euro glücklich, auch wenn Sie den Betrag für das Nähbuch mit der Coautorin teilen müssten, oder?«

»Das klingt interessant«, antworte ich betont gelassen.

»Ich finde, das klingt ganz wunderbar. Vor allem denke ich, dass Ihnen so der Schritt in die Freiberuflichkeit erleichtert wird. Die entspricht Ihnen einfach viel eher als ein starres Angestelltenkorsett.«

Herr Meyer wischt sich eine Schweißperle von der Stirn. Der Rest der Truppe schaut betreten bis neugierig. Nur die Neue überlegt wohl gerade, ob sie sich doch nach einem anderen Praktikumsplatz umsehen soll.

»Ich werde über Ihr Angebot, das mich grundsätzlich sehr freut, nachdenken, aber zurzeit möchte ich meine feste Anstellung nicht aufgeben.«

Wirtschaftswunder sind nämlich nicht die Regel.

Herr Meyer ruft eine kurze Pause aus, bevor er mir leise zuraunt: »Frau Goldmann, könnte ich Sie kurz unter vier Augen sprechen?«

Ich nicke und folge ihm in den Flur.

»Ich schätze Sie wirklich sehr. Sie haben Ideen und Talent zu schreiben. Aber nach den Erfahrungen der letzten Zeit kann ich Ihren Vertrag, der ohnehin befristet war, nicht verlängern. Ich brauche jemanden, der … wie soll ich es sagen … sich ungehindert seiner Karriere widmen kann.«

Dann wäre ich wenigstens die Sorge mit der Betreuung los, schießt es mir durch den Kopf. Bevor ich mir ausmale, wie Sebastian und ich komplett in die traditionellen Rollen verfallen.

»Frau Goldmann, wir arbeiten dann immer noch zusammen, nur auf einer anderen Ebene. Und wer weiß, vielleicht wird das der entscheidende Karriereschritt für Sie?«

Na klar, es ist ja alles nur eine Frage der Perspektive und der Deutung.

»Ich werde mir Ihr Angebot durch den Kopf gehen lassen.«

»Machen Sie das. Und vergessen Sie nicht, Ina Hill nächste Woche ist die Gelegenheit, sich einen Namen zu machen. Das würde auch den Verkauf Ihrer zukünftigen Bücher ankurbeln!«

Er wirkt fast erleichtert, als wir den Besprechungsraum wieder betreten.

»So, nachdem wir die Formalien geklärt haben, geht es weiter im Programm!«

Sich mit Costas zu treffen wäre wie Öl ins Feuer gießen gewesen. Es reicht, wenn ich regelmäßig das Essen anbrennen lasse. Hoffentlich ist er nicht zu verletzt, wenn er den Brief liest. Ob seine Eltern ihm den überhaupt schon gegeben haben? Er hätte ja ruhig mal eine SMS schreiben können, dass er die Nachricht erhalten hat.

Ein halbes Dutzend Eltern, von denen ein Großteil schon die Happy Hour genutzt hat, quatschen gut gelaunt durcheinander. Caro und Andreas sitzen mir gegenüber.

»Alles in Ordnung?«, fragt Andreas.

»Ja, ja, war nur kurz mit dem Kopf woanders.«

»Das ist nicht zu übersehen«, grinst Caro mich an. Wenigstens braucht man im Umgang mit ihr keine Samthandschuhe.

Da ich ganz gegen meine Gewohnheit ein paar Minuten später kam, war nur noch ein Platz an der Ecke frei, aber der reicht mir völlig. Frau Zimmermann hat vor dem ersten Cocktail die Farbauswahl zur Abstimmung freigegeben. Fast alle Hände schnellten bei Lindgrün für die Klassenzimmer hoch. Die Flure werden sonnengelb. Mein Leben bleibt unkompliziert, solange ich meine Energie nur in familienverträgliche Bereiche stecke. Wenn ich gedacht habe, mit der Farbauswahl wäre das Thema schon erledigt, habe ich mich getäuscht.

»Wir sollten aber die abwaschbare Farbe nehmen, sonst können wir nächstes Jahr die Fingertapser wieder überstreichen«, wirft eine Mutter in praktischem Fleecepulli ein, an dem auch die Apfelschorle abperlt, wenn mal wieder ein Glas umgeschmissen wurde.

»Auf gar keinen Fall!«, entgegnet Tanja, die ihren Sprössling nur in Biobaumwolle kleidet, »abwaschbare Farben sind gesundheitsschädlich. Ich unterstütze die Streichaktion nur, wenn wir auf Biofarbe bestehen. Immerhin verbringen unsere Kinder den halben Tag in dem Raum.«

Grundsätzlich sind alle für Biofarbe – wenn sie nicht so teuer wäre.

Caro sieht es pragmatischer. »Also, Leute, jetzt lasst euch doch nicht immer verrückt machen! Heutzutage wird alles verteufelt. Wo wir schon beim Thema wären: Wer kommt mit nach draußen, eine rauchen?«

»Ich bin dabei.«

Vielleicht hatte Frau Zimmermann es deshalb so eilig mit der Abstimmung?

»Ich auch.«

»Ich auch.«

Wenn jetzt alle gehen, dann bleibe ich hier auch nicht allein sitzen.

»Ich nicht. Meinetwegen könnte das Rauchen in Kneipen wieder erlaubt werden. Diese Rausrennerei zerstört jegliche Kommunikation.«

Wenigstens ein weiterer Nichtraucher. Ich werfe Andreas einen dankbaren Blick zu, weil er mir gerade die Entscheidung abgenommen hat. »Ich hätte zwar nichts gegen frische Luft, aber ich habe Angst, schwach zu werden.«

Ich weiß nicht, wie ich nach unserem letzten Gespräch mit ihm umgehen soll – jetzt, wo wir allein am Tisch sitzen. »Weißt du, seit ich wieder arbeiten werde, könnte ich mir glatt wieder eine Packung Zigaretten kaufen. Ich habe nur wegen der Kinder nicht geraucht.«

Andreas steht auf und setzt sich neben mich. So weit weg,

dass wir uns gegenseitig hätten anschreien müssen, saß er nun auch wieder nicht.

»Dabei bist du so viel mehr als nur Mutter.«

»Ach, komm schon, über die Phase, dass uns das Elternsein bis in schlaflose Nächte hinein verschlingt, sind wir doch alle hinweg, oder?«

Er rückt ein Stück zurück. »Da hast du auch wieder recht. Wie läuft es eigentlich mit deiner Laufgeschichte?«

»Ich weiß nicht, wie viel ich dir erzählt habe. Hast du dir die Seite angesehen?«

»Na klar, sieht super aus!«

»Danke. Und ehrlich gesagt bin ich auch stolz auf mich. Die Mitlaufzentrale wird eher in den Hintergrund rücken, aber das mit dem Coaching scheint eine Marktlücke zu sein.«

Vom Biergarten her ist lautes Lachen zu hören, als sich die Tür öffnet. Die Raucher wollen zurück an den Tisch.

»Eve? Ich freue mich echt, dass du heute gekommen bist.«

Bevor er wieder aufsteht, um an seinen alten Platz zu wechseln, drückt er kurz meine Hand. »Bis gleich.«

»Ich glaube, bei der nächsten Raucherpause mache ich mich auf den Heimweg. Wir müssen morgen alle früh aufstehen.«

»Wie du meinst.«

Dann vertiefe ich mich mit Frau Zimmermann in ein Gespräch über den Förderverein. Als es irgendwann um unsere Jobs geht, erzähle ich ihr von meinem Laufcoaching. Ist doch gar nicht so schwer, mutig zu sein, wenn alle so begeistert reagieren. Es käme mir zwar komisch vor, von anderen Müttern aus meinem Bekanntenkreis Geld fürs gemeinsame Laufen zu nehmen, aber ich dränge mich ja auch nicht auf.

Als wieder alle nach ihren Zigaretten kramen, hole ich mein Geld hervor, um zu bezahlen. Nach zwei Bier bin ich noch nüchtern genug, um den Absprung zu schaffen. Ich will nach Hause. In die warme, kuschelige Höhle meiner Familie.

»Na, dann euch noch einen schönen Abend!«, rufe ich in die Runde, die sich wieder in Raucher und Nichtraucher teilt.

»War schön, so kommen wir voran!«, verabschiedet mich Frau Zimmermann, bevor alle außer Andreas und mir wieder in den Biergarten verschwinden, der im Dunkeln richtig romantisch aussieht. Vielleicht sollte ich Martin mal wieder hierherlocken?

»Na, dann gehen wir wohl mal nach Hause.« Andreas hält mir meine Jacke hin. Ich habe nichts gegen Gentlemen, aber an- und ausziehen kann ich mich allein. Trotzdem schlüpfe ich in die hingehaltenen Ärmel.

»Danke.«

Ich schlüpfe genauso durch die aufgehaltene Tür und bedanke mich ein zweites Mal. Wir treten auf die Straße, die um diese Zeit ziemlich leer ist – und das, wo sich auch in Köln-Deutz immer mehr ein Stadtgefühl breitmacht. Ja, wir haben in dieser Straße sogar Domblick, zwar nur auf die Spitzen, aber immerhin. Bei Vollmond wird selbst unser Viertel zur Touristenkulisse.

»Schau mal, Andreas, sieht das nicht fantastisch aus?«

»Ja, fantastisch.«

Er schaut mich an und nicht den Dom. Und er hat eindeutig zu viel getrunken, wie mir seine glasigen Augen verraten.

»Also, ich muss dann mal in die Richtung.«

Unsicher, ob ich ihm zum Abschied noch die Hand reichen soll, bleibe ich stehen. Und reiche ihm die Hand. Er nimmt sie und zieht mich an sich.

»Danke, dass du dich entschieden hast, heute zu kommen.«

Langsam wird mir komisch zumute. Seine Umarmung fühlt sich nicht übergriffig, aber fehl am Platze an. Als gelte sie einer anderen Frau.

Er löst sich von mir und strahlt mich an. »Ich habe so gehofft, dass du kommen wirst …«

Warum laufen einem plötzlich alle hinterher, wenn einer damit anfängt? Sende ich die falschen Signale aus? In welcher romantischen Komödie stecke ich denn jetzt fest? Es gibt doch schon einen Nebenbuhler zu viel, möchte ich der Regie zurufen, als mir ein einziges Wort klarmacht, dass ich einem Irrtum aufgesessen bin:

»... Paradiesvogel.«

»Meine Mutter hat recht. Ich bin nicht emanzipiert!«

Isabel und ich sitzen im Café Schmitz und stoßen mit einem Hugo an. Als wäre der was Neues. Dabei hat meine Oma schon Holunderblütensirup aufgesetzt und mit Sekt gemischt. Aber er ist lecker. Und es gibt was zu feiern: Herr Meyer möchte unser Buch verlegen. Darauf trinken wir, egal, wie wir uns entscheiden.

»Du bist die emanzipierteste Mutter, die ich kenne.«

»Du kennst doch gar keine andere Mutter.« Ich fische mir die frische Minze aus dem Glas und schiebe mir das pelzige Blatt in den Mund. »Weißt du, Isabel, ich arbeite in jeder freien Minute. Aber deshalb bin ich noch lange nicht frei! Und schon gar nicht selbstbestimmt. Und ich denke viel zu viel darüber nach, es allen recht zu machen. Keiner soll wegen mir leiden. Andersrum habe ich kein Problem damit. Beinahe hätte ich Herrn Meyers Kündigung als das begriffen, was er darin sieht: eine riesige Chance, mich beruflich weiterzuentwickeln. Sicher werde ich meine Chance nutzen, aber anders, als er sich das denkt!«

Wir sitzen tief in den Fünfziger-Jahre-Sesseln, und auch wenn ich die Möbel dieser Zeit ziemlich cool finde: Wir sitzen nicht nur auf beigem Samt an Nierentischen, sondern auch noch auf mancher Gesinnung dieser Zeit fest.

»Was hast du vor?«

»Ich werde handeln wie ein Mann!«

Der Kellner bringt uns die bestellten Quiches und schaut mich belustigt an.

»Und was heißt das für dich?«

Der Kellner wischt den freien Tisch neben uns mit einer Ruhe ab, als wäre der Laden nicht voller durstiger Gäste. Gute Übung für mein Projekt.

»Ich sage meine Meinung, bin mutig – und ich werde pokern. Und das ganz ohne die bescheuerten Kulleraugen, die viele unserer Geschlechtsgenossinnen in so einer Situation einsetzen.«

Jetzt muss der Kellner lachen. »Könnt ihr mir das mit den Kulleraugen beibringen? Vielleicht gibt's dann mehr Trinkgeld!«

Wir prusten los, und Isabel schenkt ihm einen Bambiblick vom Feinsten.

»Hör auf, sonst gebe ich dir gleich Geld zurück! Ich kann diese Mitleidsnummern nicht ertragen!«

»Kann man dich eigentlich auch nach der Arbeit treffen?«

Ich schaue Isabel erstaunt an. Dabei verhält sie sich gerade wie ein Mann. Im Positiven. Direkt und ohne drum herumzureden.

»Ich arbeite jeden Mittwochabend hier. Kannst ja nächste Woche vorbeischauen.« Er zwinkert Isabel zu und widmet sich dann den anderen Gästen.

»War das dein Ernst?«

»Und selbst wenn, Jan trifft sich schließlich nächste Woche auch mit seiner Ex. Da könnte ich etwas Ablenkung vertragen.«

Bevor ich eine Bemerkung machen kann, erinnert Isabel mich an mein persönliches Damoklesschwert für nächste Woche. Offensichtlich hat sie jetzt keine Lust, ihre Beziehung zu thematisieren.

»Und du? Bist du schon aufgeregt wegen der Talkshow?«

»Mittlerweile bereue ich, dass ich zugestimmt habe, mich öffentlich zerfleischen zu lassen.«

»Ach, komm, Ina Hill ist doch nett.«

»Sie schon!«

Isabel schaut mich fragend an.

»Aber ich werde die Talkshow zur Arena machen!«

»Alice???«

»Ja???«

»Tu mir nur einen Gefallen: Renn nicht nackt und mit irgendeinem Spruch auf dem Busen vor die Kamera!«

»Da bringst du mich auf eine Idee!«

Sie greift nach meiner Hand. »Alice, als deine Freundin muss ich dich vor Blödsinn bewahren. Ganz davon abgesehen, dass sie es sowieso nicht zeigen würden.«

Ich drücke ihre Hand. »Keine Sorge, weder Brüste noch Kulleraugen. Ich werde einfach mit meinem Verstand arbeiten.« Ich greife zu meinem halbvollen Glas und stoße mit ihr an. »Prost! Und jetzt erzähle ich dir mal von meinem Plan für die erste Talkshow meines Lebens.«

Wie konnte ich nur so blind sein? Es war offensichtlich, dass Andreas mich anhimmelt, aber ich wollte glauben, Costas sei der geheimnisvolle Runnerboy. Könnte sich jetzt bitte der Boden auftun, um mich aus dieser peinlichen Situation zu erlösen? Andreas ist nett, aber mein Typ ist er nicht.

»Ich hatte den Eindruck, dass du das Gleiche fühlst.«

Er tut mir leid. Wenigstens ehrlich muss ich jetzt zu ihm sein.

»Andreas, ich finde dich sehr nett, aber über eine gute Bekanntschaft und Zusammenarbeit in Schulangelegenheiten hinaus hege ich keine Absichten.«

»Das sah aber manchmal anders aus. Und du hast doch auch von Zweifeln geschrieben. Kannst du uns nicht wenigstens eine Chance geben?«

Muss ich ihm die Botschaft eintätowieren?

»Andreas, ja, ich habe so meine Probleme in meiner Beziehung, aber ich habe nicht vor, sie auf diese Weise zu lösen! Und ich habe dir im Chat mehrmals gesagt, dass ich keinen Mailwechsel mehr möchte, wenn du andere Absichten hegst.«

Andreas zieht meine Strickjacke hoch, die mir von den Schultern gerutscht ist. Ich verschränke die Arme vor der Brust, woraufhin die Jacke wieder herunterrutscht. Bevor er nur daran denken kann, sie zu richten, reiße ich sie selbst hoch.

»Trotzdem hast du mir immer wieder geantwortet. Das hättest du nicht machen müssen, wenn dich das alles unberührt gelassen hätte.«

Hoffentlich hat keiner das Fenster offen und belauscht uns. Unser Veedel ist schließlich auch nur ein Dorf.

»Meine Güte, ich dachte eben, jemand anders sei Runnerboy, jemand, für den ich durchaus Gefühle hatte!« Es geht wohl nicht ohne Schmerzen, also her mit der heißen Nadel. »Und diesem anderen habe ich heute Abend einen Korb gegeben, eben um keine komplizierte Geschichte draus zu machen. Und jetzt gehe ich nach Hause!«

An seinem Blick sehe ich, dass er mich zum Abschied noch einmal umarmen und mich dabei umstimmen möchte. Ich drehe mich um und trete den Heimweg an.

»Warte!«

»Nein heißt nein!«

»Bitte, können wir nicht wenigstens Freunde werden?«

Mitleid steigt in mir auf, aber Mitleid ist der schlechteste Grund für eine Freundschaft. Ich kann noch nicht einmal so tun, als wäre ich gerade die Heldin der Standhaftigkeit. Er war nur die falsche Besetzung im Film. Selbst wenn ich keine Affäre mit Costas will – von ihm hätte ich mich zum Abschied umarmen lassen. Und mir eingeredet, der Kuss, wenn er der Umarmung gefolgt wäre, sei rein freundschaftlich.

»Andreas, lass uns einfach so tun, als wäre nie etwas gewesen.«

Diesmal hält er mich nicht auf.

Um dem Glück mal wieder ein Hintertürchen offen zu lassen, mache ich zum dritten Mal in dieser Woche einen Spaziergang zum Haus – zu *dem* Haus. Mit Buggy, damit Clara gleich einschläft und ich arbeiten kann. Sie schläft mittags nur noch an der frischen Luft ein – aber wenn ich Glück habe, schläft sie dann in der Wohnung weiter.

Noch lasse ich sie neben dem Buggy herlaufen. Als sie unser Traumhaus sieht, rennt sie los und landet in einer Staubwolke. Ich schnappe mir mein hustendes Kind, bevor es auch noch über den Besen stolpert, den die Frau vor uns in der Hand hält.

Wir entschuldigen uns beide, und sie geht ein Stück zur Seite. Mir fällt auf, dass Türen und Fenster des Altbaus offen stehen und dass die Frau den Bürgersteig fegt, obwohl sie keine orange Weste trägt.

»Entschuldigen Sie, haben Sie etwas mit diesem Haus zu tun?«

»Ja, warum?«

»Ich habe Ihnen letztens einen Brief unter der Tür durchgeschoben.«

»Frau Goldmann?«

Ich nicke und fürchte, dass man mein Herz unter dem T-Shirt klopfen sieht.

»Wollen Sie kurz mit reinkommen?«

Ich folge der Frau, die ungefähr im Alter meiner Mutter ist, ins Haus. Clara nehme ich auf den Arm und lasse den Buggy vor der Tür stehen. Die Stufen der Holztreppe ins Obergeschoss sind abgenutzt, die Türrahmen auf charmante Weise schief. Und diese Tapeten aus den Siebzigern! Wir betreten eine Küche, die jeden Retroliebhaber glücklich machen würde. Von der Küche aus führt eine Tür auf eine Terrasse, von der eine kleine Treppe in den Garten geht. Einen Garten, den man in jedem Neubaugebiet aus Kostengründen wegrationalisieren würde. Ein paar Vögel picken in die Äpfel, die an einem knorrigen Baum hängen. Ansonsten wuchern Rosen, Brombeeren und Efeu um die Wette. Die Frau, die sich als Annemarie Müller vorstellt, rückt zwei Stühle an einem Holztisch zurecht.

»Gefällt Ihnen, oder?«

Ich nicke. Ehrfürchtig fast.

»Mir ist schon klar, dass es modernisiert werden müsste. Aber es würde mir das Herz zerreißen, wenn jemand dem Haus die Seele nähme. Oder es abreißen würde.«

Clara kuschelt sich in meinen Schoß, während ich Frau Müller zuhöre. Sie hat das Haus von ihrer Oma geerbt. Es habe schon länger leer gestanden, und da sie sich entschlossen habe, zu ihrem Freund nach Italien zu ziehen, müsse sie es jetzt schweren Herzens verkaufen. Schließlich könne sie nicht einmal im Monat nach Köln fliegen, um den Weg zu kehren. Oder zu lüften.

»Aber bisher haben sich nur Investoren dafür interessiert. Wegen der Lage würden sie das Haus mit Sicherheit abreißen und die Baulücke mit einem Mehrfamilienhaus schließen. Mein persönlicher Albtraum wäre eine Tiefgarage vor dem Haus.«

»Das kann ich verstehen!«

»Und letztens waren zwei Pärchen da, die fanden es einfach zu altmodisch. Und zu teuer dafür, dass man noch so viel reinstecken müsste.«

Dieses Haus ist nur was für Liebhaber. Es kann natürlich nicht mit Stuckdecken und drei Metern Deckenhöhe punkten, aber wir sind ja auch in Deutz und nicht am Kaiser-Wilhelm-Ring.

»Wie teuer wäre es denn?«

Sie schaut mich an, als überlege sie, wie viel ich bezahlen könnte.

»Hundertachtzigtausend. Und wie gesagt, Sie müssten noch einiges reinstecken.«

»Hundertachtzigtausend?«

Soll das ein Witz sein? Das Haus ist viel mehr wert! Allein die Lage ist unbezahlbar.

»Das ist mehr oder weniger der Grundstückspreis.«

»Ich weiß, aber der Gutachter meinte, man müsse eher die Abrisskosten abziehen, was ich für eine Unverschämtheit halte. Das Haus wurde 1910 erbaut, und meine Großeltern haben es Ende der Siebziger komplett sanieren lassen – in einer Zeit, als Elektrogeräte noch nicht so konzipiert waren, dass sie innerhalb von drei Jahren den Geist aufgeben. Die Spülmaschine können Sie im Prinzip weiter benutzen.«

Frau Müller öffnet die Spülmaschine, in der ein paar leere Kaffeetassen stehen. Unwillkürlich muss ich an die Hochglanzküche von Sebastians Kollegen Peter denken. In diesen Neubaugebieten kauft man nicht nur ein Haus, sondern geht auch die Verpflichtung ein, sich der Nachbarschaft anzupassen – und wenn es durch demonstrative Nichtanpassung ist.

»Mir ist es wichtiger, dass jemand dieses Haus liebt. Und ich weiß, dass Sie es tun würden.«

Das tue ich jetzt schon.

»Ich würde Ihnen am liebsten gleich zusagen, aber wir müssten vorher die Finanzierung klären. Und ich kann es gar nicht abwarten, das meinem Mann zu erzählen, er wird ebenfalls begeistert sein.«

Auch wenn der Preis fast geschenkt ist, haben wir das Geld nicht übrig. Vor allem, wo mein Job wackelt.

»Klar, kommen Sie zusammen vorbei.«

Clara ist von meinem Schoß geklettert und schaut sich im Raum um. Als ich die ungesicherten Steckdosen sehe, stehe ich auf, um im Notfall einzugreifen.

»Darf ich Sie was fragen, Frau Müller?«

»Natürlich.«

»Warum haben Sie nicht auf meinen Brief reagiert?«

»Weil ich geahnt habe, dass es dann ernst wird mit dem Verkauf. Mit Ihnen Kontakt aufzunehmen steht seitdem auf meiner To-do-Liste. Aber es nützt ja nichts, so selten wie ich hier bin. Es wäre schade, das Haus verkommen zu lassen, wenn ich nicht drin wohnen kann.« Sie zuckt entschuldigend mit den Achseln. »Und vermieten kann ich es in diesem Zustand auch nicht. Kommen Sie, ich zeige Ihnen mal das ganze Haus.«

In Gedanken stelle ich schon ein kleines Tischchen im Garten auf und warte dort auf Eve, während Clara im Sandkasten spielt. Vielleicht kann ich Sebastian überreden, dass wir auf das Auto verzichten, um den Kredit bezahlen zu können. Er kann zu Fuß zum Krankenhaus gehen. Ich fahre mit der Bahn oder dem Fahrrad. Und der Kindergarten wäre auch um die Ecke.

Und die beiden Zimmer oben mit Blick auf den Garten wären ideale Kinderzimmer. Die Bäder aus den Siebzigern lassen wir drin. Die Fliesen einmal ordentlich putzen, einmal streichen, gut, die Toilette müsste man austauschen, aber einen höheren Kredit aufnehmen, nur damit man morgens auf topmodernen Fliesen steht? Nein danke.

»Die Bausubstanz ist in Ordnung, was nach der neuesten Bauverordnung allerdings auf Sie zukäme, sind die Fassade und die Fenster. Aber wenn Sie das alles neu machen, sparen Sie auch Heizkosten.«

Ich wusste doch, dass es mit einem Haus ist wie mit einem Mann: Bei dem richtigen läuft es fast wie von selbst. Da braucht man kein Dating-Portal und keinen Makler!

Als mein Handy klingelt, werfe ich einen entschuldigenden Blick zu Frau Müller. Sie lächelt mir zu.

»Mein Mann! Da kann ich gleich mal fragen, wann er Zeit hätte, sich das Haus anzusehen.«

»Gerne, ich bin bis übermorgen in Köln.«

Ich nehme den Anruf an. Bevor ich mit meiner großartigen Neuigkeit herausplatzen kann, platzt Sebastian mit seiner nicht ganz so großartigen Neuigkeit heraus.

»Ich habe gerade die Zusage für das halbe Jahr in Venezuela bekommen. Und ich würde es total gerne machen. Am liebsten mit dir!«

Warum passiert ewig nichts und dann alles auf einmal?

Damit ich gleich keine Zeit verschwende, studiere ich schon mal die Speisekarte, während ich auf Martin warte. Dabei kenne ich die Karte unseres Lieblingspersers in der Altstadt schon auswendig, möchte mich aber von meiner bevorstehenden Beichte ablenken. Als ich das letzte Mal mit Martin hier war, musste ich ihm gestehen, dass ich ihm wochenlang einen Knoten in der Brust verschwiegen habe. Gemessen daran müsste meine an sich völlig unspektakuläre Internetgeschichte vor dem Hauptgang abgehakt sein.

Die Kinder essen heute bei Freunden, sodass ich mich in der Zeit, die ich normalerweise zum Kochen benötige, hübsch machen konnte. Und als Martin zur Tür reinkommt, fühle ich mich fast wie bei einem richtigen Date. Es ist viel schöner, sich mal außer Haus zu verabreden.

»Hi«, er gibt mir einen Kuss, halb Wange, halb Mund, »schön, dich zu sehen.«

Das fällt ihm abends, wenn er die Tür aufschließt, nicht ein. Er setzt sich mir gegenüber und blättert in der Speisekarte. Wir sitzen hinter einem Holzparavent, und außer uns sind nur ein paar japanische Geschäftsmänner da.

»Und, Eve, was ist los?«

»Wie kommst du denn darauf, dass was los ist?« Er hat doch nicht meinen Laptop gehackt, oder?

»Ich kenn dich doch schon ewig. Außerdem hast du abgenommen, siehst so gut aus wie lange nicht mehr, du lädst mich ausgerechnet in unser Lieblingsrestaurant ein, und …«, er beugt sich ein wenig zu mir herüber, wahrscheinlich falls die

Japaner Deutsch verstehen, »und wir hatten schon wochenlang keinen Sex mehr. Alles Indizien, die für eine Affäre sprechen würden, wenn du nicht Eve wärst.«

Ich muss an Alice' Bemerkung denken, meine Runnerboy-Geschichte habe Einfluss auf unsere Beziehung.

»Martin, wir sind über zehn Jahre verheiratet. Das geht allen so.«

»Wir sind aber nicht alle. Außerdem war es bis vor ein paar Wochen nicht so.«

Okay, er kennt mich wirklich besser, als sein Verhalten zu Hause vermuten lässt. Trotzdem bin ich mir sicher, dass seine Bemerkung nur ein Scherz war. Ich kenne ihn nämlich gut genug, um zu wissen, dass er dann anders gucken würde.

»Aha, und was wäre, wenn ich wirklich eine Affäre hätte?«

»Dann hättest du mich wohl kaum hierher eingeladen, um mir das zu gestehen, oder?«

Er nimmt meine Hand, und ich bin mir sicher, dass das nur seine Art ist, mit mir zu flirten. Ich muss es jetzt loswerden oder für immer schweigen.

Schweigend schauen wir uns an. Ist das ewige Schweigen nicht doch eine Option? Nein.

»Also, Martin, es ist kompliziert ...«

Er wird blass.

»Ich hatte Gefühle für jemand anderen.«

Mist. Er sieht tatsächlich so aus, als hätte ich ihm gerade eröffnet, dass ich morgen ausziehen und die Kinder mitnehmen werde. Dabei habe ich nur ein bisschen geflirtet. Etwas, wofür andere noch nicht mal den Anflug eines schlechten Gewissens hätten.

»Und für wen?«

Ja, für wen eigentlich?

»Ich habe dir doch irgendwann mal von so einem Typ im Laufchat erzählt, Runnerboy, weißt du noch?«, antworte ich leise. Hätte Martin doch einfach mal nachgehakt, als die Geschichte noch unverfänglich war.

»Ich dachte, den kennst du überhaupt nicht?«

Er braucht mich gar nicht so überheblich anzugucken!

»Immerhin hat dieser Typ mir zugehört! Wenn ich ihm von meinen Sorgen wegen der Jobsuche geschrieben habe, hat er mich immer unterstützt.«

»Ich habe dich auch immer unterstützt!«

»Du hast immer nur gesagt: ›Du schaffst das schon.‹«

»Und das habe ich so gemeint.«

»Und ich habe das so empfunden, als wolltest du einfach nur deine Ruhe haben! Du bist auf meine Sorgen nie weiter eingegangen.« Wir schweigen einen Moment.

»Hast du dich mit ihm getroffen?«

»Nicht wirklich.«

»Wie, nicht wirklich?«

»Ich habe doch gesagt, dass es kompliziert ist, verflixt noch mal!«

Ob sie Deutsch verstehen oder nicht, jetzt gucken die Japaner neugierig herüber. Als ich mich umdrehe, steht auch noch der Kellner neben uns und fragt, was es sein darf.

»Die Vorspeisenplatte für zwei Personen, bitte«, macht es Martin kurz, ohne auf meine Bestellwünsche einzugehen.

»Und wegen der Hauptspeise überlegen wir noch«, schiebe ich hinterher.

»Du willst also noch eine Weile mit mir hier sitzen?«

»Was denkst du denn? Dass ich mich durch einen Gang nach Canossa quäle, um nach der Vorspeise abzuhauen?«

»Je nachdem, wie dein Geständnis aussieht, bin ich dann vielleicht weg.«

So schwer mir meine Beichte fällt, eins spüre ich gerade seit langem wieder: Lust auf meinen Mann. Wenn wir jetzt zu Hause wären, würde ich über ihn herfallen.

»Also, um es kurz zu machen: Ich dachte, Costas sei Runnerboy. Und genau deshalb wollte ich mich nicht mit ihm treffen! Verstehst du?«

Martin wird wieder ernst. »Und wer war Runnerboy wirklich?«

»Der Mann von Doris. Frustrierter Familienvater auf der Suche nach großen Gefühlen.«

Fürchterliches Klischee. Schlimm nur, dass es – bis auf das Geschlecht – genauso auf mich zutraf.

Martin hört einfach nur zu. Ich nehme seine Hand, die er zumindest nicht wegzieht. »Jedenfalls bin ich froh, dass er es war. Und nicht Costas. Weißt du, ich habe mich in Costas' Gegenwart immer so lebendig gefühlt. Ich konnte mich selbst so sehen, wie ich gerne wäre. Und ich weiß nicht, was passiert wäre, wenn er es gewesen wäre.«

»Das will ich auch nicht wissen.« Er zieht seine Hand weg.

»Martin, es tut mir leid! Ich hatte das Gefühl, dir ist es sowieso egal. Du hast mich ja fast dazu gedrängt, mich mit Costas privat zu treffen.«

»Ja, weil ich gemerkt habe, dass du immer so glücklich bist, wenn ihr zusammengearbeitet habt. Das war es doch, was du vermisst hast: Erfüllung im Job. Ich glaube, du hast das Gefühl von Erfolg einfach mit Verknalltsein verwechselt! Mir war klar, dass Costas nichts von dir will.«

Liest Martin neuerdings heimlich die *Psychologie heute*? Interpretieren möchte ich mich lieber selbst.

Der Kellner stellt eine Platte mit Dips, Falafel und gebratenen Auberginen hin, viel zu schade für die Stimmung unseres Gesprächs.

»Ach, warum war dir das so klar? Kannst du dir nicht vorstellen, dass andere Männer mich toll finden?«

»Er findet dich toll! So wie er von dir geschwärmt hat, war

mir aber klar, dass ich mir keine Sorgen machen muss. Oder meinst du, er wollte sich mit mir anlegen?«

Ich werde Martin in Zukunft nur noch zu Aldi schicken. Warum haben die meisten Männer nur so wenig Selbstzweifel?

Martin greift zum Brot, dippt es in die Granatapfelcreme und beißt ab. »Schmeckt super, musst du unbedingt probieren.«

Und damit wäre das Thema gefühlsverirrte Ehefrau abgehakt? Ich mache mir tagelang Sorgen, ob ich unsere Liebe gefährdet haben könnte, und er verspeist in aller Seelenruhe das Fladenbrot? Oder ist er einfach erleichtert, dass nichts Schlimmeres passiert ist?

»Eve, ich kann dich total verstehen, und ich bin froh, dass du es mir gesagt hast. Einen Moment lang habe ich wirklich befürchtet, du könntest mit einem anderen geschlafen haben. Aber dass man sich mal kurz verknallt, ist doch ganz normal oder?«

Finde ich eigentlich nicht.

»Ist mir letztens auch fast passiert.«

Was heißt hier fast? Mir bleibt das Fladenbrot im Hals stecken.

»Aha?«, frage ich nur.

»Na ja, da gibt es so eine neue Kollegin …«

Hat er deshalb so gelassen reagiert? Soll ich jetzt etwa Verständnis für ihn haben? Am besten eröffnet er mir gleich, dass er eine neue Familie gründen will. Am liebsten würde ich auf den Tisch hauen, dass die Teller einen Sprung machen. Aber ich zwinge mich, erst mal zuzuhören, wie Martin der Kollegin, die alleinerziehend ist, angeboten hat, ihre Arbeit zu übernehmen, als ihr Kind krank war, damit sie keinen Stress mit dem Chef kriegt. Seitdem hätten sie öfter ihre Kaffeepause zusammen verbracht.

»Ich habe ihr viel von dir und den Kindern erzählt. Und sie mir von ihrem schrecklichem Ex und dem Kind, das seinen Vater vermisst. Und wenn ich ihr erzählt habe, dass ich dich bei der Jobsuche unterstütze, mit den Kindern schwimmen gehe oder dass ich samstags immer koche, hing sie an meinen Lippen und meinte, meine Frau müsste sich ja sooo glücklich schätzen.«

Tut sie aber nicht, denke ich.

»Tut sie aber nicht«, sagt Martin, »dir fällt dauernd was zu meckern ein, und alles, was ich mache, ist selbstverständlich.«

»Genau wie bei mir«, sage ich, und dass es ja auch genug zu meckern gebe, behalte ich jetzt mal für mich.

»Das hast du ihr aber nicht gesagt, oder?«

»Nein, so direkt nicht.«

Die Vorstellung, wie Martin im Büro mit einer, in meiner Fantasie bombastisch aussehenden und vor allem pflegeleicht und dankbar wirkenden Frau, die ihm ständig Komplimente macht, Kaffee trinkt, macht mich wahnsinnig. Die Trulla hat bestimmt auch noch gedacht, bei ihm zu Hause sitzt die verhärmte, unattraktive Ehefrau und wartet mit dem Nudelholz in der Hand darauf, dass der Alte nach Hause kommt.

»Ich hab mir halt gewünscht, du könntest mich genauso sehen.«

Ein Glück, dass ich selbst eine Story zu bieten hatte. Sonst würde ich jetzt im Selbstmitleid versinken. Albern eigentlich, wo doch gar nichts passiert ist.

»Und dann?«, versuche ich so neutral wie möglich zu fragen.

»Dann hat sie sich verliebt.«

»In dich???«, möchte ich fragen, krächze aber.

»Nein, in irgendeinen Typ in ihrem Alter. Und ehrlich gesagt war ich erleichtert – aber auch ein bisschen eifersüchtig.«

Er sollte mich mal fragen, wie eifersüchtig ich bin!

»Das heißt also, wenn sie sich in dich verliebt hätte und ihr noch hundertmal zusammen Kaffee getrunken hättet, dann hättest du was mit ihr angefangen?«

»Wahrscheinlich nicht!«

»Was heißt hier wahrscheinlich?«

»Eve, wie war das noch? Warst du nicht auch erleichtert, dass Costas nicht in dich verliebt war?«

Martin hat recht. Trotzdem ist es immer noch was anderes, sich selbst etwas zuzugestehen.

»Und wenn ich dir nichts von Runnerboy erzählt hätte, hättest du mir nie was von ihr erzählt?«

»Wahrscheinlich nicht. Weil es nichts zu bedeuten hatte.«

Hatte es ja wohl.

»Und warum sagst du mir dann nicht einfach, was du fühlst? Ich habe drei kleine Kinder, da brauche ich nicht noch einen Partner, dem ich alles aus der Nase ziehen muss.«

»Wenn das so einfach wäre!«

»Was darf es als Hauptgericht sein?«

»Nichts«, antworten wir beide.

»Ich muss zur Arbeit«, sagt Martin, und ein Blick auf die Uhr sagt mir, dass wir tatsächlich ganz schön überzogen haben.

»Ich auch!«, sage ich.

Stimmt ja auch. Nächste Woche geht das erste Coaching los.

Vor der Tür wissen wir nicht genau, wie wir uns verabschieden sollen. Unsicher stehen wir uns gegenüber.

»Na, dann bis heute Abend!« Ich verkneife mir die Frage, ob er auf dem Rückweg noch beim Bäcker vorbeigehen kann, da das Brot fast aufgebraucht ist.

»Ja, bis heute Abend.«

Martin geht Richtung Dom, ich laufe über das Kopfsteinpflaster zum Heumarkt. Nach fünf Schritten drehe ich mich noch einmal um. Und sehe, dass Martin genau das Gleiche tut. Wir grinsen und laufen aufeinander zu. Ein Glück, dass die Altstadt so viele schmale, ruhige Gassen hat. In einer davon küssen wir uns, wie wir das seit zwanzig Jahren nicht mehr gemacht haben. Oder seit fünf Jahren oder seit fünf Wochen? Wenn man so lange zusammen ist, verschmelzen all die Küsse zu einem einzigen Kuss, der je nach Stimmung mal besser, mal schlechter in Erinnerung bleibt.

Martin schlägt die Augen auf und lächelt mich an. »Wie lang sind die Kinder noch weg?«

Seine Arme sind um meine Taille geschlungen.

»Bis sechs.«

»Das schaffen wir.«

Ich frage mich eher, wie wir es noch nach Hause schaffen sollen, als er mich wieder küsst. Nur ganz kurz, bevor er ziemlich unverschämt grinst.

»Dann frage ich die Kollegin, ob sie für heute Nachmittag meinen Job übernimmt!«

»Mach das. Für irgendwas muss es ja gut gewesen sein.« Ich ziehe ihn enger an mich.

»Wie oft musst du hören, dass du der Beste bist?«

»Mindestens so oft wie die Bitte, ob ich die Spülmaschine einräume.«

Wie von einem Regisseur in Szene gesetzt, sitzen wir bei herrlichem Sonnenschein an einer riesigen Tafel im Garten meiner Schwiegereltern. Um uns herum Obstbäume. Bleibt nur noch die Frage, ob es sich um die Schlussszene in einem amerikanischen Feel-Good-Movie oder den Auftakt eines französischen Familiendramas handelt. Die roten Rosen auf dem Tisch stehen für die rubinene Hochzeit. Praktisch, dass Kinder nur zu trockenem Kuchen greifen. Wie um alles in der Welt sollten die gebügelten Hemden und weißen Sommerkleidchen sonst für die Fotos taugen? Ganz zu schweigen für die strengen Augen der Nachbarschaft?

Eine junge Frau verteilt johannisbeerroten Cocktail. Sie sieht selbst in ihrer weißen Rüschenschürze seelisch und körperlich so robust aus, dass ich mich noch unzulänglicher fühle. Meine Mutter und Robert sitzen links von uns, rechts die Eltern von Sebastians Schwägerin, Annegret und Gerd. Gegenüber meine Schwiegereltern. Wir alle sind eingerahmt von der unglaublich fruchtbaren Familie Goldmann, die insgesamt aus mindestens fünfzig Leute jeden Alters besteht. Clara turnt wie immer auf meinem Schoß herum. Sebastian flüstert mir ins Ohr, dass er mindestens diamantene Hochzeit mit mir feiern will. Ehrlich gesagt würde es mir im Moment reichen, wenn wir den Nachmittag zusammen überstehen.

»Und wie lange sind Sie schon verheiratet?«, wendet sich Annegret an meine Mutter. Immerhin der ideale Gesprächsauftakt bei so einer Feier, wenn man sonst nichts gemeinsam hat.

Robert grinst meine Mutter an, sie grinst zurück.

»Gar nicht! Wir sind sozusagen frisch verliebt, ganz ohne Abnutzungserscheinungen.«

»Ach so, ja, dann alles Gute!« Unsicher sticht sie die Gabel in ihre Schwarzwälder Kirschtorte.

»Dabei wollte ich gerade sagen, wie ähnlich Ihre Tochter ihrem Vater sieht«, schiebt Gerd hinterher. Ich glaube, er ist ein Arsch.

»Wir kommen eben aus der Stadt. Da herrscht Sodom und Gomorra ...« Meine Mutter drückt Roberts Hand und nimmt dann einen Schluck von dem Cocktail.

»So hat er das doch gar nicht gemeint«, entschuldigt sich Annegret für ihren Mann.

Nach ein paar Sekunden peinlichen Schweigens versucht meine Mutter die Fronten zu glätten. Wahrscheinlich mir zuliebe. »Aber ich muss gestehen, dass es mir hier richtig gut gefällt. Ländliche Idylle, wie ich sie seit Jahren nicht mehr erlebt habe. Hier könnten wir mal Urlaub machen!«

»Warum nur Urlaub? Hier lässt es sich viel besser leben als in der Anonymität der Stadt. Hier passt noch jeder auf jeden auf«, sagt Gerd, ebenfalls bemüht, nett zu sein, »unsere Tochter und ihr Mann haben sich um die Ecke ein tolles Haus gebaut. Jetzt, wo das zweite Kind unterwegs ist, brauchen sie ja Platz. Und die Grundstückspreise! Da kannst du 'ne Villa bauen, während du für das gleiche Geld bei euch nicht mal 'ne Wohnung bekommst.« Gerd prostet auf einmal Sebastian zu. »Wäre das nicht was für euch? Ich habe gehört, ihr wohnt in ziemlich beengten Verhältnissen. Wird doch Zeit, dass du deiner Frau mal was bietest!«

Ich bemerke, wie Elke ihren Blick senkt. Hat sie sich etwa darüber beschwert, dass ihr Sohn nicht standesgemäß wohnt?

Sebastian zieht mich an sich, wobei mir ein Stück Himbeerkuchen von der Gabel auf die weiße Bluse fällt. Als ich es abnehme, bleibt ein großer himbeerroter Fleck. Was soll's. Den Preis der reinlichsten Schwiegertochter werde ich ohnehin nie gewinnen.

»Nee, lass mal, wir sind glücklich in unserem Viertel«, sagt Sebastian.

Wir haben beschlossen, heute weder was von dem Haus noch von Venezuela zu erzählen. Sebastian war ebenfalls begeistert, dass wir es kaufen könnten. Allerdings ist die Finanzierung wackelig, und eine Entscheidung wegen seines Auslandsaufenthaltes haben wir auch noch nicht getroffen.

»Es ist wirklich schön dort«, unterstützt uns mein Schwiegervater, »außerdem haben sie es beide nicht weit zur Arbeit.«

»Och je, Sie Arme, kein Wunder, dass Sie so gestresst wirken«, Annegret schaut mich mitleidig an, »was machen Sie gleich noch? Irgendwas mit Büchern?«

»Ich arbeite in einem Verlag und schreibe selbst Bücher.«

»Kein Wunder, dass die Kleine so klammert, wenn die Mama immer weg ist. Wird doch eh viel zu viel Holz abgerodet durch die ganzen Bücher, die kein Mensch braucht.«

Wo werden Menschen mit so viel Selbstgefälligkeit nur produziert?

»Ach, Gerd, heute, wo es diese E-Books gibt, ist das mit dem Regenwald doch gar kein Thema mehr, und die Mütter von heute sind halt was moderner. Der Gerd meint das nicht so, der sagt halt immer, was er denkt.«

»Also meint er es ganz genau so«, mischt sich immerhin Sebastian ein, während ich noch nach der passenden Antwort suche. Als wenn all diese Entscheidungen für mich nicht schon kompliziert genug wären! Wie soll ich nächste Woche vor einem Fernsehpublikum sprechen, wenn ich mich hier schon kaum traue, einen Ton zu sagen?

»Ich muss mal zur Toilette«, sage ich nur und drücke Clara in Sebastians Arm. Als sie hinter mir her brüllt, schlucke ich schon meine eigenen Tränen hinunter. Normalerweise hätte ich über die Szene lachen können, aber auf einmal ist mir alles zu viel. Die Toilette ist besetzt. Zum Glück gibt es die Speisekammer, in die ich mich verkriechen kann. Dort setze ich mich auf einen Hocker und lasse meinen Tränen zwischen Regalen voller Einweckgläser mit selbst gepflücktem und eingekochtem Obst freien Lauf. Aber nicht mal hier kann man seine Ruhe haben. Irgendjemand klopft und öffnet dann die Tür, ohne eine Antwort abzuwarten.

»Wusste ich doch, dass wir dich hier finden. Hier hat sich Sebastian als Kind auch immer versteckt, wenn er traurig war.« Die Tür geht auf, und Elke kommt mit meiner Mutter herein. Elke holt ein eingeschweißtes Erfrischungstuch aus ihrer Rocktasche und reicht es mir. Ich reiße die türkis-goldene Packung auf und rieche den altmodischen 4711-Duft. Erinnert mich an meine Oma, was mich noch mehr heulen lässt.

»Kindchen, ist vielleicht doch alles ein bisschen viel auf einmal, oder?« Elke streicht mir über den Rücken.

»Das ist immer noch mein Kindchen!« Jetzt streicht meine Mutter mir über die andere Seite des Rückens, immerhin will sie meiner Schwiegermutter in nichts nachstehen, obwohl der Austausch von Zärtlichkeiten zwischen uns nicht so ihr Ding ist. »Und mein Kindchen macht es genau richtig, sich nicht nur auf den Kerl zu verlassen, auch wenn Ihr Sohn zugegebenermaßen ganz ordentlich ist.«

Ich stehe auf und schiebe beide Mütterhände beiseite. »Wisst ihr, was eine echte Doppelbelastung ist? Ihr beide! Jede von euch meint zu wissen, wie ich leben soll. Jede meint, ihr Weg wäre der bessere!«

Elke schaut mich verblüfft an und lässt dann auffällig unauffällig ihren Blick auf meinen Bauch wandern. Als suche sie in Schwangerschaftshormonen eine Ausrede für mein Verhalten.

»Hört auf, mir Druck zu machen!«

Meine Mutter schaut mir auf die Stirn, wo sie wohl einen nicht ganz fitten Denkapparat vermutet. »Druck machst du dir ganz alleine. Wir Mütter sind nicht an allem schuld«, sagt sie.

»Nicht mal die Schwiegermütter sind das«, ergänzt Elke. Darüber müssen wir alle drei lachen.

»Ich würde mich sehr freuen, wenn ihr jetzt wieder mit rauskommt«, sagt Elke, »Bert wird gleich die Rede zu unserem Jubiläum halten.«

The show must go on. Egal ob auf der Arbeit oder zu Hause.

Und viel Spaß beim Einkaufen«, ruft Martin mir hinterher.

»Sehr witzig, Superman«, rufe ich zurück, während ich die Tür zuknalle. Immerhin können wir noch über uns selbst lachen. Oder wieder. Ein wohliger Schauer geht durch meinen Körper, als ich an den Nachmittag nach unserer Aussprache denke. Abgesehen davon, dass wir uns auf allen Ebenen wieder nähergekommen sind, wann kann man sich als Eltern schon mal tagsüber in den Laken wälzen?

Martin wird gleich mit den Kindern schwimmen gehen, und ich werde versuchen, mir nicht die ganze Zeit auszumalen, dass eins untergehen könnte, ohne dass Martin es merkt. Immerhin haben die drei ihr Seepferdchen. Ich werde in der Stadtbibliothek nach Büchern zum Thema Coaching und Selbstständigkeit schauen. Was nur ein erster Schritt ist, schließlich habe ich mich für eine Weiterbildung angemeldet. Da ich locker noch fünfundzwanzig Jahre Zeit zum Arbeiten haben, ist eine Weiterbildung eine gute Investition.

Was mir Bauchschmerzen bereitet, ist der Gang in den Gemüseladen. Ich brauche weder Gurken noch Tomaten, nur einen Schlussstrich – oder Neuanfang. Ich betrete den Laden und sehe vor lauter Kunden gar keinen Verkäufer. Da es wie jeden Samstag voll ist, muss ich zumindest einen Alibi-Apfel kaufen. Ich greife nach einem giftgrünen Exemplar und stelle mich damit in die Schlange. Costas steht hinter der Kasse, während seine Mutter für eine ältere Frau mit Rollator die Tüten mit Gemüse füllt. Die gebrechliche Dame nutzt den Service wohl vor allem, um ihr Kommunikationsdefizit auszugleichen, sodass Costas' Mutter abgelenkt ist. Vom Vater keine Spur. Soll ich den Mann mit den zwei vollen Einkaufskörben hinter mir vorlassen? Ach, nee, ich bringe es lieber hinter mich. Als ich dran bin, lege ich den Apfel auf die Theke. Costas nimmt ihn und legt ihn auf die Waage. Warum grinst er denn so unverschämt?

»Hallo, Costas, ist der Brief angekommen?«

Auch wenn ich für einen Moment gehofft hatte, er hätte ihn nie bekommen, ist mir klar, dass er ihn gelesen hat. Sonst hätte er schon nachgefragt, warum ich ihn versetzt habe.

Er schaut mir in die Augen. »Welcher Brief? Du meinst den, den ich im Aschenbecher verbrannt habe, nachdem mir nach drei Sätzen klar war, dass auch der wirkliche Adressat ihn nicht lesen sollte?«

Schon bei dem Gedanken an die ersten drei Sätze steigt mir das Blut in die Wangen.

»Achtzig Cent«, fügt er dann hinzu.

»Wie bitte?«

»Na, der Apfel macht achtzig Cent«, er hält die Hand hin. »Und jetzt muss ich mich um die Kundschaft kümmern.« Er deutet auf die Schlange hinter mir.

»Dann danke dir. Und alles Gute!« Mit dem Apfel in der Hand verlasse ich den Laden.

Costas läuft mir hinterher, ohne die empörten Blicke der Kunden zu registrieren. »Hey, Chefin, ich habe drei Monate Kündigungsfrist. Und ich glaube, deine Webseite ist noch lange nicht perfekt.«

»Das heißt, ich habe mich noch nicht so lächerlich gemacht, dass du lieber Abstand hältst?«

»Ganz im Gegenteil, ich finde es gut, wenn Frauen wissen, was sie wollen. Und das auch sagen. Oder schreiben …« Jetzt grinst er ein wenig unverschämt. Ich dachte, er hätte nur die ersten drei Sätze gelesen.

»Danke«, ich drücke ihm die Hand, »sonst hätte ich mir noch einen neuen Webassistenten suchen müssen.« Bevor die Szene peinlich wird, hebe ich die Hand mit dem Apfel zum Gruß und haue ab.

Wir fahren über die Autobahn wieder Richtung Köln. Clara ist eingeschlafen. Sie hat es doch noch geschafft, ihr weißes Kleid mit Himbeerflecken einzusauen. Ganz die Mama.

»Ich fand es schön!« Sebastian lehnt sich zurück und hält das Lenkrad für meinen Geschmack etwas zu lässig.

»Du wurdest ja auch die ganze Zeit als Superpapa bezeichnet, während mir die Doppelbelastung angeblich an den Augenringen anzusehen ist.«

»Ach, das. Musst du nicht so ernst nehmen. Dir ist doch sonst immer egal, was die anderen denken.«

»Aber nur, wenn ich mir selbst sicher bin, was ich denken soll.«

»Und was denkst du?«

»Dass ich gern wüsste, wo wir stehen werden, wenn wir so lange zusammen sind. Als ich das Hochzeitsbild deiner Eltern gesehen habe, dachte ich, die sahen genauso enthusiastisch aus wie wir damals, und jetzt …«

»Und jetzt sind sie halt keine zwanzig mehr! Was soll's, sie sind glücklich!«

»Findest du?«

»Ja, finde ich.«

Während meine Mutter vor der Rede und nach der Begegnung mit ihrer heulenden Tochter erst mal eine rauchen musste, wollte Elke offensichtlich noch etwas loswerden. Sie bat mich, mit ihr noch ein paar Flaschen aus dem Keller zu holen. Dort hat sie mir gestanden, dass sie manchmal Angst hat, dass ich Sebastian gar nicht mehr brauche, wenn ich richtig Karriere mache. So wie meine Mutter keinen Mann brauchte. Als ich entgegnete, dass ich nicht aus pragmatischen Gründen mit ihrem Sohn zusammen bin, verblüffte sie mich mit ihrer Antwort: »Es gab auch bei mir Momente, in denen mir alles zu viel war und ich am liebsten gegangen wäre. Im Nachhinein bin ich froh, dass wir uns immer wieder zusammengerauft haben. Es lag ja an den Umständen und nicht an uns.«

»Aber zumindest die Umstände muss man dann ändern«, habe ich geantwortet.

»Ach, Alice, du bist noch so jung«, sagte sie daraufhin nur und schnappte sich eine Kiste mit Flaschen.

Ich habe nichts mehr gesagt, aber mir ist klar geworden, dass ich das Thema Rollenverteilung nur für mich lösen kann – und nicht für die gesamte weibliche Welt. Auch wenn ich mir nicht vorstellen kann, wie Elke zu leben, muss ich jeder anderen Frau die Möglichkeit zugestehen – wenn sie es denn so will. Ich habe mir selbst eine Kiste geschnappt und mich bei ihr bedankt: »Elke, auch wenn ich manches anders sehe, für eins bin ich dir total dankbar: Du hast Sebastian ein riesengroßes Vertrauen in die Familie mitgegeben. Und in Beziehungen. Weißt du, ich *will* an die große Liebe glauben, für ihn ist sie selbstverständlich.«

Elke meinte, eine schönere Rede zum Jubiläum hätte man ihr gar nicht halten können, und machte sich auf den Weg nach oben. Schließlich stand die offizielle Rede an, die auch mich schließlich gerührt hat.

Dass ich mich tief im Inneren immer noch für den Fall wappne, dass Sebastian genau wie mein Vater aus meinem Leben verschwindet, habe ich zum Glück für mich behalten.

Ich nehme Sebastians Hand. »Sebastian, weißt du, wofür ich dir dankbar bin? Dass du mich so nimmst, wie ich bin. Ich brauche mich bei dir nicht anzustrengen, cooler zu sein, als ich in Wirklichkeit bin.«

»Dich so zu nehmen, wie du bist, ist doch leicht. Du bist einfach toll.«

»Findest du?«

»Du nicht?«

»Na ja, mal mehr und mal weniger. Manchmal denke ich, ich müsste ›viel mehr‹ sein, je nachdem, wer vor mir steht. Bei meiner Mutter wäre ich gern eigenständiger, in Gegenwart deiner Mutter wäre ich – ist mir ja super peinlich, das auszusprechen – gern eine bessere Hausfrau.«

Darüber müssen wir beide lachen.

»Na, das sind ja mal dreckige Geheimnisse. Aber weißt du was, so fühle ich mich bei dir auch – selbst wenn du ziemlich oft an mir rummeckerst. Aber dir ist es völlig egal, ob ich erfolgreich bin oder nicht. Meine letzte Freundin …«, an die ich gar nicht erinnert werden möchte, »… wollte, dass ich Radiologe werde, damit ich mehr verdiene. Und wenn wir irgendwo zusammen hingefahren sind, hat sie immer auf ihren Wagen bestanden, weil ihr meiner zu popelig war. Und auch bei meinen Eltern hatte ich immer das Gefühl, ich muss der perfekte Sohn sein. Immer gut in der Schule, immer erfolgreich im Job. Wir beide waren wohl als Kinder viel zu brav. Ich hätte meinen Eltern nie zugemutet, dass sie mich vollgekotzt von einer Party abholen müssen. Ich hatte immer das Gefühl, meine Mutter hat alles für uns getan und alles andere dafür aufgegeben. Sie zu enttäuschen wäre schrecklich gewesen. Und bei all den Hausangeboten kam dieses Gefühl wieder hoch. Dieses ›was darstellen‹ zu müssen. Krank, oder?«

»Da hast du recht! Na ja, ich habe Clara heute auch ein weißes Rüschenkleidchen angezogen. Weil ich wusste, dass deiner Mutter das gefällt.«

»Bescheuert, oder? Sie sähe selbst in einer dreckigen Latzhose süß aus. Unser Baby …« Sebastians Blick bringt mich fast zum Heulen. Schon wieder. Dabei bin ich doch noch gar nicht schwanger. Ich habe das Gefühl, das Kind ist noch nicht in meinem Bauch, sondern sitzt auf der Rückbank neben Clara. So wie damals, als ich die leeren Kinderstühle im Café Schmitz betrachtet habe. Da ist jemand. Das spüre ich.

»Weißt du was? Heute wäre der Tag für Nummer zwei. Ich weiß einfach, dass es heute passieren würde.« Ich schaue zu ihm rüber.

»Und willst du das?«

Ich nicke. Es wird Zeit, wieder unvernünftig zu sein. Unvernünftig in den Augen der anderen. Wir wollen es doch schon die ganze Zeit, warum sollen wir warten, bis es noch weniger passt?

»Und was ist mit all den anderen Baustellen?«

»Um die kümmern wir uns trotzdem.«

Jetzt strahlt er wie Clara, wenn sie vom Klettergerüst in meine Arme springt. Sie hat vollstes Vertrauen, aufgefangen zu werden. Ich in diesem Moment auch.

Bevor sich unsere Wohnung wie jeden Tag zu meinem Home-Office verwandelt, räume ich erst mal den Frühstückstisch ab. Und sammle eine Ladung Wäsche aus dem Kinderzimmer zusammen. Und suche vergeblich nach der Kollegin, die mich fragt, ob sie mir einen Kaffee mitbringen soll. Also stelle ich den Wasserkocher an, während ich in Gedanken meine To-do-Liste durchgehe. Ist das überhaupt seriös – Laufcoaching? Oder ist es nur eine Therapie für mich? Für die ich lieber bezahlen sollte, anstatt Geld zu kassieren? Mir fällt meine erste Kundin ein, mit der ich gestern ein Vorgespräch hatte. Eine junge Mutter, die endlich wieder was für sich tun will. Sie sah aus, als wäre sie vor ihren Schwangerschaften zum letzten Mal shoppen gegangen. Und zwar in den Neunzigern. Dabei waren ihre zwei Jungs erst drei und vier. Und ich nehme Geld dafür, dass sie mit mir joggen geht, wo sie es doch auch alleine könnte? Und dann noch Geld für eine gut sitzende Jeans übrig hätte?

Mein Handy klingelt. Um diese Uhrzeit ist das entweder meine Mutter oder die Schule. Ich gehe ran.

»Hallo, hier ist Tina Kesten. Spreche ich mit Frau Keller?«

»Ja?« Hoffentlich will sie mir jetzt nichts verkaufen. Home-Office-Regel Nummer 1: immer den AB anschalten und nur im Notfall direkt zurückrufen.

»Schön. Ich habe Ihre Telefonnummer von Frau Sommer von der Studienstiftung.«

Ach ja, die Frau, die erst so solidarisch tut und mir dann eine Absage schickt. Obwohl ich vielleicht nicht unterqualifiziert, aber unerfahren genug war. Trotzdem bleibe ich freundlich.

»Frau Sommer hat mir von Ihrem Laufcoaching erzählt.«

»Das ist sehr nett von ihr, ich setze Sie gerne auf die Warteliste, mehr als drei Kunden schaffe ich rein körperlich nicht. Ich muss ja immer mitlaufen.«

Wie unprofessionell. Wer weiß, ob mir meine drei aktuellen Kundinnen überhaupt treu bleiben.

Frau Kesten lacht freundlich. »Das kann ich mir denken. Aber wir haben eine ganz andere Frage. Wir beschäftigen uns hier an der Psychologischen Fakultät der Uni Köln damit, welche Aktivitäten den Menschen besser mit Problemen fertigwerden lassen. Ich weiß nicht, ob Sie schon mal was von der Positiven Psychologie gehört haben?«

»Ehrlich gesagt nicht.«

»Hier geht es um die Stärken der Menschen und nicht um ihre Schwächen. Ein Thema, zu dem noch geforscht werden muss. Und genau da würden wir Sie gerne mit ins Boot holen. Ihre Idee mit dem Laufcoaching ist genial. Leider sind wir nicht selbst draufgekommen. Na, und ich dachte, vielleicht können wir uns über eine Zusammenarbeit unterhalten? Hätten Sie morgen Zeit?«

Kollegen, ich komme! Alles besser, als nur im eigenen Saft zu schmoren. Danke, Frau Sommer!

»Frau Keller, sind Sie noch dran?«

»Ja, das bin ich.«

»Würde es Ihnen morgen passen? Neun Uhr? Die Adresse maile ich Ihnen gleich zu.«

»Gerne, wir sehen uns dann morgen um neun!«

Wie schön, dass alle außer Haus sind. Ich lasse einen Jubelschrei los und hüpfe einmal fast bis an die Decke. Die Uni will sich mit mir über eine Zusammenarbeit unterhalten! Meine Idee ist also alles andere als verrückt! Ich freue mich wie

Bolle, obwohl ich vor einiger Zeit angetreten bin, »endlich mal was Verrücktes« zu tun. Damals habe ich nur nach Dingen gesucht, die von außen betrachtet verrückt wirken. Jetzt habe ich kapiert, dass das, was in mir selbst brennt, niemals verrückt sein kann – sondern sich einfach nur richtig anfühlt. Und leicht.

Wenn du dich schon nicht einklagen willst, dann sieh wenigstens zu, dass du einen besseren Job findest, bevor du deinen letzten Arbeitstag im Verlag hast. Jetzt mal ganz ehrlich, zwei eigene Bücher hin oder her, das ist doch kein ernstzunehmender Job!«

Bei einem ernstzunehmenden Job bekäme man immerhin eine ernstzunehmende Gehaltsabrechnung. Ich glaube, meine Mutter leidet unter einem Belehrungsdefizit, weil sie im Operationssaal den Mund halten muss. Oder sich darüber bewusst ist, dass ihr die Patienten nicht zuhören können und die Kollegen sich auf das Zusammenflicken konzentrieren müssen. Immerhin versüßt sie mir ihre Predigten immer mit der Einladung in ein Restaurant. Diesmal gehen wir Sushi essen.

»Hör mal, du hättest es mir ruhig sagen können, wenn du kein Sushi magst«, bemerkt sie mit Blick auf meinen Teller. Ich habe mir vorsichtshalber keinen rohen Fisch vom Buffet genommen. »Ich dachte, du bist so eine von diesen halbherzigen Hin-und-wieder-mal-Fisch-Vegetariern.«

Die perfekte Ausrede. Ab heute lebe ich streng vegetarisch. Meine Mutter nimmt die Flasche Wein, schenkt sich ein und redet weiter: »Kein Mensch wird dich noch ernst nehmen, wenn du jetzt nicht sofort wieder in Vollzeit arbeitest. Du hast ja gesehen, wie schnell dein Chef dich abgeschrieben hat. Das musst du nicht toll finden, aber so ist die Arbeitswelt nun einmal.«

Ich lehne mich zurück und verschränke die Arme vor der

Brust. »Das finde ich tatsächlich nicht toll. Und deshalb werde ich diesen Zirkus auch nicht mehr mitmachen.«

Sie schaut mich neugierig an. Als sie mein leeres Glas sieht, nimmt sie die Weinflasche und will mir einschenken. Reflexartig halte ich die Hand über meine Glas. Meine Mutter stellt die Flasche ab. Und schaut bestürzt. »Daher weht also der Wind. Welcher Monat?«

Mein Lachen klang schon mal authentischer. »Höchstens zwei Tage.«

»Also höchstwahrscheinlich überhaupt nicht schwanger«, sie nimmt die Flasche wieder hoch, »und selbst wenn, in dieser Zeit wäre die befruchtete Eizelle noch nicht mit deinem Organismus verbunden.«

»Schenk ruhig ein, ich muss es ja nicht trinken. Schließlich bin ich erwachsen.«

»Dann verhalte dich auch so. Könnte es sein, dass du dich in eine Schwangerschaft flüchtest, um den beruflichen Herausforderungen aus dem Weg zu gehen?«

Sie schaut mich an, als wäre sie Freud persönlich. Nur dass sie bei einem Schlüsselloch keine anatomischen Assoziationen hat. Vielmehr sieht sie darin einen Fluchttunnel für die Frau, die vor der Selbstbestimmung davonrennt, und der Mann ist der Schlüssel, der die Tür zur Freiheit versperrt.

»Nein, ich habe einfach keine Lust mehr, meine privaten Entscheidungen nach irgendeinem Chef auszurichten.«

»Ist ja gut, Pippi Langstrumpf. Du hörst ja sowieso nicht auf mich. Vielleicht auch eine Form, erwachsen zu sein.«

Vegetarisches Sushi schmeckt nach Pappe. Da hilft auch eine Wasabipfütze nicht.

»Mama, wo ich schon mal dabei bin: Es kommt noch schlimmer.«

»Du verzichtest auf das Erbe deines Vaters?«

»Na ja, die fünftausend Euro, die mir meine Halbgeschwister überwiesen haben, habe ich dankend angenommen. Über den Rest möchte ich mir keine Gedanken mehr machen. Die Beziehung zu ihnen ist mir wichtiger, als Geld hinterherzulaufen, das sowieso nicht mehr existiert. Sie haben sich darüber gefreut!«

Jetzt müsste sie ausflippen. Tut sie aber nicht.

»Mehr war von der Sippe wohl auch nicht zu erwarten. Und nächstes Mal gehen wir wieder Pizza essen«, sie zögert, »oder ist da noch etwas Schlimmeres?«

»Kommt auf die Sichtweise an. Ich habe vor, eine interessante Auslandserfahrung in meine Vita einzubauen. Wenn Clara in der Schule ist, werde ich das nicht mehr nachholen können.«

Jetzt ist sie kurz davor, in die Luft zu gehen.

»Du willst mir allen Ernstes weismachen, dass du dich dazu entschieden hast, Sebastians Anhängsel in einem fremden Land zu sein, ohne eigenen Job, ohne dein Netzwerk und womöglich auch noch schwanger?«

»Mama, beruhige dich. Ein halbes Jahr ist schnell vorbei. Außerdem haben wir dort eine Haushälterin und ein Kindermädchen. Ich werde also ganz in Ruhe an meinen Büchern schreiben können.«

»Du bist wahnsinnig.«

»Oder einfach nur mutig.«

Wir sitzen eine Weile schweigend vor unseren Tellern.

»Und ich dachte, ihr wollt euch dieses Haus kaufen.«

»Wollen wir auch. Im schlimmsten Fall muss Sebastian vor und nach Venezuela mehr Wochenendschichten schieben.« Das sage ich auch, um meine Mutter zu provozieren. Aber entgegen meiner Erwartung sieht sie aus, als würde sie sich freuen. Doch nicht etwa, weil sie sich für ein halbes Jahr die Restaurantbesuche mit mir spart?

»Alice, ich möchte dir auch etwas schenken. Dein Vater mag

einen guten Willen gehabt haben. In die Tat umgesetzt hat er ihn nicht. Aber wir beide sind doch immer ganz gut alleine zurechtgekommen, oder?«

Eigentlich hätte ich gerne einen präsenten Vater gehabt, aber daran ist nun nichts mehr zu ändern. »Meistens schon.«

Genauer will meine Mutter es nicht wissen. Sie zieht etwas aus ihrer Tasche. Ein Sparbuch. »Habe ich kurz nach deiner Geburt angelegt und seitdem jeden Monat was draufgezahlt. Ich wollte nur auf den richtigen Zeitpunkt warten, es dir zu geben. Und ich wollte es dir nicht früher sagen, damit du nicht auf die Idee kommst, das könnte dich vom Arbeiten erlösen.« Sie zwinkert mir zu.

Ich halte das blaue Sparbuch in der Hand und traue mich nicht, es zu öffnen. Tue es dann aber doch. Und erschrecke. Das kann ich nicht annehmen. »Mama, spinnst du eigentlich? Du kannst mir doch nicht dein hart verdientes Geld überlassen!«

»Gearbeitet hätte ich sowieso. Außerdem bin ich deine Mutter! Meinst du allen Ernstes, ich könnte ruhig schlafen, wenn ich in einer Luxuswohnung wohnen würde und du von deinem Mann abhängig wärst, um aus deiner Zwei-Zimmer-Wohnung herauszukommen?«

Zwischen den Zeilen lese ich, dass ich mir das Haus kaufen und Sebastian Miete zahlen lassen soll.

»Und das willst du mir wirklich schenken?«

»Soll ich warten, bis ich es dir vererben müsste? Keine Sorge, für mich bleibt noch genug übrig. Du würdest doch das Gleiche für deine Tochter tun.«

Das stimmt. Und dieser Gedanke macht es mir leichter, ihr Geschenk anzunehmen. »Danke, Mama!« Da sich meine Mutter mit dem menschlichen Körper besser auskennt als ich, lasse ich mir nun doch Wein einschenken und stoße mit ihr an.

»Und, Mama, ich werde das Geld in deinem Sinne investieren.«

»Ich hätte auch nicht gedacht, dass du das Geld in Maniküre, Tupperdosen und den perfekten Vorgarten steckst«, sie grinst mich an, »obwohl, die Idee, einen Gärtner kommen zu lassen, war eine der besten, die ich in den letzten Jahren hatte.«

Stell dir vor, ich stecke Ina Hill mit der Grippe an. Nachher brummt mir der Sender noch die Kosten für ihren Ausfall auf!« Alice hat gerade bei mir geklingelt und um einen Mutmachkaffee gebeten. Clara hängt an ihrem Bein, als würde sie spüren, dass ihre Mutter heute zur medialen Schlachtbank muss. So empfindet es Alice jedenfalls. Dabei ist es einfach nur eine Chance, die eigene Arbeit zu promoten.

»Ach was, die Kopfschmerzen kommen von der Aufregung. Lampenfieber muss sein, das verwandelt sich nachher in Bühnenpräsenz, glaub mir.«

»Und wenn ich mich einfach nur lächerlich mache?«

»Dann wirst du auch das überleben. Und hast deinen Enkeln später eine lustige Geschichte zu erzählen.«

Ich lege Waffeln und Kekse auf einen Teller. Alice bekommt keinen Bissen runter, aber Simon, Anna und Florian haben den Teller in fünf Minuten leer gegessen. Obwohl es sich um selbst gebackene Vollkornprodukte handelt.

»Wir haben uns jedenfalls Chips besorgt, um das Fernsehevent heute Abend gebührend zu feiern. Sebastian und Clara können sich gern mit auf die Couch setzen.«

Florian schluckt den letzten Bissen seiner Waffel herunter und schaut Alice neugierig an. »Bist du jetzt berühmt?«

Alice muss lächeln, aber meine Realistin Anna macht alle Hoffnungen zunichte. »Heutzutage kommt doch fast jeder mal ins Fernsehen.«

»Aber von unseren Freunden sonst keiner«, verteidigt Simon seine Lieblings-Mutter-Freundin.

»Vielleicht sage ich einfach ab. Guck dir Clara an, sie brütet bestimmt was aus. Ich kann doch nicht in einem Fernsehstudio sitzen, während meine Tochter Fieber hat.«

»Alice! Hinter jeder erfolgreichen Frau steht mindestens eine Freundin, die an sie glaubt«, ich bin ja nicht so vermessen zu denken, ich sei die Einzige, »und die ihr hin und wieder einen Tritt in den Hintern gibt. Hast du mir auch gegeben, und ich trete mit Wonne zurück!«, sage ich und lege neue Kekse auf den Teller.

Sie schaut zerknirscht.

»Mama, du hast gesagt, treten dürfen wir nicht!«, sagt Florian.

»Zurücktreten im großen Notfall schon«, grinst Anna.

»Leute, ich meine das im übertragenen Sinne! Noch mal mit anderen Worten: Reiß dich zusammen, und bring es, so gut es geht, hinter dich! Meinst du, der Bäcker hat Lust, jeden Tag um vier Uhr morgens Brot zu kneten? Oder der Müllmann einmal die Woche unseren stinkenden Abfall in den Wagen zu kippen? Nein! Sie machen alle einfach ihren Job! Und wenn du das heute Abend hinkriegst, hast du hinterher hoffentlich mehr Spielraum. Zeig es deinem Chef!«

Alice schluckt alle weiteren Gegenargumente mit einem Seufzer herunter und nimmt sich endlich einen Keks.

»Außerdem wollte ich jetzt kein Gejammer hören, sondern dir eine Geschichte erzählen, die dir Mut machen sollte: Ich habe eine halbe Stelle an der Uni angeboten bekommen. Sie wollen dort mein Laufcoaching wissenschaftlich begleiten und übernehmen für die Probanden sogar die Coachingkosten.« Ich werde als Erstes mit der jungen Mutter sprechen, habe ich mir überlegt, dann kann sie joggen und shoppen gehen. »Ich bekomme einen eigenen Schreibtisch. In einem Büro, dass ich weder wischen noch saugen muss! Und ich bekomme Kollegen und ein festes Gehalt!«

»Ja, und wir müssen dann dreimal die Woche in der Schule essen«, schmollt Florian. Das gibt mir einen kleinen Stich. Aber warum eigentlich?

»Genau, Florian, und an einem Tag kocht der Papa mittags. Ich kenne ganz viele Kinder, die jeden Tag in der Schule essen, obwohl die Mütter gar nicht arbeiten!«

»Trotzdem!«

»Kriegen wir dann wenigstens die PlayStation 4?«, hakt Simon nach.

Warum verteidige ich mich eigentlich? Die Kinder spüren sofort den leisesten Anflug von schlechtem Gewissen. Schlechtes Gewissen ist ja manchmal notwendig. Aber doch nicht jetzt! Ich war sechs Jahre lang Vollzeitmutter, Alice ist viel früher wieder arbeiten gegangen. Stopp, sage ich mir da, ich bin schon wieder mittendrin im Vergleichen und Rechtfertigen. Anstatt weiter Blödsinn zu denken, schenke ich lieber Kaffee nach.

»Also kriegen wir jetzt die PlayStation? Oder wenigstens jeder einen eigenen Nintendo?«

»Einer reicht doch.«

»Alle aus unserer Klasse haben einen eigenen Nintendo. Und eine Konsole!«

»Oder ein iPad«, motzt Anna.

»Leute, ihr habt einen Nintendo und dürft ab und zu an meinen Laptop. Das reicht in eurem Alter. Alice, sei froh, dass Clara noch so klein ist.«

Als der Teller wieder leer ist, ziehen meine Kinder unter Gemurmel, dass sie die ungerechteste Mutter der Welt hätten, ab. Alice stellt Clara auf den Boden, und sie läuft meinen Kindern tatsächlich hinterher. »Wartet«, ruft sie noch, als wollte sie unbedingt mithalten.

»Eve, ich freue mich total über deinen Job, aber … also … Ich würde dir gerne die nächste Zeit zur Seite stehen, aber …«

»Ja?«

»Ich muss dir noch etwas sagen.«

Oh je, dem Blick nach zu urteilen ist es etwas Schwerwiegendes.

»Also zwei Sachen.«

»Jetzt mach es nicht so spannend.«

»Also erstens: Es könnte sein, dass ich schwanger bin.«

Unwillkürlich muss ich strahlen und drücke sie an mich.

»Herzlichen Glückwunsch!!! Wie schön!«

Und sogleich schiebt sich die Frage dazwischen, wie sie das alles mit zweitem Kind schaffen will. Und ganz so enthusiastisch sieht sie auch nicht aus. Nicht dass sie sich doch nur ins Mamiversum flüchten möchte?

»Und zweitens: Wir gehen nach Venezuela. Aber erst mal nur für ein halbes Jahr.«

Sie flüchtet sich nicht nur in die traute Babywelt, sie haut gleich ganz ab. Wie soll ich es nur ohne sie aushalten?

»Tja, mutige Entscheidung. Aber so ein halbes Jahr geht ja schnell rum.« Was anderes fällt mir nicht ein. Ich werde versuchen, mich für sie zu freuen, aber noch erscheint mir das verdammt schwer.

Falls ich mich blamiere, werde ich dabei wenigstens gut aussehen. Ich sitze in der Maske des Fernsehstudios, einen Friseurumhang umgelegt, und werde mit Pinseln, Wimpernzange, Schwämmchen, Stiften und noch mehr Werkzeugen aus einem Riesenkoffer bearbeitet. Die Visagistin sagt kaum ein Wort zu mir. Wie auch, wenn sie mit den Lippen einen Puderpinsel festhält, während beide Hände im Einsatz sind. So wie ich müssen sich die Gladiatoren gefühlt haben, wenn sie mit Olivenöl eingerieben wurden, damit wenigstens die Haut glänzte, wenn der Löwe sie in Stücke riss. In Gedanken wiederhole ich immer wieder, dass diese Aktion zu etwas gut sein wird. Im schlimmsten Fall zur Abhärtung.

»Und haben Sie Ihre Meinung geändert, seit Sie Mutter sind?«

Ich schaue in den Spiegel vor mir. Die Visagistin hat immer noch einen Pinsel im Mund. Jetzt erst nehme ich die Frau neben mir wahr, die mich im Spiegel anlächelt. Ihre kurzen grauen Haare werden von einer zweiten Visagistin in Form geknetet. Diese Augen, in denen sich eine Mischung aus Müdigkeit und Kampfeslust widerspiegelt, kenne ich doch. Na klar, die Eulenbusch!

»Woher wissen Sie, dass ich ein Kind habe?« Na hoffentlich fallen mir gleich schlauere Sätze ein. Aber ich wundere mich, dass diese Frau sich an mich erinnert. Vor drei Jahren war ich auf der Pressekonferenz zu ihrem Buch *Warum Frauen bessere Männer und Männer bessere Frauen sind.*

»Ich habe Ihr Buch gelesen.«

»Oh, danke!« Auch ohne Rouge huscht ein verlegenes Rot über meine Wangen.

»Ich muss doch schauen, was der Nachwuchs so macht. Immerhin bereite ich mich schon auf die Rente vor«, grinst sie mich an, während ihre Visagistin ihr die Augenbrauen in Form bürstet. So wie ich die Eulenbusch einschätze, schreibt und redet sie so lange über ihre Thesen, bis sie vom Tod oder der Demenz daran gehindert wird. Aber ich fühle mich geehrt, dass sie in mir eine potentielle Nachfolgerin sieht. Ich traue mich aber nicht zu fragen, ob ihr mein Buch gefallen hat.

»Und leben Sie so, dass Kinderhaben Spaß macht?«

»Im Großen und Ganzen schon. Allerdings ist es gar nicht so leicht, die Theorie in die Praxis umzusetzen. Es liegt ja nicht alles in meiner Hand.«

Ich habe in meinem Buch großspurig verkündet, dass die Fallen des Mutterseins mit etwas Kreativität durchaus zu umgehen seien. Da war ich noch keine Mutter. Allerdings finde ich schon, dass ich vieles so mache, wie ich es mir vorgenommen habe.

»Frau Goldmann, ich sehe bei Ihnen ganz viel Potential.« Wenn sie jetzt noch sagt, dass ich mir beim Schreiben wirklich Mühe gegeben habe, ist das nicht gerade ein Motivationskick für die Show.

»Ganz im Ernst, ich glaube an Sie. Sie machen anderen Frauen Mut und sind solidarisch mit ihnen. Sie kennen doch Maria Svelands Ansicht darüber, wo Frauen hinkommen, die anderen Frauen das Leben schwer machen?«

Na klar kenne ich die Ansichten der *Bitterfotze*!

»Jedenfalls nicht in den Himmel und auch nicht überallhin«, lehne ich mich an einen anderen Bestsellertitel an.

»Genau! Sie gefallen mir!«

Bevor ich schon wieder Danke sagen kann, nimmt die

Dame hinter mir den Pinsel aus dem Mund und den Lippenstift in die Hand.

»Könnten Sie jetzt bitte still halten, damit ich Ihre Lippen nachziehen kann? Hinter Ihnen sitzen noch ein paar andere Gäste, die gleich ins Studio müssen!«

Ich nicke, kann es aber nicht lassen, meinen Daumen nach oben zu strecken, um Frau Eulenbusch zu signalisieren, dass ich mich über eine Verbündete in der Arena freue.

Warum sind Chips nur so laut, wenn man sie zerbeißt? Ich würde die Sendung gerne in Ruhe verfolgen. Florian, Anna und Simon lassen die Chips zwischen ihren Zähnen krachen, Martin regt sich lautstark über die Wortmeldungen der Gäste auf, nur Sebastian sitzt blass und still mit Clara auf dem Schoß auf dem Sofa. Wenn ich ihn so leiden sehe, kann ich verstehen, dass Alice das lieber allein durchstehen wollte.

»Mann, das ist so langweilig!«, sagt Simon.

»Dann geht rüber spielen!«

»Und wenn wir Alice verpassen?«

»Dann zeige ich euch das morgen im Internet.«

»Die Oma da redet auch voll langweilig!«, meckert Florian.

Die Oma da heißt Sabine Eulenbusch und wird mit »Feministin und Autorin« untertitelt. Bin gespannt, was sie sich für Alice einfallen lassen, die zwei Sessel weiter links sitzt. Der Mann neben ihr haut bei jedem Satz, den er äußert, auf die Stuhllehne.

»Psst, ich will hören, was die sagen«, setze ich mich durch wie andere bei der Tagesschau. Und bereue es fast, als meine Kinder tatsächlich gebannt zuhören, wie Herr Reifenstein Frau Eulenbusch vorwirft, dass sie wohl am liebsten jedem Mann den Schwanz abschneiden, ihnen aber vorher noch Spermien entnehmen wolle, damit die Damen der Schöpfung dann doch ein paar Kinder züchten können, falls ihnen danach sei. Frau Eulenbusch krallt zwar ihre Hände in den Stuhl, bleibt aber ruhig: »Sehr geehrter Herr Reifenstein, ich habe nichts dagegen, dass es Männer und Frauen gibt. Ich leugne auch gar nicht, dass es Unterschiede zwischen den Geschlechtern gibt, und halte Erziehung nicht nur in Geschlechterfragen für überschätzt. Ich wehre mich nur dagegen, dass Sie bestimmen, was eine richtige Frau zu sein und vor allem zu tun hat! Wenn wir kapieren, dass beide Seiten vor allem Menschen sind, die sich helfen und ergänzen sollten, dann wäre schon viel gewonnen. Das Löwenweibchen ist dem Löwenmännchen schließlich auch ähnlicher als der Elefantenkuh, auch wenn beide Tierdamen für ihren Nachwuchs töten würden!«

Jetzt wirft Frau Eulenbusch ihm einen Blick zu, der mich an ein wütendes Löwenweibchen denken lässt.

»Will die wirklich allen den Penis abschneiden?«, fragt Simon ängstlich.

»Nur den Jungs«, macht Anna es noch schlimmer.

»Nein, sie möchte nur, dass Frauen und Männer wirklich Freunde werden können. Die drehen sich nur die Wörter im Mund herum«, beruhige ich ihn und trinke einen Schluck von der Fassbrause, die wir zur Feier des Tages gekauft haben.

»Guck mal, Mama!!!«

Tatsächlich erscheint jetzt Alice in Nahaufnahme, untertitelt mit »Autorin und Vertreterin der neuen Frauengeneration«. Das kann nur ein Praktikant gewesen sein. Die Kamera fährt zurück und zeigt Alice nun neben Ina Hill. Mein Tritt in den Hintern scheint gewirkt zu haben. Alice sitzt gerade und versprüht ziemlich viel Energie.

»Frau Goldmann, Sie arbeiten in einem Verlag für Ratgeber und haben selbst einen geschrieben: *Wie Kinderhaben Spaß macht.* Sie haben ein Kind und einen Mann und bezeichnen sich trotzdem als emanzipiert. Ist der verkrampfte Feminismus der letzten Jahrzehnte passé? Sind die Frauen heute nicht vollkommen frei und Gleichstellungsbeauftragte nur Verschwendung von Steuergeldern?«

»Auch wenn ich mit meinem Leben im Großen und Ganzen zufrieden bin …«

»Im Großen und Ganzen zufrieden – Komplimente, die sich jeder Mann wünscht!« Immerhin löst Sebastian sich beim Anblick seiner Frau aus der Starre.

»Psst, es geht ums Ganze und nicht nur um euch«, weise ich ihn zurecht. Vielleicht muss ich mir die Sendung morgen in Ruhe anschauen.

»… sind wir alle nicht so frei, wie wir glauben. Auch Männer nicht. Aber ich nehme als Frau natürlich erst mal die weibliche Perspektive ein. Wir lassen uns alle viel zu sehr von außen dirigieren.«

»Immer dieses Wort Freiheit!«, unterbricht Herr Reifenstein, »die Frauen wollen immer machen, was sie wollen. Niemand ist frei, wir müssen uns doch alle in eine Gemeinschaft einfügen.«

»Was die meisten Frauen glänzend hinbekommen. Stellt sich nur die Frage, zu welchem Preis. Und vor allem, für wen? Freiheit ist kein Selbstzweck, das ist mir schon klar. Und es gibt wohl kaum jemanden, der seine Bedürfnisse hinter denen der eigenen Kinder mehr zurückstellt als Mütter. Aber muss man sich deshalb gleich allem anderen unterordnen?«

Ina Hill nickt Alice freundlich zu. »Ist es nicht so, dass wir Frauen heute im Gegensatz zu früher machen können, was wir wollen? Wir haben eine Kanzlerin …«

»… die sich immer noch mehr Kommentare zu ihrer Frisur anhören muss als alle vorherigen Kanzler zusammen. Die Möglichkeiten haben sich verbessert, aber im Grunde hat sich vieles nur verlagert. In einem Ratgeber für die Frau der Fünfziger steht tatsächlich, sie soll, kurz bevor der Gatte nach Hause kommt, die Wohnung aufräumen, die Kinder adrett anziehen, waschen und anleiten, dass sie sich so entzückend verhalten, dass der Papa nur Freude an ihnen hat, sich selbst frisch machen, gegebenenfalls den Hauskittel gegen ein hübsches Kleid tauschen und ihn dann mit einem Drink, einem Imbiss und freundlichen Worten begrüßen. Und vor allem soll sie alle Schwierigkeiten von ihm fernhalten. Darüber lachen wir heute«, Alice strahlt, als hätte ihr innerer Schweinehund den Platz mit der inneren Rampensau getauscht, »aber mal ganz ehrlich, wie viele Frauen verausgaben sich heute genauso für ihre Chefs, Freundinnen und Schwiegermütter? Damit bloß keiner denkt, das heißersehnte Wunschkind wäre auch mal eine Belastung! Früher hieß es, wenn du ein halbes Jahr nach der Geburt im Bett, in der Küche und beim Nachbarschaftsfest nicht wieder dieselbe bist wie vor der Geburt, betrügt dich dein Mann mit der Sekretärin. Heute heißt es, wenn du nach einem Jahr nicht wieder im Job bist, sucht sich der Chef eine andere.«

Wir lachen darüber genauso wie die Leute im Studio. Selbst Herr Reifenstein muss grinsen. Dabei ist das zum Heulen.

»Und das Schlimme ist, viele Frauen und Männer tun alles, um irgendeinem Bild zu entsprechen, und werden trotzdem verlassen oder gekündigt.«

Vielleicht war es ja ein revolutionärer Schachzug, mich jahrelang dem Arbeitsmarkt zu entziehen. Selbstfindung statt Feigheit. Alles doch nur eine Frage der Perspektive.

Ina Hill richtet sich wieder an Alice: »Frau Goldmann, wenn man Ihre Eckdaten so liest, dann könnte man den Eindruck gewinnen, dass Sie sich ebenso im Hamsterrad der Arbeitswelt drehen und zugleich eine gute Mutter sein wollen. Inwieweit setzen Sie Ihre Thesen denn überhaupt um?«

Alice überlegt einen Moment. »Als Erstes akzeptiere ich meine Grenzen. Zum Beispiel als Angestellte. Dafür stecke ich meine Energie in die Bereiche, in denen ich gut und belastbar bin.«

»Was heißt das konkret?«

»Beruflich heißt das, dass ich mein nächstes Buch rausbringe. Ein Verlagsangebot liegt mir bereits vor.« Sie schaut in die Kamera, als säße sie in einem ganz entspannten Vorstellungsgespräch. Oder als würde sie ihrem Chef gerade mitteilen, dass sie nicht mit ihm verheiratet ist. »Genauso gerne nehme ich aber noch weitere Angebote entgegen, auch von Seiten einer Agentur. Outsourcing ist gerade für Mütter ein Segen.«

Sebastian grinst. »Die Frau traut sich was.«

Herr Reifenstein meldet sich auf dem Bildschirm zu Wort. »Es reicht doch, wenn bei *Wetten, dass* jeder Gast Werbung für sein Projekt macht. Können wir mal wieder aufs Thema zu sprechen kommen?«

»Da sind wir doch genau beim Thema! Frauen brauchen nicht immer als Bittstellerinnen aufzutreten und nur Fleißkärtchen zu sammeln, bis sie von einer noch jüngeren, noch qualifizierteren Frau mit noch mehr Praktika im Lebenslauf ersetzt werden. Was wir brauchen, sind mutige Frauen, die sich ihrer Stärken und Talente bewusst sind«, sagt Frau Eulenbusch und schaut Herrn Reifenstein scharf an, »und ob Sie es mir glauben oder nicht: Das wünsche ich mir genauso für die Jungen, die heute heranwachsen. Macht euch nicht alle zum Sklaven der Marktwirtschaft und der öffentlichen Meinung! Traut euch was zu, und traut euch was!«

Als Ina Hill diese Worte als Abschiedsbotschaft stehen lassen möchte, fühle ich mich verstanden. Ich traue mich mittlerweile auch was und traue mir viel mehr zu.

Ich stehe auf, um den Fernseher auszuschalten. Die Fernbedienung liegt bestimmt wieder in irgendeiner Sofaritze.

»Kommt, Leute, wir haben noch Eis im Gefrierfach!«, locke ich die Kinder und Männer in die Küche.

Obwohl ich bisher kaum Bauch habe, liege ich in einem Liegestuhl in unserem kleinen, verwilderten Garten, als würde ich schon die Kugel einer Hochschwangeren mit mir herumschleppen. Vielleicht ist das einfach der Ballast der letzten Monate. Auch wenn sich die meisten Baustellen geklärt haben – so leicht wie vor drei Jahren fühlt sich das alles nicht an.

Ich versuche das Stimmengewirr um mich herum für einen Moment auszublenden. Wir feiern unsere Abschiedsparty. Übermorgen geht es nach Venezuela, und in einem halben Jahr kommen wir zu viert zurück – falls alles nach Plan läuft. Bis dahin werde ich mein Buch und den Ratgeber mit Isabel fertigschreiben. Mein Plan, nach der Ina-Hill-Show mehr Angebote zu bekommen, ist aufgegangen. Am nächsten Tag konnte ich zwischen drei Verlagen und zwei Agenturen wählen. Den Moderatgeber verlegt trotzdem Herr Meyer. Warum auch nicht? War ja nicht alles schlecht dort!

Dank Internet und landesüblicher Unterstützung bei der Kinderbetreuung wird das Schreiben in Venezuela fast einfacher als zu Hause sein. Und danach freue ich mich auf unser neues Zuhause. Es fühlt sich einfach richtig an, dieses Haus hat auf uns gewartet.

»Also, ich könnte das nie! In einer Badewanne liegen, in der schon jemand anderes lag«, meinte meine Schwägerin Sandra, nachdem sie in unserem Original-Siebziger-Jahre-Bad auf der Toilette war. Ich wette, sie hat sich nicht auf die Klobrille gesetzt, sondern vornehmen Abstand gehalten. Aber wir können die Welt nicht jedes Mal komplett neu aufbauen. Und ich stecke meine Energie lieber in die Dinge, die mir wichtig sind, als in eine neue Klobrille.

»Alice, ich werde dich vermissen!«

Eve setzt sich neben mich und drückt mir einen Kaffee in die Hand. Unser Ritual. Ich werde sie auch vermissen.

»Ein halbes Jahr ist schnell rum«, erwidere ich und nehme dankbar das koffeinhaltige Gebräu an. Hat Clara schließlich auch nicht geschadet.

»Du musst dich unbedingt bei Skype anmelden, damit wir uns wenigstens beim Telefonieren sehen können.«

Eve übertreibt es ein wenig mit dem Internet, seit sie es für sich entdeckt hat.

»Eve, ich werde dein Gesicht auch in einem halben Jahr nicht vergessen.«

»Jetzt hör schon auf!«

Wir umarmen uns kurz, und ich schlucke eine Träne herunter. Ich werde sie alle vermissen! Die Kinder, den Spielplatz, Isabel, meine Mutter, meine Schwiegermutter, den kurzen Weg zum Rhein, Tanjas blöde Bemerkungen, Tom, den Gemüseladen um die Ecke, die ganze Stadt … Aber ich freue mich auf ein Abenteuer mit meiner kleinen Familie.

Mein Handy piept. Eine Bildnachricht von Alice. Sie strahlt mit Clara auf dem Arm und zeigt auf die sonnige Landschaft hinter sich: *Sind zwar erst seit einer Woche weg, aber vielleicht schicke ich dir trotzdem ein Bild, damit du mich nicht vergisst!*

Wie könnte ich. Trotzdem vermisse ich es, mal eben bei ihr zu klingeln. Mal eben nachmittags zusammen rauszugehen. Ihr von meinem Job zu erzählen. Ich hatte heute meinen ersten richtigen Arbeitstag. Die junge Mutter war glücklich, als ich ihr erzählt habe, dass ihr Coaching von der Uni gesponsert wird. Wir sind heute um den Aachener Weiher gelaufen, und danach habe ich ihr einen Fragebogen der Fakultät in die Hand gedrückt. Neben mir gibt es jetzt noch ein paar andere Laufcoachs, darunter auch Männer, um das Spektrum zu erweitern. Aber es war meine Idee! Ich knipse ein Selfie und schicke es an Alice: *Liebe Grüße von Eve, die gerade von ihrem ersten Arbeitstag kommt. Und jetzt ein Gespräch mit der Klassenlehrerin hat.*

Ich bin gespannt, was Frau Hoffmann mir dieses Mal erzählt. Ich drücke die Klinke des Klassenzimmers herunter. Sofort schlägt mir wieder dieser Geruch nach Kreide und zwanzig spielenden Kindern entgegen, obwohl Frau Hoffmann ganz allein in dem großen Raum sitzt.

»Schön, dass Sie da sind, Frau Keller.«

Ich setze mich brav. »Und, wie hat sich die Situation entwickelt?«

»Also, ich muss sagen, Simons Verhalten gibt mir viel weniger Anlass zur Sorge.«

Warum nur viel weniger? Habe ich meine dunkle Seite etwa immer noch nicht genügend ausgelebt?

»Wie meinen Sie das?«

»Sein Sozialverhalten ist eigentlich hervorragend. Und auch seine Bilder zeugen von einem ausgeglichenen Zustand.«

Sie hält mir ein paar Bilder hin: Simon im Auto, Simon als Handwerker mit Bohrmaschine und ja, es gibt auch Superhelden, aber glücklicherweise nicht im Blutrausch. Auf einem Bild rettet Spiderman eine hübsche blonde Frau. Mit Busen, wie ich verwundert feststelle. Allerdings habe ich den Verdacht, dass Simon geschnallt hat, was Frau Hoffmann verstört.

»Frau Keller, Ihr Sohn hat seine Aggressionen wieder im Griff. Was mir jedoch Sorgen macht …«

Mein Herz rutscht mir in die Hose. Was ist denn jetzt schon wieder? Muss erst Martin noch seine dunkle Seite ausleben?

»Was mir Sorgen macht, sind die Klischees, die sich in diesen Bildern äußern.«

Ich lache erleichtert auf. »Sie erwarten doch nicht, dass er Prinzessinnen und Schmetterlinge malt?«

»Machen Sie sich nicht darüber lustig. Schauen Sie«, sie zeigt auf Blondies Brust, »die Frau wird als schwaches, rettungsbedürftiges Wesen dargestellt. Und Simon selbst stellt sich ausschließlich in Situationen dar, die aufgrund der Engstirnigkeit der Gesellschaft nur Männern zugesprochen werden.«

»Frau Hoffmann, solange Anna sich nicht mit Fußketten an den Herd gefesselt malt, finde ich diese Bilder nicht weiter bedenklich. Ganz im Gegenteil. So sind Jungs halt.«

»Sehen Sie, Sie denken selbst in Stereotypen!«

Ich habe keine Lust, ihr zu erzählen, dass mir die Fallstricke der Geschlechterrollen durchaus bekannt sind.

»Wenn es nur die Bilder wären, Frau Keller …« Sie seufzt bedeutungsschwer. Auf welche Botschaft muss ich mich jetzt gefasst machen?

»Was ist denn noch?«

»Letztens ging Timmy auf Simon zu und wollte ihm eine hauen. Bevor ich dazwischengehen konnte, nahm Simon Timmys Hand und hielt sie fest.«

»Ist doch eine kluge Lösung, oder?«

»Ja, aber wissen Sie, was er zu Timmy gesagt hat?«

Ich denke gerade an all die Schimpfwörter, die meine Kinder aus der Schule mitgebracht haben.

»Er hat gesagt, Timmy solle seine Probleme lösen wie ein Mann und nicht wie ein Weichei.« Sie schaut mir in die Augen, als erwarte sie einen Kniefall. »Kann es sein, dass Sie zu Hause ein reaktionäres Familienbild leben?«

Einen Wimpernschlag lang würde ich dieses Problem auch gerne lösen wie ein Mann. Allerdings nicht wie ein moderner Mann, sondern wie ein Steinzeitmensch mit Keule. Plötzlich kann ich nicht anders, als zu lachen. Ich muss so laut lachen, dass mir die Tränen kommen und ich mit Mühe und Not herausbringe, dass ich stolz auf meine Kinder bin. Ganz egal, was für Bilder sie malen, was für Noten sie schreiben, welchen Rollenklischees sie entsprechen oder widersprechen. Es sind meine Kinder, und sie sind wunderbar, so wie sie sind. Genau wie mein Leben. Mit oder ohne Krisen. Ich werde mich weder rechtfertigen noch erklären, dass das alles nicht so ist, wie sie denkt. Weil es mir auf einmal scheißegal ist, was sie denkt, solange ich mich wohl fühle.

»Ich weiß nicht, was daran so witzig sein soll«, sagt Frau Hoffmann verunsichert.

»Nach dem Elterngespräch ist vor dem Elterngespräch«, kichere ich.

Sie seufzt. »Vielleicht habe ich auch übertrieben, aber dennoch, wir müssen wachsam sein.«

Ich stehe auf.

»Ich muss dann mal nach Hause.«

Die Lehrerin wirft mir einen irritierten Blick zu.

»Meinen Mann vom Herd losketten. Vor der Zubereitung des Abendessens braucht der auch mal 'ne Runde Auslauf. Zum Beispiel, um im Gemüseladen einzukaufen.«

Was daran so lustig ist, kann Frau Hoffmann natürlich nicht verstehen, aber Hauptsache, ich verstehe es. Und ich freue mich schon darauf, Martin zu befreien. Da ich das heutzutage auch mit einem Kuss und ganz ohne Einsatz eines Schwertes machen kann, beeile ich mich, in die Arme meines Märchenprinzen zu gelangen.

Danke …

… meiner gesamten Familie, ganz besonders meinem Mann, unseren Kindern, meinen Eltern und Schwiegereltern, Schwestern und – passend zum Thema – meinen Freundinnen … und nein, falls hier jemand spekuliert, dann zeigt ihm diesen Hinweis: Der Roman ist keine Autobiografie! Ihr seid so viel cooler, als es meiner Fantasie je entspringen könnte, ohne euch wäre alles nichts! ♡

… allen, die mich in irgendeiner Weise unterstützt haben, diesen Roman zu schreiben, sei es durch praktische Hilfe, Motivation oder Recherchegespräche, vor allem Alex, Judith, Iris, Krissi und Stefanie.

Herzlichen Dank an alle Leserinnen und Leser von *Das Leben ist kein Kindergeburtstag*. Euer Feedback hat mich sehr gefreut und motiviert! Ohne euch gäbe es keinen zweiten Teil.

Ebenso danke ich sehr herzlich meinen Testlesern, allen voran Michael, Ana, Alex, Angelika, Billa und Tina – sehr hilfreich, wenn man nicht mehr weiß, wo oben und unten ist. ☺

Ganz besonderen Dank auch allen, die dafür gesorgt haben, dass meine Bücher ihre Leser finden, insbesondere Anya & Alex und Angelika Jüttner & Susanne Wagner von der Rather Bücherstube mit ihrem gesamten Team.

Vielen Dank für die kollegiale Unterstützung an das Autorenforum Köln, den Kölner Autorenstammtisch und an die Autorenvereinigung DeLia!

Danke, Hana (jantz-werbung.de), für die Homepage (danielanagel.de), schade, dass wir beim Arbeiten so selten zusammen Kaffee trinken können, aber es klappt ja auch auf virtuellem Wege.

Meinen Agenten Michaela und Klaus Gröner herzlichen Dank für die sehr gute und vertrauensvolle Zusammenarbeit!

… dem gesamten Team von Blanvalet, das für die Gestaltung, Entstehung und Vermarktung des Buchs verantwortlich war, ganz besonders Sarah Otter und Anna-Lisa Hollerbach für die wunderbare Zusammenarbeit!